anagramma

589

Titolo originale: *Becoming Rain*

First published in English language by Atria Books,
a division of Simon & Schuster, Inc.

Traduzione dall'inglese di Mariafelicia Maione
Prima edizione: ottobre 2017

Roma, Casella postale 6214

ISBN 978-88-227-1240-0

www.newtoncompton.com

Stampato nell'ottobre 2017 presso Puntoweb s.r.l., Ariccia (Roma)
su carta prodotta con pasta termomeccanica, senza utilizzo di cloro, proveniente da
foreste controllate, nel rispetto delle normative europee vigenti in tema ambientale

K. A. Tucker

La ragazza che amava la pioggia

Newton Compton editori

A P. per avere risposto a tutti i miei messaggi
fino all'ultimo.
Tutti e 752.

È un sole preziosissimo,
quello che splende dopo una pioggia fredda e crudele.

Prologo
Clara

È una modesta abitazione nei sobborghi di Seattle, a due piani, col tetto spiovente e i rivestimenti esterni color crema. Una fila di cespugli incolti costeggia il vialetto, dono dell'arte paesaggistica priva d'immaginazione del costruttore. È identica alla casa alla sua sinistra e troppo simile a quella alla sua destra.

Eppure il numero sopra il garage la differenzia in modo del tutto unico.

Mi protendo sul sedile passeggero della macchina della polizia quanto basta per poter spiare la luce che filtra dal secondo piano attraverso la pioggerella fredda. Un bovindo incornicia la donna bionda che culla il bambino rannicchiato tra le sue braccia; dal modo in cui il piccolo appoggia la guancia alla sua spalla si capisce che sta dormendo.

«Dove andranno?», mi chiedo, osservando il grosso cartello "Vendesi" piazzato sul giardino davanti. L'ennesimo spettacolo per i vicini che lanciano sguardi solidali mentre passano.

«Non arriva a pagare il mutuo», conferma l'ufficiale Burk bevendo con nonchalance un sorso di caffè, il cui aroma pungente riempie l'interno della macchina. «I suoi genitori hanno una fattoria fuori città. Sembra che andranno lì».

«Lui *non* aveva l'assicurazione sulla vita? *Niente*?»

«Ha dovuto chiedere un prestito dando come garanzia la casa solo per pagare il funerale».

Un dolore sordo mi pulsa nel petto guardando Betty-Jo Billings avvicinarsi alla finestra e rivolgere lo sguardo irrequieto sul vialetto in basso, dove si sono formate delle pozzanghere d'acqua nelle piccole fosse lasciate dagli pneumatici che di solito si fermano lì. Il punto esatto da cui il marito l'ha salutata per l'ultima volta prima di salire sul sedile passeggero della sua Ford F-250 rosso ciliegia. Il pickup che aveva messo in vendita su Craigslist. Il pickup su cui stava facendo fare un giro di prova a un potenziale acquirente.

La polizia di Seattle ha trovato il corpo di Wayne Billings quattordici giorni dopo in una discarica cittadina. Il pickup non è ricomparso e probabilmente non si farà vivo mai più. Nessun testimone da interrogare, a parte la moglie di Wayne, e non sono riusciti a tirarle fuori altro a parte che il guidatore indossava un cappellino da baseball e che era stato lasciato lì da qualcuno in una berlina nera. Non aveva prestato molta attenzione e capisco il perché. Con un bimbo di due anni attaccato alla gamba e un neonato di tre settimane tra le braccia, quella povera donna dormiva in piedi, esausta. Probabilmente quando Wayne se n'è andato ha pensato solo alla monovolume familiare che avrebbero comprato con il ricavato del pickup.

I tergicristalli vanno avanti e indietro con una canzone monotona e il riscaldamento esce a fiotti dal cruscotto per contrastare il freddo dell'umida aria primaverile. Sono arrivata sulla West Coast una settimana fa e, anche se di solito qui non butta tanto male, non ha mai smesso di piovere.

Non mi dispiace affatto. In realtà, lo trovo rilassante.

«È davvero un peccato. Dicono tutti che era un tipo a posto. I suoi figli non lo scopriranno mai», mormora Burk con quella voce stanca da cui capisco che per lui questo è solo un caso come tanti. Ha ceduto sotto il peso del lavoro. Non è colpa sua; è il modo in cui molti poliziotti imparano a convivere con ciò che vediamo tutti i giorni.

Distacco.

Il caso è ancora aperto, ma la polizia locale praticamente l'ha già depennato. L'ho capito non appena ho richiesto il fascicolo. Sotto le mentite spoglie di uno sbirro qualunque di Washington D.C. che indaga casi simili sulla East Coast, naturalmente. Nessuno di loro sa il vero motivo per cui sono qui.

Sbircio di nuovo il viso angelico del bimbo.

E prometto in silenzio che Rust Markov – e chiunque sia collegato a lui – la pagherà.

Capitolo 1
Luke

Appoggio il bicchiere sul tavolo con un gran tonfo. «Miller può andarsene. Sono pronto a gestire la baracca da solo».

Gli occhi di zio Rust indugiano su una donna attraente che ci passa accanto, diretta ai bagni del Cellar, i fianchi che oscillano a ritmo con il basso pulsante. «Ti dirò io quando sarai pronto».

Il sorso di vodka addolcisce appena l'amarezza pronta a schizzarmi dalla lingua. «Sul serio? Che altro devo fare? Non ho ancora dimostrato quanto valgo?». Lo fisso, truce, mentre lui si rigira il drink nelle guance. Rust si è sempre mostrato paziente con me, ma quello è un segno che la tolleranza verso la mia insistenza di ubriaco si sta estinguendo.

«Le cose buone arrivano a chi sa aspettare».

«Io *ho* aspettato. Cazzo, ho fatto più che aspettare. Ho fatto tutto ciò che mi hai chiesto! Pensi che mi sia divertito a cambiare gomme e tornare a casa ogni sera puzzolente di olio motore?».

Mi mette una mano sulla spalla, con un po' troppa forza. «Fa tutto parte del piano, Luke».

Il piano. Rust ha cominciato a cantarmi la canzone del "piano" quando avevo tredici anni. Un giorno è entrato nel nostro vialetto sulla sua ultima macchina – una Cadillac color argento – vestito con un completo elegante, e io gli ho detto che volevo diventare come lui. Ricordo ancora le sue parole. «Dammi retta, ragazzino, e ti sistemerò per la vita».

Undici anni dopo, comincio a chiedermi se dicesse sul serio.

«Già, be', magari puoi illuminarmi su questo tuo grande piano, così posso tenerlo meglio sotto controllo. Per esempio, perché devo guardare la brutta faccia di Miller al di là di una scrivania e sopportare le sue stronzate. Avevi detto che ormai l'officina sarebbe stata mia». Due mesi ad affrontare ogni giorno l'attuale manager dell'Officina Rust – uno stronzo obeso troppo acchittato che mi abbaia ordini come se fossi la sua puttana personale – da quando Rust mi ha spostato dall'area meccanica agli uffici come "direttore associato", mi sta consumando i nervi. Miller non è un idiota. Si aspetta che a un certo punto il suo culo grasso verrà sfrattato da quella sedia cigolante per fare posto a me, e per questo mi fa soffrire dal giorno in cui ho messo piede su quel pavimento di cemento sporco.

«Miller mi serve lì».

«Fino a quando?»

«Finché lo dico io».

«E poi?». Rust continua a dirmi che sono intelligente, che andrò lontano. Immagino che "andare lontano" significhi qualcosa di più della gloria di riempire scartoffie, ordinare componenti ed essere chiamato "Infermiera Boone" da un mucchio di meccanici unti per il resto della mia vita.

Non sono i proventi dell'officina a foraggiare lo stile di vita lussuoso di Rust; questo lo so. E nemmeno la RTM International, la compagnia di vendita autoveicoli online di cui è comproprietario, anche se quella lo fa apparire come un legittimo imprenditore a livello globale.

Ormai ho un'idea abbastanza precisa sulla provenienza dei soldi.

Ma ancora non l'ha ammesso, e finché non lo farà sono poco più di un fattorino. Sa essere un figlio di puttana abbottonatissimo, persino quando si tratta della famiglia.

«È solo che...», cerco di mordermi la lingua, ma la diga cede lo stesso, «smettila di farmi dondolare davanti questo grande piano come una carota rivestita di diamanti».

Ottengo in risposta un sogghigno amaro. «Che ne dici di

smetterla di lamentarti come un marmocchio incazzato e spendere tutte queste energie nel farti riconoscere come leader? Gestisci l'officina bene quanto Miller. *Meglio* di Miller. Impara a interagire con la gente. Quando sarai al comando ne incontrerai di tutti i tipi e devi saperti presentare bene e accertarti che siano sempre tutti contenti, ragazzino. Non ho costruito quel posto per permetterti di distruggerlo con la tua linguaccia lunga».

Sempre la solita tiritera. «È difficile credere che sia così importante, visto che al momento hai messo a vedersela con i clienti King Kong Brontolone». Rust sa che non deve preoccuparsi della mia personalità. Porca puttana, sono il principe azzurro. Solo, forse, non dopo tutta questa vodka...

«I clienti ritornano. E poi, i ragazzi lo rispettano».

«Quello non è rispetto. È lavorare per guadagnarsi il salario sotto minaccia costante. Quella testa di cazzo mi ha detto che oggi mi ha tolto un'ora di paga perché sono arrivato in ritardo. Al mio cazzo di negozio!».

«È ancora il *mio* cazzo di negozio», ribatte Rust in tono di avvertimento.

Alzo le mani in gesto di resa. «E va bene. Ma ho bisogno di cominciare a guadagnare sul serio, Rust. Soldi *miei*».

«Non sei proprio in ristrettezze. Mi sono occupato fin troppo di te». Con un dito ben curato picchietta sul quadrante del mio Rolex dorato – che mi ha passato l'anno scorso quando se n'è preso uno migliore. Fa parte di una lunga lista di regali e contanti elargiti con nonchalance e che io ho accettato con gratitudine, con la stessa naturalezza con cui un figlio accetterebbe qualcosa dal padre. Perché è il ruolo che Rust ha ricoperto da quando avevo sei anni, sin da quando papà ha mollato la mamma, la mia sorellina e me.

Appoggio la schiena alla panca e cerco di decidere se valga la pena di litigare. So che non posso vincere. Rust quando vuole è un bastardo irremovibile. «Sono solo stanco della merda di Miller». Non dico altro. Sono stanco di timbrare il cartellino tutti i giorni, di lavorare il sabato. È una vita da cretini e non mi interessa affatto. È quella che non avrei dovuto vivere, Rust me lo aveva promesso.

Gli sfugge una risatina secca. «Hai solo ventiquattro anni. Ne hai troppi ancora davanti per essere già stanco della merda della gente. Andiamo...». Fa un gesto indolente verso l'area comune del club – noi siamo seduti in zona VIP, come al solito. È stracolma di corpi e pulsa di musica ipnotica dai bassi profondi. «C'è un sacco di movimento qui, stasera. Perché non ti risollevi il morale con una *troietta*».

Alzo gli occhi al cielo. "Trovati una puttana e scopa". Tipico consiglio da Rust quando vuole liberarsi di me. A volte gli do retta. Non è mai difficile trovarne una. Non in questo posto, non con il mio aspetto. Da ricco. È quello che piace a quel genere di ragazze. E non mi è mai dispiaciuto giocare la parte del ragazzo danaroso se la serata finisce con una di loro nuda e sdraiata sulla schiena di fronte a me.

Mi scolo il resto del drink e lancio il bicchiere vuoto attraverso il tavolo. «Vado a casa».

«Probabilmente è un'ottima idea. Stasera sei insopportabile. Dubito che faresti una buona impressione a qualcuno in quello stato».

Stasera non ho voglia di impressionare nessuno. Nemmeno Priscilla – barista e botta sicura, sempre che non abbia già affondato gli artigli in qualche riccone vero per stanotte. «Quando ti diranno che ho picchiato Miller a morte con quella sua maledetta pinzatrice, non dire che non ti avevo avvertito». Esco dal privé al suono della risata roboante di Rust. Mi faccio strada tra la folla a testa bassa per evitare qualsiasi conversazione.

Un improvviso spruzzo di liquido freddo mi colpisce al petto, ma non aiuta a raffreddare la mia collera bollente.

Capitolo 2
Clara

«Mi dispiace *tanto*!». Sbircio il suo viso nella luce soffusa del club per inquadrarlo bene. Spigoloso e mascolino. È molto più carino che in fotografia. E, a giudicare dal profondo solco sulla fronte e dai denti stretti, è incazzatissimo.

È troppo occupato a fulminare con gli occhi il bicchiere di Coca-Cola che gli ho appena versato sulla camicia blu acciaio per disturbarsi a guardare me. «Cazzo, perfetto», lo sento mugugnare.

«Te la porto alla lavanderia a secco. Per favore», gli propongo, la voce un basso mormorio seducente, nella speranza che la vista sul davanti di questo vestito troppo costoso da sgualdrina attragga finalmente la sua attenzione. Gli appoggio una mano sullo stomaco ed entro nel suo spazio personale. Di solito il contatto fisico funziona.

Invece, mi spinge da parte e si fa strada nel locale affollato verso l'uscita.

"Merda". Non me ne sono rimasta su uno sgabello del bar a rigirarmi il bicchiere tra le mani per due ore con le tette in bella vista per poi essere ignorata da quello stronzo.

Di nuovo.

Butto sul bancone un pezzo da venti, che basta e avanza a coprire il mio conto, e mi districo tra gli altri clienti abituali, cercando di non inseguirlo in maniera troppo palese. Si porta addosso almeno novanta chili di muscoli e si sta comportando bene, ma l'ho visto tracannare sei bicchieri di vodka. Dev'essere per forza ubriaco.

Quando finalmente riesco a salire le scale strette del club underground e arrivo nel vicolo, Luke Boone è sul sedile posteriore di un taxi e si allontana a tutta velocità, lasciandomi a fissare i fanalini di coda che scompaiono dietro l'angolo, con un senso di frustrazione crescente che mi grava sulle spalle.

«Quinto strike per *Rain Martines*», mugugno, e percorro il marciapiede sui miei dolorosi tacchi a spillo fino a dove ho parcheggiato la mia Audi bianca. «"Sarà facile", dicevano...», salgo e sbatto la portiera, «"Non ti toglierà gli occhi di dosso"». Avvio il motore e mi appoggio al poggiatesta. E sospiro: «Non funzionerà».

Per tutta risposta squilla il cellulare.

«Chi ti ha detto che sarebbe stato facile?», all'accendersi della modalità bluetooth il forte accento bostoniano di Warner riempie le casse della macchina, «non arrenderti ancora, Clara. Che è successo stasera?».

Armeggio con il pendente a forma di libellula dorata che ho al collo fino a trovare il minuscolo interruttore sul retro. Lo faccio scattare e disattivo l'apparecchio spia. «L'hai sentito».

«Fammi il resoconto. Passo passo».

Esco dal parcheggio e percorro i cinque minuti di macchina fino a casa mentre aggiorno il mio responsabile sugli eventi della serata: come ho osservato il mio obiettivo entrare a grandi passi nel privé – lo stesso in cui siede sempre nella zona VIP – con l'aria di avere un proposito ben preciso, versarsi e ingollare un bicchiere di vodka dopo l'altro, imbarcarsi in quella che sembrava una conversazione animata con lo zio e poi all'improvviso alzarsi e attraversare la folla come una furia.

Come ho fatto la prima cosa che mi è venuta in mente per fermarlo. «Non mi ha nemmeno guardata», ammetto, e, dopo una lunga pausa, aggiungo: «Non sono il suo tipo, Warner». Nonostante l'abbigliamento ricercato e la completa metamorfosi che ho subito per trasformarmi nel prototipo di quelle che di solito Luke Boone si porta a casa, ancora non mi sono guadagnata nemmeno uno sguardo distratto da lui.

«Sì, lo sei. È solo che non ti ha ancora notato».

«E di questo passo probabilmente non mi noterà mai».

«Impossibile».

Scuoto la testa, anche se non può vedermi. «Quante serate devo trascorrere in quel club, vestita come una escort, prima che vi accorgiate che avete scelto la copertura sbagliata per questo affare?». Mi fa male ammetterlo.

«Quindici minuti. Da te». La linea si interrompe, lasciandomi a rimuginare da sola sul mio incombente fallimento.

Settimane di preparazione sul caso, buttate dalla finestra. Non so cosa avessi in testa. Quando il mio capo mi ha chiamato nel suo ufficio d'angolo e mi ha presentato all'uomo in giacca e cravatta che occupava la sedia per gli ospiti, la mia vita è cambiata. Il vicedirettore Josh Sinclair voleva me. O, a essere più precisi, l'FBI voleva me – l'ufficiale di ventisei anni Clara Bertelli di Washington D.C., unità reati maggiori. Avevano un caso grosso, uno che si allargava a livello internazionale, uno su cui lavoravano da diciotto mesi.

Dopo due tentativi falliti di infiltrarsi nel gruppo, stavano provando una nuova strategia che richiedeva un profilo molto specifico. Uno che non trovavano nel loro database di agenti dell'FBI, quindi, come talvolta fanno, si erano spinti oltre i limiti dell'organizzazione. Erano settimane che cercavano la persona adatta da mandare sotto copertura, e poi il mio file era comparso sul radar e aveva fatto suonare il campanello del vincitore.

Il mio aspetto giovane, il mio fare tranquillo, il mio impeccabile curriculum in azione, le mie testimonianze convincenti in tribunale, persino la diligenza con cui prendevo appunti sui casi… Sinclair disse che ero proprio quel che cercavano. Poi mi chiese se fossi interessata a far parte di quello che avrebbe potuto essere la più grande retata nel giro dei furti d'auto della storia degli Stati Uniti.

Suonarono i miei campanelli del vincitore personali.

Non ci pensai nemmeno un secondo prima di rispondere con un esuberante: «Cazzo, sì».

Ma forse avrei dovuto rifletterci meglio. Forse non avrei dovuto dare per scontato che sarebbe stato facile come un rastrellamento di prostitute o come beccare uno scemo qualunque. Ho pensato solo a cosa avrebbe potuto significare per la mia carriera se avessi avuto successo – il massimo sarebbe stato un lavoro al Bureau, proprio dove voglio arrivare. Qualche indagine personale ha rivelato che il vicedirettore Sinclair è il tipo d'uomo che ha il potere di farlo succedere.

Forse avrei dovuto pensare a cosa potrebbe significare se fallissi, a dove potrei finire se non mettessi a segno questo colpo. A giudicare dalle ultime settimane, è una possibilità tutt'altro che remota.

Parcheggio l'Audi nel mio garage privato, apprezzando la facilità di manovra dell'auto di lusso. È parte della mia identità fasulla e decisamente uno dei suoi aspetti positivi, come tutto ciò che mi circonda. A casa, la mia vita reale consiste in un bilocale pieno di spifferi con le piastrelle crepate e un frigorifero che scricchiola, una jeep Wrangler del '95 con più chilometri sul groppone di un aereo da carico in pensione, e vestiti dei grandi magazzini comprati con i saldi al 50%. Sessantamila dollari all'anno con il mutuo dell'università da pagare non possono comprarmi molto di più. Non mi lamento – ho sempre amato il mio lavoro e la mia vita.

Ma poi faccio un giretto in questo ascensore a specchi che mi porta all'ultimo piano solo infilando una chiave ed entro nel "mio" appartamento di design stile loft – con il pannello del controllo computerizzato di luci e sound system a sinistra, le finestre alte fino al soffitto a destra, e tutto il resto, dalle apparecchiature della Miele in cucina ai pavimenti di noce brasiliano e alle piastrelle in travertino – e posso sperimentare come vive l'altra metà del mondo. Uno stile di vita che non potrò mai permettermi con il salario di uno sbirro semplice.

Devo ammetterlo, sarà dura lasciarsi alle spalle alcune di queste cose.

Calcio via le scarpe, mi avvicino alla parete di finestre e sbircio oltre gli avvolgibili sempre abbassati. Un paio di appartamenti nel palazzo gemello di lussuosi loft accanto al mio hanno ancora le luci accese, ma per lo più regna l'oscurità. Però, ce n'è uno solo di cui mi importi davvero.

Quello con il mio obiettivo dentro.

Forse i federali hanno pensato che sarebbe stata una graziosa storiella sul destino per far ridere il nipote di Rust Markov una volta riuscita finalmente a conquistare la sua attenzione – il fatto che abbiamo una vista perfetta nella lussuosa abitazione l'una dell'altro. Io di sicuro, comunque. Luke non sembra un appassionato delle finestre schermate, indipendentemente dall'ora o dall'abbigliamento. Non ho ancora capito se sia per ignoranza o superbia.

Lampi di luce provenienti dalla tv sulla parete riempiono il suo soggiorno e ogni flash evidenzia il suo corpo, ora coperto solo da un paio di boxer e una maglietta. Come sempre nelle ultime settimane, una sera sì e una no, lo vedo sedersi sul bianco tappeto ispido e cominciare il regime serale di piegamenti e flessioni che gli danno quei muscoli tonici. Senza eccezioni, ubriaco o no, esegue sempre la sua routine, con il bulldog allungato vicino alla testa, la lingua penzoloni. Ho scoperto la mia stessa lingua a penzolare una volta o due, quando dei brevi vuoti di memoria mi hanno fatto dimenticare chi sia davvero Luke Boone. Nonostante tutto il resto, ha un corpo e una faccia da copertina.

Peccato che sia un criminale in boccio.

Almeno, così si crede. Per questo sono qui.

Mi chiedo se le donne che si porta a casa lo sappiano. O se ne facciano un problema. Penso di no. Non sono tipi da badare a molte cose, se non a tutto ciò che lui può comprare. Per quel che ho visto nel rapporto, la parte delle cretine la fanno loro, perché questo tizio non cena né beve con nessuno. Cerca una cosa sola e la ottiene. Grazie al cielo, le notti che ho visto una "ospite" entrare alle sue calcagna, le donne avevano abbastanza pudore da tirare le tapparelle della camera da letto.

Con un pesante sospiro di frustrazione, mi avvicino al bell'acquarello che nasconde la cassaforte. Tiro fuori il fascicolo del caso 12 – il nostro nome in codice per Luke Boone – e lo appoggio sul tavolino, una mano sulla lampo mentre mi dirigo in bagno per togliermi questo vestito scomodo e infilare una tuta.

Torno e trovo un'ombra di un metro e ottantadue affacciata alla mia finestra, che sbircia il nostro obiettivo come stavo facendo io nemmeno cinque minuti fa. «Vuoi smettere di usare la tua chiave? Avrei potuto essere nuda».

«Ci speravo», ribatte Warner voltando la testa.

Gli offro una bottiglia di Chianti. Fa un gesto di diniego e invece si serve una lattina di Harpoon – una birra chiara da esportazione di Boston con cui insiste a riempirmi il frigorifero – prima di abbattere il suo gran corpo sul mio divano componibile di cuoio bianco.

Crollo al suo fianco. «È che non so...».

«Cosa non sai, Bertelli?», Warner stende le lunghe gambe sul tavolino, sventolando lo spesso faldone con gli appunti di sorveglianza che ho appena appoggiato sul vetro, «che sei una poliziotta in gamba? Che sei stata scelta personalmente dall'FBI per un motivo?».

Sorrido e gli do un colpetto amichevole sul ginocchio. «Posso sempre contare su di te per un discorsetto d'incoraggiamento».

«Sapevamo tutti che non sarebbe stata una passeggiata di salute».

«No, lo so. Solo che...», sbadiglio; l'adrenalina che mi ha tenuto carica per tutta la sera finalmente sta calando e mi lascia esausta, «abbiamo basato tutti i nostri piani sull'assunzione di fondo che 12 cadrà in ginocchio davanti a me. Mi verrà dietro come un cane e mi dirà tutto ciò che voglio sapere. È *chiaro* che non succederà». Sarò sincera; dentro di me, è un colpo per il mio ego. Non ho mai avuto difficoltà ad attirare l'attenzione di un obiettivo. Con i miei lunghi capelli castani e mossi, la pelle olivastra e gli occhi celesti, avevamo dato tutti per scontato che fossi il tipo di Luke Boone. Sulla carta, lo sono. Ma, o c'è qualcos'altro in ballo, o semplicemente non rientro nello schieramento delle bellezze cacciatrici di dote.

Warner ingoia una sorsata di birra, il volto pensieroso. «Hai detto che stasera litigava con 24?». I federali sono dei geni con i nomi in codice.

«Così pareva».

Si stringe nelle spalle. «Ubriaco… litigava con lo zio… l'ultima cosa di cui ha voglia è sprecare energie con una donna».

«Immagino di sì… ma che mi dici dell'ultima volta?». Non mi ha notato nemmeno la settimana scorsa, e mi sono assicurata di camminare a passi lenti come un pavone, dondolando i fianchi mentre superavo il suo tavolo diretta in bagno, il vestito provocante appiccicato al culo.

«Si è portato a casa la barista», mi fissa come se quella risposta dicesse tutto. Finalmente, la mia espressione vacua lo spinge a spiegarsi meglio, «scopata garantita senza sforzi né fastidi. È ovvio che quella sera voleva qualcosa di facile».

Alzo gli occhi al cielo. «Di sicuro l'ha avuta». E io l'ho vista bene, sono arrivata a casa appena in tempo per vedere lei che faceva una sfilata alla Full Monty per andare ad abbassare gli avvolgibili della camera. Mesi di sorveglianza – foto, rapporti scritti, video – designano Priscilla Grishin come "la ragazza che non delude mai" di Boone. Niente di più, niente di meno. Di certo non fanno coppia fissa. «È che non sono sicura che funzionerà. Cioè… queste donne…», non completo la frase. Queste donne non sono prostitute comuni che lavorano per pagare l'affitto, come quelle con cui ho a che fare di solito. Come quelle che ho imparato a emulare. Queste attraversano a grandi passi la vita con le loro facce bellissime e i corpi perfetti – garantiti dalla natura o acquisiti con l'aiuto di un chirurgo plastico – con l'unico obiettivo di risalire la scala dei fidanzati fino in cima e diventare mogli di un uomo ricco che provvederà a tutti i loro costosi bisogni.

Sono insipide.

Insicure.

Scortesi.

Non sopporto quel genere. E non sopporto il tipo di ragazzi che sono attratti da loro.

«Queste donne non hanno niente più di te, piccola». Abbassa gli occhi per esaminare il mio corpo, che, anche se ben tornito da un severo regime di allenamenti, in questo momento proprio non può avere nulla di attraente.

Lo colpisco allo stomaco, e un sorriso si fa strada da dietro la frustrazione. A trent'anni, l'agente dell'FBI Warner Briggs è quello che molte donne cercano in un uomo ideale. Alto, struttura atletica, capelli scuri, viso squadrato. Con il fascino di un ragazzo meridionale, anche se è cresciuto a South Boston. Il giorno in cui me l'hanno presentato come responsabile e direttore della copertura in questo caso, ammetto che l'ho guardato due volte. Sicuro che lui abbia fatto lo stesso con me.

Ma non comprometterò la mia carriera né i miei obiettivi con tresche con i colleghi, e non mi interessa uscire con un altro sbirro. Urla "disastro" a caratteri cubitali. Gli ufficiali donna hanno già la vita difficile, senza aggiungere la possibilità che ci accusino di scalare la gerarchia con il sesso. E poi, Warner è diventato subito amico e consigliere. Qualcosa di cui ho molto più bisogno che di una buona scopata.

«Andiamo, Warner. Sinceramente, detto tra noi… cosa pensavano che sarebbe successo se fossi riuscita sul serio ad attirare l'attenzione di 12? Guarda il suo fascicolo!». Lo indico. Tre mesi di raccolta informazioni su Luke Boone. Cinque sveltine di una notte. Tre incontri notturni con la sua barista. «Quel tipo non cerca moglie. Non cerca una storia d'amore e nemmeno una gran capacità di conversazione. Se le porta a casa per l'unica cosa che *io* non gli darò! Per una cosa del genere si sarebbero trovati meglio con un informatore. Almeno non devono rispettare le stesse regole».

Warner esplode in una risata. «Andiamo, Clara! Sinclair non userà un informatore per un ruolo del genere. Sono troppo inaffidabili. Risolvere questo caso lo farà salire di grado, e a Sinclair importa solo dei gradi». Allunga un braccio sullo schienale del divano con aria scherzosa. «Non preoccuparti, sai quel che fai. Devi solo menare 12 per il naso. Fagli credere che ha una possibilità con te. Che sei speciale».

«Io *sono* speciale», borbotto, guadagnandomi il suo sbuffo

divertito, «ma questo non è tipo che puoi menare per il naso. Non gli piacciono le vergini e non cercherà di spillarmi soldi». Con il senno di poi, proprio non mi capacito di come i federali abbiano potuto pensare a mettere un'agente sotto copertura sull'obiettivo e sperare che lo attirasse con mere parole e gesti seducenti. Disperazione – è l'unica parola che mi viene in mente. Hanno un sacco di prove al livello più basso, ma niente che colleghi il tutto, niente di abbastanza concreto da abbattere l'intera organizzazione. Per non parlare dei due tentativi falliti, da parte di due infiltrati, di mettere piede nel livello più alto, cercando di guadagnarne la fiducia e l'amicizia.

A quanto pare, né Rust Markov né Luke Boone sono interessati a nuove amicizie maschili. Le "amicizie" femminili, invece…

Warner fa spallucce. «*Di'* qualsiasi cosa tu debba dire per prenderlo all'amo».

Sospiro, so che non mi concederà la soddisfazione di darmi ragione. È dedito al lavoro al cento per cento. «Be', non posso starmene in quel bar settimana dopo settimana. La gente comincerà a farci caso».

«Dirò ai ragazzi di fare a turno. Faranno finta di assumerti per la serata».

Scuoto la testa. «Troppo rischioso. Nessuna delle ragazze che 12 si porta a casa è una escort. Potrebbe disgustarlo».

«Ok allora…», si china a prendere il fascicolo e me lo lancia in grembo, «cosa potrebbe funzionare? Sei tu quella con il collo nel cappio. Sei tu che vuoi diventare un federale. Per te è una cosa importante. Quindi dimmelo tu…», infilza la pila di carte con l'indice, «qual è la prossima mossa, capo?».

È uno degli aspetti di Warner che apprezzo di più. Potrebbe essere uno stronzo arrogante e borioso. L'agente di primo piano dell'FBI contro il semplice sbirro metropolitano. Ma sin dal primo giorno ha sempre fatto gioco di squadra. In effetti, mi ricorda molto i ragazzi con cui lavoro a casa. Un gruppo affiatato che coglie ogni opportunità di scherzare e fare baccano, sapendo quanto serva a tutti noi allentare la tensione procurata da ciò che vediamo quotidianamente.

Sorseggiando il vino, mi metto a sfogliare le pagine di istantanee rubate. Luke Boone è decisamente un bell'obiettivo per gli standard di chiunque, con i capelli color caramello che acconcia in una zazzera sexy e i vestiti cuciti su misura per un corpo ben definito, grazie alle corsette quotidiane con il cane e agli allenamenti nella palestra del suo palazzo.

Figlio di Oksana Boone, madre single di lui e di sua sorella minore, Ana Boone. Residenza del padre biologico sconosciuta.

Nipote di Rust Markov, che l'ha cresciuto come fosse figlio suo, ha pagato le spese di istruzione per fargli prendere una laurea triennale in Economia e commercio, seguita da due anni di un corso da meccanico. Nipote dell'uomo classificato come leader di uno dei più grandi giri di furti d'auto della West Coast da un informatore riservato che voleva evitare un'accusa per spaccio di eroina. Nipote che sembra incollato al fianco dello zio, che adesso sta assumendo un ruolo direttivo in una delle aziende legittime di Rust – un'officina riparazioni – e che vive in un appartamento da un milione di dollari, regalo dello zio, dovuto o al suo buon cuore o al desiderio di proteggere i propri beni.

Nipote che i federali credono venga cresciuto per assumere un ruolo guida nel giro di furti d'auto.

«Ringrazia. Avrebbe potuto essere *lui* il tuo obiettivo». Warner picchietta su una foto di Rust Markov che esce dall'ufficio un pomeriggio. Un uomo che sono impaziente di vedere spogliato dei suoi completi di Versace e dormire in un letto a castello dietro le sbarre per moltissimo tempo.

«Non sarebbe il peggiore che mi sia capitato». A quasi cinquant'anni, Rust è in forma e per niente brutto. Gli piacciono le donne più giovani, a quanto ne so. «Forse sarebbe stato più facile».

«No, per niente. 24 è furbo. Ti serve il nipote scemo. È troppo nuovo del mestiere. Fallo sentire a suo agio, fallo ubriacare… metterà un piede in fallo e, quando lo farà, lo avremo in pugno».

«È solo che non so quale sia il modo migliore di abbordare questo tipo. Non penso che sia nell'ambiente del bar».

Warner si alza dal divano e va in cucina per lasciare il bicchiere vuoto sul bancone. «Abbiamo ancora qualche settimana prima che scada il mandato. Dormici su. Ci riorganizziamo domattina».

«Ok. Notte», esclamo mentre la porta dell'appartamento si chiude. Per quanto sia stanca, so che lo stress del fallimento in agguato – essere rimandata a Washington ad arrestare magnaccia e drogati – mi terrà sveglia. Sono quasi tentata di bere vino fino a svenire, però mi sentirei solo peggio domani. Non che debba andare da nessuna parte.

Così mi metto a sfogliare i documenti del caso, da cima a fondo, come ho già fatto più di cento volte. Gli impegni di Luke Boone sono piuttosto banali: se non è in officina, al club con lo zio o ad allenarsi, è a "far compagnia" a questa o quella donna. Nessuno ha mai riportato sue sparizioni in qualche magazzino o vetrina di negozio in imprevedibili orari notturni. La squadra non l'ha mai perso di vista nelle ore di pedinamento giornaliere. A differenza di suo zio Rust, che sgattaiola di continuo attraverso le maglie della sorveglianza come una saponetta.

Sinceramente, non ci sono prove schiaccianti che Luke Boone sia coinvolto con il gruppo criminale. Solo speculazioni. Abbastanza da ottenere un mandato di sessanta giorni dal giudice. Devo passare del tempo con lui per un'interpretazione migliore. I video di sorveglianza e i rapporti mi danno solo il contesto. Mi aiutano a formulare ipotesi su quello a cui potrebbe rispondere meglio.

Fin qui, tutte le nostre ipotesi si sono rivelate sbagliate.

Chiudo il fascicolo, rimetto tutto nella cassaforte nascosta e prendo il mio telefono personale per controllare se ci sono messaggi. I miei genitori sanno che starò via per un periodo di tempo indeterminato a lavorare su un caso. Non sanno altro, però, e non posso dirgli altro. Per quanto ne sa mia madre, me ne sto sempre seduta a una scrivania, lavoro ai particolari dietro le quinte. Se fosse a conoscenza di quel che faccio davvero – i pericoli che corro ogni giorno – mi supplicherebbe di licenziarmi con le lacrime agli occhi e un profluvio di preghiere in siciliano.

Se potessero vedermi adesso… Questo loft è lontano anni luce dalla casetta semi indipendente che possiedono da trentun anni, completa di divani a fiori con lo schienale rigido mai cambiati e un grande orto che curano nel cortile sul retro. Non è niente di speciale, eppure è il loro sogno diventato realtà dopo essere emigrati in America da una cittadina fuori Palermo, in Sicilia, con solo una valigia di vestiti e la tovaglia bianca di lino di mia nonna. Ci sono voluti quasi dieci anni e almeno quattro lavori onesti tra tutti e due, sempre – mia madre in varie panetterie, mio padre come bidello – per racimolare i soldi dell'acconto.

Mio fratello Dino, più grande di me di undici anni, ricorda che furono anni duri. Calzini con la punta rammendata e jeans con le pezze alle ginocchia, giocattoli usati per Natale, vacanze estive nei parchi cittadini. Inverni freddi, per risparmiare sulla bolletta elettrica.

Quando sono arrivata io – un caso fortuito quando i miei erano sui trentacinque anni – a paragone vivevano nel lusso.

Eppure, non assomiglia per niente a quello che mi circonda adesso.

Niente chiamate dalla famiglia stasera, cosa che non mi turba. Ci parliamo a sufficienza. Qualche messaggio dalla mia amica Aubrey che mi racconta dell'imminente fine settimana tra ragazze a cui non parteciperò perché sono a tremila e settecento chilometri di distanza. Un po' mi dispiace, ma ci sono abituata. A causa del mio lavoro mi perdo un sacco di compleanni e vacanze e gite di piacere.

Quello a cui non mi sono ancora abituata è non vedere un messaggio di David, il mio ultimo ex fidanzato. Nove mesi di messaggi per tutto il giorno – tutti i giorni – finché non sono tornata a casa con un occhio nero e il labbro spaccato per un atterramento e lui decise che non ce la faceva a stare con uno sbirro.

E mi piaceva anche tanto. Pensavo che forse sarebbe stato diverso. Più forte.

Pensavo che avrei dimostrato al mio istruttore dell'accademia di polizia, e a quell'autrice col cartellino del dottorato, che avevano torto. Che mantenere viva una relazione in questo campo non è difficile come volevano farci credere. Ho ancora quello stupido tascabile che ci diedero a lezione, sull'amare un poliziotto. È a casa, a raccogliere polvere. All'inizio pensavo fosse uno scherzo, poi cominciai a sfogliare le pagine e a metabolizzare quello che avrei dovuto aspettarmi negli anni a venire. Che i lunghi turni e gli straordinari uniti ai rischi quotidiani fanno sì che la categoria abbia alti indici di divorzio. Che le cose che vedo ogni giorno mi rendono difficile condurre una normale conversazione a tavola. Che avrò difficoltà prima di tutto a frequentare degli uomini a causa dei problemi di sfiducia cronica che svilupperò, visto che ho a che fare tutto il giorno con dei bugiardi. Con un senso di vuoto allo stomaco, lo bollai come uno stereotipo che non mi si addiceva. Speravo che essere al corrente delle sfide mi avrebbe preparata abbastanza da evitarle.

Da allora, una dozzina circa di relazioni fallite ha dimostrato che dopotutto quel libricino non era poi così stupido.

Il mio mentore – una sergente maggiore che ha da poco passato i quarant'anni ed è al secondo divorzio – lo aveva solo confermato avvertendomi che dovevo prepararmi ad avere il cuore spezzato un sacco di volte prima di trovare la relazione giusta. *Se* la troverò mai. Uscire con una poliziotta può essere una fantasia che include manette e sesso selvaggio, ma sposarne una non è una realtà gradita alla maggior parte dei ragazzi. Quando me lo disse, tre giorni dopo che David aveva rotto con me, tornai a casa e piansi in una bottiglia di vino rosso.

Un ultimo controllo alla pistola – più che altro per abitudine – poi richiudo tutto in cassaforte e vado a letto. Ho ancora la mente in subbuglio, in cerca di una via d'accesso alla vita di Luke Boone. Ho poche possibilità prima che gli incontri casuali diventino troppi per sembrare delle coincidenze.

Un'altra occhiata oltre le tapparelle della mia camera lo trova allungato sulla schiena, un movimento indistinto di macchine che gareggiano sullo schermo del suo televisore. Con un braccio cinge il suo cane e gli accarezza la pancia con movimenti lenti e affettuosi.

Quando lo guardo vedo un ventiquattrenne come tanti. Uno che potrei incontrare a una festa o al club. Uno che io e le mie amiche noteremmo di sicuro, per il quale probabilmente sbaveremmo anche. A cui darei con piacere il mio numero. Un ragazzo che seguirei a casa sua se avessi bevuto troppo e mi servisse un po' di svago.

Uno che non riuscirei a immaginare coinvolto in qualcosa che ha lasciato orfani di padre due bambini.

Ma è un aspetto comune a molti criminali della peggior specie. Non indossano cartelli, non si mettono un'uniforme. Si nascondono in piena luce. È il mio lavoro rivelare Luke per ciò che realmente è, il che rivelerà per quello che è l'uomo che stiamo inseguendo davvero – suo zio.

Ma come?

Donne. Cani. Macchine. Tre cose che sembrano attrarre la sua attenzione.

Sono una donna attraente, intelligente e sicura di sé – bisogna essere sia intelligenti che sicuri di sé in un lavoro come il mio o potresti finire ammazzato – quindi ho questi punti a mio favore. Devi essere anche un po' matto, ma quello lo nascondo bene. Forse il problema non sono io; forse è l'ambiente.

Devo trovare un posto migliore dove incontrarci. Un posto in cui non può non vedermi.

"Sì".

Schiaccio l'uno sulle chiamate rapide del cellulare. Warner risponde quasi subito.

«Ehi, penso di avere un'idea», sorrido, «ma bisogna armeggiare un po' su quella mia bellissima macchina».

Capitolo 3
Luke

«Perché cazzo R&S ha appena lasciato una Corvette del '78 nel nostro parcheggio?», sbraita Miller, attraversando a testa bassa la porta dell'ufficio come un grizzly pronto ad attaccare.

«Perché gliel'ho chiesto io». R&S, l'autocarrozzeria a cui indirizziamo tutti i nostri clienti, ha finito presto con la macchina e si è offerta di portarla qui gratuitamente. Non avrei mai detto di no.

«L'ultima volta che ho controllato non gestivamo un deposito».

Per quanto voglia rispondere per le rime al suo tono rabbioso, mitigo il mio con un sorriso, sapendo che l'atteggiamento rilassato lo irriterà di più. «Mi sono scordato di dirtelo: sto espandendo l'attività».

«Ma *davvero*… e Rust lo sa?»

«Sa quel che deve sapere», faccio una pausa. «Rilassati. Per fine giornata sarà fuori dal parcheggio».

Il caratteristico naso di Miller gonfia le narici in risposta e poi la voce si abbassa in un sibilo. «Rust è stato molto chiaro sul fatto di portare quelle cose sulla porta di casa. Quest'officina è pulita al cento per cento. Devi farla uscire da questa proprietà *subito* o tuo zio avrà la tua testa».

Miller sembra essere saltato alla conclusione che mi sono messo in qualche affare losco. Piuttosto arrogante da parte sua. Potrei risparmiargli tanto stress e dirgli la verità – che la macchina è un progetto collaterale legale su cui lavoro con il mio amico Jesse per far su un po' di soldi extra.

Soldi che posso dire di aver guadagnato *io*.

Sono più curioso di sapere cosa sappia Miller "dell'altra" attività di Rust. Più di me? Ne so così poco che non sarebbe difficile. Però mi fa incazzare oltre ogni limite che questo stronzo coglione possa avere informazioni che io non ho.

Intreccio le mani dietro la testa e faccio un sorrisetto. «No. Non penso che lo farò».

Miller non perde un altro secondo e si butta sul telefono. Solleva la cornetta antiquata e me la punta contro minaccioso: «Non farmi dire a Rust di venire qui».

Mi stringo nelle spalle. «È quasi ora di pranzo. Non mi dispiacerebbe mangiare un boccone con lui».

Un'espressione beffarda gli curva le labbra mentre schiaccia i pulsanti con l'indice grasso. Nemmeno cerco di nascondere una smorfia esasperata di fronte al suo sguardo truce, il ricevitore appiccicato a un lato della testa. «Rust, Miller… devi venire qui… è urgente… perché?», mi fulmina di nuovo con gli occhi, «tuo nipote, ecco perché… ok», sbatte giù la cornetta.

«Non ti hanno mai detto che hai problemi di gestione della rabbia?». Mi esalta al massimo poterlo finalmente dire. Per tutto l'anno in cui ho lavorato in officina Miller mi è stato col fiato sul collo e ha reso la mia vita un inferno. Adesso che Rust mi ha spostato all'interno e ha reso più che ovvia la mia posizione dirigenziale e di futuro proprietario, Miller non può permettersi le stesse stronzate. Ma ci prova lo stesso.

«In realtà mi divertirò a vederlo farti il culo».

«Esattamente, cos'hai contro di me, Miller? È perché sono più giovane? Più bello? Più intelligente?».

«Hai mai lavorato davvero un solo giorno in vita tua?», ribatte.

Fingo di non accorgermi che la tensione nella stanza è arrivata a livelli soffocanti; smisto fatture e rispondo alle chiamate dei clienti, ignorando Miller. Venti minuti dopo scorgo la Porsche Cayenne blu navy di Rust accostare fuori dalla finestra, faccio un saluto militare blando e supero Miller, felice di allontanarmi da lui.

Trovo Rust con Tabbs e Zeke, due dei meccanici di più vecchia data, chini su quel classico, le dita che accarezzano la verniciatura fighissima che R&S ha completato per me.

«Porca puttana, Infermiera Boone!», esplode Tabbs, usando quello stupido soprannome che mi hanno affibbiato dopo una settimana che lavoravo qui, «è per te?».

Pesco le chiavi in tasca. «Perché? Vuoi comprarla?». Un giro di chiave e il motore emette fusa basse e costanti. Non abbastanza forti da coprire la campanella che annuncia la carica di Miller fuori dalla porta. Tabbs e Zeke mugugnano e tornano ai rispettivi compiti per evitare la sua ira.

«Serviva a questo quel prestito?», Rust si toglie gli occhiali da sole per guardarmi dritto in faccia con quegli occhi azzurro vivo uguali ai miei.

Annuisco. «L'ho presa per tremila. La vedova voleva solo non vederla più in garage. L'ho fatta riportare al suo antico splendore».

«Di chi è il lavoro?»

«Secondo te?», Rust conosce Jesse. Anche lui lavorava qui.

«È ancora disponibile?».

Rivolgo a mio zio uno sguardo duro. «Solo per questo tipo di progetti. E solo attraverso me». Sa di che parlo senza doverlo dire ad alta voce. Jesse non vuole più impelagarsi con gente come i suoi "soci in affari". Non glielo chiederei, dopo ciò che ha passato.

Rust porta una mano al mento e lo sfrega, pensieroso. «La terrai?»

«No… anche se mi farebbe molto comodo una macchina nuova». Sarebbe un miglioramento rispetto alla Mustang GT cabriolet del 2007 che guido adesso. La prima che mi sia mai comprato da solo, e ci piove dentro. Sono le stranezze di Rust; da una parte mi vizia con cose che non servirebbero a nessun ragazzo di ventiquattro anni, come il Rolex o i gemelli d'oro. Ma le necessità fondamentali, come un tetto e il mezzo di trasporto? Vuole che lavori per averle. Prima che mi desse le chiavi dell'appartamento sciccoso in cui vivo adesso, dividevo un posto di merda con Jesse. Penso che sia una lezione di vita – mostrarmi cosa significhi arrabattarsi come una persona normale, così lavorerò più sodo per evitarlo.

«Ho già parlato con Sully. Va all'asta sabato prossimo. Dovrei riuscire a ricavarne un buon profitto, visto che è un modello dell'anniversario e ha fatto pochi chilometri. E sto organizzando altri due affari come questo mentre parliamo. Però forse mi servirà che anticipi un po' di liquidi».

Rust aggrotta la fronte, ma non dice niente. Sully è un *suo* socio, un banditore d'aste che ogni tanto aiuta a vendere auto per la RTM. Non so se lo infastidisca il fatto che ho agito alle sue spalle, ma ho imparato a conoscere Sully piuttosto bene. E, a parte il foraggiamento del prestito, volevo fare questa cosa senza coinvolgere Rust.

Soffoco il sorriso quando si avvicina Miller.

«Miller…», Rust fa un unico cenno con la testa.

L'omaccione indica la macchina con il mento. «L'avevo avvertito di portarla fuori di qui».

Rust storce le labbra, riflessivo, e sposta gli occhi da Miller a me. Sta prendendo una decisione. «Se Luke dice che va bene, è così. Confido che non farà niente di stupido», mi dà una pacca sulla spalla e aggiunge: «Investimento intelligente. Sono queste le cose che voglio vedere».

"Finalmente". Rust non distribuisce complimenti spesso. Il borbottio irritato di Miller non passa inosservato. Rust sceglie di ignorarlo e preferisce spostare l'attenzione sulla Audi RS 5 bianca che entra nello spiazzo.

«Strano che un'auto nuovissima come quella finisca qui», commenta.

«Probabilmente è ancora in garanzia», aggiungo. Perché mai qualcuno dovrebbe portare un'Audi nuova di zecca qui e non dritto dal concessionario? Ce n'è uno a nemmeno sedici chilometri.

La macchina si ferma e dalla portiera aperta sbuca un paio di scarpe rosa con il tacco alto.

«Mai vista prima», mugugna Miller quando una brunetta

esce dalla macchina. Mi chiedo se sappia di avere la garanzia. Miller fa due passi verso di lei, ma le parole di Rust lo fermano. «Luke, perché non scopri di che ha bisogno».

Sorrido. C'è una regola qui – solo Miller parla con i nuovi clienti.

Finora.

«Con piacere», dico e mi dirigo verso di lei.

Capitolo 4
Clara

Giuro, questi occhiali da sole enormi sono stati creati apposta per i poliziotti sotto copertura.

Osservo il mio obiettivo venire verso di me, un sorriso compiaciuto in faccia. Non ha idea di chi io sia. Nascondo il piacere di questa consapevolezza dietro un sorriso amichevole.

Di qualunque cosa stessero discutendo – doveva avere a che fare con quella Corvette scintillante, visto come la esaminavano – dev'essere stato risolto, perché Rust Markov si dirige alla sua Cayenne con passo vivace. Faccio del mio meglio per non guardarlo, per paura che qualcuno veda i lampi di disprezzo per quell'uomo.

Con la stessa chiarezza con cui io vedo l'odio del direttore corpulento per Luke. Se gli occhi potessero uccidere, vista la cattiveria con cui sta fissando la schiena di Luke in questo momento, l'avrebbe pugnalato dieci volte.

E ho l'impressione che Luke se ne freghi.

«Benvenuta». I luminosi occhi azzurri di Luke passano rapidi sui miei pantaloni eleganti neri e camicetta trasparente scollata. Reprimo l'impulso di incrociare le braccia al petto, sapendo che riesce a vedere il reggiseno di pizzo al di sotto. Di solito non indosserei mai niente del genere, ma tre delle donne che si è portato a casa avevano un abbigliamento simile.

La sua attenzione si sposta in fretta sull'Audi, una mano scivola sul tettuccio: «Bellissima».

«A me piace». Come sospettavo, non sembra riconoscere in me quella dell'incidente con la Cola al Cellar.

Abbassa la testa per guardare dentro. «Interni in pelle... navigatore satellitare...».

Be', su una cosa avevo ragione. Luke Boone adora le belle macchine. A quanto pare troppo per i miei scopi. «Vuoi che vi lasci un po' da soli?».

Inclina la testa da una parte, scoccandomi di nuovo quel sorriso sicuro di sé. Mi ferma il cuore solo per un battito. Non sono abituata a obiettivi come lui. «Come posso aiutarla oggi?»

«Credo che ci sia qualcosa che non va con la frizione». *So* che c'è qualcosa che non va con la frizione. Lo so perché ieri Warner ha detto a uno dei suoi ragazzi di rovinarla, così da darmi una scusa per portare la macchina qui.

Luke mi osserva con attenzione. «E il concessionario che ha detto?».

"Merda". In questo momento Warner è seduto nel furgone di sorveglianza, ascolta dalla microspia e sta dando il cinque agli altri perché mi ha appena vinto cinquanta dollari. Quando l'ho informato della mia idea, ha detto che non avrebbe funzionato. Che chiunque guidi una macchina da ottantamila dollari nuova di zecca va solo e soltanto dal suo concessionario per le riparazioni. Io avevo scommesso che non avrebbero nemmeno nominato la garanzia, sarebbero stati ansiosissimi di approfittare di una femmina poco più che ventenne.

Avevo torto, suppongo.

Con gesti decisi incrocio le braccia e assumo una posa rabbiosa. «Il concessionario ha detto che bisogna aggiustare la frizione e che dopo diecimila e cinquantotto chilometri non è più coperta dalla garanzia».

«E lei ne ha...».

«Diecimila e quattrocento sessanta».

Luke fa una smorfia. «E non chiudono un occhio?»

«No. Quindi li ho mandati a fanculo e me ne sono andata».

«Stronzi», scuote piano la testa, «be', possiamo darci un'occhiata. Nemmeno qui è in garanzia, ma ci assicureremo di farle pagare meno di quel che le hanno chiesto».

«Me l'avevano detto che conoscete le Audi». A giudicare dai rapporti, l'officina di Rust ha la reputazione di essere il non plus ultra con qualsiasi tipo di veicolo. Mi chiedo se sia perché i suoi meccanici sono il non plus ultra a smantellare qualsiasi tipo di veicolo. Non che ne abbiamo le prove.

«I miei ragazzi conoscono tutte le macchine. Chiavi?». Tende una mano; le unghie pulite e limate nascondono il fatto che ha il diploma di meccanico e fino a qualche mese fa lavorava nell'officina.

«Magnifico». Sposto lo sguardo oltre le vetrate. Dietro ci sono dei paranchi carichi di automobili. «Sembrate occupati là dentro, quindi immagino che ci vorrà un po'. Puoi darmi un passaggio a casa, vero?». Sollevo ad arte gli occhiali da sole e incrocio il suo sguardo, lasciando che ammiri una delle mie migliori qualità, gli occhi celesti ereditati da mia madre. "Ti prego fa' che questo piano continui a funzionare…".

Con una smorfia pensierosa che non riesco a decifrare, prima lancia un'occhiata a dove indugia minaccioso l'altro direttore, poi al grosso meccanico dalla pelle scura che esce a passo tranquillo da una porta aperta. «Zeke!», l'uomo si avvicina, «puoi farmi un favore e portare dentro questa macchina per controllare la frizione? Sembra che abbia bisogno solo di una regolata».

«Miller ha detto…».

«E io dico di non far aspettare questa bella signorina tutto il giorno per una riparazione da nulla».

Fa il saluto militare. «Giusto, inf… cioè, capo».

«Grazie, amico», Luke si gira di nuovo verso di me con un ampio sorriso, «vada a mangiare qualcosa. Sarà pronta al suo ritorno».

È affascinante, devo dargliene atto. E, *maledizione*, addio piano. Fatico a nascondere la delusione. Una cosa è quando incontri qualcuno e ti chiedi se sia attratto da te. Io ho *bisogno* di attrarlo, per far funzionare il tutto. E adesso che l'ho incontrato faccia a faccia, sobrio, le lancette corrono.

Appoggio una mano sul fianco e mi stampo un sorriso giocoso in faccia. «E dove mi porti a pranzo?». "Bah". Odio le ragazze così.

Piega la testa per considerarmi un attimo, incuriosito. Non direi irritato. Non dovrebbe. A giudicare da tutto ciò che abbiamo visto, Luke Boone è attratto dalle donne che si aspettano di essere messe su piedistalli d'avorio.

Tende una mano: «Luke».

Mi sfugge un piccolo sospiro di sollievo e gli stringo la mano, sfiorandogli il palmo con le unghie coperte di smalto: «Rain».

«Rain», ripete. «In effetti stavo giusto per andare a mangiare. Vuoi venire con me?», mi guarda le scarpe, «c'è da fare qualche isolato. Ce la fai?».

Dovrei essere accomodante? O si aspetta delle lamentele? Rain Martines dovrebbe pretendere di essere portata in macchina? Sembra una cosa stupidissima su cui rimuginare, eppure alcuni tizi sono attratti dalle stronze e io devo affascinarlo. C'è un equilibrio sottile tra recitare il ruolo che mi sono prefissata ed essere me stessa, per evitare cambiamenti da personalità bipolare.

Mentre io passo qualche secondo a dibattere dentro di me su quanto debba mostrarmi esigente, Luke si avvia fuori dallo spiazzo. Quindi afferro la borsa dal posto di guida e mi affretto a seguirlo, facendo del mio meglio per evitare le crepe del marciapiede.

Un veloce esame della strada con la coda dell'occhio individua il furgone blu, da dove i miei ragazzi dell'operazione sotto copertura osservano tutto dietro vetri oscurati. È confortante e fastidioso insieme avere della gente che spia ogni mio movimento, ascolta ogni mia parola. Ma è una parte dell'operazione non negoziabile. Quando sono con il mio obiettivo saranno sempre a portata di braccio, in caso qualcosa dovesse andare storto.

Luke mi si affianca percorrendo il marciapiede, le mani infilate a metà nelle tasche. «Allora? Qual è la tua storia? Da dove vieni? Direi che non sei nata a Portland».

«Come mai?».

Lancia un'occhiata ai miei vestiti. «Non sembri il genere di ragazza che possiede gonne da hippie e anfibi».

«E tu non sembri il genere di ragazzo che porta jeans attillati e mocassini».

In fondo Portland è tutta qui. Hippie e hipster. Se non rientri in nessuno dei due gruppi, allora sei appena uscito dalle pagine di un catalogo d'abbigliamento sportivo della Columbia. Persone come Luke e me – o almeno Rain – sono una minoranza da queste parti.

«Mi sembra giusto. Quindi?».

Io però sono più che preparata per questo genere di domande. «Sono originaria della East Coast, ma ho deciso di vedere com'era la parte occidentale per un po'».

«Perché non più a sud? La California è carina».

Domanda lecita. Una a cui posso rispondere con una mezza verità: «Mi crederesti se ti dicessi che amo la pioggia?»

«Hai attraversato il Paese perché *ami* la pioggia». Alzo gli occhi in tempo per vedere il suo sorrisetto. «In tal caso immagino che calzi a pennello con il tuo nome».

Vorrei poter dire che l'ho scelto per questo. Come parte della creazione della copertura, posso scegliermi il nome – qualcosa che mi venga spontaneo, a cui possa rispondere senza difficoltà. Di solito si usa il proprio nome di battesimo e il cognome da nubile di tua madre, ma l'ho usato così tante volte che stavolta ho preferito il soprannome che mi ha dato mamma. Da piccola mi chiamava Rain, perché ero il genere di bambina che al primo accenno di piovaschi afferrava ombrello e stivali di gomma rosa. Passavo ore fuori, affascinata dalla sensazione delle gocce fredde che mi si infrangevano sulla pelle mentre marciavo e saltavo nel fango, con gran sconcerto di mia madre. Dopo, il bagno caldo e accoccolarsi sotto una coperta erano ancora più soddisfacenti.

«Quindi hai deciso di trasferirti dall'altra parte del Paese e provare qualcosa di diverso perché ami la pioggia, *Rain*».

Quando lo dice a quel modo, con quel tono, sembra sospetto. «E perché mi serviva una via di fuga». Mi fermo un attimo prima di aggiungere: «Brutta rottura». "Confermare che sono single. Fatto".

«Mmh», mormora, come se capisse cosa vuol dire. Mi chiedo se sia vero. «Fin qui che ne pensi di Portland?»

«È carina, ma... sai, città nuova. È dura incontrare gente e farsi degli amici». Piantato un altro seme. È questa la maschera. Fare "amicizia" con l'obiettivo. È un termine ingannevole perché sappiamo tutti cosa vuol dire. Devo sedurre Luke, far sì che voglia di più, ma senza dargli troppo. Qui sta il dilemma etico che affrontano tantissime operazioni sotto copertura. Dove segno il limite? Se il mio obiettivo mi appoggia una mano sul ginocchio, lo lascio fare? O gli spingo via la mano? Se cerca di baciarmi, come gli dico di no? Quante volte posso farlo prima che perda interesse? Quanto permetto alle cose di andare avanti? Quando ho assunto questo caso non mi hanno dato nessun manuale di "puoi" e "non puoi".

Ho solo l'istinto.

E la mia integrità morale.

E il rispetto dei miei colleghi.

E la preoccupazione per la mia sicurezza.

E la rispettabilità della mia testimonianza nel caso.

«Sono sicuro che non ci metterai molto. Portland è piena di persone gradevoli».

«Be', oggi ne ho incontrata una, no?». È la cosa più simile a un bigliettino con su scritto "vuoi essere mio amico" che posso fare senza sembrare disperata.

Luke si limita a un sorrisetto.

Proseguiamo, le mie scarpe ticchettano sul cemento mentre passiamo tra gli altri pedoni, anche loro in missione pranzo. Una donna davanti a noi si destreggia con una borsa della spesa in una mano e nell'altra un bambino piccolo in preda a un capriccio in piena regola, che scalcia e urla fino a farle perdere la presa sulla busta e rovesciare una parte del contenuto. La gente intorno la oltrepassa senza offrirsi di aiutarla. Impossibile che non abbiano notato il disastro.

Ma Luke no. Lo guardo accovacciarsi e raccogliere in fretta tutto per poi porgerlo alla mamma sfinita, che si sposta le ciocche ribelli dietro le orecchie e arrossisce. «Piantala di far penare tua madre», sgrida il bimbo con un sorriso, e quello si infila un pollice in bocca e si appiccica alla coscia della donna.

E per tutto il tempo io me ne sto tre passi indietro e osservo Luke e mi aspetto che le infili una mano in tasca o in borsa e fugga con i suoi oggetti di valore. Perché è questo che fanno i ladri – colgono l'opportunità. Solo quando mi lancia un'occhiata da sopra una spalla e riprende a camminare, accetto il fatto che era una semplice gentilezza.

I rapporti di sorveglianza non hanno mai detto che fosse gentile.

I miei pensieri vengono sviati dal profumo di cibo fritto appena girato l'angolo. Davanti a noi si estende una fila di chioschi colorati, ciascuno coperto di lavagnette con il menu.

«Hai mai mangiato qui?». Un altro sguardo verso il basso mi dice che l'ho indotto a credere quello che volevo – che sono troppo snob per frequentare un capanno da giardino trasformato in rivendita di burrito a portar via.

«No, non posso dire di esserci stata». La verità è che sono già venuta almeno tre volte a questi carrozzoni di cibarie di Portland, soprattutto perché *lui* pranza qui quasi tutti i giorni. Altri tentativi falliti di attirare la sua attenzione. Una volta ho tirato fuori la macchina fotografica e l'ho puntata verso di lui, in attesa che alzasse lo sguardo e mi notasse, così avrei avuto l'opportunità di scusarmi e assicurargli che era solo per il mio ultimo progetto al corso di fotografia – catturare istantanee di begli uomini. Un'altra volta mi sono persino seduta al tavolo accanto al suo. Ma la sua attenzione era concentrata sul tramezzino e sul display del cellulare. E non si è accorto di me.

Luke indica con il mento un barroccio bordeaux con un'insegna nera in ferro battuto. «Fanno dei panini con le polpette davvero buoni».

«No, impossibile», esclamo prima di potermi frenare.

Luke inarca le sopracciglia.

«Nessuno fa polpette migliori di chi è nato e cresciuto in Italia. Quel tizio là dentro, con i capelli arancioni da Pel di Carota e le lentiggini, *non* è italiano. Quindi i panini devono essere orribili per forza».

Gli compare sulla faccia un sorrisetto divertito. «Un po' prevenuta, non ti pare?»

«Forse».

I suoi occhi si spostano sulla mia bocca, oggi colorata con un rossetto rosso acceso. «Fammi indovinare...».

«Sì, quando si tratta di cucina sono una di quelle italiane spocchiose, lo ammetto».

«Be', è il panino con le polpette più buono che abbia mai mangiato, ma io non so di che parlo, giusto?»

«Sì, ora che te l'ho detto», colgo lo scintillio divertito nei suoi occhi e prendo l'occasione al volo, «sai che faccio... proverò questo tuo panino *eccezionale*, e poi te ne preparerò uno vero, e potrai dirmi che hai torto e io ragione. Andata?». Trattengo il fiato in attesa della sua reazione a quello che qualcuno potrebbe definire l'offerta di un appuntamento. Se mi scarica adesso, equivale praticamente a un: "Grazie, ma non sono interessato" come non ne ho visti mai. E non so dire da che parte penderà. È più indecifrabile della maggioranza delle persone. I depravati con cui ho a che fare di solito hanno le loro intenzioni scritte in faccia, mi mangiano con gli occhi, approfittano di ogni opportunità per toccarmi. Ma Luke non è un depravato. Almeno, non assomiglia a nessuno di quelli con cui ho dovuto vedermela in passato – un ventiquattrenne con unghie perfette e Rolex d'oro e pantaloni di buon taglio, che lavora in un'officina dietro una scrivania e mangia cibo preparato nei baracchini.

Senza una parola, si avvicina al bancone ed estrae il portafoglio dalla tasca di dietro. Nonostante tutto ciò che è, e il motivo per cui sono qui, i miei occhi non riescono a fare a meno di indugiare su quella vista piacevole solo per un attimo, prima di risollevarsi a forza.

Mi do una pacca mentale sulle spalle, la sicurezza in me stessa comincia a tornare. Ho la sua attenzione e adesso lo muovo come fosse la mia marionetta personale. È quello in cui sono brava.

«Spero che la Diet Coke vada bene», mi porge il panino avvolto nella stagnola e la mia bibita.

Odio le bibite dietetiche. «Andrà bene. Grazie».

Mi guida fino a due sgabelli alti accanto a un tavolino rotondo. Dopo molti tentativi falliti di guadagnare la sua attenzione, mi sento come se avessi ricevuto un'iniezione di adrenalina, il brivido di una piccola vittoria mi scorre nelle vene.

«Ebbene?», indica il mio pranzo.

«Non offenderti se vomito», borbotto, sincera, mentre apro l'involucro e mi trovo davanti un pasticcio che potrei sbrodolarmi sulla camicetta – che costa più di quanto spenderei per un completo. L'FBI ha speso una quantità esorbitante di denaro per far sembrare autentica la mia copertura di ragazza della buona società. Finanche per i caffellatte che bevo passeggiando tra i mercati dei fiori calandomi nella parte. I ragazzi della mia squadra anticrimine avrebbero un aneurisma se facessero i conti. Ma ecco a voi l'FBI. Persino la microspia incorporata nel mio ciondolo è stata fatta apposta per questo caso, gli impulsi rimbalzano sui satelliti e raggiungono Warner e gli altri. Tecnologia su cui pochissimi riescono a mettere le mani. Certo non un comune poliziotto di città.

Luke mi guarda mordere. Dentro di me ammetto che non è affatto male – anche se c'è troppo sale nel sugo e la carne è un pochino secca – ma non posso dargli una scusa per tirarsi indietro dal nostro "appuntamento". Quindi riappoggio il panino sulla stagnola.

«Non ti piace?»

«Sei nato senza le papille gustative? O le hai perse crescendo?», lo provoco.

Mi fa un sorriso sghembo; non sembra importargli la mia soddisfazione. Mi chiedo se sia lo stesso con le ragazze che si porta a casa. E poi accantono quel pensiero, sento le guance un po' accaldate.

Senza fretta lavo via il sapore dalla bocca con la bibita gasata, mentre lui spazzola il pranzo. Deve avere un appetito del diavolo, visto tutto il tempo che passa ad allenarsi. Fa sempre la spesa la domenica sera e consiste in una busta sola che lo guardo svuotare attraverso il binocolo. Di solito mangia fuori o prende un takeaway e se lo porta a casa. Nelle rare occasioni in cui l'ho visto in cucina, era per scaldare il contenuto di una scatoletta di pasta pronta Chef Boyardee. Tipico scapolo di ventiquattro anni.

La mia analisi viene interrotta quando saluta con la mano qualcuno alle mie spalle. Guardando indietro scorgo un uomo in giacca e cravatta passare strascicando i piedi e mi irrigidisco subito.

È un istinto naturale dare per scontato che chiunque conosca il tuo obiettivo sia un altro criminale e che tu stia per assistere a qualcosa di illegale.

«Ehi, Willie», chiama Luke, incarta la metà rimasta del suo panino e gliela porge.

Mi acciglio appena e guardo sul serio l'uomo – la barba grigia e ispida, il completo marrone stracciato e sporco, la valigetta stile anni Ottanta stretta al petto; sembra rotta e ha perso il manico.

«Mr Boone», risponde l'uomo di nome Willie e accetta il pasto con un cenno di gratitudine, sorridendo quanto basta a rivelare diversi denti mancanti, «bella giornata di primavera, non è vero?»

«Verissimo», concorda Luke, «non vedo l'ora che arrivi l'estate».

Muti occhi tristi si girano verso di me: «Abbi cura di lui, bella signorina. È un uomo buono».

Non ho nemmeno la possibilità di rispondere prima che si allontani zoppicando. Quando rivolgo lo sguardo interrogativo su Luke, lui alza le spalle, un po' imbarazzato. «Passa da queste parti il martedì. Di solito compro due pranzi e gliene do uno». Dopo una pausa, aggiunge: «Mi ricorda mio nonno». Con un rapido movimento ruba il panino intatto – meno un piccolo morso – davanti a me e si mette a mangiarlo, come se fosse stata sua intenzione sin dall'inizio.

Mi si gonfia il petto, solo un pochino. Non dovrebbe affatto sorprendermi. Persino i più loschi criminali hanno un grammo di bontà. Un punto debole. Ovviamente quello di Luke Boone è il nonno. Mi appunto mentalmente di ottenere tutte le informazioni possibili su quell'uomo, così da poterle sfruttare.

Ma non posso evitare di guardare il mio panino e annotarmi che oggi è martedì. Mi chiedo se non sia Luke Boone quello che tira i fili qui.

Proprio mentre arriviamo all'officina la mia macchina sta uscendo a marcia indietro dalla porta a vetri d'ingresso. Un meccanico basso e tarchiato in tuta da lavoro strilla: «Come avevi detto tu, Boone. Una regolatina alla frizione».

«Grazie, Tabbs», Luke si gira verso di me e sorride, «visto? Te l'avevo detto».

«Sì, è così». Quel che non mi ha detto è se ci rivedremo. Lo seguo in ufficio. Uno scorbutico Steve Miller se ne sta seduto dietro la scrivania, martellando con il pugno polposo una pinzatrice blu. Lancia un'occhiataccia ostentata all'orologio sulla parete. «Non pensavo che saresti tornato».

«Sapevo che ti sarei mancato troppo», rimbecca Luke e gira intorno alla scrivania. «Ti sposti così posso compilare la ricevuta?»

«Non ce n'è bisogno. Ce l'ho qui pronta», di colpo il suo tono diventa quasi leggero e vivace. «Signorina, ho preso la maggior parte delle informazioni dal libretto di circolazione. Se può darmi il numero di telefono, un minutino e le preparo tutto».

Recito il mio nuovo numero di cellulare e in meno di un secondo Miller ha un foglio stampato e lo getta a Luke, abbandonata ogni aria di uomo capace di usare l'espressione "un minutino".

Questi due non si piacciono; è palese. Il che significa che più avanti Miller potrebbe essere una fonte di informazioni per noi. Dovrò farlo sapere a Warner. Fino ad allora... pesco la carta di credito nel portafoglio e la do a Luke.

Sogghigna. «Non vuoi prima vedere quanto ti facciamo pagare?».

"Calma, Clara". «Ma certo». Faccio l'esame obbligatorio della fattura, senza vedere sul serio nulla, né mi importa il costo visto che pagano i federali. «È ragionevole. Grazie».

La mia carta viene strisciata ed è ora di andare.

«Facci sapere se hai altri problemi», Luke mi scocca quel sorriso ampio e incantevole che mi blocca i piedi per un secondo.

Ancora nessun accenno a un contatto futuro. In realtà, direi che ha fatto di tutto per evitare l'argomento. Non è interessato e basta. Non c'è altro. O forse aspetta che sia io a tirarlo in ballo di nuovo. Però, se non è così, riparlarne mi farà sembrare disperata. Credo che non gli piacciano le donne disperate.

Luke Boone mi manda in tilt. Nessun obiettivo mi ha mai fatto dubitare di me stessa così tanto, così presto. Mi dico che è solo la pressione del caso. «Lo farò di certo». Mi muovo a passi lunghi, lenti, assicurandomi che i miei movimenti siano fluidi e seducenti, l'opposto dei pensieri frenetici, e cerco con tutta me stessa un altro amo, visto che finora niente di quel che ho lanciato ha fatto presa.

«Allora, quand'è che hai detto che mi prepari la cena?».

Reprimo l'impulso a gemere di sollievo, ma non posso frenare il sorriso che mi esplode sul viso. «Quando mi chiamerai», mi giro a guardarlo, a vedere la sua faccia soddisfatta – come se sapesse che non aspettavo altro, come se stesse giocando con me – e faccio un cenno della testa verso il foglio sulla sua scrivania, «hai il mio numero».

«Ce l'ho», gli brillano gli occhi, «ti chiamerò presto».

"Cazzo, grazie Signore".

Aspetto di essere in macchina e avere girato l'angolo prima di spegnere la cimice e strillare come una quattordicenne che è stata appena invitata al cinema. Chiamo Warner per fargli rapporto, il cuore ancora a mille. È protocollo standard chiamare dopo ogni incontro con l'obiettivo. Finora, non avevo altro che fallimenti da segnalare. E, anche se questo può non sembrare molto...

Penso di essere finalmente dentro.

Capitolo 5
Luke

«Ti scopi le clienti...», brontola Miller e chiude il cassetto dell'archivio con un forte schianto metallico.

«Solo quelle carine». E lei lo è. Solo quando ha sollevato gli occhiali da sole ha ottenuto la mia totale attenzione. Quei grandi occhi celesti in contrasto con la carnagione olivastra tolgono il fiato. Non avrei indovinato che era italiana. Mediterranea, di sicuro.

Esotica, capelli scuri, un corpo da paura – proprio il mio tipo.

«Farai perdere affari all'officina».

«Rilassati. Non ero io quello a caccia». E lei sì, poco ma sicuro. Per un bel po' non sono stato sicuro di voler abboccare. Tutto in lei – lo stile chic, la macchina costosa, l'atteggiamento controllato – dice che è il mio tipo di donna, e proprio lì sta il problema. Il mio tipo di donna è buono per una cosa sola, e non è pranzare ai baracchini di Portland. O conversare, in generale.

Dai a quel genere di ragazze qualcosa di più e all'improvviso diventano fatica, e soldi. Un flusso infinito di entrambi. Rust mi ha messo in guardia anni fa. Grazie a dio non sono caduto in nessuna delle loro trappole. Persino Priscilla, la mia scopata di riserva, che considero un'amica, che sa esattamente quali sono i termini della nostra "relazione" e che non ho il genere di disponibilità che cerca lei – persino lei ogni tanto ha provato a scucirmi di più. Un braccialetto nuovo, contanti per l'affitto, una tanica di benzina per la BMW che le ha dato il suo ultimo paparino d'oro...

Ma oggi Rain è stata carina, in un modo combattivo, mi ha fatto contento assaggiando quel panino che era ovvio non le sarebbe piaciuto. Arricciava il naso solo a vederlo. Il suo piccolo insulto arguto. Il modo in cui ha indugiato, aspettando, sperando in una possibilità di rivedermi, ma per nulla disposta a essere diretta e chiederla dopo tutta l'audacia di prima. Ragazze come Priscilla avrebbero continuato a insistere. Ma è ovvio che Rain ha un po' di rispetto per se stessa.

E quando ha fatto per uscire dall'ufficio, non sono riuscito a trattenermi.

Salvo il suo numero sul telefono per poterla chiamare dopo il lavoro. Se sono fortunato, stanotte l'avrò anche nuda e intrecciata alle mie lenzuola.

Sul display lampeggia il numero di Rust e a me si chiude lo stomaco. Spero che non abbia cambiato idea sul fatto che ho contattato il banditore d'asta alle sue spalle. Se è così, sta per farmi il culo a portata d'orecchio di Miller.

«Pronto?»

«Sei occupato?». Niente rabbia nel suo tono.

Guardo la pila di scartoffie. «Non proprio». Può farle Miller quelle stronzate. Gli piace.

«Bene. Di' a Miller che starai fuori per tutto il resto della giornata. Ci vediamo da Corleone».

«Corleone?», sono sorpreso. È probabilmente il miglior ristorante di Portland. Un posto in cui non entri senza abiti formali e un sacco di spazio sulla carta di credito.

«Sì… penso che sia ora che cominci a incontrare alcune delle persone con cui faccio affari *veri*».

«Davvero…».

«Vieni e basta», percepisco un sorriso nella sua voce.

"Finalmente…". Corro fuori dall'ufficio, sorridendo, calpestando la fattura di Rain che mi è scivolata tra le dita e adesso giace sul pavimento sporco.

Se credono che la musica del violino sia rilassante… si sbagliano. O forse è la compagnia sfarzosa che mi mette in tensione.

«Rust parla molto bene di te», commenta Andrei, il bicchiere di brandy appoggiato al labbro inferiore, lo sguardo perspicace che mi osserva con attenzione. L'accento aspro, l'atteggiamento duro e freddo, i gelidi occhi azzurri in qualche modo roventi – tutto di lui mi ricorda il vecchio socio di Rust, Viktor Petrova, un uomo d'affari di successo e assassino certo.

Però non ricordo che Viktor avesse dei tatuaggi sul collo. Questo tipo sì. Un accenno di inchiostro si allunga oltre il colletto dell'elegante camicia immacolata.

Mi limito a un sorriso appena accennato per adeguarmi al suo. «Sono il figlio che ha sempre voluto».

Mi guadagno un sogghigno da lui e una risatina chioccia da Rust – perché sappiamo tutti e due che l'ultima cosa che abbia mai voluto sono una moglie e dei figli. "Esce" con la stessa bionda, Ashleigh, da due anni ormai; se la tiene vicina con non più diamanti e regali griffati del necessario in cambio di un pasto casalingo ogni tanto e qualche pompino senza impegno. Il genere di rapporto che dovrei cercarmi se voglio evitare dispiaceri, secondo lui.

«È passato un po' di tempo dal mio ultimo viaggio in America», commenta Andrei e segue con gli occhi la cameriera che ci mette davanti i nostri piatti, «il servizio qui è atroce come sempre».

La mano di lei si pietrifica per un istante. La trafila delle scuse sembra sul punto di iniziare, quando Andrei con un gesto e una smorfia di disgusto le fa cenno di andarsene.

Intercetto gli occhi di Rust. Imperscrutabili come sempre. Non capisco se starsene seduto a questo tavolo con quel coglione lo metta a disagio quanto me. Il servizio non ha niente che non va. Cazzo, probabilmente è il migliore che abbia mai trovato.

«Sarà bello tornare a casa», aggiunge Andrei.

Mi mordo la lingua un secondo prima di chiedergli cosa l'abbia portato qui. È una domanda innocente – un modo per tenere viva la conversazione e distrarmi dall'imbarazzo – ma so che non si fanno domande a questo genere di persone. In realtà, Rust mi ha avvertito prima di entrare nel ristorante che "meno è meglio".

E di non dire stupidaggini.

Rust non ha mai avuto bisogno di chiamare direttamente per nome i suoi legami con la mafia russa per farmi sapere che i suoi "soci d'affari" appartengono proprio a quella. Sono della stessa risma frequentata da suo padre – mio nonno. Sono stato in mezzo a questa gente per tutta la vita. Non ricordo il momento esatto in cui l'ho capito, ma da allora ho sempre provato in uguale misura rispetto, timore reverenziale e diffidenza. Non ho mai avuto motivi per averne terrore. Mio nonno trafficava con loro, fino a quando non è morto di cancro, dieci anni fa. Rust traffica con loro. Anche se sanno essere dei figli di puttana, non ho mai visto il genere di cose a cui ti fanno pensare i film quando senti "mafia".

Be', immagino che non sia del tutto vero. Ma quel che è successo alla ragazza del mio amico Jesse non riguardava gli affari.

«Parlando di figli...», l'attenzione di Andrei si sposta su qualcuno alle mie spalle.

Con la coda dell'occhio vedo avvicinarsi un ragazzo robusto in completo nero su misura che si siede al posto rimasto libero al nostro tavolo, borbottando qualche parola in russo verso il padre.

Rust si allunga a porgergli la mano con un largo sorriso. Ecco com'è lo zio Rust; un tipo allegro fino al midollo, a meno che qualcuno non lo faccia incazzare sul serio. Fa sentire sempre tutti i benvenuti. Visto che in genere è circondato da facce arcigne – come queste due, proprio adesso – di solito la gente gravita per istinto verso di lui. «Lieto di vederti, Vlad. Questo è mio nipote, Luke. Presto comincerà a dirigere un po' di cose per me».

Non so a quali "cose" si riferisca, ma faccio un cenno con la testa e tendo la mano. Vlad l'accetta e mostra le nocche segnate dai tatuaggi. Altri scompaiono sotto il polsino della camicia e fanno capolino dal colletto. Penso che il tatuaggio sul collo sia uguale a quello del padre. Un marchio di qualche genere.

Secondo quello che ho letto, tutti i loro disegni significano qualcosa di importante.

La barba incolta sul viso di Vlad nasconde la sua vera età, ma penso che non sia molto più grande di me. Però, ho la sensazione che la sua vita sia stata molto diversa dalla mia.

Mi scruta in silenzio per un istante con gli stessi occhi azzurri e freddi del padre, poi si gira e comincia a raccontare qualcosa in russo ad Andrei. Sono piuttosto sicuro di sentire: «Un altro americano scemo da gestire».

Controllo la mia espressione. Forse non gli importa o forse danno per scontato che non li capisca. Ma ho imparato il russo da mio nonno. Forse avrei potuto guadagnarmi il rispetto di questi tizi con tale abilità, ma Rust mi ha avvertito anni fa che era un buon segreto da tenere al sicuro.

Per il resto della cena rimango in silenzio ad ascoltare Andrei, Rust e Vlad che costellano una conversazione banale con messaggi segreti sia in inglese che in russo. Commenti su un contatto in Israele. Un cantiere navale e una persona disposta ad aiutarli a "tagliare il nastro rosso". Qualcuno sul pontile degli arrivi di cui bisognava "occuparsi".

Niente che possa essere capito o riesca a insospettire uno sprovveduto.

Tutte cose che mi stanno facendo morire di curiosità.

Anche con un completo di Armani e un bicchiere di cognac, in questo momento mi sento un bambino di dieci anni seduto a tavola con uomini adulti che parlano del mercato azionario. Rust avrebbe dovuto informarmi, prima di portarmi qui. Il modo in cui mi guardano sia Andrei che Vlad non lascia spazio a dubbi, questo incontro serve a pesarmi e misurarmi tanto quanto a pianificare questioni d'affari. Non sono sicuro di cosa decideranno. Forse che è il caso di affogarmi e squartarmi.

Dopo un'altra ora a guardare Andrei e Vlad che fanno gli stronzi con i camerieri e buttano là commenti aspri sugli americani in generale, Vlad getta sul tavolo una pila di contanti per pagare il conto – proprio come Viktor, questi tizi sono determinati a non lasciare tracce cartacee – e Andrei si gira verso di me: «Allora, tuo zio dice che sei ambizioso».

Non lascio spazio al dubbio: «È vero».

Un sorriso sghembo gli sfiora le labbra, ma non raggiunge gli occhi. «Lo spero».

Capitolo 6
Clara

Bill picchietta con le bacchette sulle istantanee di due facce di bronzo attaccate alla lavagna bianca; il contenitore di spaghetti di riso tailandesi che ha in mano ormai è probabilmente freddo. «Andrei Bragin. Arrivato in aereo da San Pietroburgo due giorni fa. Sta dal figlio, Vladimir, che ha acquisito la residenza permanente dopo il matrimonio con la moglie trofeo di origini americane. Hanno appena finito di cenare da Corleone con 12 e 24. La nostra informatrice non è riuscita a cogliere niente di utile. Ogni volta che si trovava nelle vicinanze passavano al russo, tranne che per insultarla». Sogghigna e aggiunge: «Quel cretino ha fatto riportare in cucina l'agnello. Due volte».

Condividiamo un mugugno generale, coprendo il ronzio del canale sportivo. È piuttosto ingegnoso piazzare un informatore donna in un ristorante frequentato da diversi criminali d'alto livello. Lavora lì da anni e ogni volta che i federali le picchiettano sulla spalla fornisce brandelli sparsi di informazioni.

I miei occhi si spostano sui quattro tizi seduti attorno al tavolo nella nostra "casa sicura" di fortuna – il garage di Bill nei sobborghi di Portland, un covo maschile in piena regola. A casa sono abituata a questo genere di nottate, riunirsi con i colleghi per bere qualcosa e rilasciare un po' di tensione in un posto in cui possiamo essere noi stessi.

Ma questi ragazzi non li conosco molto bene, a parte Warner. Sento che dovrei. Fanno parte della mia squadra per l'operazione sotto copertura. Quelli che si prendono cura di me – che raccolgono informazioni e le riferiscono a Sinclair e a me, che si assicurano dei pagamenti delle bollette di luce e gas del mio appartamento e che io abbia tutto ciò che chiedo per aiutarmi con il caso.

I ragazzi che mi faranno arrivare viva in fondo a questa storia.

Non ci incontriamo spesso in questo modo. In effetti, mai, per lo più ci affidiamo alle telefonate. Ma sembra che ora il nostro caso sia in piedi e pronto a mettersi a correre. Dobbiamo essere pronti a seguirlo.

«Cosa abbiamo su di loro?», domanda Franky, l'agente dinoccolato seduto in un angolo del divano beige stinto. Ha dieci anni di esperienza in una task force federale per i furti d'auto, quindi rappresenta un supplemento importantissimo per il gruppo.

«È certo che fanno parte di una famiglia organizzata con sede principale a San Pietroburgo e un raggio d'azione che si allarga in gran parte del Paese. Ufficialmente tutti e due puliti. Ufficiosamente, ci sono alcuni deboli legami con il contrabbando d'oro e diamanti. Niente di solido finora. Vlad ha una villa sfarzosa fuori Burlingame. Bella zona».

Quel nome risuona dai fascicoli del caso. «Il socio d'affari di 24 non abitava da quelle parti?», domando a Bill. A quanto mi ha detto Warner, Bill raccoglie informazioni su questo caso sotto copertura sin dall'inizio.

«Viktor Petrova, sì. Ogni tanto lui e Vlad giocavano a golf insieme», conferma e sistema comodamente la bottiglia di birra sulla pancetta prominente. Ha il tipico corpo da poliziotto ultra quarantenne – ancora forte, ma in carne.

Viktor. Un altro malavitoso russo. Un altro vicolo cieco nei tentativi dei federali di infiltrarsi in questo giro di furti d'auto, in base a quanto ho letto. In origine avevano provato a entrare attraverso la moglie trofeo di Viktor, piazzando nel suo college un agente che ci facesse amicizia. Poi la moglie è sparita senza lasciare tracce, senza una denuncia di persona scomparsa, *niente*. Un informatore ha confermato la versione ufficiale che la donna abbia abbandonato Viktor nel cuore della notte. Pensano che sia in una tomba poco profonda da qualche parte, ma non avevano motivi per presentarsi alla porta e fare domande.

Era troppo rischioso per l'indagine. Da allora non è stato fatto nulla per trovarla. È un altro dettaglio di questo caso che mi infastidisce.

Poi i federali sono passati a un'informatrice che aveva delle conoscenze di letto vicine a Viktor. Avrebbe potuto funzionare, ma lui si è fatto uccidere.

«Va bene. Mentre Clara lavora su 12, vediamo cosa riusciamo a scovare su questi qua. Franky, Rix...». Warner guarda il quarto del gruppo, un agente che ha superato i trenta e potrebbe passare, con la sua faccia da bambino e i jeans consumati calati sui fianchi, per un comune ladro di vent'anni. «Drizzate le orecchie; cercate di intercettare qualsiasi ordine».

Anche se questa rete di ladri e autisti della banda di solito non si allontana dal proprio gruppo criminale, Rix è riuscito a farsi amico uno di loro.

Dopo quattro mesi a giocare a freccette e bere birra con la feccia in una bisca del posto, lasciando cadere un accenno qua e uno là, finalmente il tipo ha chiesto a Rix di aiutarlo con un lavoro. Rix - con una conoscenza accurata e tutti i gadget del ladro d'automobili, dono dell'FBI – lo ha colpito con la propria abilità. Adesso aspetta il momento opportuno, in attesa che la voce circoli e i ricettatori lo cerchino per degli ordini. Chiederne velocizzerebbe la cosa, ma in quel caso gli appiopperebbero un'accusa di induzione a delinquere, e tutte le informazioni raccolte sarebbero inammissibili in tribunale. È un processo lento, ma è un'altra breccia nel giro, e dobbiamo tentare da ogni parte se vogliamo ottenere qualcosa.

«Bill, a che punto stiamo con la casa sicura? Non possiamo più incontrarci qui», interviene Warner.

«Sto cercando di farci assegnare quella a pochi isolati da casa di Bertelli. Sembra disponibile per il mese prossimo, sempre che il giudice prolunghi il mandato».

Warner annuisce e mi fa l'occhiolino. «Sentito? Va' a procurarci qualcosa di utile».

Capitolo 7
Luke

Rust sembra tenere sempre d'occhio l'ambiente circostante. Le facce, le vetrine dei negozi, le macchine vicine. Me ne sono accorto anni fa. Mi ci sono abituato. Ma adesso, durante quest'ora di macchina lungo il confine tra Oregon e Washington verso Astoria, mi sembra che abbia la testa su un perno girevole visto come controlla lo specchietto retrovisore e ogni strada secondaria che oltrepassiamo.

«Ti aspetti di vedere qualcuno?», chiedo.

«Sempre. E devi farlo anche tu».

Annuisco, temo di fare qualche domanda stupida e farlo pentire della decisione di passarmi a prendere all'officina e dire a Miller che non sarei tornato, oggi. A Rust piacciono le rivelazioni grandiose. Era sempre lui a insistere sulle feste di compleanno a sorpresa e la benda al momento di aprire i regali.

Svolta con il grosso pickup nero – uno dei sei veicoli di sua proprietà – in un sentiero scavato dai segni di penumatici e cosparso di ghiaia. Abbastanza largo, però. Sembra appartenere a una compagnia di disboscamento e portare verso il nulla, a parte un sottobosco fitto e alberi. Noto la prima telecamera dopo ottocento metri, assicurata a un albero. «Con sensori di movimento», conferma Rust. Ottocento metri dopo, un semplice cancello di metallo blocca la strada. Sopra ci sono altre telecamere nascoste. Rust scende ad aprire il lucchetto con una chiave nascosta in una cassetta provvista di combinazione. «Non venire mai qui senza prima avvisarmi», ammonisce.

Espiro più piano possibile, cercando di scuotermi di dosso l'agitazione che mi cresce nel petto. Mi chiedo cosa io stia per vedere. Tuttavia, non può essere così male. Stiamo parlando di Rust! Quello che mi lasciava marinare la scuola per portarmi a una partita dei Mariners a Seattle.

Quando penso che non possiamo inoltrarci nella foresta più di così, dopo una curva ci troviamo davanti a un capanno in metallo a due piani color verde bosco, sepolto tra gli alberi. Fa sembrare minuscola la piccola baita a punta che, una quindicina di metri più in là, affaccia su un laghetto. Pannelli solari coprono tutto il lato meridionale del tetto. Immagino che la rete elettrica non arrivi fino a qui.

«Di chi è questo posto?»

«Di tuo nonno. L'ha comprato cinque anni fa».

«Quello morto *dieci* anni fa?». Non può essere l'altro, visto che non abbiamo legami con quel ramo della famiglia. Non hanno mai approvato nemmeno il matrimonio dei miei genitori.

Rust sorride. «Ha il braccio lungo».

Esco dal lato passeggero, fischiando quando metto i piedi a terra. Risponde solo lo schiocco dei rami. «Mai pensato che fosse un fan dell'aria aperta».

Rust mi mette un braccio attorno alle spalle e mi trascina ridendo verso il capanno. Siamo alti uguali e con una struttura fisica non molto dissimile. Anche se ha ventidue anni più di me, si cura parecchio e va in palestra quasi quanto il sottoscritto. È questa la libertà di non avere moglie e figli, ha sempre detto. Puoi vivere secondo i tuoi piani. Non devi rispondere a nessuno.

A volte mi chiedo se si senta solo. Mi chiedo se *io* mi sentirò solo, nel caso dovessi seguire il suo consiglio e prendere tutto alla leggera. So che quando sono con Jesse e Alex e vedo il mio migliore amico con una donna di cui si fida senza riserve, sento i morsi dell'invidia.

Rust sgancia il pesante lucchetto e poi spinge con tutto il peso la porta di metallo. Riesce a socchiuderla e io lo seguo dentro; quando fa scattare un interruttore si accende un pannello fluorescente che illumina la discarica all'interno. Almeno, è questo che sembra a una prima occhiata. Ma un esame più accurato rivela che c'è ordine nel caos. Vicinissimo a me c'è un assortimento di airbag – un elemento costoso della macchina se mai ti capitasse di doverlo sostituire. Più giù, un mucchio ordinato di convertitori catalitici. Sono cose che costano circa mille dollari l'una. Accanto ci sono i cerchioni di dozzine di automobili con dietro quelli che probabilmente sono gli pneumatici corrispondenti. Lungo tutto il perimetro di questo capanno enorme senza finestre ci sono i resti di diverse macchine – di tutto, dagli stereo di fabbrica alle batterie ai pannelli laterali. E proprio al centro c'è un assortimento di veicoli usati: Honda, Toyota, un pickup della Ford rosso acceso, persino una Oldsmobile Cutlass dell'"87.

«Ci sono duecentocinquantamila dollari qui dentro», Rust osserva il mio viso in cerca di una reazione.

Dentro mi si agita uno strano senso di soddisfazione, perché avevo ragione sin dall'inizio. Solo che non avevo ipotizzato abbastanza in grande. «Quindi smembri automobili».

Sorride. «Smembro automobili. Vendo automobili. Andrei ha dei buoni contatti oltreoceano...». Lo seguo quando va a battere sul tettuccio della Cutlass. «Il mercato estero è in piena esplosione. Prima o poi gestirai tu gli scambi con Vlad. Ma voglio che entri nel giro poco alla volta, quindi cominceremo da piccole cose. Gestirai due dei miei ricettatori».

Gestire ricettatori? E che cazzo vorrebbe dire? Non appena si volta cerco quella merda su Google. «Immagino che queste macchine non vengano dalla RTM...».

«No, Luke», un sorriso ironico, «non vengono da lì».

Mio zio spaccia auto rubate, e non solo una ogni tanto. Il furto non è una rivelazione sconvolgente per me, visto che sono cresciuto con un nonno che immagazzinava casse di alcolici di marca sotto il tavolo della sala da pranzo e componenti elettronici nel sottoscala della cantina. Tutte cose "cadute dal camion”. Questo diceva ogni volta che facevo domande al riguardo, accompagnando la risposta con una strizzatina d’occhio e l’ammonimento a tenere la bocca chiusa. Mi sorprende che non usasse un posto come questo per conservare tutta quella roba. Ripensandoci, però, Rust ha sempre definito il nonno un “dilettante” e non un vero uomo d’affari. Ho origliato abbastanza conversazioni per sapere che Rust lo spronava a pensare più in grande, a moltiplicare le migliaia di dollari che faceva. Ma a nonno piaceva distribuire carne nella macelleria di un amico al centro di Portland. Diceva che era un buon equilibrio.

Rust osserverebbe che anche lui ha un buon equilibrio, e che il suo equilibrio guadagna un fracco di più.

La mia mente va in modalità finanziaria, confronto quel che Rust racimola ogni anno attraverso l’officina e la RTM – che credo, tenendosi bassi, raggiunga numeri a sette cifre – con quello che deve fruttare tutto questo. «Quanto si rischia?». Di certo ne vale la pena.

Si stringe nelle spalle. Non del tipo “non lo so”, ma del tipo “chi se ne importa”. «Gli sbirri sono troppo occupati a dare la caccia agli idioti. I teppisti, gli esibizionisti con le macchine rubate. Io mi sono messo al riparo. Ci sono abbastanza strati di protezione da permettere solo a pochissimi di indicare un mio coinvolgimento. E quelli che possono farlo hanno da perdere tanto quanto me. Sono cinque anni che gestisco questo giro e so di chi fidarmi e di chi no. E poi…», fa una smorfia dubbiosa, «ho la polizia di tutta la costa occidentale in tasca. Mi farebbero una soffiata se fossi indagato».

Segue un silenzio inquietante mentre le sue parole e la sua sicurezza fanno breccia dentro di me.

«Ma non è pericoloso avere tutta questa roba qui? Non sarebbe difficile per i poliziotti scoprire chi c’è dietro se ci vedono il nome del nonno sopra».

Alza un dito. L’indice alla “ascoltami bene” di Rust. «Il punto non è cosa sanno. È cosa possono dimostrare».

«Nonno lo diceva sempre».

«E aveva ragione». Un'altra lunga pausa: «Allora?», allarga le braccia, «volevi entrare nel giro. Ora sei dentro».

Ho sempre saputo che avrei fatto qualcosa con le automobili. Questo? Be', questo è decisamente… qualcosa.

Poso lo sguardo su una grossa Ford F-250. Avrà probabilmente tre anni, ma è tenuta bene. Chiunque sia il proprietario del dado di peluche appeso allo specchietto retrovisore, deve essersi incazzato quando gli è sparito il pickup.

Il telefono nella tasca di Rust – l'ho visto abbastanza spesso con i cellulari da accorgermi che sono usa e getta – spezza il silenzio glaciale. Non scambia più di cinque parole prima di riattaccare, l'aria attorno a lui freme di energia. È eccitato. «Sei pronto?».

Faccio solo un cenno d'assenso.

«Bene. Perché stai per sporcarti le mani».

Il sole oltre la catena montuosa a est comincia appena a schiarire quando superiamo i cancelli di sicurezza del Molo Due ad Astoria, rallentando per osservare il fumo nero che si alza dai puntali della nave da carico pronta a salpare. La guardia con i capelli grigi alza gli occhi, poi riporta l'attenzione sul libro che sta leggendo. Mi chiedo quanto gli venga in tasca da tutto questo.

«Si chiama Edgar. Ha due figlie, una va già al college, l'altra comincerà a breve», spiega Rust, come se mi leggesse nel pensiero, «la retta è quarantamila all'anno. È disposto a guardare dall'altra parte in cambio di un aiuto a pagarla. È il trucco in questo lavoro… tutti hanno un punto debole. Devi solo trovarlo e poi comprare la loro tranquillità».

Continua su quella strada per circa cinque minuti, poi entra nel vialetto di un motel silenzioso, le ruote che scricchiolano sul breccino del parcheggio. I pochi lampioni funzionanti evidenziano un ufficio noleggi con una fila di sedili in plastica blu e quei pannelli di legno finto che i miei nonni avevano in cantina. Non è accogliente, ma pensandoci immagino che alla gente che si ferma qui non importi di essere accolta con riguardo. Rust prosegue fino in fondo alla via, dove le luci sono tutte fulminate. Non riesco nemmeno a leggere i numeri che contrassegnano le porte color fango.

«Dimmi che non entreremo lì», mugugno.

Rust ridacchia. «Il nipotino schizzinoso». Parcheggia accanto a un SUV nero. Si abbassa il finestrino e appare Vlad, invecchiato ancora di più da un altro giorno di barba non rasata. Il suo sguardo passa da Rust a me – gli abiti neri e rovinati da una notte passata a smontare auto – e poi torna su Rust. In russo, sbotta: «Che ci fai qui?». Comincio a pensare che non sappia proprio fingersi educato, mai.

Rust risponde in inglese: «Perché no?».

Un altro sguardo nella mia direzione, più duro. Di nuovo in russo: «Forse io e mio padre dovremmo preoccuparci per il futuro dei nostri rapporti lavorativi?».

Le labbra di Rust si tirano in un sorriso per nulla gradevole. «Mi fido di Luke più che di *chiunque* altro», afferma, la voce calma, gioviale… un avvertimento a chiare lettere.

Stringo il pugno e mi impongo di sorridere a denti stretti, immaginando di colpire quel cazzone dritto in faccia. Probabilmente finirei al tappeto, ma almeno segnerei per primo.

Pausa di un altro secondo e poi Vlad borbotta, come annoiato: «Le casse sono tutte a bordo. La nave parte entro un'ora».

«E la seconda consegna?»

«*Da*». Sì. «Già nei container».

«Bene. Che succede sull'altra sponda?»

«A te interessa solo questa». Si guarda rapidamente attorno prima di gettare a Rust una sacca da viaggio nera attraverso il finestrino.

Il suo peso, quando Rust me la butta sulle ginocchia, è sorprendente. Lui mi guarda e la indica con la testa.

Apro la zip. Mi accelerano i battiti alla vista delle mazzette di banconote.

«Come andiamo?», domanda Rust.

"Come cazzo faccio a saperlo!", vorrei sbraitare per la frustrazione di essere sempre all'oscuro di tutto. Ma immagino che il punto non sia cosa so, ma come mi presento, con Vlad seduto lì a guardare. Se ci hanno fregato, lo scopriremo appena avremo contato i soldi. E adesso non è il momento.

«Pare bene», rispondo, la voce più calma e dura possibile.

«Ci sentiamo più tardi». Rust si allontana senza aspettare risposta. Solo quando siamo di nuovo sulla strada principale gli sfuggono delle imprecazioni in russo sottovoce. «Contali. Assicurati che quella testa di cazzo non ci abbia fregato sul prezzo».

«Pensi che lo farebbe?»

«La prima volta che ho incontrato Vlad era una piccola canaglia brufolosa. Adesso, guardalo. Pensa di essere speciale».

Immagino che sia un sì. «Quanto dovrebbe...».

«Quattrocentomila».

Fischio piano e comincio a contare una pila di pezzi da cento e da mille.

«Andrei viene pagato dai compratori dall'altra parte, ma Vlad mi dà subito la mia metà perché il mio lavoro è finito. *In teoria* è una società alla pari. Ma hanno cominciato a imbrogliarmi, rivendicano un cinque per cento in più per tutta la trafila. Penso che se lo intaschino loro», si fa scuro in faccia, «non ci proverebbero mai se ci fosse ancora Viktor».

«Quante cose sai di Andrei?»

«È stato il nostro contatto oltreoceano per cinque anni, ma è sempre stato il contatto di Viktor. Un mese dopo la sua morte, mi ha cercato perché voleva continuare».

«Perché non è andato da Albert? Non sono tutti...», lo dico ad alta voce? Mi decido per «imparentati?». Dopotutto Albert era il braccio destro di Viktor. Quei due erano gemelli siamesi. Non mi sono mai seduto a un tavolo con Viktor senza vedere Albert accanto a lui.

Percepisco con la coda dell'occhio che Rust mi sta osservando. Pensava davvero che non avessi capito chi sono? «Perché questa è la *mia* rete. Ho passato anni a costruire un'organizzazione vincente. E poi, Albert ha le sue capacità, ma intrallazzare sul versante americano… è quello in cui sono bravo *io*. Quei tizi non fanno altro che spintonare e minacciare e questo non costruisce solide relazioni lavorative».

«Ma Vlad non si fida di me». Non è una domanda.

«Vlad non si fida di nessuno», sospira, «è che stasera l'ho colto di sorpresa. Di solito i soldi se li scambiano lui e Miller».

Resto a bocca aperta. «Mi prendi in giro? Miller fa parte di tutto questo?»

«Da parecchio. Ma tu non lo sai. Capito? Non una parola».

«Ti fidi a farlo interagire con uno come Vlad? E con *queste* cifre?». Non ce li vedo Miller e Vlad a lavorare bene insieme.

«Sì, in effetti mi fido, e tu dovrai seppellire qualsiasi rancore tra voi due e imparare a fidarti di lui. Quando sarai pronto vi scambierete di posto, tu ti occuperai del giorno di paga con Vlad e Miller gestirà i tuoi ricettatori. Vlad tende a fare il gradasso con Miller, so che tu lo gestirai meglio».

Non vedo come sia possibile, ma non mi lamento. «Miller che ne pensa?»

«Non ha scelta se vuole continuare a fare soldi», fa una pausa, come incerto se dire altro. «Ha delle questioni personali in ballo. Questioni che gli danno la spinta a restare con me e fare soldi. Hai bisogno di averlo dalla tua parte, credimi. È un buon lavoratore ed è fedele. Ti do un'altra dritta utile: tieni le porte aperte, ma nascoste. Non puoi mai sapere in anticipo se qualcuno si dimostrerà utile in futuro».

"Caspita". Quante porte nascoste ha aperto Rust? Tabbs e Zeke sono al corrente di questa storia? «Ascolta, se sono dentro, allora devi darmi qualche informazione in più. Non posso sembrare l'idiota che Vlad già crede che io sia».

Rust si appoggia meglio allo schienale, come se si preparasse a un lungo viaggio e a una lunga chiacchierata: «Cosa senti di dover sapere?».

"Da dove comincio?". «Come funziona? Come ricevi gli ordini? A chi telefoni? Che ci fanno con le macchine?»

«Non sei contento se non hai il quadro completo», Rust fa

un sorrisetto, «tuo nonno lo diceva sempre di me da piccolo».

Mi sfrecciano nella testa una domanda dietro l'altra. Lotto per concentrarmi su una sola, per cominciare. «Cos'è l'altra consegna di cui parlavi?»

«Alcune Lexus. Un'Audi. Delle Escalade».

«Smembrate?».

La sua risata di naso riempie la macchina. «Una Lexus che qui sta a quarantamila dollari la vendi per quasi duecentomila in Tailandia. E Andrei può vendere una Mercedes da sessantamila dollari a Mosca *così*», schiocca le dita.

«Dove le prendi?»

«Vari posti».

«Tipo...».

«Frodi assicurative. Gente che vuole sfuggire ai termini del contratto o ha bisogno di un bel po' di grana. Ma per lo più vengono da parcheggi e vialetti. Emetto un ordine per quello che mi serve e viene comunicato lungo la catena. In realtà dipende dalla macchina. La roba di lusso richiede un po' di abilità e attrezzi di professione. Le Civic vecchio modello e cose così... un diciottenne te le prende dal vialetto di una casa per cinquecento dollari in contanti».

«E le persone...».

«Se sono furbe hanno l'assicurazione sul furto», replica subito, all'apparenza insensibile alla stessa fitta morale che punge il fondo della mia coscienza, «e se guidano una macchina da ottantamila dollari e non la chiudono in garage, se la cercano».

"Immagino di sì...".

«Finiscono per pagare le compagnie d'assicurazione e vaffanculo a loro. Ce le ho sempre tra i piedi alla RTM. Già rapinano la popolazione comune».

Ma le compagnie assicurative si limitano a trasferire i costi aumentati sui clienti, così comunque la metti è la gente a pagare. Sono certo che veda la falla nella sua logica. Però, non lo dico ad alta voce. C'è qualcosa di più importante che devo mettere in chiaro. «Non fanno male a nessuno per prendere le auto, vero?». Non riesco a credere che Rust avrebbe mai a che fare con qualcosa del genere, ma... Dall'abitacolo di quel pickup Ford Extended Cab in magazzino, ho tirato fuori un seggiolino e un orsacchiotto di peluche. Continuano a turbarmi.

In passato ho finto di non vedere certe cose – come quando sapevo che il socio di Rust, Viktor Petrova, maltrattava la moglie – e anche se non potevo farci granché, non mi sono mai perdonato di non averci nemmeno provato.

Ho promesso che non sarebbe successo mai più.

«No, Luke. Quelli delle gang rubano, ma i miei ricettatori sanno che non devono fare affari con loro. Spacciano crack e si fanno di metanfetamina. Alla fine li beccano sempre, e quando succede vuotano il sacco con chiunque li voglia ascoltare. Non ce n'è alcun bisogno. Ci sono un sacco di modi per ottenere un veicolo senza fare male a nessuno. Siamo ladri d'auto, non assassini». La sua bocca assume un'espressione dura: «Allora? Volevi entrare. Adesso hai visto tutto. Hai cambiato idea?».

È la prima volta che si disturba a chiederlo. È la prima volta che ci fermiamo a parlare nelle ore successive all'arrivo degli altri. Prima è arrivato al posto di stoccaggio un uomo che non ho riconosciuto, poi altri due giovani che non avevo mai visto, nessuno dei quali si è preso la briga di presentarsi. Mi sono fatto guidare dalla loro esperienza e nel giro di poche ore abbiamo smembrato fino all'ultima macchina. Un'ora dopo, Albert ha portato un camion. Dal retro sono usciti quattro gorilla fatti apposta per sollevare pneumatici e hanno iniziato a sistemare i pezzi dentro delle casse vuote, poi hanno riempito il camion con il carrello elevatore, senza mai smettere di chiacchierare in russo.

Erano passate le tre del mattino quando i fanalini di coda del camion sono scomparsi nell'oscurità, lasciando il magazzino vuoto a parte una piccola pozzanghera d'olio e qualche vite sparsa. Nessuno sospetterebbe mai che poche ore prima era stracolmo di pezzi d'auto rubate.

Mi guardo, tutto sporco, mi sono strofinato le mani ma non sono certo pulite. «Dipende. Mi farai smontare macchine, o è stata solo un'altra "esperienza"?».

Ride. «Tutti dovrebbero provare una buona sessione di smembramento almeno una volta, ma, no, per adesso passerai gli ordini ai miei ricettatori, i miei contatti più vicini alla strada. Ecco...». Una mano sul volante e gli occhi sempre sulla strada, Rust allunga l'altra nella borsa e afferra quattro mazzette di banconote. Quarantamila, secondo i miei calcoli. Me le getta sul petto.

«Per cosa?»

«La tua parte, che sarà molto più sostanziosa la prossima volta», sorride, «mettila in cassaforte a casa».

Sfoglio i contanti tra le dita.

Così tanti. Non posso proprio essermeli guadagnati con quel che ho fatto stanotte.

«Oh, e ho una piccola sorpresa per te». Prende dalla tasca un mazzo di chiavi e me lo porge. Proprio come la sera che mi ha dato le chiavi di un nuovo appartamento.

Solo che queste sono di una macchina, con un logo su cui ho sbavato per anni.

Pervaso da ondate di eccitazione e nervosismo, rimango seduto e ascolto in silenzio zio Rust che mi spiega passo passo i "come" di tutta quest'operazione che un giorno vuole gestisca insieme a lui.

È impossibile ignorare la gigantesca sacca piena di soldi che mi pesa sulle cosce.

Capitolo 8
Clara

«Non potevi prendermi un cane vero, eh?».

La risata profonda di Warner vibra attraverso il telefono fin dentro al mio orecchio. «Che intendi? Abbaia».

«Non lo definirei abbaiare». Osservo quella cosetta cicciottella che si rotola a pancia all'aria sull'erba accanto alla panchina del parco come se gli prudesse la schiena, ignaro del mio giudizio severo. Non sono sicura al cento per cento che non abbia le pulci. «Sul serio, Warner, perché non me l'hai fatto scegliere da sola?».

La sua risata non fa che aumentare. «Cosa avresti preferito?»

«Non lo so. Un alano o un pitbull, o qualcosa più da… me?»

«Ma tu non sei tu», mi ricorda, «sei Rain Martines. Una principessina che vive nell'appartamento di papà con il suo cagnolino da compagnia».

«*Quello* non è un cagnolino da compagnia. Non ha nemmeno gli occhi al posto giusto». Ho passato giorni a cercare immagini su Google e, in base al naso spiaccicato e la coda a ricciolo e le orecchie a parabola, l'idea migliore che mi è venuta è che sia un incrocio tra un carlino obeso e un boston terrier, con un pizzico di maiale tanto per gradire. Ma non sono un'esperta.

«È il più piccolo che avevano e ti serve un cane, non un cucciolo. Andiamo! In fondo è carino, no?».

Alzo gli occhi al cielo. «Gli cambio nome. E comunque chi mai chiamerebbe il suo cane "Stanley"?». C'era scritto così sulla medaglietta appesa al collare quando la protezione animali l'ha raccolto. «Scommetto che è scappato dai proprietari perché gli avevano dato un nome tanto stupido».

«Qualunque cosa abbia fatto sono felice che fosse lì. Ti serviva un cane piccolo per il caso. A lui serviva una casa. Vincono tutti».

«Già, fino a conclusione dell'indagine. E dopo che succede?»

«Per allora ti sarai tanto innamorata di Stanley che lo porterai a Washington con te».

Il cane lascia penzolare la lingua fuori dal labbro inferiore troppo pronunciato, ansimando, mi fissa con quei tondi occhi prominenti degni di un gremlin, e aspetta che gli tiri di nuovo la pallina da tennis. "Ne dubito", sospiro, riluttante. Stanley è l'ultimo dei miei problemi.

Ormai sono più di due settimane che sono uscita dall'officina di Rust piena di sicurezza e sentendo di avere il controllo della situazione. Ma nessuna chiamata da Luke Boone. Secondo i rapporti della squadra di sorveglianza, è andato in ufficio e al Cellar. Ha persino invitato quella barista da lui una volta. Ma non ha preso il telefono e fatto il mio numero. Ho immaginato una dozzina di scenari diversi sulle motivazioni possibili e quale potesse essere il passo successivo per non insospettirlo né apparire disperata.

Un incontro casuale sembrava la mossa giusta, dopo un lasso di tempo sufficiente. Quale modo migliore che sul sentiero del parco dove va a correre ogni giorno dopo il lavoro con il suo bulldog? Amanti dei cani, unitevi.

Così, Warner ha fatto un salto al rifugio per animali e ha scelto Stanley.

«Se non funziona...». Lancio la palla oltre la stradina. Stanley vi si lancia dietro come fosse una bistecca, faticando a prendere velocità su quelle gambette tozze troppo corte per il suo corpo.

«Chissà che è successo. Ricordati che l'abbiamo perso per una notte intera. Forse qualcosa l'ha distratto».

Sì, me lo ricordo. Anche se la squadra di sorveglianza non può stargli addosso ventiquattr'ore su ventiquattro, non avevano mai avuto problemi a rintracciarlo ogni volta che controllavano. Quindi, quando non sono riusciti a trovarlo ci siamo messi tutti in massima allerta. Ho vegliato in silenzio alla mia finestra e ho fatto rapporto quando finalmente è rientrato incespicando subito dopo le sette del mattino, con gli abiti sgualciti e macchiati.

Molto poco da lui.

«Forse». Spero non troppo distratto per notarmi qua fuori in leggings attillatissimi e maglioncino con profondo scollo a V. Mi raggomitolo per difendermi dal freddo e guardo l'orologio – è in ritardo; sarebbe dovuto uscire a correre due ore fa... poi rialzo lo sguardo sul sentiero e vedo il corpo longilineo in pantaloni grigio chiaro e maglia blu navy correre verso di me, il bulldog che in qualche modo riesce a stargli dietro.

Un bruciore nervoso mi si accende nello stomaco. È quello che mi capita sempre quando sto per calarmi nella parte. Stavolta è peggio, però, perché accompagnato dalla paura di un altro fallimento. «Arriva. Devo andare», riattacco e metto il telefono in tasca.

E aspetto, continuando a giocare con Stanley. Almeno è bravo nel riporto. Indugio, voglio che il prossimo tiro coincida con la vicinanza di Luke, poi lancio la pallina da tennis sul sentiero. Come previsto, Stanley le corre dietro come fosse il suo ultimo pasto.

Formerà un ostacolo adeguato per Luke, lo costringerà a girarsi verso di me, vedermi... Sta andando tutto secondo i piani...

E poi, per qualche motivo, Stanley si trasforma.

Con le quattro zampe ben piantate a terra, lancia un ululato di cui sarebbe capace solo una foca presa in trappola. Funziona, i piedi di Luke, che battevano l'asfalto, si fermano.

"Un po' troppo scoperto, ma... bel lavoro, Stanley", lo lodo in silenzio, "avrai un osso per...".

Stanley si precipita verso il cane di Luke – almeno tre volte più grosso di lui – ed emette un fuoco di fila di abbai striduli prima di buttarglisi addosso, afferrargli una zampa davanti con la piccola bocca e attaccarla come una bambola di pezza.

"Merda". Salto su dalla panchina e mi metto a correre, decisa ad arrivare prima che il cane di Luke decida di rendergli pan per focaccia e mutilare il bastardino. Luke sta facendo la sua parte, spinge Stanley con la gamba nel tentativo di interrompere l'aggressione. È allora che Stanley molla la presa e agguanta il polpaccio di Luke.

Che ulula di dolore.

«Cattivo Stanley!», grido e l'afferro per il busto tarchiato. Cede con facilità sorprendente, permettendomi di prenderlo in braccio. Quale che fosse il suo momento Jekyll e Hyde, scompare di colpo e la linguetta di cartavetrata guizza a grattarmi la guancia.

Mi guardo intorno con tutta la discrezione possibile. Anche se non ho detto la parola d'ordine, la confusione colta dalla cimice evidentemente è bastata a far arrivare gli altri di corsa, perché Bill se ne sta appoggiato come nulla fosse a un lampione a una quarantina di metri da noi, cicca in mano.

Senza dubbio ha la pistola nascosta nel giornale ripiegato sotto il braccio.

«Va tutto bene, Stanley», scandisco piano, a beneficio della squadra. L'ultima cosa che mi serve è che mandino a monte il caso precipitandosi qui.

«Cristo! Devi tenerla al guinzaglio quella cosa!», sbotta Luke, che controlla la gamba del suo cane.

Non può essere un bene per il nostro rapporto. «Mi dispiace tanto. Non me l'aspettavo. Non l'ha mai fatto prima». Forse è *per questo* che l'hanno abbandonato.

Luke alza gli occhi. E si acciglia. «Ehi... Rain, giusto?».

Almeno questo se lo ricorda. Fingo sorpresa pari alla sua. «Sì. E tu sei... Luke, vero?».

Sospira, ed è come se in quell'unico gesto si dissolvesse tutta la rabbia. «Già». Non posso impedire agli occhi di abbassarsi sulla maglia sudata. Appiccicata a tutte le linee dei pettorali. Cercare di attrarre un ragazzo così è una pillola che va giù molto meglio piuttosto che, per esempio, un magnaccia quarantenne con denti placcati e un afrore insopportabile. Anche madido di sudore, Luke Boone si presenta bene.

Sorride e mi scopro a imitarlo. Sinceramente. «Mi dispiace per il mio cane».

«Già...». Si passa le mani tra i capelli fradici, le punte arricciate sulla nuca. «Allora, l'hai chiamato *Stanley*?»

«È un trovatello», come se spiegasse tutto. Una lunga pausa, questa di imbarazzo. «Probabilmente dovremmo far dare un'occhiata a quel morso. Lascia che ti porti in ospedale. Pago io il conto». Mi chiedo se il budget dell'FBI copra una denuncia dell'obiettivo.

Torna l'atteggiamento bonario con una risatina. «È solo un graffio. Ma è bello vedere quanto sia leale Licks», apre la bottiglia d'acqua e indica il bulldog ansimante seduto accanto a lui, che sembra pronto a stramazzare a terra per lo sforzo. Beve un sorso e borbotta: «Tieni, traditore», e versa il resto nella bocca del cane. Che beve con soddisfazione. «Quindi, giretto casuale nel parco di venerdì sera?»

«A Stanley piace tantissimo qui», il mio sguardo supera il punto in cui solo un attimo fa c'era Bill – ora vuoto – e la linea di ciliegi in piena fioritura, petali caduti bianchi e rosa a formare un tappeto romantico sull'erba circostante, «è bellissimo».

«Vero. Vengo qui a correre tutti i giorni».

"Lo so".

Si sta formando una piccola macchia rosso scuro sui pantaloni grigio chiaro di Luke. Sangue. E un taglio. Mi inginocchio davanti a lui, con Stanley ancora infilato sotto il braccio, con un dito sollevo l'orlo del pantalone e sfioro la pelle umida. Due fori e una piccola scia di sangue rovinano una gamba altrimenti perfetta e muscolosa. È più di un graffio, ma ha ragione lui – poca roba. Il sangue ha già cominciato a coagulare.

«È orribile!», alzo gli occhi e colgo i suoi dare una buona guardata dentro il mio maglione, prima di tornare di corsa alla mia faccia, più caldi di qualche grado. «Permettimi di pulirti e bendarti la gamba. Almeno questo. Insisto», esclamo con forza e lascio emergere un sorriso giocoso.

Le sue labbra mi imitano. «Be'... se insisti».

Mi colpisce un'altra ondata di adrenalina e non sono sicurissima che questa sia dovuta al successo del caso. «Abito proprio laggiù», indico il piccolo grattacielo dietro di noi.

Sposta gli occhi azzurri sul mio palazzo e poi su quello a fianco. Il suo. Un lampo indecifrabile gli passa nello sguardo. «Vicinissimo», osserva Stanley e borbotta: «E Cujo?»

«Lo chiudo in una stanza». Tenendo il mio terminator ben stretto – provo un rispetto nuovo per la palla di pelo con gli occhi sporgenti adesso che si è davvero guadagnato l'ingresso nel caso – imbocco il sentiero che porta ai palazzi.

Luke dà un piccolo strattone al guinzaglio per costringere Licks a camminare. «Allora, da quanto tempo vivi qui?»

«Mi sono trasferita tre settimane fa», sei, veramente, «il palazzo è di mio padre. Mi lascia rimanere per un po'».

«Oh davvero? Che fa tuo padre?»

«Compra e vende proprietà immobiliari», faccio spallucce, «un sacco». Il paparino di Rain Martines è diventato ricco con lo sviluppo immobiliare e terriero. In realtà, papà trascorre la pensione a curare le sue piante di pomodori e fare prosciutti in cantina.

«Mi sorprende non averti mai incontrata al parco prima d'ora».

«Di solito vengo più presto».

«Giusto. E che fai per il resto della giornata?».

Un gesto noncurante. «Seguo un corso di fotografia. A volte faccio spese o vado in palestra. In pratica sto cercando di dare un senso alla vita». L'opposto della mia vita reale a Washington, ovvero uscire di corsa col termos pieno di caffè, e perdere i sensi non appena la testa tocca il cuscino, ben oltre mezzanotte. A essere del tutto sincera, finora questa missione assomigliava a una lunga vacanza.

«Sembra divertente», commenta. Il tono loffio non mi permette di capire cosa pensi veramente. È un deterrente? Non dovrebbe. I ragazzi come Luke sono attratti da soldi e vita comoda. Faceva parte del progetto di copertura. «Io ho comprato il mio appartamento l'estate scorsa. Adoro stare qui. Zona fantastica». Si destreggia bene, ma io so che la casa gliel'ha comprata lo zio. Mi chiedo se si senta in imbarazzo perché Rust gli paga quasi tutto e per questo non lo ammette, o se gli piaccia far credere alle ragazze di avere quattrini. O forse semplicemente non gli importa abbastanza da specificare.

Imbocchiamo il vialetto del mio palazzo, i miei occhi concentrati sull'adeguarmi al suo passo tranquillo, per sembrare altrettanto rilassata. E comincio a immaginare scenari diversi nella mia testa. Scenari a cui nessuna donna normale che cerca di abbordare un ragazzo penserebbe.

Dubito sia armato, visto che stava correndo e una pistola l'avrebbe appesantito. In più, non ho mai visto pistole appoggiate sui tavolini di casa sua. Forse ha un coltello. Però, dovrebbe essere piccolo, e se me lo punta addosso posso prendere tempo fintanto che la squadra arriva.

Dovrei essere in grado di trattenerlo con qualche difficoltà se cerca di prendermi con la forza, per il semplice fatto che non si aspetta che io sappia come tenergli testa.

Tuttavia non mi sembra quel genere di ragazzo.

Mi sembra tipo da entrare tranquillo nel mio appartamento, parlare del più e del meno per dieci minuti, chiedere di fare il giro e poi spogliarsi in camera da letto, dando per scontato che la gamba fosse sin dall'inizio solo una scusa per l'invito.

È lì che devo fare cose comprese nella "zona grigia" del mio lavoro, per tenere in piedi sia la mia copertura che il caso.

Per esempio, se cerca di baciarmi forse dovrò ricambiare.

Lancio un'occhiata a quella bocca proprio adesso – gli angoli curvati in un perpetuo sorrisetto, lucida per un altro sorso d'acqua e circondata dall'inizio di una barbetta delle cinque di pomeriggio intonata ai capelli castano caramello – e ammetto che non sarebbe affatto la cosa peggiore che mi sia mai capitata. Sfarfallii inquieti cominciano a solleticarmi lo stomaco.

E poi gli squilla il telefono.

Di colpo cambia atteggiamento. La faccia si oscura, attraversata da un accenno di panico. Arretra allontanandosi da me e infila la mano in tasca. «Senti, devo rispondere».

"No...". «Fa' pure. Posso aspettare».

«Magari ci sentiamo un'altra volta?». Se ne va a passi spediti, un fioco "ehi" mi arriva alle orecchie. Non si volta indietro. Nemmeno una volta.

Lotto per non lasciar emergere la frustrazione guardandolo imboccare la via del suo palazzo.

Stanley emette un versetto giocoso e mi lecca la guancia.

Lo gratto tra le orecchie. «Ci hai provato, amico. Ci abbiamo provato tutti».

Non so che altro fare.

«Warner ha detto che eri dentro dopo l'ultimo incontro», mi riempie le orecchie la voce profonda e burbera di Sinclair. Quasi un'accusa: «Che è successo?».

Stasera non mi aspettavo una telefonata del vicedirettore.

«Così credevo. Mi serve solo un altro po' di tempo. Comincio a ottenere qualcosa, però mi servirà più tempo». Altri agenti sotto copertura hanno a disposizione mesi – a volte anni! – per intrecciare un rapporto prima di sentirsi il fiato sul collo. Io? Due mesi del cavolo! Meno, tecnicamente, perché le prime settimane sono state propedeutiche al caso.

«Se non abbiamo qualcosa di concreto da portare al giudice non estenderà il mandato. Già era stitico a darlo la prima volta».

«12 ha risposto a quella telefonata», esclamo; sono impaziente di levarmelo di dosso così da poter pensare.

«Sai fare di meglio di così», borbotta, irritato.

Sì, è vero. Mi castigo in silenzio per aver detto una cosa tanto stupida a un superiore d'alto rango dell'FBI e mi avvicino alla finestra, con Stanley che mi mordicchia i talloni.

«La tua copertura?»

«Ancora intatta».

«Bene. Comincerò a sfogliare i file di altri agenti. Forse posso ancora salvare questo caso…». Le parole di Sinclair sfumano mentre seguo con gli occhi Luke che va verso il bagno in camera. Il culo nudo in piena vista.

«Porca…», mi sfugge, il calore che sale dentro ammirando il suo posteriore scolpito, "è un criminale, è un criminale, è un…".

«Che succede?».

Sento le guance accaldate. «Scusi, stava dicendo?»

«L'agente speciale Cortez potrebbe passare per tua sorella. Li presenterai e poi ti farai da parte. È un po' più grande ma, cazzo, se ha esperienza sotto copertura. Non ha mai fallito».

Di colpo la telefonata ha di nuovo tutta la mia attenzione. L'agente speciale Cortez? Chi cazzo è? E perché Sinclair usa parole come "fallito" e "farsi da parte"? Ho un curriculum sul campo magnifico. E al diavolo l'esperienza! La mia vena competitiva viene fuori con forza: «Mi manca poco. Solo qualche altro giorno. Se la fa entrare adesso, potrebbe fare più male che bene».

«E perché mai?»

«Si tirerà indietro del tutto, non vorrà causare frizione tra due sorelle», faccio una smorfia quando quelle parole mi escono di bocca. Non ci credo nemmeno io.

«Oh, andiamo, Clara…».

«Mi dia solo un'altra settimana o due». Adesso sto quasi implorando. Non va bene. Questo tizio non assumerà un agente che implora.

«Il Bureau ha investito un sacco di risorse in quest'operazione. Sto affrontando delle faide interne al dipartimento per la mia strategia. Non c'è più spazio per i fallimenti, capisci?»

«Chiaro. Mi manca poco. Sul serio», schiaccio il pulsante di fine chiamata e sbatto la testa contro il muro, con un pesante gemito. «Non fallirò», prometto a me stessa e sbircio di nuovo dall'altra parte della strada appena in tempo per vedere Luke che scompare verso destra. Immagino, verso la doccia.

Faccio un altro numero.

«Ueilà», così risponde al telefono Warner, che stia lavorando o meno.

«Ehi, Warner», impossibile non sentire il senso di sconfitta nella mia voce, «c'è qualche possibilità che tu possa fare un salto qui?». Odio parlare apertamente, sapendo che la telefonata viene monitorata come prova. Alla fine mi cancelleranno, ma non sai mai chi è in ascolto prima.

«Ne dubito. Sarà una cosa lunga». Ronzio di voci in sottofondo. Al momento lavora ad altri due casi sotto copertura e sembra in servizio ventinove ore al giorno, dividendo il proprio tempo fra tutti e tre. «Perché? Ci siamo appena sentiti. Che succede?»

«Mi ha chiamato Sinclair. Parla di inserire un agente e farmi uscire di scena».

«Merda».

Scatta il panico. «Merda? Merda, perché? Quanto è grave? Quanto spesso succede?».

Sospira e risponde, riluttante: «Non lo so. Succede, a volte».

«E che ne è degli agenti tolti al caso?»

«A volte li mettono su altri. A volte... no».

Mi colpisce un pensiero. «Cosa è successo agli altri che lavoravano sotto copertura a questo caso?».

C'è una pausa e io me lo figuro che si morde il labbro inferiore, come sempre quando non sa se dire qualcosa. «L'ultima volta che ne ho sentito parlare maneggiavano scartoffie in Nebraska o in Utah o un posto del genere».

"Perfetto". «È l'unica possibilità che ho con il Bureau, giusto?». Quando mi sono arruolata in polizia a Washington non avevo progettato di entrare nei federali. Far parte di una *qualsiasi* forza dell'ordine – armata di pistola e del potere di cambiare la vita di una persona per sempre – sembrava deprimente ed eccitante insieme. Ma non c'è voluto molto perché cominciassi a eccellere nel mio lavoro e gli ufficiali in comando se ne accorgessero. Allora è cominciata la domanda sulla carriera. "Quanto in alto vuoi salire?", chiedevano tutti. La verità è che non mi sono arruolata aspirando a diventare il prossimo capo di polizia donna, né a gestire intere unità. Volevo solo sentire di fare la differenza. Dopo un anno già cercavo contatti in varie unità, annoiata dalle pattuglie stradali. I piani alti tirarono fili importanti e fui trasferita all'Unità Crimini Maggiori. Pensavo di essere nel posto giusto. Il lavoro sotto copertura mi riusciva sorprendentemente facile e avevo le statistiche di arresto e condanna migliori del gruppo. E tuttavia, scoprii presto che i casi non avevano un profilo abbastanza alto. Scorrevo i giornali e leggevo di grossi arresti in tutto il Paese. Era su quelli che volevo lavorare. Quelli in cui una retata chiude cellule terroristiche, azzoppa giri di spaccio, salva vite. Quelli che di solito sono capeggiati dai federali.

Così ho riempito il modulo di richiesta per l'FBI, insieme a circa centomila altre persone. Senza un "aggancio", dubitavo che mi avrebbero mai contattata.

Sinclair è il mio aggancio.

«Senti, non so cosa vuoi che ti dica. È un caso importante? Sì. Ma non posso dire che non avrai altre possibilità. Non posso dire nemmeno il contrario. Sinclair può far succedere qualunque cosa se gli fai una buona impressione. Altrimenti... può essere un vero stronzo. In più, c'è molta competizione per lavorare all'FBI. Quelli che riescono sono qui perché fanno quel che è necessario».

Adesso mi sento ancora peggio di cinque minuti fa. «Ok. Grazie, Warner. Notte», riattacco, con le sue parole che mi girano e rigirano nella testa.

"Fanno quel che è necessario".

Un grugnito vicino ai talloni mi ricorda che Stanley aspetta, fissandomi, con quelle gigantesche orecchie da pipistrello ritte. «Piccola canaglia esigente». Mi accuccio a grattargli la pancia, l'attenzione che si sposta al di là della strada, nella camera tutta illuminata, mentre Luke è sotto la doccia. In cerca di una risposta.

Una parte di me vuole solo che ricompaia per dargli un'altra occhiata.

«Come arrivo a questo tizio? Eh, Stanley?».

Con uno sculettamento eccitato si rimette in piedi e spinge il muso tra le tapparelle. Quando gli occhi prominenti scorgono

Licks dall'altra parte, getta la testa indietro e comincia ad abbaiare come un ossesso.

«Torna qui!», lo afferro per la pancia e lo trascino via dalla finestra, le unghie che graffiano il pavimento di legno duro, «adesso il nostro obiettivo ti conosce. Capirà che viviamo qui», lo sgrido.

E poi mi paralizzo. All'improvviso, so cosa devo fare.

"Dritti nell'area grigia, Clara".

Capitolo 9
Luke

L'acqua calda che scivola sui muscoli rigidi e stanchi, è stata piacevole. Il sapone che filtra nelle ferite sulla gamba, no.

Mi asciugo pensando a Rain e a quel bastardino del cazzo. E a Licks, che non ha fatto proprio niente. Giuro che potrebbero accoltellarmi a morte e quel bastardo grasso se ne starebbe lì a sbavare.

Avevo in mano la carta "scopata" stasera, dopo che il suo cane mi aveva morso. In ginocchio davanti a me sembrava pronta a fare quasi qualunque cosa per farsi perdonare, mi ha rimescolato il sangue e l'uccello. E ovviamente doveva suonare il mio cellulare usa e getta.

E sono andato nel panico.

Mi sembra di essermi impanicato a ogni squillo di quel telefono nell'ultima settimana, sin da quando Rust me l'ha dato con i numeri di due ricettatori a cui devo trasmettere i suoi ordini.

Alla fine è stata una conversazione breve; non che volessi fargliene sentire anche solo un pezzo. Rodriguez, uno di loro, per dirmi che aveva preso una jeep Cherokee nuova di zecca. Ho detto di no, che compriamo solo in base agli ordini che vengono da Vlad. Altrimenti ammucchieremmo macchine ed è troppo rischioso. È una delle regole di Rust, e valida anche.

Fin qui, ricevo le richieste di Rust e le passo a Rodriguez e ho finito. Niente di stressante. Cazzo, poco ma sicuro non sembra valere i soldi a palate che mi ha dato Rust.

Niente di cui mi voglia lamentare con lui.

Però, mi chiedo lo stesso se la bolla nervosa che mi scoppia nello stomaco ogni volta che suona il telefono usa e getta scomparirà mai. Se sarò sempre sul chi vive, se mi chiederò sempre cosa sanno gli altri. Se Rodriguez è uno di cui mi posso fidare davvero.

Se è davvero questo che voglio fare della mia vita.

Rust ha giurato che Rodriguez è affidabile e che non farà mai il mio nome a nessuno dei ricettatori su strada che utilizza. Che quel che sento è il nervosismo del verginello e che devo essere sempre prudente, ma presto mi sembrerà solo una telefonata di lavoro come tante. Con due livelli tra noi e i ladri, siamo protetti.

Avrei potuto girarmi e inseguire Rain nel suo palazzo dopo avere riattaccato, ma considero un punto d'onore *non* inseguire le donne.

E comunque forse è andata meglio così. Abita *alla porta accanto*. Cazzo, troppo vicino. Comincia con lei e un minuto dopo te la ritrovi sempre intorno. Con tutto quel che sta succedendo in questo periodo mi serve più spazio, non di meno. Non posso credere di non avere notato l'indirizzo sulla fattura dell'officina.

Che schifo, però. Un po' mi piace. È bellissima. Sembra intelligente e sorprendentemente gentile per una ragazza che sta "dando un senso alla vita" con i soldoni di papà. Già mi chiedo quando la incontrerò di nuovo mentre esco dal bagno e vado in camera...

Le mie gambe si fermano di botto alla vista del magro corpo femminile quasi nudo dall'altra parte della strada.

Rain, nel bel mezzo della sua camera da letto.

Con poco e niente addosso.

Stringo la presa sull'asciugamano che ho avvolto attorno alla vita e faccio un passo avanti. Finora ho prestato poca attenzione all'appartamento nella palazzina gemella di fronte alla mia. A quel che ricordo ha sempre gli avvolgibili abbassati. Adesso no, però, e Rain è impegnata a riempire i cassetti con vestiti piegati, addosso solo un reggiseno di pizzo nero e un tanga. Quella donna non si fa mancare la palestra, ha curve sode e muscoli scolpiti.

Lo sa che abitiamo di fronte? Che la mia camera affaccia proprio sulla sua?

Me ne sto lì a guardare. La guardo buttare per terra il cesto per il bucato vuoto. La guardo prendere un libro da sopra il comodino e sedersi sul letto. La guardo portarsi alle labbra un bicchiere di vino rosso. E sento che reagisco. Di conseguenza sistemo meglio l'asciugamano, incapace di distogliere gli occhi da lei che sale sul letto, sdraiata sulla schiena, libro in una mano, bicchiere di vino nell'altra, le gambe lunghe e snelle piegate l'una sull'altra.

Lo fa per me? Perché… *cazzo*… funziona. D'impulso afferro il telefono e cerco il suo numero, ricordandomi che l'ho salvato.

Schiaccio "Chiama".

Allunga una mano indietro per prendere il cellulare sul comodino. Osserva un istante il display – probabilmente il mio numero non appare, è bloccato – poi risponde. «Pronto?»

«Ehi. Sono Luke». Mi avvicino alla finestra, aspetto che giri la testa verso di me, che mi veda. In pratica che ammetta di sapere che sono qui. Che lo sapeva fin dall'inizio e che ha messo su questo spettacolo apposta per me.

Nemmeno un sussulto nella mia direzione.

«Come va la gamba?». La sua voce è roca come non me la ricordavo. Mi rimescola il sangue, soprattutto perché continuo a guardarla sdraiata lì, ignara.

«Bene». Fa un male bestia. I denti di quello stronzetto sono affondati nel muscolo. Non mi sorprenderebbe non riuscire a correre domani. «E il meticcio?».

Le sfugge una risata di gola che mi fa sorridere. «Si riposa per il prossimo attacco». Appoggia il libro a faccia in giù sul letto. Passa una mano su e giù sulla coscia con una lentezza che fa male, e si ferma sull'elastico delle mutandine. Le aggancia con un dito.

"Gesù". Non sono sicuro di volere che alzi gli occhi e si fermi. Mi sto godendo lo spettacolo non poco. «Devo stare in allerta domani?»

«Te lo consiglierei vivamente».

«Che stai facendo?», "oltre a torturarmi".

Solleva il libro ed esamina la copertina. Sono piacevolmente sorpreso che legga libri veri. Priscilla non ha altro che pile di riviste di moda e le schifezze di gossip che vende alla cassa del supermercato. «Volevo leggere un po', ma...», la sua bocca si muove insieme allo sbadiglio che sento, poi Rain inarca la schiena, stiracchiandosi, e solleva un bel paio di tette, «penso che stanotte la chiuderò qui. Non dormo bene di recente». Slancia le gambe oltre il bordo del letto, mi volta le spalle, la vita sottile e lunga, la scapola sinistra decorata da volute di inchiostro sexy...

Allunga una mano all'indietro e slaccia il reggiseno, lo fa scivolare via. E io mi scopro a supplicare in silenzio che si volti.

Si alza e si china – offrendomi una visuale fantastica sul culo a mela – e preme qualcosa sul pannello a muro. La sua camera s'immerge nell'oscurità.

Non riesco a trattenere un gemito.

«Luke? Stai bene?»

«Uhm, sì...», mi schiarisco la gola, probabilmente sto respirando nel telefono come uno stalker psicopatico. Forse adesso mi sta guardando, in camera mia la luce è accesa. Abbasso gli occhi sull'erezione in atto, mi chiedo cosa penserebbe della scena. Avrò il mio bel daffare prima di uscire. Mi ha appena dato un sacco di spunti su cui fantasticare per l'occasione.

Non mi piace che le donne sappiano quanto potere hanno davvero su di me, quanto è facile per loro ridurmi il cervello in poltiglia. Perderei il vantaggio. Quindi schiaccio l'interruttore della luce e anch'io resto al buio. «Cosa fai questo fine settimana?»

«Insegno a Stanley a non mordere la gente».

Non posso non ridere.
«Ed esco con te», ha un sorriso nella voce.
Sorrido insieme a lei, perché è proprio quello che volevo che dicesse. «Esatto. Proprio così».

Capitolo 10
Clara

Uno dei miei punti di forza – e non so se sia roba da poliziotto o solo roba da Clara – è la visione periferica. Mio fratello per scherzare dice che ho un paio d'occhi supplementare nascosto sotto questa fitta criniera di capelli.

Non ho perso di vista Luke nemmeno per un istante – quando si è fermato nel bel mezzo della camera come se avesse appena centrato un muro, probabilmente ancora grondante acqua, un asciugamano attorno alla vita, per fissarmi. Quando si è avvicinato, aggiustandosi più volte l'asciugamano.

Quando ho usato il mio corpo per sedurlo.

Ha squillato il telefonino e sono dovuta ricorrere a tutte le mie forze per non guardare verso di lui, sapendo che era lì. Non mi ha avvertito del panorama. Non ne ha parlato. Ne sono contenta, visto che il mio telefono è sotto sorveglianza. Non era necessario che la squadra ascoltasse *quella* conversazione. Nessuno crederebbe che mi sia dimenticata di abbassare le tapparelle. Anche perché non dovrei mai aprirle.

Non posso credere a ciò che ho fatto. Che direbbe Warner? E c'è di più: non posso crederci ma non mi sento un verme in questo momento. Dovrei. Se l'avessi fatto in passato con uno qualunque dei miei obiettivi… mi sale un conato al solo pensiero dell'ultimo tizio che ho fatto arrestare – un magnaccia con gli occhi lucidi, i capelli unti e la brutta abitudine di sputare di continuo attraverso la fessura tra i denti superiori. Mi affretto ad allontanare quei pensieri e concentrarmi di nuovo sulla stanza di fronte, ora buia, chiedendomi se per Luke sarà così facile infilarsi un paio di pantaloni e uscire, o se si stia occupando di quel che gli ho appena fatto. Il pensiero mi scocca un fuoco attraverso le cosce e ammetto con me stessa che vorrei non avesse chiuso gli avvolgibili.

I bravi poliziotti sotto copertura fanno quel che è necessario.

Penso di avere finalmente risvegliato l'interesse di Luke Boone.

«Non chiami mai!».

«Ti ho chiamato tre giorni fa, mamma». Alzo gli occhi al cielo e zucchero il caffè. Di solito mi serve incamerarne due tazze prima di azzardare una conversazione con lei. Tuttavia, quando ho preso il telefono e ho visto che stamattina aveva già chiamato quattro volte, sono andata nel panico. «Non farmi questo. Pensavo che fosse successo qualcosa a papà». A sessantun anni, mio padre è già stato ricoverato due volte con dolori al petto e difficoltà a respirare. Tra la dieta di pasta, carne e formaggio e l'essere fumatore accanito da quarantacinque anni, i medici dicono che è un candidato eccellente per l'infarto. Fortunatamente, qualche anno fa ha smesso di fumare e mamma è riuscita ad aggiungere un'insalata al giorno ai suoi pasti. Tuttavia… è tutt'altro che sano.

Lei mi ignora e mi sgrida col suo accento pesante: «Isabella chiama Josephine ogni giorno. Ogni singolo giorno!».

Occupo la bocca con un sorso di caffè e lascio che sproloqui sui vicini, gli stessi da vent'anni – un'altra famiglia italiana, per la metà del tempo i miei genitori ne lodano i cespugli di rose e per l'altra metà mugugnano insulti in italiano diretti oltre la palizzata – e sul fatto che hanno figli rispettosi che chiamano due volte al giorno e vanno a fargli visita ogni domenica e hanno già dato a Josephine e suo marito, Gus, sei nipoti. E su come le spezzi il cuore che nessuno dei suoi figli abbia ancora avuto bambini.

Non dico niente perché l'ho sentita già innumerevoli volte. Ho rinunciato a giurare a mia madre che voglio avere dei figli prima o poi, ma adesso la mia carriera è più importante. Non capisce. I lavori che ha fatto non sono mai stati niente più che un mezzo per mettere il pane sulla tavola. È come se pensasse che può irritarmi al punto da farmi restare incinta.

«Come va a casa? Come sta papà?»

«Oh, sai. Occupato ad aggiustare la macchinetta del caffè».

Sospiro. «Di nuovo?». Quella semplice macchinetta da dodici tazze è stata "aggiustata" così tante volte che adesso fa solo tre tazze di catrame nero. Sbircio la macchinetta sul bancone della mia cucina, uno di quegli apparecchi di lusso computerizzati che fa di tutto, dall'espresso al cappuccino, premendo un bottone. Avevo pensato di comprarne una ai miei per Natale, ma ci ho rinunciato appena verificato il prezzo. Amo i miei genitori, ma dovrei chiedere un piccolo mutuo per permettermela. «Compratene una nuova e basta». Perderà una giornata intera a smanettarci sopra in piedi in garage.

«E questa la buttiamo via così?», me la vedo incupirsi, «la tua generazione butta via tutto...». Mi estranio. Un'altra battaglia che non vale la pena di combattere. Questa però è la mia vita. Questi sono i veri genitori di Clara. Non la coppia elegante e sofisticata che ha cresciuto Rain.

«Che tempo fa a casa?». Riesco finalmente a inserirmi, mentre sbircio attraverso le tapparelle e noto l'umidità di una pioggerella leggera coprire l'erba. E al di là, Luke che si aggira per il soggiorno, la giacca in una mano, come se raccogliesse la sua roba prima di uscire. Mi chiedo dove vada.

La voce dal pesante accento di mia madre mi distoglie da lui. «Che vita è se non puoi nemmeno dirmi dove sei? Non so nemmeno dov'è mia figlia! E se ti succede qualcosa?»

«Sarai la prima a saperlo», le assicuro.

Questo scatena un'altra filippica, stavolta in italiano, troppo veloce perché riesca a cogliere tutte le parole. Di solito non mi tormenta così. Lo so che è perché mi vuole bene e non ha vita facile con me. L'anno che mi sono laureata all'accademia di polizia ha cominciato a dormire con una statua di Gesù vicino al letto.

Per fortuna sento bussare alla porta. «Devo andare adesso,

mamma», la interrompo; dallo spioncino vedo Warner, «è il mio capo. Ti chiamo tra qualche giorno». Riattacco prima di ricevere altri rimproveri. A volte parlare con quella donna è sfiancante. Un giorno capirà che non sono più la bambina che saltava nelle pozzanghere in stivali di gomma e non baso le mie scelte sulla sua approvazione. Allora forse avremo una conversazione normale.

«In questo momento potrei baciarti», mi faccio da parte per far entrare Warner.

«Perché sono un tipo bruno o per questa?», appoggia un sacchetto di carta sul bancone della cucina.

Ci ficco il naso dentro e aspiro il profumo di una burrosa tortina al cioccolato appena fatta. «Decisamente per questa». Warner ha imparato presto la mia debolezza per i dolci da forno. Adesso ogni volta che passa da me di mattina, si ferma nel negozietto all'angolo. Il che è molto più di quanto mi sarei mai aspettata da un responsabile. Di solito non li vedo né ci parlo se non per i controlli regolari dopo gli incontri, e la sorveglianza della squadra di copertura ogni volta che sono insieme al mio obiettivo. Immagino che i federali operino in modo diverso dalla media delle forze di polizia cittadine. Forse lo pagano per tornare a controllare come va.

«Bill mi dice che 12 ha chiamato ieri sera».

«Già».

«E avete un appuntamento stasera?», insiste.

«Già...».

Inarca le sopracciglia. «Un cambiamento repentino».

«Pazzesco, vero?», mi chino a grattare l'orecchio a Stanley, evitando lo sguardo acuto di Warner. Nella speranza che non noti le borse scure sotto gli occhi che mi ha procurato la mancanza di sonno. Mi sono girata e rigirata nel letto, il corpo avvolto tra le lenzuola, la mente su Luke Boone, con ogni genere di folli pensieri da notte tarda e speranze che mi si agitavano nella mente. In particolare, cosa potrebbe succedere se ci fossimo sbagliati di grosso su di lui. E se fosse estraneo a tutta questa storia?

«Cosa pensi che l'abbia convinto a chiamare finalmente?»

«A parte la mia bellezza e il mio fascino?», alzo gli occhi e lo vedo sogghignare, «chissà... È un criminale. Passano dal caldo al freddo, lo sai. Non posso dire cosa gli giri per la testa». È una risposta credibile. Storia già sentita. Interroga un sospetto e otterrai logiche distorte d'ogni genere, spiegazioni folli sul perché fa quello che fa. Del tipo che uccidere un padre di due figli per fare un pacco di soldi con il pickup rubato e pagarsi l'affitto è del tutto ragionevole.

Voglio cambiare argomento, quindi chiedo: «Ci sei stasera?»

«No. Vado a San Francisco per un matrimonio».

«Ah sì? Chi si sposa?»

«La sorella della mia ragazza».

Smetto di masticare, incapace di nascondere lo shock. «No, dico, ragazza?». Da quando lo conosco, non ha *mai* parlato di una ragazza, nemmeno una volta. Ripensandoci, non ha parlato affatto della sua vita privata. Se non avesse un accento così marcato, non saprei nemmeno da dove viene. «Da quanto va avanti?».

Si gratta la nuca e sembra a disagio. «Un anno, credo? Non lo so».

«Un *anno*? Fa il nostro mestiere?»

«No».

«Wow. Un anno». Per quanto tutti i poliziotti che conosco dicano che odiano uscire con i colleghi, uscire con non poliziotti – persone che non capiranno mai davvero le motivazioni di quel che facciamo – raramente funziona. Mi chiedo se per gli agenti dell'FBI sia diverso. Ne dubito. «Perché non me ne hai mai parlato?».

Si limita a una scrollata di spalle, poi accende la costosa Canon digitale appoggiata sul bancone della cucina e comincia a guardare le foto. «Queste non sono male».

Immagino che non gli caverò altro sulla sua vita privata. «Sembri sorpreso».

«Perché tanti alberi?»

«È il compito di questa settimana». Al lavoro sui dettagli

della copertura, li ho avvertiti che non potevo starmene in quell'appartamento tutto il giorno tutti i giorni. Non solo sarebbe parso sospetto per una giovane donna ricca; sarei impazzita, letteralmente. Non potevo cercare un lavoro fisso in incognito perché avrebbe ristretto i miei orari, quindi siamo stati tutti d'accordo che impiegassi un po' di tempo con degli hobby da cui posso allontanarmi facilmente. Ho sempre voluto seguire un corso di fotografia, quindi due sere a settimana vado in un negozio specializzato e mi unisco alla mia "classe" – un gruppetto di otto principianti più l'insegnante – e imparo tutto sull'illuminazione e i filtri e l'angolazione.

«Il tuo compito sono degli alberi?»

«Non semplici alberi. "Alberi sotto luci diverse"», imito il mio insegnante, un eccentrico piccolo asiatico con la cresta da moicano che mi ricorda Richard Simmons, meno i maglioncini di elastam.

«Sembra eccitante». Il tono asciutto mi dice che pensa il contrario. Riappoggia la macchina fotografica sul bancone: «Sta' lontana dai guai stasera. Mi hai sentito?»

«Non preoccuparti. Non penso che 12 sia tipo da ficcare una pallottola in testa a una ragazza al primo appuntamento».

«Non è quello che mi preoccupa», mugugna, «ma sii pronta a dirgli qualsiasi cosa sia necessaria per farlo desistere».

«Cosa, tipo che deve aspettare che mi passi la gonorrea?». Funziona solo con i papponi che vogliono provare la merce prima di far lavorare una ragazza per loro. Chiunque altro prenderebbe la fuga.

«Sta' attenta e basta, ok?». Gli occhi di Warner mi esaminano da capo a piedi. Non con lussuria. In un modo a cui sono abituata, stando tutto il giorno con dei poliziotti. Non posso biasimarli. Lo vedono tutti i giorni – magnaccia che picchiano le loro ragazze, mariti che uccidono le mogli, stupratori che fanno cose innominabili a donne che osano andare a correre in una zona boscosa da sole. Sì, sono addestrata a difendermi, ma poche donne riescono a liberarsi da un uomo di novanta chili arrabbiato. Se ha letto i rapporti dei miei casi – e conoscendo Warner, l'ha fatto

– sa che sono finita al pronto soccorso in cinque diverse occasioni. Che la cicatrice di sette centimetri e mezzo che ho sull'avambraccio è dono del coltello di uno stupratore; che il leggero bozzo sul naso me lo sono fatto quando una tossica che si vendeva per una dose mi ha tirato una testata per opporsi all'arresto. Per quelli come lui il desiderio di proteggere è naturale e, che mi piaccia o no, in questo momento davanti a lui vede una ventiseienne di un metro e sessantasette, non un agente addestrato sotto copertura, veloce sulle gambe, che la maggior parte delle volte riesce a cavarsi d'impaccio a suon di chiacchiere.

Potrei offendermi, aggredirlo perché mi tratta come una donna debole, ma so che la sua preoccupazione nasce da giusti motivi, quindi mi limito a sorridere e annuire. E indico i pantaloni della tuta larghi grigi e la maglietta consumata di Kid Rock, un insieme molto "Clara a casa". «Ci andrò vestita così. Glielo farà ammosciare, giusto?».

Warner si incupisce con finta serietà. «Oh sì», mi agguanta una mano ed esamina le unghie, con metà dello smalto rosso già andato via, «e continua anche a mangiucchiartele. Non ti toccherà nemmeno con una pertica di tre metri». Sono andata a farmi la manicure ogni settimana per mantenere le apparenze e le ho rovinate in un giorno. È che non sono abituata a essere così in tiro. Quando mi fingo una prostituta, mi metto su delle unghie finte; quando sono una tossica, più le unghie sono corte e sporche e irregolari, meglio è. Quest'immagine perfettina e raffinata richiede un sacco di lavoro. Come Clara, non porto quasi mai scarpe coi tacchi e adesso ne ho dieci belle paia allineate nell'armadio. Di solito i vestiti sono riservati alla cena di Natale e ai matrimoni, e tutti lunghi al ginocchio. Invece, come Rain posso scegliere tra una dozzina, tutti selezionati per un unico scopo: sedurre Luke Boone.

Warner fa per aprire la porta e dice: «Vado in aeroporto. Atterro appena dopo le due se tu...».

Si interrompe di colpo.

Quando allungo lo sguardo, curiosa, trovo Warner in piedi davanti alla porta aperta, faccia a faccia con il mio obiettivo.

Sento una fitta allo stomaco; Luke osserva Warner, per un attimo senza parole. Come me. "Che ci fa qui?".

Le abilità di Warner prendono possesso di lui abbastanza in fretta e gli fanno chiedere in tono asciutto, quasi irritato: «Posso aiutarti?»

«Uhm, sì...», Luke infila un pollice in tasca con fare tranquillo e sposta svelto lo sguardo nella stanza, trovandomi, «sono venuto per Rain».

«Rain? C'è un *tizio* alla porta che ti vuole», esclama Warner, facendo lo gnorri.

Mi avvicino a passi calmi, lenti, la faccia più tranquilla possibile, e mi affanno alla ricerca di una storia. È uno dei miei punti di forza – mentire – eppure in questo momento non riesco a trovare niente. Avevamo detto stasera, giusto? Perché è venuto adesso? Come ha fatto a entrare? E quanto è rischioso che abbia incontrato il mio responsabile? Li presento? Chi dovrebbe essere Warner per me? Un amico? Un ex fidanzato?

«Ehi, Luke», non mi esce altro.

Dietro di me stridono delle unghie sul legno duro. Stanley, che salta giù dal divano e fatica a trovare l'appoggio affrettandosi verso la porta, agitando la coda arricciata a cavatappi. Si arrampica sulle gambe di Luke con le zampe davanti, come farebbe un cane che ha sentito la mancanza del padrone.

Luke ride e si china ad accarezzarlo. «Accoglienza migliore di ieri».

«Immagino che il suo problema non sia tu», mormoro, cercando di sembrare rilassata.

Un altro istante d'imbarazzo, e poi Warner tende la mano. «Ciao, sono Jack. Il fratello di Rain».

"Fratello! Bell'idea".

«Luke. Abito nel palazzo di fronte».

Mi serve un momento di silenzio mentre si stringono la mano. Warner, un tizio in maglietta sbiadita dei Boston Red Sox che finge di essere mio fratello quando in realtà è un agente dell'FBI che vuole chiudere Luke in una stanzetta senza finestre e torchiarlo finché non crolla. Luke, in polo nera aderente, finge di essere solo un ragazzo ricco di un normale quartiere, quando è il criminale su cui l'FBI scommette l'intero caso.

Se non fosse una situazione rischiosa, potrei ridere.

Luke ascoltava dietro la porta? Avrebbe potuto benissimo, per capire se aveva scelto l'appartamento giusto. Quanto può avere origliato? In silenzio ripercorro la conversazione, cercando di ricordare le parole esatte.

Credo che gli stessi pensieri stiano attraversando la mente di Warner. Ecco perché non si muove. Mi serve che se ne vada, prima che Luke decida che la visita a sorpresa è stata una cattiva idea e se la dia a gambe.

«Meglio che vai, Jack, o perderai l'aereo».

Warner irrigidisce la schiena, il corpo immobile in modo innaturale. Sta valutando le possibilità. Se non sono in pericolo, questa è un'anomalia, ma di scarsa importanza. Se Luke ha davvero ascoltato la conversazione, fa due più due e mi succede qualcosa...

Ma Luke – lì in piedi a braccia conserte, quel sorrisetto sicuro di sé sulle labbra – non ha l'aria di uno che ha appena scoperto di essere indagato.

Finalmente, Warner prende una decisione, si sposta e gli fa cenno di entrare. «Come ho detto, atterrerò subito dopo le due, ok?», si batte con intenzione sul petto non appena Luke l'ha superato. "Accendi la microspia", sta dicendo.

«Sì, *ok*. E chiamerai papà per me?».

"Papà. Ovvero, la squadra di sorveglianza". Dovranno affrettarsi per raggiungere la posizione.

«Siamo d'accordo».

Warner se ne va e resto sola in soggiorno con il mio obiettivo che osserva tutto con aria tranquilla. «Mi dai solo un secondo?». Vado in camera senza aspettare risposta. Indosso un paio di jeans attillati e un maglioncino aderente – abbastanza da piacergli – un po' di trucco e poi metto la collana e accendo la microspia. Tutto quel che potrebbe essere considerato incriminante è chiuso in cassaforte, quindi non mi affretto troppo.

A parte la macchina fotografica, è l'improvviso pensiero. C'è un'istantanea di lui rubata un giorno ai baracchini.

"Merda".

Mi prende il panico. Lotto per non correre fuori dalla camera, e sospiro di sollievo quando trovo Luke che tiene in mano una pallina da tennis e provoca uno Stanley diventato frenetico, il profilo magro e muscoloso. «Non è così male», ride, «farebbe qualsiasi cosa per questa palla, eh?».

"Farebbe quel che è necessario. Proprio come me".

«Così... è una sorpresa».

Finalmente cede e lancia la palla dritto nella bocca in attesa di Stanley. «Mi piace sorprendere le persone».

«Come facevi a sapere quale fosse casa mia?».

Non appena pongo la domanda, mi ricordo che non avrei dovuto. Il suo sguardo scivola verso il basso, sul mio petto, la vita, le cosce e ritorno. Di sicuro pensa a ieri sera. Ovvio che l'impressione è stata buona, visto che è qui adesso. Forse un po' troppo. Se accenna alle mie tapparelle aperte, Warner saprà cosa ho fatto. Non voglio che lo faccia.

Sollevo una mano, pronta a coprire la collana e soffocare la sua risposta. «La ricevuta all'officina. Ho chiamato Miller e mi ha dato il tuo indirizzo».

So che è una bugia bella e buona. Il profilo che ho tracciato in due minuti mi dice che se Luke lo chiamasse per questo, lui lo manderebbe a fanculo.

«Sembravi piuttosto sconvolta quando tuo fratello ha aperto la porta. Ho avuto l'impressione che non fosse molto contento di vedere un ragazzo qui».

«Jack a volte è un coglione irritabile», questa è per Warner, quando ascolterà la registrazione. Poi aggiungo: «Sai com'è... fratello protettivo». Ironia della sorte, io in realtà non so come sia. O almeno, non lo sapevo. Mio fratello non si è mai assunto quel ruolo se non molto tardi, una volta rimessosi in sesto. A quel punto non mi serviva più. Prima, non aveva molto tempo per una sorellina piccola. Era troppo impegnato a mischiarsi alla gente sbagliata, a farsi arrestare per spaccio di erba. Avevo solo sei anni quando papà l'ha cacciato di casa.

«Sì, capisco. Ho una sorella minore».

Lo so. Ana Boone. Ventuno. Capelli biondi e occhi azzurri, sembra una bambola di porcellana russa. Guida una Maxima, fornita dallo zio. Iscritta a un corso da estetista.

«Non vi assomigliate per niente», commenta.

«Lo so. Io sono molto più bella».

Sogghigna. «Immagino che non siate cresciuti insieme?».

Percepisco il solco che mi attraversa la fronte. Perché lo pensa? La mia mente, ancora in uno stato bizzarro di rallenty, si affanna a... "Giusto". L'accento di Warner. «No, infatti. In realtà è il mio fratellastro. Acquisito per via di un matrimonio». Dovremo ritoccare la mia storia di copertura per seguire questi cambiamenti. Dovevo essere figlia unica.

Luke annuisce fra sé e sé, come se avesse senso. «È venuto per affari?».

Sta facendo troppe domande. Non va bene. Un buon profilo di copertura è semplice. Non proprio noioso, ma non fa sorgere domande o pensieri o curiosità nell'obiettivo.

«Adesso vive a Portland. Anche se ha fatto un salto prima di lasciare la città per vedere come stavo. Mi ha portato dei dolci». Mostro il sacchetto come ulteriore prova. Mi serve un cambio di argomento, quindi domando: «Cosa ti spinge fino alla mia porta alle...», prendo il telefono «...dieci del mattino?».

Luke non risponde subito, si limita a fissarmi. È come se stesse decidendo cosa dire. Finalmente curva le labbra in un sorriso da ragazzino: «Mi devi un panino con le polpette. Sono venuto a riscuotere».

È così scherzoso, così seducente, così sincero, che non riesco a trattenere un sorrisetto. «Non potevi aspettare stasera?»

«No», si batte sullo stomaco, «muoio di fame».

«E se non fossi libera?». Incrocio le braccia al petto, ho deciso quanto devo fare "la difficile" con il mio obiettivo. Ogni minuto che passa mi sento più a mio agio; meno incline a credere che abbia sentito qualcosa da fuori, e più del tipo che semplicemente spera di accaparrarsi abbastanza tempo durante il giorno per assicurarsi la scopata di stanotte.

Prende il guinzaglio di Stanley dalla panca vicino alla porta. «Ma lo sei. Coraggio. Andiamo».

Stringo le mani a pugno per nascondere lo smalto scheggiato. Immagino che non potrò farmi ridipingere le unghie prima dell'appuntamento di stasera. Né fare la messa in piega. Non sono *mai* entrata dal parrucchiere chiedendo la messa in piega, a meno che non fossi già lì per taglio e colore. Sembra davvero ridicolo pagare qualcuno cinquanta dollari quando posso farlo da sola, gratis. Almeno, così mi dicevo prima di farlo per questa copertura.

Da allora ci vado due volte a settimana.

«E dove mi stai portando, esattamente?», questo è per la squadra. Quanto gli ci vorrà a raggiungere la postazione? Vado con lui? O devo mandarlo via per un'ora, finché non mi danno il via libera?

«Be'… immagino che non abbia quel che ti serve in frigo». Con passo tranquillo va a guardare nel mio frigorifero. Dieci cartoni di cibo cinese avanzato e la birra di Warner rispondono per me. «Allora?». Mi scocca un sorriso sbiancato chimicamente, scommetto che con quello ottiene ciò che – e chi – vuole.

E come in risposta il mio telefono segnala un messaggio in arrivo.

Papà è pronto. Vai.

Immagino che sia la risposta.

«E fuori c'è anche il tuo tempo preferito. Se aprissi gli avvolgibili lo sapresti», schiaccia il pulsante sulla parete e le tapparelle si arrotolano per permettere alla luce fioca del giorno di entrare su un lato del soggiorno, «lì c'è casa mia. Abito proprio di fronte a te».

«Sul serio?», mi appiccico la mia migliore faccia di finta sorpresa e poi mi mostro occupata a infilare i piedi negli stivali parapioggia della Hunter, cercando di sembrare indifferente, «quando si dice che il mondo è piccolo. Pazzesco».

Colgo il suo sorriso discreto quando mi passa accanto, lo seguo fuori e chiudo a chiave. Osservo i movimenti fluidi e i muscoli tesi del mio obiettivo mentre mi cammina davanti, con Stanley che gli trotterella al fianco. Mi attraversa un brivido. Dovuto al capovolgimento nel caso, mi dico. Decisamente non a Luke Boone.

Ormai sono poliziotta da più di quattro anni, due dei quali sotto copertura. Sono abituata a vicoli defilati e camere di motel malridotti come luoghi d'incontro per i miei casi. Obiettivi butterati di nome Jorge e Bruce che si infradiciano d'acqua di colonia economica del supermercato e pensano che lodare il seno di una donna debba spingerla a togliersi la camicetta. Sono abituata a entrare nel mio piccolo appartamento dopo una giornata di lavoro e infilarmi sotto una doccia bollente, felice che sia tutto per finta, che la mia vita non mi abbia condotta a una realtà tanto triste e sordida.

Adesso sono di fronte a un'adorabile macelleria nel centro di Portland con un obiettivo bellissimo alla mia sinistra, e confesso a me stessa che solo una volta mi sono sentita così agitata… a diciassette anni, al primo appuntamento con il quarterback del liceo.

Mi scrollo la stupidità di dosso e domando: «Che facciamo con Stanley? Non gli piace restare legato a un palo», tiro a indovinare, visto che conosco il cane da soli tre giorni. Ma l'ultima cosa che mi serve è che vada di nuovo in modalità Jekyll e Hyde e attacchi un passante ignaro.

In risposta, Luke prende il cane cicciottello e se lo infila sottobraccio come se non pesasse niente. «Non preoccuparti. Conosco il proprietario, Dmitri. Non gli dispiacerà».

"Dmitri". Sembra russo.

Ricordo un caso supervisionato dalla municipale di Washington un paio d'anni fa, che coinvolgeva dei malavitosi ucraini. Gestivano una macelleria a Columbia Heights. Probabilmente è solo una coincidenza. «Macelleria Kozlov», leggo ad alta voce; immagino che Bill o uno degli altri che mi seguono in questo momento lo scriverà. Non li ho visti seguirci. Non che sia previsto. Non rischierebbero mai di fregarsi avvicinandosi tanto da farsi notare, non come nei film, dove fanno sembrare le squadre di polizia dei babbei. «Non ci sono mai stata».

«Io ci vengo da quando camminavo a malapena. Mio nonno lavorava qui. Dmitri era il suo migliore amico».

"Giusto". Il nonno di Luke. Oscar Markov. Warner mi ha fatto una sintesi. Luke, la sorella e la mamma sono andati ad abitare con Oskar e la moglie, Vera, dopo che il padre se n'era andato. Hanno vissuto tutti insieme fino alla morte di Oskar per un cancro ai polmoni, dieci anni fa, due anni dopo la moglie. Tutti e due fumatori accaniti. Chissà come, Luke non ha colto il messaggio, perché fuma ancora. Mi chiedo se abbia a che fare più con la dipendenza o con il fatto che nemmeno Rust ha smesso.

Seguo Luke dentro e aspiro l'aroma diffuso di aglio. È un negozio palesemente vecchio e a conduzione familiare: pavimento di linoleum datato a scacchi, e file di foto in bianco e nero di uomini in grembiule da macellaio che coprono una parete. Il proprietario non si preoccupa granché del design, eppure il posto ha qualcosa di molto affascinante. Qualcosa che ti aspetteresti in un sobborgo etnico e non nel cuore del centro modaiolo.

Ci sono barattoli di aringhe in salamoia e *borscht* lungo tutta la parte frontale del bancone della carne, e dietro un uomo con i capelli crespi e grigi, e un paio di occhiali dalla montatura spessa. «Luka!», esclama con forte accento russo, «non ti avrei riconosciuto, se non per gli occhi del nonno».

Dev'essere Dmitri.

Luke china la testa, il solito sorrisetto sicuro rimpiazzato da uno timido. «Mi dispiace, ho avuto da fare».

«Come sta tua madre? E Ana?»

«Stanno bene. Ti salutano tanto».

«E ti stai prendendo cura di loro?»

«Ma certo, Dmitri».

«Bravo». Gli occhi grigi del vecchio scattano verso di me, spingendo Luke a fare le presentazioni.

«Dmitri, lei è Rain».

Dmitri annuisce, prima verso di me, poi verso Stanley, il cui naso piatto freme per tutti quegli odori. «Tuo?», domanda a Luke.

«No».

Mi lancia un'altra occhiata: «Come pensavo». Dmitri si asciuga le mani su uno strofinaccio, poi afferra una fetta di salame e la lancia dritto in bocca a Stanley che l'aspettava. «Che posso darti oggi?».

Luke picchietta sul vetro di fronte al vassoio del macinato. «Manzo, vitello e maiale, due etti e mezzo di ognuno. Hai detto così, giusto?». Mi guarda interrogativo.

«Già. Cioè, dipende da quanta fame hai».

Dmitri schiaffa il doppio di carne su un foglio di carta da macelleria, l'avvolge e la sistema con l'abilità di un uomo che lo fa da più di cinquant'anni. Butta i pacchetti sul bancone senza pesarli, con un gesto della mano. "Offre la casa", sta dicendo. «Di' a tuo zio di fare un salto, ok? E presto. Nikolai ha del lavoro per lui».

Luke scambia un'occhiata con Dmitri e io sento arrivare una scarica di adrenalina. Immagino che Nikolai e Rust Markov non discuteranno di qualità di carne.

«Rain, al minimarket accanto dovrebbero esserci tutte le altre cose di cui hai bisogno», tira fuori il portafoglio e si mette a sfogliare una mazzetta impressionante di banconote. «Ci vediamo lì tra cinque minuti».

Vuole parlare con Dmitri da solo. "Merda". È per questa cosa con Nikolai, o altro? «Non so come la prenderà Stanley se me ne vado», dico, in cerca di un motivo per restare.

«Ah, starà bene», Dmitri lancia un altro pezzo di carne verso il cane. Ho la sensazione che abbia ragione. Al momento potrei uscire e finire sotto un autobus e il mio cane da guardia non batterebbe ciglio, ha gli occhi incollati al bancone della carne.

Siccome ancora non mi muovo, si girano tutti e due verso di me e capisco che non ho scelta. Qualsiasi altra cosa dicessi li insospettirebbe troppo.

«Certo. Non preoccuparti, ho tutto sotto controllo», scuoto la testa, rifiutando i contanti che mi porge Luke.

Non appena vedo il leggero cipiglio sulla sua fronte capisco il mio errore. Non è abituato a vedere una ragazza che rifiuta dei soldi. Sembra un dettaglio insignificante, eppure sono proprio quelli che possono rivelarsi più esplosivi quando sei sotto copertura.

Esco, rimproverandomi in silenzio.

Capitolo 11
Luke

La campanella sopra la porta suona mentre Rain sparisce dietro l'angolo.

«Bellissima ragazza», commenta Dmitri, con aria perplessa.

«Vero».

«Quella cosa», indica con la testa Stanley, che ho ancora sottobraccio, gli occhi prominenti chissà come diventati più grandi, «no».

Ridacchio, gli do una grattatina sulla testa e in cambio ricevo un grugnito. «Non è così male».

«Hai sempre avuto un debole per quelli brutti», mormora e va a lavarsi le mani, «grazie a dio non scegli le ragazze come scegli i cani», una lunga pausa, «non è una della nostra gente, Luka».

"Non è russa". Nonno mi ha sempre detto di stare con "la nostra gente". Filosofia vecchio stampo. Di sicuro ha avuto un impatto su Rust, visto che la maggior parte di quelli con cui fa affari sono russi. Sospetto che quelli del ramo illegale siano *tutti* russi.

Io... sono di mente molto più aperta. «L'ho appena conosciuta, Dmitri».

«Eppure sei venuto a comprare la carne con lei».

Non trattengo una risatina. «Non è un anello». Non che Dmitri abbia mai comprato alla moglie un anello di fidanzamento.

«Be', spero che ti sistemerai con qualcuno e presto. Non fare come tuo zio», borbotta, «a volte mi dà da pensare...».

Tutti loro hanno perplessità su Rust. Perché non si sistema e trova moglie? Loro ne hanno tutti una: donne da mostrare in giro, che preparino da mangiare e lavino i vestiti. In pratica, che facciano loro da madre.

«Dimmi cos'è questo lavoro con Nikolai». Non c'è più tempo per parlare di donne. È sabato. Abbiamo un piccolo intervallo di tempo prima che arrivi il prossimo cliente. Forse solo una manciata di minuti.

Dmitri esita e mi osserva. Sono sicuro che mi veda ancora come il bambino grassottello che veniva tutti i sabati, rubava fette di prosciutto e se le ficcava in bocca quando nessuno guardava. «Dobbiamo vendere una macchina. Stefan…». Gli manca la voce; un sospiro, l'irritazione dipinta in faccia.

Non mi serve chiedere cosa intenda. Suo nipote, Stefan, un cazzo di tossico nonché la disgrazia della famiglia di Dmitri, deve avere rubato una macchina. Ha qualche anno meno di me. Ho capito presto che gli mancava qualche venerdì. Ha la tendenza a rubare, e in passato ha causato problemi a Dmitri e a suo figlio, Nikolai.

«Difficile da vendere?».

Mi rivolge uno sguardo severo. «Probabilmente impossibile in America. Troppo rischioso. Speravo che Rust potesse aiutarci a liberarcene».

Faccio la domanda che farà Rust. «Non potete solo ripulirla e abbandonarla da qualche parte?»

«Come si dice? Quando ti danno limoni, fai la limonata», Dmitri si stringe nelle spalle, «mi farebbe comodo un po' di limonata».

«Giusto». Troppi soldi per abbandonarla e basta, mi pare di capire. Il campanello annuncia una coppia di anziani e la fine della conversazione. «Parlerò con Rust. Ti risolveremo la situazione, promesso».

Si appoggia la mano sul cuore e poi la tende in avanti. Un gesto di stima e affetto. Qualcosa che faceva nonno quando salutava. Mi scalda subito il cuore.

«Ci sentiamo presto», agito il pacco di carne mentre mi dirigo alla porta.

E vado a sbattere dritto contro Rain.

Capitolo 12
Clara

«Hai usato, tipo, quattro ingredienti. Mi stai dicendo che se faccio *esattamente* le stesse cose, il mio sugo comunque non sarà altrettanto buono, solo perché non sono italiano?».

Lecco via il sugo dal cucchiaio prima di buttarlo nel lavandino. «Più o meno è così».

Ridacchia sul suo trespolo accostato all'isola in cucina, i gomiti sul granito, da dove non si è mosso sin dal nostro ritorno. «Che stronzate».

«Ok. La prossima settimana lo facciamo a casa tua. Piazzo il culo su una sedia e ti guardo cucinare per me», innesto perfetto di un altro "appuntamento", se stasera va tutto bene.

Al sentir nominare il mio culo abbassa gli occhi e io sento le guance bruciare sotto il suo esame. Riduco il fuoco al minimo sotto il sugo e passo al misto di carne; mi rimbocco le maniche per poter formare le polpette in sfere impeccabili. Potrei farlo nel sonno. Era una delle faccende che dovevo svolgere ogni sabato mattina, aiutare mia madre a preparare questo piatto fondamentale di casa nostra. Per quanto possa sembrare strano, l'ho sempre trovata un'attività rilassante.

«Allora dovrei stare più attento, giusto?». Luke scivola giù dallo sgabello e mi si mette accanto, arrotolando una manica sull'avambraccio ben tornito con movimenti lenti e precisi. Si avvicina fino a torreggiare su di me, il petto premuto contro la mia spalla.

Fingo di non accorgermene.

Come ho finto che la sua mano sulla curva della mia schiena lungo il cammino verso casa non mi turbasse.

Si china sulla pentola che sobbolle. «La fidanzata del mio migliore amico faceva un sugo dal profumo buono come questo».

«È italiana?»

«Russa».

Gemo. «Non hai ascoltato niente di quello che ti ho detto oggi?».

Un pizzicotto scherzoso sulle costole mi fa sobbalzare. «Quel minimarket ha roba buona, a quanto ho sentito».

«Già. Ci tornerò di sicuro». Mi sono accorta a malapena di quel che c'era, troppo occupata a correre qua e là, prendere al volo ciò che mi serviva e tornare in macelleria in tempo per sentire anche solo una parola o due di qualsiasi affare leghi Dmitri e Rust.

Sfortunatamente, la loro conversazione è stata breve o costretta a interrompersi, perché nella fretta sono finita a testa bassa dritta addosso a Luke che già usciva per raggiungermi. Ne abbiamo riso, io nascondendo il disappunto.

E adesso mi sta così vicino, e vengo mitragliata di flash della scorsa notte e del corpo, adesso appoggiato al mio, che andava verso la doccia, e devo ricordare a me stessa esattamente perché sono qui.

Per arrestarlo e mettere dentro delle celle fredde e buie tutti quelli che lavorano con lui.

Mi sono già trovata in questa posizione ingannevole. Eppure questa volta sembra del tutto nuova e diversa.

E in qualche modo più pericolosa.

Un alito al profumo di menta mi sfiora la guancia e non riesco a non respirare a fondo. Non riesco a non girarmi. Non riesco a non dirigere il mio sguardo verso un paio di occhi azzurri appartenenti al tizio che aiuta una giovane madre a raccogliere la spesa e nutre anziani senza fissa dimora e *non sembra* affatto un criminale.

«Devi lavarti le mani se vuoi toccare queste palle».

Fa un ampio sorriso. Ripetendomi le parole in testa, alzo gli occhi al cielo e rido. «Ma quanti anni hai, dodici?».

Abbassa lo sguardo sulla mia bocca. «So che potrà sembrare sciovinistico, ma adoro le donne che sanno cucinare».

«Perché? Non mi sorprende», rispondo e sento che si accosta piano piano. Mi preparo a concedergli un bacetto prima di scansarmi con una scusa.

Ma poi il suo telefono si mette a squillare.

Gli sfugge un piccolissimo gemito. «Scusa, devo rispondere».

Ingoio il misto di sollievo e disappunto che mi invade. «Fa' pure».

Se ne va dritto sul piccolo patio fuori dal soggiorno, una mano in tasca.

È ovvio che è una chiamata che non vuole senta nessuno. Devo riconoscerglielo – è già più furbo di qualsiasi altra canaglia abbia mai arrestato. Pensano sempre che il loro linguaggio in codice sia ingegnoso, che nessuno capirà che quando parlano di specie di uccelli e numeri e su quale incrocio li hanno visti volare, sono cose illegali. Forse una persona normale non capirebbe.

Con la coda dell'occhio vedo Luke sedersi sulla sedia in ferro battuto e accendersi una sigaretta, il telefono schiacciato contro l'orecchio. Mi guarda di tanto in tanto, ma io tengo la testa bassa e appallottolo la carne. Guardo l'orologio. Quando le prime palline iniziano a sfrigolare in padella, afferro una delle birre di Warner e un bicchiere.

E spingo la porta del patio, comportandomi come se non ci fosse niente di male a uscire qui fuori e offrire da bere al mio ospite.

I suoi occhi azzurri e diffidenti si sollevano su di me. "Che farai, Luke? Ti alzi e ti allontani, con il rischio di sembrare sospetto? O smetti di parlare e basta?".

Mostro la lattina. Lui annuisce. Senza fretta, appoggio il bicchiere sul tavolo, apro la lattina e verso piano il contenuto.

«No… no… è un cretino… dobbiamo dargli una mano… dovresti chiamarlo…». Sento i suoi occhi su di me. Mi giro e gli offro il mio sorriso più innocente e ignaro e continuo a versare.

Mentre io e l'FBI ascoltiamo.

«Sì... puoi chiamare Vlad e vedere cosa...».

"Vlad". Ecco quel nome.

«Davvero? ...non so... sì, immagino di sì. Ok... Grazie, Rust». Riattacca proprio mentre gli porgo il bicchiere. «Scusa, era per lavoro».

«Nessun problema. Pensavo solo che forse avevi sete».

Mi osserva per un lungo momento in silenzio, in faccia un'espressione curiosa, indecifrabile. «Sì. Grazie». Si alza e, invece di prendere la birra, mi appoggia una mano dietro la nuca e avvicina la mia bocca alla sua.

Non so come, ma sono del tutto impreparata; il sapore di menta con un accenno di tabacco mi riempie la bocca, l'altra mano mi si appoggia sulla schiena, la sua lingua scivola sulla mia con l'abilità di uno che è sicuro che ciò che fa va bene.

E per circa tre secondi, va bene davvero. Quando il mio cuore inizia a martellare e perdo la capacità di respirare, va più che bene. Quando sento il calore del suo corpo sodo che preme contro di me, che mi scalda, questo bacio consuma ogni cosa. Ma poi la realtà mi precipita addosso e mi ricordo che *non* va bene. Questo è il mio lavoro e ci sono diversi agenti seduti in una macchina in questo preciso momento che ascoltano ogni suono a distanza ravvicinata proveniente da noi. Tutto questo viene registrato e diventa una prova che altri ascolteranno in seguito.

Con tutta la delicatezza possibile, lo spingo sul petto fino a scostarlo. Mi schiarisco la gola e gli faccio un sorriso sinceramente imbarazzato, anche se non per i motivi che pensa lui. «Brucerò la carne se non entro».

«E allora?». Si china per un altro bacio, ma questa volta riesco a girare la testa e la sua bocca mi passa sulla guancia.

«Ascolta, Luke... La brutta rottura di cui ti ho parlato?», non avevo in mente di usare già questa scusa, ma penso di non avere scelta. Spero solo che non faccia deragliare tutto così presto. «È stata *molto* brutta. Del tipo...», aggrotto le sopracciglia in modo teatrale – "Signore, perdonami questa bugia" – «...brutta da *maltrattamento*. Non sono ancora pronta per questo, ecco». Gli do una pacca sul petto per alleggerire il rifiuto, al momento vorrei non sapere con esattezza com'è sotto la maglia: «Però stare con te mi piace tanto».

Arretra, il volto addolcito. «Ma certo. Ok». Ha uno sguardo consapevole negli occhi. Il mio piccolo criminale prova solidarietà per le donne malmenate? Non c'erano rapporti di violenza domestica nella sua famiglia, di solito è questo che genera reazioni di quel tipo. Ma l'istinto mi dice che sa una cosetta o due di donne ridotte male.

Rido, nel tentativo di alleggerire l'atmosfera. «Stai solo cercando di sabotare la mia cucina. Così avrai una possibilità la settimana prossima quando dovrai nutrirmi tu. Bel tentativo», vado in cucina e avverto che mi segue.

«Senti, mi dispiace doverlo fare ma devo andarmene. Devo occuparmi di roba di lavoro».

«In officina?», non devo nemmeno fingere il disappunto nella voce, mentre comincio a scambiare le polpette colorite con quelle crude. È per la telefonata? O già si defila dalla nostra "amicizia" perché mi sono negata? Se è così... sono fregata.

«Qualcosa per mio zio».

«È un peccato, ma capisco. Puoi tornare a mangiare più tardi, se ti va», propongo distrattamente. Se è sul serio per lavoro, non posso spaventarlo facendo l'appiccicosa e giocando sui sensi di colpa.

«Ti chiamerò», mi dà una strizzatina al gomito e subito si avvia alla porta.

Non accenna a un'uscita stasera.

Nessun nuovo tentativo di bacio, con mio sollievo.

Allora perché sento anche una punta di delusione?

Chiudo a chiave la porta, sussurro: «Agente Bertelli, fuori», e spengo la microspia. Quasi subito squilla il cellulare.

«Sei stata grande».

Cupa, guardo l'orologio. «Chiami da San Francisco, giusto?»

«Gli altri erano invischiati con i bambini. Non sarebbero arrivati in tempo».

Scuoto la testa. Avrei dovuto saperlo che Warner non se ne sarebbe andato. «Maledizione, Warner. Avresti dovuto dirmelo. Avrei rimandato».

«E mettere a rischio il caso? Neanche per idea».

Ha ragione. Ma... «La tua ragazza lo capisce?».

Il sospiro grave mi riempie l'orecchio: «Capisce che il mio lavoro viene prima di tutto».

Faccio una smorfia spazientita. «Buona fortuna».

«Vabbe'. Lascia perdere», aumenta l'irritazione nella sua voce, «come ti senti? Stai bene?».

So a cosa si riferisce. «Sto bene. Niente che qualche sciacquo non possa curare», ridacchio pensando alla storia sentita una volta di una poliziotta sotto copertura che era stata costretta a baciare uno che si faceva di metanfetamina che stava cercando di incastrare, per dimostrare la propria sincerità ed evitare che le sparasse. Dopo si era scolata mezza bottiglia di collutorio nel tentativo di liberarsi di quel sapore disgustoso.

Io però non ho nessun sapore disgustoso in bocca. In realtà, se mi concentro, percepisco ancora le labbra del mio obiettivo – più morbide di quanto mi aspettassi – sulle mie e il cuore accelera di nuovo.

«Ok, va' a rilassarti. Sarò di turno stasera».

«Se ci sarà un stasera», mugugno.

«Non preoccuparti. L'hai preso. Solo che forse ancora non lo sa».

Capitolo 13
Luke

«Andiamo, puoi portarla via, giusto?», chiedo tra un tiro e l'altro della sigaretta. Tra il rumore delle strade cittadine e il fatto che siamo al decimo piano, non temo di essere sentito.

Il respiro pesante e irritato di Vlad mi riempie l'orecchio. «Forse, ma…».

Rust mi ha avvertito che sarebbe stata una sfida per me ottenere il numero di Vlad. Io però ho insistito. Perché si tratta di Dmitri e perché voglio provare una negoziazione con quel bastardo. Mi piace pensare di avere un talento per negoziare. E perché devo trovare un accordo, visto che l'ho promesso.

Devo anche dimostrare di non essere lo scemo che crede io sia. Ma odio proprio parlare con questo tizio. «E dai, amico. Qui le valutano un quarto di milione. Qual è il problema?». Non so che cazzo avesse in mente Stefan per fregarsi la Ferrari Spider fatta su ordinazione di un riccone, durante un fine settimana a Seattle. E poi si presenta a casa del padre Nikolai. Secondo Rust, che ha parlato con Dmitri dopo la nostra telefonata, Nikolai ha perso la testa. Ha fatto al figlio due occhi neri per la sua stupidità. Almeno quell'idiota è stato abbastanza furbo da bloccare il sistema di navigazione.

«*Potrei* avere un compratore. Di recente parlava di voler impressionare l'amante con una macchina nuova».

«La impressionerà eccome», a quanto ci ha detto Dmitri, il proprietario ci aveva fatto mettere tutti gli optional immaginabili, «guarda, puoi anche prenderti un cinque per cento in più dalla nostra parte, per l'aiuto».

Risponde una risatina assente. «Se lo faccio, il prezzo è settanta del totale».

«Cazzo, sei matto?», proprio come mi aveva avvertito Rust.

«No, sono un uomo d'affari e questi sono affari. *Amico*».

«Non potremmo mai darti una fetta così grande».

«Allora divertiti a restituire la macchina». Sento il *click*.

«Coglione». Chiamo Rust e annuncio: «Settanta per cento del totale».

Impreca sottovoce.

«Accettiamo l'accordo?». Rust prima me ne ha dette di cotte e di crude. Non avrei dovuto promettere a Dmitri di aiutarlo senza prima parlare con lui. Adesso che l'ho fatto, dobbiamo andare fino in fondo.

«Fammi vedere se Andrei è ancora sveglio. Sta' all'erta. E tieniti la serata libera finché non ti richiamo».

Mi abbandono sulla sedia e fisso gli strati di viola e rosa nel cielo. Non voglio cancellare i programmi che avevo con Rain, ma nemmeno voglio mollarla all'improvviso se Rust chiama, come questo pomeriggio. Dopo che mi ero presentato a casa sua, l'avevo trascinata fuori e preteso che cucinasse per me. Strano quanto si sia mostrata comprensiva in tutta la faccenda.

Guardo il palazzo di fronte, mi chiedo cosa stia facendo. Ha la luce accesa, ma gli avvolgibili abbassati, per mia sfortuna. È seduta vicino al telefono in attesa che la chiami? Guardo l'orologio. Le otto. Presto per i miei standard, ma lei probabilmente si chiede se l'appuntamento sia confermato. Le ragazze sono così.

Licks mugugna accucciato vicino ai miei piedi, e sorrido. Non si è allontanato un attimo da quando sono tornato, dopo avermi annusato dalla testa ai piedi, ringhiando un po'. Sono piuttosto sicuro che sia geloso di Stanley. Dovrà abituarsi, perché sono certo che vedrò di nuovo Rain – e il suo cane.

Ce l'ho avuta in testa per tutto il pomeriggio. I suoni che faceva a bocca chiusa mescolando il sugo, il modo in cui passava attraverso le pozzanghere con i suoi stivali, come se volesse creare apposta gli schizzi. Come mi ascoltava quando parlavo. Mi ascoltava sul serio. Non come Priscilla, che si limita a fingere.

Com'era, sdraiata sul suo letto ieri notte.

È tutto ciò a cui sono abituato, eppure è completamente nuovo. È allegra e spiritosa. Sembra intelligente. Non mi stacca le orecchie a forza di parlare della macchina o dei vestiti o dei gioielli che vuole, messaggi subliminali delle cose che si aspetta le compri. Oggi nemmeno ha voluto i soldi. È stato un cambiamento rinfrescante. Forse è perché ne ha a sufficienza. Ma ancora non ho incontrato una donna a cui basti il denaro che ha. Be', forse Alexandria Petrova.

Solo il pensiero di quel nome mi annoda lo stomaco.

Quando ho baciato Rain e lei mi ha respinto, chiedendomi spazio per via del suo passato, mi si è gelato il sangue. È stata maltrattata. Nemmeno lontanamente quanto Alex, a giudicare dall'assenza di cicatrici. Ma le parole di Rain mi hanno riportato a quella notte spaventosa di più di un anno fa, ai giorni successivi, quando aspettavo di avere notizie da Jesse, sperando che fossero buone. Pregando che, a storia finita, non avrei avuto rimorsi di coscienza per avere una volta tralasciato quel che sapevo le stava succedendo.

Non appena Rain si è scansata e mi ha detto del suo ex, per me è diventata vetro. Fragile. Da maneggiare con estrema cura. Il fatto che fosse disposta a cominciare, all'inizio, era promettente, immagino; penso voglia dire che si fida di me.

Solo che non sono sicuro del posto che può avere nella mia vita. Dice che le piace "stare con me", ma in che senso? Come ha detto Dmitri, Rain si "inserirebbe"? Soprattutto adesso? O è solo una perdita di tempo? Odio perdere tempo. Forse dovrei tenermi Priscilla e basta. Con lei nessun inganno. È cresciuta nel mio stesso ambiente; sa com'è questo mondo. La sua bussola morale è sballata quanto la mia, forse di più.

Il telefono usa e getta squilla. Rispondo in tempo per sentire: «Russi del cazzo», sorrido, nonostante tutto.

«Suppongo che la telefonata con Andrei non sia andata bene».

Rust sospira. «No. Infatti. Andrei sta dalla parte di Vlad».

«Merda… Non so come muovermi. Vuoi che lo dica a Dmitri o cosa?»

«No, non possiamo tirarci indietro adesso». Una lunga pausa. E poi dice, scandendo molto bene, come se l'idea venisse mentre parla: «Voglio che incontri Aref Hamidi. Si occupa delle nostre spedizioni, ma parecchi anni fa si è detto interessato a partecipare un po' di più. Forse può aiutarci».

Sono confuso. «Non sarebbe meglio che ci andassi tu?»

«Hai tirato tu in ballo questo problema, quindi penso che dovresti essere tu a risolverlo. È un buon test».

«Immagino di sì».

«Perché? Non pensi di potercela fare?»

«No, certo che posso», spero che la mia voce sia più sicura di come mi sento io.

«Servirà a costruire il tuo rapporto con lui. È un semplice accordo collaterale. Farò sapere ad Aref che andrai a discutere di affari. Solo, non promettere niente senza prima parlare con me».

«Dove?»

«Stanotte dà una festa a casa sua. Portati una ragazza. Sembrerai più socievole».

Il mio sguardo si sposta sulla finestra di Rain. «Posso farlo. Non pensi che ci darà problemi con Vlad?».

Dal suo sospiro arguisco che è probabile. «Come ha detto lui, sono affari. Abbiamo un accordo con loro e questa cosa ne è fuori. In più, non mi piace che Vlad pensi di avere il monopolio. Ma… non gliene parleremo».

«Capito». Me lo figuro, Vlad, come tipo da perdere il lume della ragione. Strilli e grida a non finire. Forse delle minacce.

«Com'è la macchina?», sento il sorriso nella voce di Rust e capisco che ha già cambiato umore. Non l'ho mai visto così felice di darmi qualcosa come quando sono uscito dal parcheggio con la mia scintillante Porsche 911 nera nuova di zecca.

Solo pensarci mi fa sorridere raggiante: «Cazzo, bellissima. Grazie, Rust».

«Be', mi rendi fiero di te, figliolo».

Riattacco chiedendomi se lo direbbe anche nel caso non mi fossi unito volentieri al suo giro d'affari. Mi tratterebbe ancora come il figlio che non ha mai avuto, o invece come un nipote che va a trovare una volta ogni tanto? Il mio nome sarebbe sull'atto di vendita di un appartamento da un milione di dollari? Avrei tutto ciò che ho?

Faccio il numero di Rain e nell'attesa sento crescere una piccola bolla di nervosismo. È una sensazione strana, a cui non sono abituato. Risponde dopo il terzo squillo. Quando giunge l'abbaiare stridulo di Stanley in sottofondo, Licks alza subito la testa; mi fa ridere e scioglie subito la tensione nella mia schiena. «Ehi. Sei sempre libera stasera, giusto?».

Ha una bella camminata. È fluida, sicura, felina.

Guardo Rain avvicinarsi alla mia macchina, i muscoli dei polpacci si contraggono a ogni passo grazie a quelle scarpe rosse maliziosamente alte.

Il tipo che mi piace.

Come anche il vestito nero aderente che indossa. Senza spalline, evidenzia le linee del collo e delle spalle. Una delle parti che preferisco in una donna.

Tutto il pacchetto è notevole. D'improvviso mi chiedo come cazzo ho fatto a distrarmi al punto di non chiamarla il giorno in cui l'ho incontrata. Mi ci è voluta l'aggressione del suo cane per notarla al parco. Le darò spazio, anche se al momento non voglio altro che toccarla.

«Bella macchina», mormora, gli occhi celesti che scivolano sulla carrozzeria della mia Porsche prima che salga dal lato passeggero. La parte dietro del vestito si abbassa ancora di più e mette in bella mostra le curve asciutte e quel tatuaggio sexy. Quello che ho visto ieri notte, con lei in biancheria intima…

Mi accelerano un po' i battiti.

«Nuova?», mi fissa, aspettando una risposta.

"Concentrati, Luke". «Già, presa la settimana scorsa». L'ho

portata fuori dal piazzale e ho guidato per tre ore in giro per Portland con un'erezione gigantesca.

Esco dal parcheggio del condominio, una mano appoggiata sul cambio. «Sei davvero… carina». Sbircio le cosce sode e la pelle liscia. Decisamente si cura molto.

"Vetro. È vetro", ricordo a me stesso.

Abbassa la testa in quel modo quasi imbarazzato, come sempre quando si accorge che la guardo, le dita che giocherellano con la catenina d'oro della collana. Ho notato che lo fa molto spesso. Dev'essere un tic nervoso. «Allora, dove mi porti?»

«Alla festa di un socio».

«Cinque milioni facili. Forse di più», mormoro osservando il palazzo illuminato sulle rive del Columbia, e passo le chiavi al posteggiatore in affitto. Non mi sorprende che Aref assuma qualcuno per gestire tutti gli ospiti che arrivano alla spicciolata. Rust dice che gli piace organizzare feste e che alla gente piace andarci.

Lancio un'occhiata di sottecchi verso Rain e la vedo che sposta gli occhi spalancati da un particolare all'altro, ammirando tutto. Come se non fosse abituata a posti e feste come queste. Difficile da credere, visto quel che mi ha detto sull'attività del padre, l'auto che guida, chi è. L'appartamento in cui vive probabilmente sarà costato un milione almeno. Lo so perché tanto è costato a Rust quello in cui vivo io, e si equivalgono. Un investimento, ha detto lui.

La gente non investe in appartamenti da un milione di dollari se non ha liquidi a disposizione.

I suoi occhi grandi si accorgono che la osservo. «Mi ricorda tanto un posto che avevamo quand'ero piccola. Chi hai detto che è questo tizio?»

«Si chiama Aref». Semplice e vago. Non ho molto altro su cui basarmi, a parte il fatto che cerco un iraniano alto con una leggera cicatrice che gli taglia il labbro inferiore.

Non insiste. Mi piace. Forse per via del tempo che passo con Rust. Forse perché ci sono moltissime cose di cui non posso parlare. E comunque, troppe domande di solito mi irritano. Infila il braccio nell'incavo del mio e mormora: «Vediamo che vino serve Aref stasera».

La guido verso la casa, in un mare di facce sconosciute.

Capitolo 14
Clara

Chi cazzo sono queste persone e come fanno a vivere così?

Cioè, so chi sono, in generale. E so esattamente come fanno a vivere così.

Eppure, mentre me ne sto qui nel giardino sul retro di questa casa principesca, affacciata sul vasto fiume Columbia, circondata da vegetazione curatissima e ricchezze di cui non posso dire di avere mai visto eguali sul lavoro, mi assale un'ondata di invidia. Questi criminali vivono in un lusso che io non conoscerò mai. Non con il salario da poliziotto. Neppure con quello da agente dell'FBI. Io sarò quella che cerca di incastrare stronzi come loro, mentre sorseggiano champagne e appoggiano i piedi sulle ringhiere degli yacht. E ridono dei poveri sfigati come me.

Naturalmente, non ho informazioni su chi sia Aref. Non ancora. La squadra farà ricerche su di lui mentre parliamo, quindi ne avrò una buona sintesi da Warner più tardi. Ipotizzo però che sia un criminale di qualche genere, e in affari con Rust.

«Ti piace stare vicino all'acqua quanto ti piace la pioggia?», Luke mi porge un bicchiere di vino rosso, poi indica con il capo il grosso molo sotto di noi, dove ci sono due motoscafi da competizione e uno yacht più grande di tante case ancorati vicino a una dépendance sulla riva.

«Sì».

«Anche a me. Più tardi sgattaioliamo giù. Dopo che avrò parlato con Aref».

Il mio lato pessimista aveva già dato per scontato che non sarebbe venuto all'appuntamento, quindi, quando ha telefonato, l'entusiasmo è stato sincero e difficile da nascondere. Mi ha detto che saremmo andati a una festa, ma per il resto si è mantenuto sul vago. Non ho voluto pressarlo con le domande.

Dal modo in cui esamina la folla adesso, indagatore, glissando su attraenti volti femminili senza fermarsi, comincio a credere che non sia una festa casuale. Non dovrebbe sorprendermi. Un sacco di scambi equivoci non avvengono sui sedili posteriori di macchine con i finestrini oscurati e nei depositi di rottami, come nei film. Accadono alla luce del sole come qui, in ambienti tranquilli come caffetterie e feste, davanti a un bel piatto di pasta.

Non c'è molto che possa fare, a parte sorseggiare vino, catalogare quante più facce possibili nel caso diventino importanti più avanti, e sperare che Luke abbia la buona grazia di non abbandonarmi.

Gli do di gomito e richiamo subito la sua attenzione. «Conosci molte di queste persone?»

«No», una pausa, «hai detto che la tua famiglia abitava in un posto così?»

«Simile», mento, «papà decise di venderlo. Vorrei che l'avesse tenuto».

«Be', un giorno avrò una casa come questa. Puoi venire a trovarmi», sorride e per un secondo abbassa gli occhi sulle mie labbra.

«Hai dei milioni nel cassetto?», lo provoco.

«Non ancora».

«Ma davvero?», piego la testa in un gesto giocoso, seducente, «e come farai a guadagnare tanto?», magari Luke è tipo da vantarsi dei suoi progetti per fare soldi.

«Luke», una voce profonda che risuona al nostro fianco interrompe la conversazione. Mi giro e vedo un uomo dalla pelle liscia e i capelli mossi, neri come l'inchiostro, che osserva Luke con due grandi occhi scuri color cioccolato.

«Aref», Luke tende la mano e l'uomo la prende, un sorriso distende la cicatrice che gli taglia il labbro superiore.

Si scrutano a vicenda, come se non si fossero mai incontrati.

«Benvenuti. Vi state divertendo, spero...». Ha un accento ambiguo – inglese britannico misto a qualcos'altro e con un'intonazione regale. Non dovrebbe sorprendermi. Un'operazione internazionale come quella gestita da Rust Markov ha bisogno di legami con personaggi benestanti in tutto il mondo.

«Magnifico posto».

Gli occhi di Aref si spostano sui miei e io replico con un sorriso e un cenno del capo. «Stavo giusto ammirando il suo yacht».

«Sono certo che a mia moglie non dispiacerebbe farle fare un giro». Allunga una mano all'indietro e si materializza quasi per magia una donnina con lunghi capelli neri e lucidi e occhi altrettanto scuri. La figura da ragazzina la fa sembrare più una bambina di dodici anni che la moglie di qualcuno, anche se il volto bellissimo ed esotico sembra senza età. «Elmira, potresti mostrare all'amica di Luke...».

«Rain», conferma lui.

«Potresti mostrare a Rain lo yacht?».

Sorride obbediente. La sua espressione non è proprio sgradevole, ma nemmeno del tutto sincera.

Luke si sporge a darmi un casto bacio sulla fronte. «Ti raggiungo dopo», detto ciò, si gira e segue Aref tra la folla fin dentro la casa.

"Maledizione".

«Andiamo?», la voce di Elmira è morbida e conciliante, il suo sguardo mi misura da capo a piedi quando mi supera leggera, l'abito bianco mi ricorda la mitologia greca. Per un istante prendo in considerazione l'idea di rovesciarci sopra il mio bicchiere di vino rosso e porre fine al tour, così potrei andare a cercare Luke, ma accantono in fretta l'idea. È chiaro che Aref non vuole spettatori per quel che devono discutere. Quindi la seguo giù e per il momento dirotto l'energia altrove.

Mi chiedo quanto possa sapere Elmira.

Forse c'è un'altra porta in questa rete.

Ecco cosa sono per me tutte queste persone. Porte che devo trovare il modo di aprire.

Capitolo 15
Luke

«Direi che ti piacciono le barche», osservo le foto incorniciate di diverse imbarcazioni che riempiono un'intera parete nell'ufficio di Aref.

«Sì. Sono tutte mie. La mia famiglia possiede una compagnia navale. Abbiamo una linea da crociera, petroliere, navi da carico…».

Lo guardo versare un liquore dorato da una bottiglia di vetro lussuosa in due bicchieri dal fondo ampio. «Quindi, un sacco di navi». Quelle raffigurate in foto devono essere una ventina. E senza dubbio sono tutte abbastanza grandi da attraversare l'oceano. Rust ha detto che Aref si occupava delle spedizioni. Non pensavo significasse che quelle cazzo di navi erano *sue*.

Mette in mostra i denti bianchissimi. «Un sacco di navi. E anche qualche aereo. E camion», mi porge il bicchiere, «così ho conosciuto tuo zio. Compravamo camion attraverso la RTM. Mi è piaciuto al primo incontro. È un uomo d'affari astuto».

«È vero». Vago con lo sguardo sui rivestimenti in legno intarsiati a regola d'arte di questo enorme studio collocato sul retro della casa – dietro una porta chiusa a chiave e in fondo a un lungo corridoio, come fatto apposta per evitare orecchie indiscrete.

«Che ne pensi?», indica il mio bicchiere con un cenno del capo.

«Whisky?». Rust mi ha portato in un whisky bar e mi ha

insegnato a berlo. Una capacità che ogni uomo raffinato e intelligente dovrebbe possedere, ha detto. Ovviamente, la notte è finita con noi due che cercavamo di sostenerci a vicenda fino a casa e dipingevamo il marciapiede col nostro vomito.

«*Scotch* Macallan single-malt. Edizione speciale, del 1946».

Bevo un piccolo sorso e mi rigiro il sapore pungente in bocca. Non ho mai assaggiato niente del genere.

«L'ho comprato a un'asta diversi anni fa per quattrocentosessantamila dollari».

Fatico a non strozzarmi. «Mi stai dicendo che ho in mano tipo...», faccio un calcolo rapido e approssimativo a mente, «ventimila dollari?».

Sorride, fa cin-cin a mo' di risposta e beve un piccolo sorso. Palesemente divertito. Sta cercando di impressionarmi o di smascherarmi. È riuscito in entrambe le cose.

Aref non è solo ricco.

È ricco da fare schifo.

«Allora, parlami di quest'opportunità a cui accennava Rust».

Solo Rust potrebbe definirla "un'opportunità" invece di quello che è: ci serve aiuto per sbolognare a qualcuno quella macchina. Faccio un sunto ad Aref: «Allora, conosci qualcuno che potrebbe volerla?».

Fissa il proprio bicchiere, pensieroso. «Sì, penso di sì».

«Più personalizzata di così non si potrebbe», l'avverto.

In risposta fa un gesto vago della mano. «Non significa niente per un compratore a Dubai. Quando vi servirebbe spostarla?»

«Appena possibile». Sembra che per via della pressione Nikolai sia a un passo da un infarto con quella cosa in garage. Farsi pescare in possesso di una macchina da duecentocinquantamila dollari ti qualifica per la prigione immediata e la reputazione di cretino.

Aref prende un telefono dal cassetto della scrivania e digita un numero. Qualcuno risponde e lui si mette a parlare in una lingua di cui non capisco un'acca. Quindi mi dedico ad assaporare il liquore più costoso che berrò in vita mia e ad ascoltare in silenzio finché non si mette il telefono in tasca. «Avrò una risposta definitiva tra poco, ma non dovrebbero esserci problemi».

Sembra che tutta la situazione non lo scalfisca minimamente. «A sentirti si direbbe che l'hai già fatto in passato».

Si stringe nelle spalle. «Ho aiutato qualche amico».

«E quanto ci costerà?», trattengo il respiro e aspetto. Le condizioni assurde che porrà per fare questo favore a noi, i suoi "amici". Se non altro *lui*, forse, sarà disposto a trattare.

Due occhi scuri e calcolatori si fissano su di me. «È stato Viktor ad avvicinarmi anni fa per vedere se fossi interessato a spedire merci oltreoceano. Le macchine non facevano parte del mio...», si ferma, cercando le parole, «...portfolio. All'inizio ho detto di no, semplicemente perché non mi fidavo di lui. Ma poi ho conosciuto Rust, e lui mi è piaciuto. Quindi ho accettato di spostare i loro carichi. Mi pagano un tanto a macchina e io mi assicuro che i documenti siano in regola e che nessun ufficiale di dogana ficchi il naso dove non deve. Sono soldi facili. Ma ho capito che se ne possono fare molti di più vendendo le macchine che spedendole soltanto. E so anche che Rust ha un'organizzazione solida», fa una pausa. «Sono una persona che fa comodo conoscere, Luke. Ho compratori in altre parti del mondo. Potremmo guadagnare molto di più tutti e due se Rust prendesse in considerazione l'idea di vendere direttamente con me».

«Qual è la tua proposta? Che smettiamo di fare affari con Vlad e Andrei?». A essere onesti sarei prontissimo a farlo.

Ma Aref già scuote la testa. «No. Voi conservate quello stato di cose e io conservo le mie minuscole parcelle per le spedizioni. Ma perché non avviare qualcosa di diverso con me in un nuovo mercato? Io posso spedire e occuparmi dei compratori dall'altra parte».

Con quali clausole? Pensa a una società alla pari? Metà e metà? Cercherebbe di fregarci come fanno Vlad e suo padre? Impossibile dirlo e voglio parlare con Rust prima di mostrarmi troppo interessato. Per adesso, abbiamo un problema immediato da risolvere. «Quanto ci costerà *questo* accordo?», insisto.

«Sai che ti dico? Mi prendo una percentuale per i costi della trafila e il resto lo passo a voi. Solo per questa volta, però, come segno di gratitudine per la vostra fiducia e come gesto di buona volontà. Se siete soddisfatti, possiamo parlare di metterci in società. Cinquanta e cinquanta. Tu e Rust mi procurate le auto e io le spedisco e le vendo». Parla in modo tranquillo. È ovvio che ha una buona istruzione. Decisamente più piacevole avere a che fare con lui che con Vlad. «Che ne dici?».

Troppo facile. Ma se Rust si fida di lui... «Penso che si possa fare a queste condizioni». In teoria non dovevo promettere niente, ma come faccio a dire di no?

La sua risata mi rilassa subito. «Mi ricordi Rust. Sono molto felice che ci siamo incontrati».

Anch'io. Entrare nello studio di Aref e chiedergli aiuto faccia a faccia è stato un milione di volte più facile che prendere il telefono e chiamare Vlad.

«Devo tornare dai miei ospiti e credo che tu abbia una deliziosa signorina da intrattenere, lì fuori». Mi versa altro scotch nel bicchiere. Saranno quarantamila dollari, secondo i miei calcoli. Abbastanza da comprare un'auto dignitosa. Stasera mi sono bevuto una macchina. «Ti contatto non appena so qualcosa».

«Grazie, Aref».

Nel momento in cui ci separiamo, chiamo Rust. «Sono in attesa, ma sembra che vada. A prezzo di costo».

Trattengo il fiato e aspetto che mi rimproveri, ma dice solo: «Bene».

Lo sento sorseggiare qualcosa all'altro capo della linea. Probabilmente vodka. Ci farebbe il bagno se potesse.

Abbasso la voce fino a ridurla a un sibilo: «Fanculo ad Andrei. Perché non lavoriamo con Aref?»

«Raggiungimi al Cellar quando hai una risposta», la telefonata si interrompe, portando la mia frustrazione a livelli spropositati. Perché cazzo Rust si abbassa anche solo a parlare con quegli altri idioti quando qui c'è Aref che praticamente ci implora?

Capitolo 16
Clara

«Avete una casa stupenda». Seguo Elmira lungo il sentiero illuminato da torce fiammeggianti che danzano mosse da una brezza leggerissima.

Sorride: «Grazie. Penso che fra tutte sia la mia preferita».

Lo dice come se niente fosse, ma io faccio una smorfia comunque. Forse è l'accento affettato da londinese che la fa sembrare tanto snob.

Giriamo attorno a un gruppetto di ospiti e raggiungiamo la banchina. Lei lancia un'occhiata alle mie scarpe, «Dovresti toglierle. Nel corso degli anni ho rotto un mucchio di tacchi».

Nel corso degli anni? Mi chiedo ancora se sia anche solo maggiorenne. Comunque, le do retta e mi tolgo le scarpe per risparmiarmi l'imbarazzo di tornare a casa zoppicando.

Scendo dietro Elmira e andiamo avanti… avanti… oltre i motoscafi da competizione, lungo un molo interminabile a più bracci e verso la corda con il cartello che dice "Non salire prego".

«Non pensavo si potesse ancorare una barca come questa privatamente», mormoro, mentre osservo il nome di Elmira scorrere sulla fiancata.

«Se hai abbastanza soldi puoi comprare *qualsiasi cosa*», passa sotto la corda e io faccio lo stesso, «è l'orgoglio e la gioia di Aref, questa. Me l'ha comprata per il mio diciottesimo compleanno».

«Bel regalo di compleanno», commento, e dentro di me

penso al mio diciottesimo e alle sei paia di calzini di lana e alla confezione di Budweiser che mi comprò il mio fidanzato dell'epoca. Nemmeno mi piaceva la birra.

«Aref sa essere un uomo molto generoso», qualcosa nel modo in cui lo dice non mi convince. Prima che possa rifletterci troppo a lungo, mi fa strada attraverso una porta stretta e nell'interno dipinto di soldi, sotto forma di cromature scintillanti e cristalli e pareti di mogano laccato. Il soffitto metallico riflette e la luce pulita illumina, immergendoci nel lusso.

È facile dimenticare il motivo per cui sono qui mentre seguo Elmira giù per scale a chiocciola in marmo e stretti corridoi, dentro e fuori cabine piccole ma opulente, per tre piani di zone giorno fastose e ponti scoperti con panchette di cuoio bianco e postazioni bar.

«Passate molto tempo qui?», domando al termine del tour all'ultimo piano, su un ponte accanto alla cabina di comando del capitano.

Elmira digita un codice su un pannello e il soffitto comincia ad aprirsi, rivelando il solarium dello yacht, ora coperto da un profluvio di stelle sul Columbia.

«Di solito passiamo l'inverno alle Cayman. È piuttosto comoda, anche se è una nave».

«Sembra carino», e una sfortuna, dato che nel caso riparassero questa barca in un porticciolo turistico durante l'inverno potrei considerarla un'occupazione abusiva di suolo pubblico.

«Navighiamo anche lungo la fascia costiera del Pacifico tutte le estati. È la cosa che preferisco». Elmira scompare dietro un piccolo bar e tira fuori una bottiglia di champagne e un altro bicchiere. Me lo porge senza chiedere, anche se ho ancora in mano quello pieno di vino. Di solito ne butterei via un po' per volta quando nessuno guarda, ma un posto come questo dev'essere cosparso di video di sorveglianza. Se mi cogliessero in flagrante solleverei domande che non voglio si facciano. «Sei mai stata in crociera?».

Nemmeno faccio finta: «No».

«Be', resteremo qui ancora per qualche mese. Forse potremo ospitare te e Luke uno di questi giorni».

Sono sicura che sia un'offerta a vuoto, ma dico: «Mi piacerebbe moltissimo». Se riesco a infangare Luke abbastanza da convincere un giudice che ne vale la pena, forse sarò ancora nei paraggi. Ma è un tempo molto lungo per continuare a ingannarlo, nascosta dietro le apparenze di una donna abusata fisicamente che sta ancora imparando a fidarsi di nuovo degli uomini.

«Da quanto tempo uscite insieme?».

Apro la bocca per correggere il termine, ma mi fermo prima: «Non molto».

«È proprio bello. E anche giovane, giusto?», osserva con nonchalance, sorseggiando il drink, gli occhi accesi dalla curiosità e da altri pensieri che non riesco a identificare.

«Sì, è vero», sono solo chiacchiere superficiali, ma devo comunque tenere viva la conversazione, «e tu e Aref?»

«Ho incontrato Aref quando avevo sedici anni. Lui ne aveva ventinove. I nostri genitori hanno organizzato il matrimonio un anno dopo». Quando nota la mia espressione le sfugge una risata morbida che d'un tratto la fa sembrare più grande. «È bello, e ricchissimo, quindi non ho avuto obiezioni. È stato l'unico elemento della mia cultura che abbia accettato, però. Per il resto ho abbracciato appieno la linea di pensiero dell'Occidente, con gran dispiacere dei miei genitori». Solleva il bicchiere di champagne, ora quasi vuoto, per dimostrare cosa intende, e lo riempie di nuovo. È impossibile che un corpo piccino come il suo possa reggere tanto alcol, tanto in fretta.

«E Aref? Ha abbracciato la linea di pensiero dell'Occidente?».

Fa spallucce, vaga. «Per lo più sì».

Per lo più. Del tipo che Elmira non è soddisfatta al cento per cento? Pazzesco come la gente sia pronta a confessarsi con un perfetto sconosciuto quand'è infelice. E ubriaca. Le spalle di Elmira si curvano giusto quel tanto da farmi capire che probabilmente è un po' brilla. E poi, sembra sentirsi sola. Le persone sole sono sin troppo pronte a rispondere a delle domande.

Vorrei tanto essere diretta e chiederle cosa intende, ma se aspetto il momento opportuno riuscirò a farle vuotare il sacco. «Cosa fai quando non sei su questo yacht?».

Un'alzata di spalle. «Organizzo feste. Faccio la volontaria in associazioni caritatevoli. Mi tengo impegnata. Aref vuole che mi tenga impegnata. Lavora parecchio e io non conosco molte persone a Portland. Quelle che conosco, non mi piacciono granché. Per lo più i soci d'affari di Aref e le loro mogli».

Be', schietta sincerità. «E Aref cosa fa?», comincia a sembrare un interrogatorio – quasi mi aspetto lo squillo del telefono e il sibilo ammonitore di Warner all'altro capo – ma non riesco a frenarmi.

Non sembra turbarsi affatto, si sta esaminando le unghie perfettamente curate. «È proprietario di una ditta di trasporti».

«Trasporti», ripeto.

«Navi. Tantissime *grandi* navi, che portano ogni genere di cose oltreoceano, come vestiti, cibo confezionato, macchine...».

"Bingo". L'eccitazione ribolle e si gonfia dentro di me, i pezzi cominciano a incastrarsi. Sono un gatto che chiude il topo nell'angolo. «Macchine?»

«Eccoti qui...».

La voce di Luke è come un lungo ago sottile piantato nella bolla. Devo ricorrere a tutta la forza che possiedo per mantenere un'espressione neutra quando mi giro e lo vedo salire le scale. Il suo sorriso abbagliante però dissipa in fretta la delusione.

«Se vuoi scusarmi, devo controllare cosa fa mio marito. È stato bello parlare con te, Rain», Elmira mi passa accanto a passi lenti.

«Grazie per il giro. Spero di rivederti». È vero. Giovane moglie infelice con la lingua sciolta quando beve? Ottimo potenziale informatore.

Si ferma e guarda indietro, l'espressione un po' sospettosa. Quel tanto da procurarmi un accenno di incertezza. «Sì. Mi piacerebbe».

È furba, quella. Meglio stare attenta a come la tratto.

«Un posto pazzesco, vero?», Luke si avvicina al pannello di vetro che ci separa dalla cabina di controllo e tira fuori una sigaretta dal pacchetto.

«Sai, dicono che il fumo uccide».

«Sì, mi pare di averlo sentito da qualche parte», avvicina l'accendino acceso, poi si ferma, «ti dà fastidio?»

«No, in realtà no. Penso di esserci abituata. Papà è stato un fumatore accanito per anni. Ha smesso solo qualche anno fa, dopo che nonno è morto di cancro ai polmoni». Mi preoccupa pensare che forse è stato troppo tardi.

E ho appena detto al mio obiettivo una mia verità personale. Di Clara, non di Rain. Mi appunto nella testa di aggiungerlo al fascicolo, così che rimanga traccia di tutto. Ma l'ho accompagnata a una bugia strategica su mio nonno, che è ancora vivo e vegeto a Palermo, dio lo benedica.

«Oh... anche il mio è morto di cancro ai polmoni. E anche mia nonna». Quando Luke mi osserva a lungo, poi abbassa gli occhi sulla sigaretta che ha in mano, come per un ripensamento, capisco che ho toccato la corda che volevo. Trovare il modo di entrare in relazione con il tuo obiettivo è un aspetto fondamentale. «Ho pensato di smettere», sospira e accende, «forse quando si saranno calmate le acque».

«Adesso sei sotto stress?», mantengo una voce leggera, curiosa.

«Solo cazzate di lavoro».

«Quell'omone arrabbiato nel tuo ufficio l'altro giorno?».

Inclina la testa da una parte e mi mostra il suo ampio sorriso sincero, che mi fa fare una capriola allo stomaco. «Chi, Miller?»

«È quello che ti odia a morte?».

Ride e aspira un'altra boccata: «Quindi, l'hai notato».

«Sarebbe stato difficile il contrario. Perché ti detesta tanto?»

«Fanculo, chi lo sa. Amarezza, immagino. Dovevo prendere le redini dell'officina. Ma la cosa è stata posticipata a data da destinarsi, quindi il suo lavoro è salvo. Penso che smetterà di essere così stronzo».

«Farai qualcosa di diverso?».

All'inizio non risponde, rimane lì a fumare e sbirciare l'acqua attraverso i vetri. Per un attimo, temo di essermi spinta troppo in là.

«Ma no, rimarrò all'officina. Alla fine Rust la darà a me. Però zio mi ha messo a fare altre cose per lui. Ha un po' di affari in corso».

Adoro che i criminali chiamino le loro attività illegali "affari". Come fosse una cosa legittima che registrano e per la quale pagano le tasse al governo sugli incassi dichiarati. «Sembra... eccitante?», vorrei tanto indagare più a fondo su questi "affari", ma devo seminare le domande in maniera strategica.

«Già... ancora non lo so. Sono nuovo».

«Sembra che tu e tuo zio siate molto uniti».

«Lo siamo. In pratica mi ha cresciuto. Quella testa di cazzo di mio padre ci ha piantati in asso quando avevo sei anni. Mamma era sempre stata un po' stramba e instabile, e quando lui se n'è andato è uscita di testa. Depressione e tutto il resto. Ha perso il lavoro e ci siamo trasferiti dai nonni», si ferma, come se ripensasse alla sua infanzia, «Rust aveva solo ventotto anni. L'ultima cosa che voleva era ereditare due bambini, ma si è davvero calato nella parte. Ha pagato per *tutto*. Si è assicurato che mi iscrivessi a calcio e a baseball – tutte quelle cose a cui mia madre era troppo distratta per prestare attenzione e i miei nonni non capivano proprio. Erano russi vecchio stampo, sai? Abiti addosso e cibo sulla tavola, non badavano ad altro».

"Sì, lo capisco". Spegne la sigaretta in un elegante posacenere e si avvicina; quando si siede al mio fianco il mio naso coglie un misto di acqua di colonia e tabacco. Di solito non sopporto l'odore del fumo di sigaretta, eppure per qualche ragione su Luke non mi dispiace. «Rust ha pagato la scuola, il college, il mio corso da meccanico. Mi portava alle partite. In pratica mi ha viziato. E lo fa ancora», Luke ridacchia, «i miei amici erano tutti gelosi. Mi prestava più attenzione di quanto facessero con loro i padri veri». Gli si è arrochita la voce: «Devo a Rust tutto ciò che ho».

"Abbastanza da non tradirlo se messo di fronte alla prigione?". Lo sguardo tenero che ha Luke negli occhi mentre parla dello zio mi fa mettere in discussione la giustezza di Sinclair nell'elaborare questo piano. Il nostro obiettivo principale si spezzerebbe con una pistola metaforica puntata alla testa?

Non ne sono molto convinta.

«Sembri cavartela bene», concordo, «cioè, l'appartamento, la macchina… tu», non avevo intenzione di mangiarmelo con gli occhi in maniera così scoperta.

Sogghigna e allunga una gamba, preme la coscia contro la mia. Nessuna preoccupazione per il mio spazio personale. E a me non dispiace affatto. Forse lo champagne mi ha dato un po' alla testa. Lui solleva il bicchiere di liquido dorato che si è portato a bordo e dice: «Questo è un bicchiere di scotch da ventimila dollari. Il secondo, stasera».

So che ho le sopracciglia a metà fronte, ma non posso farci niente. Sta per ingollare più di un terzo del mio salario annuale. Odio i ricchi. «E di che sa un bicchiere di scotch da ventimila dollari?».

Quando me lo offre, le nostre dita si sfiorano e quel semplice tocco mi causa dei fremiti che vorrei non sentire. Dovrei rifiutare un superalcolico, ma un'occasione così quando mi ricapita? «Come lo dovrei bere?».

Mi si accosta ancora di più, fin quando ogni centimetro del mio lato destro dalla spalla al ginocchio non è schiacciato contro il suo corpo solido, e mi mette un braccio sulle spalle. «Prima, ci rivesti il bicchiere. Così», la sua mano che copre la mia, guardo il liquido girare nel bicchiere; le sue dita riempiono gli spazi tra le mie, «poi inspiri», mi avvicina il bicchiere al naso.

«Odora… di fumo?».

Con la mano libera mi risistema una ciocca di capelli dietro l'orecchio, un movimento lento, quasi prudente, poi mi porta il bicchiere alle labbra. «Appena un sorsetto. Quanto basta ad assaggiarlo». Seguo le sue istruzioni, i suoi occhi sulla mia bocca.

E lotto per non fare una smorfia a causa del sapore intenso.

Sorride, per nulla offeso. «Non ti esalta?»

«Tieni», gli spingo il bicchiere tutto in mano e libero la mia. Perché mi sta piacendo troppo il contatto, «beviti il tuo scotch virile da ventimila dollari la botta e io mi tengo il mio champagne da signorine». Prima l'ho preso in giro, ma in realtà è molto buono.

Ridacchia, si riappoggia allo schienale e gira lo sguardo sugli interni dello yacht. Un altro sorso. Forse due bicchieri di quello gli scioglieranno la lingua abbastanza da permettermi di cavargli qualche risposta. «Penso che dovrei vedermi con Aref più spesso. Potrei abituarmi a tutto questo».

Anch'io, in circostanze diverse. «Sembra gentile. Come lo conosci?»

«In realtà l'ho incontrato stasera per la prima volta. Però mi piace già», un lampo di dubbio gli attraversa il viso.

«Che succede?»

«Niente, solo che…», corrucciato, tace per un attimo, come se riflettesse, «lavoro per mio zio e per quanto gli voglia bene spesso non mi spiega cosa sta succedendo. Può diventare frustrante».

Il suo sguardo erra sull'acqua, all'apparenza immerso nei suoi pensieri. Gli do una toccatina con la gamba. «Sai, mi dicono che sono un'ottima ascoltatrice».

«Ci credo». La sua mano mi scende sulla schiena e rimane lì, il suo calore mi ustiona la pelle nuda al di sopra dell'abito. E poi sospira: «Non è niente. Solo che… Aref vuole più spazio negli affari di Rust e non capisco perché lui non abbia accettato. Sarebbe meglio fare accordi con lui che con gli stronzi con cui lavoriamo adesso».

«Stronzi?»

«Già», piega la testa all'indietro e finisce il liquore, «stronzi russi».

«Quei pazzi russi», lo prendo in giro, e lui in risposta ride piano e mi stringe una spalla.

«Ehi, morditi la lingua, donna. Sono mezzo russo. Da parte di madre».

"Andiamo, Luke... dammi qualcos'altro". «Be', sono certa che tuo zio ha le sue ragioni», mi fermo, «che impresa è la sua?»

«Macchine. Vendiamo macchine, in tutto il mondo».

«Ah sì? Di che tipo?»

«Di tutti i tipi. Mio zio è co-proprietario della RTM International».

"Giusto"... l'azienda lecita. Quella di cui dubito fortemente che Luke stia parlando adesso. Ma forse invece sì, mormora la vocina speranzosa in fondo alla mia mente. Forse è solo tutto un gran malinteso. In fin dei conti, perché mai un uomo come Aref, con così tanto da perdere, si farebbe coinvolgere in un giro di furti d'auto?

Finito il drink, Luke mi prende per mano e mi fa alzare in piedi. «Andiamo. Dovremmo unirci alla festa».

Mi lascio condurre lungo il sentiero illuminato da torce baluginanti, verso l'orda di ospiti privilegiati, godendo in segreto il calore della sua mano nella mia.

E mi dico che va tutto a favore del caso.

Aref ci viene incontro in fondo alle scale che conducono al molo a due livelli. «Elmira mi ha detto che le è piaciuto il tour dello yacht».

«Sì. E sua moglie è adorabile. La ringrazi di nuovo da parte mia».

«Se ne faccia comprare uno da Luke per il suo compleanno», scherza, facendo l'occhiolino.

«Non insegnarle delle brutte abitudini», risponde Luke, ridendo, con la stessa tranquillità.

«Per quella questione...», gli occhi scuri si fissano su Luke, «tutto a posto».

«Sì? Magnifico. Grazie, amico». Allunga una mano per stringere quella dell'uomo alto.

«Chiamami domani per sistemare i dettagli. E parla con tuo zio per me, ok?»

«Lo farò», promette con aria cupa, «in effetti ci andrò subito». Gli leggo negli occhi l'ammirazione che ha per Aref. Un po' mi preoccupa. Fidarsi troppo, aprirsi troppo con questo genere di persone non va mai a finire bene. Tipi come Aref arrivano lì dove sono mostrandosi crudeli quanto generosi. In qualsiasi cosa sia coinvolto Luke, so già che non voglio trovarlo disteso in un canale di scolo.

Qualcuno batte sulla spalla di Aref, che dopo un ultimo saluto a Luke viene trascinato in un'altra conversazione.

«È andata bene...», mormora Luke, una mano sulla curva della mia schiena, «andiamocene di qui».

La Porsche di Luke procede in folle verso l'entrata del mio palazzo, con me che rimpiango in silenzio che i federali non mi abbiano preso una di queste invece dell'Audi.

«Grazie per stasera. È stato... istruttivo, vedere come vivono i ricchi da fare schifo».

Ride, manda su di giri il motore e di nuovo abbassa lo sguardo sulle mie gambe. Stasera l'ho scoperto a farlo più volte. Devo conservare il suo interesse per un altro appuntamento, quindi mi sposto sul sedile e così facendo lascio che il vestito si sollevi quanto basta, visto che sembra reagire bene al mio corpo. Per tutta risposta chiude gli occhi e comincia a bisbigliare sottovoce: «Vetro... vetro... vetro».

«Cosa?».

Sospira, mi prende una mano, se la porta alla bocca e mi bacia il dorso delle dita, borbottando: «Niente». Un gesto che ho sempre bollato come ipocrita al massimo, eppure, chissà come, mi spedisce dei fremiti dritti alle cosce. Penso che Luke sia davvero preso da me, una consapevolezza che mi entusiasma per i motivi sbagliati. «Ti chiamo in settimana. Potremmo uscire di nuovo».

«Mi piacerebbe molto», mi lascia la mano e si riappoggia allo schienale. Lo prendo come il segnale che devo andarmene, quindi lo faccio. Sento i suoi occhi sulla schiena fino al portone, finché non si scosta dal vialetto.

E ammetto in silenzio che non voglio che la notte insieme a lui finisca.

Capitolo 17
Luke

Il basso pesante e ritmato del Cellar di solito è una ninna nanna confortante per me. Ma stasera mi irrita.

O forse è Rust che mi sta dando sui nervi.

«Per come la vedo io, trattare con Aref ha molto più senso dal punto di vista degli affari che perdere tempo con Andrei e Vlad. Ha una cazzo di flotta di navi da carico personale, perdio!».

«È giovane e arrogante».

«*Io* sono giovane e arrogante!», ribatto.

«Proviene da una riserva infinita di vecchie ricchezze. È una combinazione pericolosa. Ascolta...», Rust si sporge in avanti e abbassa la voce, «Aref spedisce già *tutti* i nostri prodotti. Chi dice che non cercherà di usare la cosa contro di noi, in futuro? Tenerci in ostaggio, reclamare una fetta più grossa».

«Cioè come Vlad?», mi fermo, «Aref sembra affidabile».

«Non fare l'ingenuo. Non puoi fidarti di nessuno tranne che del tuo stesso sangue. Tu e io, e basta», sospira, «e poi, non possiamo tagliare i ponti con un uomo come Andrei come se niente fosse».

«Ma si stanno comportando da teste di cazzo. Ci fregano sul prezzo. L'hai detto tu stesso – non vuoi che Vlad abbia il monopolio sui nostri affari».

«Ero incazzato», borbotta, bevendo.

«Ok, va bene. Allora continuiamo a farci piegare su un tavolo e a farci fottere da Andrei e Vlad, ma vediamo cosa può fare

Aref. Il mondo è grande. Perché non entrare in società anche con lui?»

«Associarmi a qualcun altro mentre sto con Andrei è rischioso».

«E se lo gestissi io? Tu mantieni l'accordo con Andrei e io ne faccio uno con Aref».

«Ecco il mio nipote imprenditore...», mi dà una pacca sulla schiena, «dammi il tempo di pensarci. Però, per ora non ne parliamo più». Alza lo sguardo oltre la mia testa e sorride: «Eccola qui».

Mi colpisce il profumo di fiori e cocco. «Ehi, Luke».

Mi giro e alzo gli occhi per godermi lo spettacolo. «Ehi, Pris». Le piace mettere in mostra le tette in camicette aderenti e non riesco a non guardarle, anche se ormai le ho viste tante di quelle volte che non mi eccitano più granché.

I pungenti occhi azzurri indugiano sul mio bicchiere vuoto. «Che ne dici se ti accompagno a casa io con la tua macchina?».

Ho bevuto troppo. È la sua solita scusa per entrare nel mio letto. Immagino che stasera non sia riuscita ad accalappiare nessun paparino d'oro e il suo ego ne è rimasto ferito. Il passo sicuro, il naso in aria – è tutta una finta. Ricordo quando è cominciata tra noi, la prima volta che sono venuto qui con Rust, quando ho iniziato a incontrare i suoi amici, i suoi soci. Ho iniziato a essere trattato da uomo. Lei già lavorava dietro il bancone. Non riuscivo a toglierle gli occhi di dosso. Quando prese a flirtare con me pensai di essere un fortunatissimo bastardo. Però ascoltai l'avvertimento di Rust – aveva ragione su che tipo di ragazza fosse – e tenni fuori il cuore.

E per questo abbiamo stretto una amicizia tutta particolare. O almeno, stiamo bene insieme. Abbiamo superato le messinscene che mettiamo su per gli altri. Nessuno dei due finge d'essere qualcosa che non è. Ormai è un anno e mezzo che giochiamo a questo gioco. Abbastanza da poterle dire di ripulirsi le labbra da quel rossetto rosa acceso prima di avvicinarsi a me, stanotte.

Però, non sono dell'umore giusto. Gli occhi intelligenti, celesti di Rain mi attraversano i pensieri. Mi piace. Lei e il suo bel nasino, e come lo arricciava disgustata dallo scotch. Lei, accanto a me, sottobraccio a me.

Forse comincia a piacermi troppo.

Non importa. Non schianterò la mia Porsche nuova di zecca contro un palo, e se c'è qualcuno che sa usare un cambio quella è Priscilla, lo so.

«Sì, va bene. Andiamo».

Capitolo 18
Clara

«Qualcuno ha bevuto la mia birra».

«Disse papà orso...», lo sguardo vacuo di Warner mi dice che non ha colto la citazione da *Riccioli d'oro*. «Sai che odio la birra».

Indica l'interno del frigorifero. «Ne avevo sei qui dentro. Ora ne ho cinque».

«Sì, ne ho data una a 12».

Accigliato, apre una lattina. «La mia birra è off limits».

«Se si presenta qui devo offrirgli qualcosa. A proposito... pensavo che questo posto fosse fuori questione per la squadra di sorveglianza ora che sa dove abito».

«Lo aspetti alle...», guarda l'orologio, «...due del mattino?»

«No, ma non aspetto nemmeno il mio responsabile, eppure eccoci qui».

«Non sono il tuo responsabile, sono quel coglione irritabile di tuo fratello, ricordi?»

«Fratellastro», lo correggo, gli occhi al soffitto.

«Quello che è. Bill lo marca. È andato al club», fa risuonare la birra contro il mio bicchiere di vino e annuncia: «Sei stata fantastica stanotte. Sinclair è contento».

«Ci hai parlato?»

«Un'ora fa. Gli ho fatto un riassunto. Penso che abbiamo abbastanza per mantenere aperta l'indagine».

Davvero? «Non c'è poi molto».

Warner scuote la testa, ridendo. «Sai a casa di chi sei andata stasera?»

«Immagino l'uomo che trasporta le loro auto rubate».

«Be', guardati, Nancy Drew», ridacchia, «Aref Hamidi. Proprietario della Hamidi Enterprises, una delle più ricche compagnie di navi cargo internazionali, da cinque generazioni. Nonché una delle più facoltose famiglie dell'Iran».

«Raccolta informazioni impressionante».

Inarca le sopracciglia. «Oh, adesso arriva il meglio. È sposato con Elmira Zamani, che ha legami con l'ormai detronizzato impero iraniano. Cioè, è di remota stirpe reale. Cioè, quasi una cazzo di vera principessa vivente».

«Wow». Ripenso ai lucenti capelli neri, i lineamenti esotici, i movimenti regali. Non mi sorprende affatto.

«Già. Tra tutti e due hanno abbastanza denaro da nutrire un paese del terzo mondo».

Nemmeno questo mi sorprende. «Ed è denaro sporco?»

«Prima o poi tutti i soldi si sporcano lungo la strada», borbotta tra un sorso e l'altro; spunta il suo lato cinico, «però no, non che si sappia, finora. La famiglia Hamidi è sul nostro radar da più di due decenni, visti i collegamenti con quella parte del mondo e di cosa si occupano. Subito dopo l'undici settembre, quando riuscivamo a ottenere mandati anche per uno starnuto rumoroso, non facevamo che stargli addosso con le perquisizioni. Non hanno mai fatto difficoltà e ne sono sempre usciti puliti».

«Quindi, secondo te che vuol dire?».

Fa spallucce. «Forse Aref non segue le vie legali della famiglia».

«Forse Luke era lì per affari legittimi della RTM», faccio l'avvocato del diavolo. Forse lo zio non lo sta tirando a fondo con lui.

«Forse. So solo che stanotte Sinclair sembrava un bambino grasso in un negozio di caramelle. Pensavamo che la rete di Rust fosse legata esclusivamente alla malavita russa, ma questa è ancora più grossa».

«Quindi immagino che otterrà una medaglia scintillante super gigante, giusto?», mugugno, sarcastica.

Warner ride piano, appollaiato sul bracciolo del divano. «Qualcosa del genere».

Bevo il mio vino e considero il panorama di questa impresa criminale che si amplia. «Non capisco. Cioè, sei pieno di soldi e ti metti a fare qualcosa di stupido e illegale per guadagnarne di più?». Retorica, ovvio. Tutti hanno le loro motivazioni – persino i criminali. Di solito è pura e cieca avidità.

Squilla un telefono. Guardo la tasca di Warner, dove so che sta il suo iPhone personale. «Non rispondi? Sono tre volte che chiama».

«Sì, per urlarmi addosso perché mi sono perso il matrimonio. In questo momento posso farne a meno», mugugna tra una sorsata di birra e l'altra. Stasera va giù veloce.

Mi mastico l'interno della guancia, non so se dire o no quello che vorrei. «Dovresti chiamarla. Appianare le cose».

«Che ti importa?»

«Ho bisogno di sapere che in questo lavoro c'è speranza per una relazione normale».

Ride e scivola giù dal bracciolo per occupare il posto al mio fianco. «Mi dispiace scoppiarti la bolla di sapone, ma per noi la normalità non esiste. Ciò che vediamo, ciò che dobbiamo fare, il modo in cui impariamo a pensare... nessuno a parte noi lo capirà mai. Dal momento in cui cominci a provare qualcosa per qualcuno, sei condannato».

«Accidenti, Warner! Allora perché perdi tempo con questa povera donna?».

Si stringe nelle spalle, armeggia con la linguetta della lattina di birra per un lungo momento, poi solleva gli occhi scuri e incrocia i miei: «Forse sto solo aspettando il momento opportuno, finché non trovo il partner non normale perfetto per me».

Aspetta un altro agente, o poliziotto, o... il modo in cui mi guarda la bocca in questo momento mi fa temere che aspetti me. Quand'è successo?

Grazie al cielo un *ping* dal suo telefono di lavoro interrompe l'imbarazzo.

«Ok... 12 dovrebbe rientrare a casa da un momento all'altro», conferma leggendo il display.

Ogni pensiero su chiunque altro sparisce come dirigo lo sguardo al di là della mia finestra. «Ha incontrato 24?», domando mentre sbircio dagli avvolgibili.

In tempo per vedere con chiarezza quella barista dai capelli scuri entrare nella camera da letto di Luke, appena prima che le tapparelle si chiudano.

È come ricevere un pugno nello stomaco.

«Bill ha detto che non è solo».

«Sì, lo vedo», sento la tensione nella mia voce. E stavolta è *Luke* che ha chiuso le tapparelle. Non gli era mai importato prima. La sta nascondendo da me. Stasera mi ha portato fuori, mi ha salutato con un baciamano così dolce e sincero, e poi è andato al locale a prendere la sua barista.

Che stupida sono.

«Clara?».

Mi giro e vedo Warner che mi osserva con espressione severa. «Stai bene?»

«Ma certo», mi giro di nuovo e noto il bagliore della luce in camera sua.

Mi colpisce, come un'ondata di nausea, un'immagine mentale di quel che sta succedendo là. È questo che fa. Lo sapevo. Non dovrebbe turbarmi, eppure è così.

«Clara», adesso la voce di Warner è proprio dietro di me, il tono è di avvertimento.

«Cosa?», mi allontano dalla finestra, lo aggiro, torno al divano e mi scolo metà del vino. All'improvviso, voglio che il mio ospite se ne vada. Voglio stare da sola.

Ma ho la sensazione che non si muoverà di qui. «Non ti stai innamorando di 12, vero?»

«Cristo, Warner! Mi hai preso per un'idiota?», scoppio a ridere allentando un po' la tensione che ho in corpo, «non mi innamorerò del mio obiettivo. Che ti prende? È un cazzo di criminale! Pensi che getterò al vento la mia vita per un ragazzo?»

«Per questo mi stai urlando addosso?»

«Non sto...», modero il tono, «non sto urlando».

«Non sarebbe la prima volta», commenta, e ogni traccia del suo solito sorriso è sparita.

«Che vuoi dire? Che significa?».

Sospira, scuote la testa fra sé, come uno che preferirebbe non parlare. «Due anni fa mi occupavo di un caso di traffico di esseri umani, insieme a un'agente donna sotto copertura», esordisce, «era brava. Intelligente. Il nostro obiettivo era un giovane turco. Stavamo facendo progressi enormi nel caso. Finché non si è innamorata di lui».

«Oh, per favore, Warner. Io...».

Alza le mani. «Dico solo che l'ho visto succedere. La donna vede il lato buono del tizio, vuole cambiarlo, pensa di poterci riuscire...».

«Quindi pensi che io sia un'idiota».

«L'agente speciale Mason non era un'idiota».

«Si è innamorata di un tizio che *commercia in esseri umani*, Warner».

«Non era un'idiota», ripete, le parole lente, la voce forte e roca, piena di emozione, «in realtà, mi ricorda molto te. Giovane, come te. Ancora non del tutto consumata da questo lavoro», sposta gli occhi sulla mia bocca.

Il silenzio nel mio appartamento è assordante. Persino il respiro di solito affannoso di Stanley sembra essersi fermato. Tengo il tono sotto controllo, prevedo un'esplosione se non procedo con i piedi di piombo. «L'hanno licenziata?»

«Magari», l'impercettibile gesto che fa col capo è già una risposta, «trovata nella casa di copertura con un proiettile in testa».

Un brivido mi attraversa il corpo. Ho saputo di agenti in incognito che si sono sentiti minacciare di morte ad alta voce ai processi e io stessa sono stata malmenata per bene quando ho cercato di comprare eroina, ma in realtà essere uccisi in servizio è raro. «Gesù».

«Già». Warner per un attimo china il capo in silenzio; percepisco che gli pesa ancora molto. «Non sono sicuro di come lui l'abbia scoperto, ma, visto quant'era innamorata, scommetto che glielo ha detto lei. Quindi… non fare stupidaggini, tipo innamorarti del tuo obiettivo. Non voglio seppellire un'altra agente», mi osserva con i grandi occhi nocciola, lasciandomi scorgere per un istante la tristezza che nascondono.

Gli sfrego una spalla con gesto amichevole. «Non preoccuparti per me, Warner».

Si stringe nelle spalle. «È un bel ragazzo. Sembra abbastanza gentile. Potrebbe incastrare chiunque».

«Vuoi che vi metta in contatto, giusto? Lascia stare me. Forse il mio fratellone può entrare in confidenza con lui e risolvere il caso».

«Ok…», la tensione nella stanza svanisce subito e Warner butta la lattina vuota nel lavello, «dormi un po', saputella». Esce circospetto dal mio appartamento, un po' più veloce del solito.

Sento ancora in un angolo della mente il suo avvertimento anche molto dopo che sono andata a letto, con Stanley che russa al mio fianco. Ho gli avvolgibili alzati, gli occhi incollati all'appartamento di fronte.

Mi accelerano i battiti quando Luke esce dalla camera diretto in cucina, i pantaloni della tuta pericolosamente bassi sui fianchi, i muscoli addominali turgidi e definiti persino a questa distanza. Prende un bicchiere dalla credenza e lo riempie d'acqua dal distributore incorporato nel frigo. Immagino che gli sia venuta sete.

Ho i pensieri venati di amarezza, ma questo non mi impedisce di muovermi. Prima di rendermene conto, mi sono alzata e sono a pochi passi dal vetro, lo ammiro mentre butta giù quel bicchiere d'acqua e poi un altro. Appoggia il vuoto sul bancone della cucina e lo fissa a lungo. E poi d'improvviso la sua attenzione si sposta fuori dalla finestra.

Verso di me.

Riesce a vedermi? No, impossibile – la mia stanza è nell'oscurità più completa, il mio pigiama nero. Non saluta, non sorride, non fa altro che guardare fisso in questa direzione, le mani abbandonate lungo i fianchi, un'espressione turbata in viso.

È inchiodato lì.

Poi gira di scatto la testa verso la camera, come se l'avessero chiamato. Scommetto che è lei.

Tornando indietro, colpisce il pannello sulla parete e chiude quel che resta delle tapparelle, gettando l'appartamento nell'oscurità. E una sensazione sgradevole comincia a fluirmi nel corpo, e mi tiene compagnia finché non mi addormento.

Licks vuole sapere se ti va di andare al parco.

Be', il mio obiettivo si è svegliato presto oggi. Di solito la domenica non si alza prima di mezzogiorno. Forse lei gli ha preparato la colazione. Forse l'hanno fatto di nuovo *prima* che gli preparasse la colazione. Quel tipo di ragazza sa almeno friggere un uovo?

Butto il telefono sul bancone della cucina e frugo tra i miei pensieri in cerca di quelli razionali, bevendo il succo d'arancia. Una notte di sonno mi schiarisce sempre le idee. Mi aiuta a pensare in maniera più logica. Io sono una da pensiero logico. Non c'è spazio per le emozioni in questo lavoro.

Quindi, ammetterò che sono attratta dal mio obiettivo. È un ragazzo gentile. È bello, è affascinante e sto recitando una parte in cui devo attrarlo. Ha perfettamente senso che i miei istinti umani ne vengano rimescolati. Finché ho la testa sulle spalle, andrà tutto liscio.

In realtà è un bene che si sia portato a casa quella puttana. Se gli dà quello che io non posso dargli, forse sarà più bendisposto ad aspettare con me. Devo solo comportarmi in modo normale e continuare a incantarlo.

Nessun problema.

Un altro *beep*.

Licks vuole che porti anche Stanley.

Non è una cattiva idea. Forse mi farà il favore di mordere di nuovo Luke.

Mi prendo un altro minuto per mordicchiarmi nervosamente l'unghia del pollice, poi rispondo.

Stanley mi obbligherà ad accettare. Ci vediamo alla sua panchina preferita fra un'ora, e porta il braccio buono per lanciare.

Ci vediamo lì.

Un'ora. A malapena il tempo necessario perché la mia squadra si metta in posizione. Di recente tengo parecchio impegnati Warner e i ragazzi, dopo settimane di niente. È sciocco, davvero, che debbano essere presenti anche agli incontri più insignificanti.

Warner risponde al telefono con un mugolio.

«Pronto a un'altra incantevole giornata seduto in macchina per assicurarti che non mi innamori del mio obiettivo?».

Impreca sottovoce.

Capitolo 19
Luke

Rallento fino a fermarmi, il cuore che batte forte e veloce come i miei piedi fino a poco fa.

E ammiro Rain, seduta sulla panchina con un filare di ciliegi in fiore alle sue spalle. Stuzzica Stanley che agita le zampe in aria davanti a lei, implorando la palla con quei suoi occhi sporgenti. È una rara giornata di sole, i raggi fanno sembrare i suoi capelli castani quasi rossi. Anche se l'aspetto esteriore – i vestiti costosi, il trucco perfetto – è simile a quello di Priscilla, Rain è bella in modo più sicuro di sé e sofisticato di lei o di qualsiasi altra donna con cui sia mai stato.

Me ne sono reso conto ieri notte, con Priscilla distesa sul mio letto in attesa che le salissi sopra. La prima volta che ho incontrato quella donna, mi diceva solo quel che pensava volessi sentire. Una volta che ho imparato a conoscerla e l'ho convinta ad aprirsi, ho capito che non sarebbe mai stata tipo da tenere davvero a me al di là dell'amicizia superficiale. Ma nemmeno a me importava. Ottenevamo entrambi quello che volevamo senza mal di testa né sensi di colpa.

Finora.

Oggi, mi sono svegliato – troppo, troppo presto – con un peso sul petto. Un peso che non mi permetteva di riaddormentarmi. Un peso di cui dovevo liberarmi subito.

Non vivo bene con il senso di colpa.

Il mio momento per ammirare Rain non dura. Non appena Stanley mi vede, abbandona la padrona, corre velocissimo verso di noi, gli occhi strabici su Licks. Stavolta sono pronto, però, e afferro il piccoletto tozzo prima che lo morda a una zampa.

Rido mentre lui si agita. «Perché così arrabbiato, amico?», risponde con una sequela di grugniti e mi mordicchia per gioco la mano. Mi accuccio e lo tengo ad altezza di naso di Licks, che se ne rimane là seduto con aria apatica. «Voi due dovete imparare a essere amici. Vi vedrete ancora». "Spero".

Il suono di tacchi lenti e regolari mi fa alzare lo sguardo. Rain si avvicina senza fretta, spostando i capelli dietro l'orecchio. I jeans aderenti non fanno che accentuare la perfetta tonicità delle cosce. Un giubbino di pelle nera corto le abbraccia il torso, l'oro della collana con la libellula vi spicca sopra. Porca puttana se è sexy.

E io grondo sudore per la corsa.

Un sorriso calmo le sfiora le labbra. Uno che non raggiunge gli occhi. «È ovvio che non gli piace dividere il tuo affetto», dice, con inusuale durezza nella voce.

"Merda".

Lo sapevo.

Ha visto entrare Priscilla.

Non avevo nemmeno pensato a quell'eventualità finché non sono entrato in camera e ho notato il bagliore leggero dietro gli avvolgibili di Rain. Sono subito andato a chiudere i miei, ma avrei potuto giurare di aver visto una faccia sbirciare oltre l'orlo della finestra del suo soggiorno. E più tardi aveva le tende della camera aperte. Non sono mai aperte. Lo so perché dalla notte in cui l'ho vista a letto controllo sempre.

Quindi, se ieri notte mi ha visto portare a casa mia una donna poche ore dopo averla lasciata, perché cazzo è qui ora? Perché ha risposto al messaggio?

Lancia una pallina da tennis prima in aria e poi oltre il sentiero, in una radura dall'altra parte. Stanley salta via dalle mie braccia con agilità sorprendente e la rincorre.

«Ha un sacco di energia».

«Troppa, per la maggior parte del tempo», concorda, «che

combini oggi?», abbassa gli occhi sulla mia maglia, appiccicata al corpo, «a parte farti la doccia».

«Ho qualche impegno». Più tardi devo sistemare la questione della Ferrari con Aref. Ma non prima di questa. «Tu?»

«Lo stesso», mi fa un sorriso, ma spento. Forzato.

Stanley, ignaro della tensione crescente, torna saltellando con la palla in bocca e la fa cadere davanti a me, abbaiando. La lancio e quando ho la mano libera cerco di prendere quella di Rain. Dopo un attimo di esitazione, me la concede; le lunghe dita delicate scivolano nelle mie, il contatto accelera i miei battiti già a mille.

La guido fino alla panchina, lasciando Licks sdraiato su una zolla erbosa. Non devo mai preoccuparmi che scappi. Come comincio? *Comincio*? In realtà, Rain l'ho appena conosciuta; non siamo una coppia esclusiva, nemmeno usciamo davvero insieme. "Ci vediamo", come dice lei. Ma qualcosa mi dice che il modo in cui affronterò la situazione oggi determinerà quel che succederà domani.

Non so molto di quel che succede nella mia vita in questo preciso momento, ma so che voglio che ci sia un domani con Rain.

Così scelgo la pura sincerità. Rust mi ha sempre insegnato a essere diretto e affrontare le cose a viso aperto. Non gingillarmi attorno ai problemi, perché è uno spreco di tempo e fiato e pazienza.

La guardo dritto negli occhi e dico: «Ieri notte mi hai visto rientrare, vero?».

La sorpresa le attraversa il volto, ma la soffoca. Apre e chiude la bocca più volte. Quasi riesco a vedere contorcersi le diverse risposte, mentre decide se mentire o no. Finalmente dice: «Sì». Distoglie gli occhi e li gira su Stanley, che si rotola nell'erba come se avesse un prurito tremendo alla schiena.

«Dopo averti accompagnata a casa mi sono visto con mio zio e ho bevuto troppo. La mia amica Priscilla mi ha dato uno strappo a casa».

«È così che lo chiami? Un'*amica* ti dà uno *strappo*?». Ha la voce bassa, indecifrabile, eppure mi dice tutto quel che devo sapere. Sì, vedermi con un'altra donna le ha dato fastidio.

Sospiro. «No, era un'amica che mi ha accompagnato con la mia macchina e poi ha passato la notte con me».

Sussulta, ma poi spiana di nuovo l'espressione del viso. «Ascolta, ci siamo appena conosciuti. Siamo solo amici, giusto? Quindi capisco. Non devi spiegarmi niente».

«È questo il punto. Sento che devo farlo perché... non è successo niente». Di fronte alla sua smorfia incredula, continuo: «Non è una bugia. Guardami». La prendo con delicatezza per il mento e la faccio voltare verso di me, sperando che veda la verità per ciò che è. «Non mi andava». Certo, guardare Priscilla togliersi i vestiti me l'ha fatto venire duro e una volta spogliato ero fisicamente pronto. E poi ho pensato a Rain – al suo sorriso, alla sua risata, a come sia un alito d'aria fresca in questo mondo in cui mi ritrovo invischiato, un mondo in cui, quando sono sdraiato nel buio silenzioso e ci metto più del solito ad addormentarmi, qualcosa sembra sbagliato. E ho pensato a come si sarebbe sentita se avesse saputo quello che stavo facendo.

Il fatto che mi importasse ciò che poteva pensare Rain, stonava. Persino il mio migliore amico, Jesse, dice che sono un egoista bastardo.

All'improvviso non volevo più Priscilla.

Le ho detto che ero troppo stanco, troppo ubriaco. Si è limitata a un'alzata di spalle e si è fatta una doccia per lavar via una serata di lavoro al club. Un altro segno che in realtà non le frega un cazzo di me. Mi sono messo i pantaloni della tuta e ho preso dell'acqua in cucina. È stato allora che ho visto le tapparelle di Rain alzate. È stato allora che ho capito, senza il minimo dubbio, con chi avrei voluto stare ieri notte.

«Perché mi dici queste cose?», domanda piano; la sua attenzione sembra concentrata sul ciottolo che sposta di qua e di là con la punta dei sexissimi stivali neri.

Metto una mano sulle sue, così che mi guardi di nuovo. «Perché voglio essere sincero con te».

Mi guarda con occhi penetranti per un tempo infinito, come se soppesasse le mie parole. Non distolgo lo sguardo. L'abbaiare incessante di Stanley finalmente spezza l'incantesimo e la costringe a girarsi abbastanza da lanciare la palla lontanissimo. «Ci saranno altre amiche che ti accompagneranno a casa?».

Scosto le ciocche di capelli che sembrano ricaderle sempre sul viso. «Tu vuoi che ci siano?».

Dopo una pausa, scuote la testa. «Ma… *Quello* io non posso dartelo adesso. Non so quanto ci vorrà perché ci riesca. È che…».

«Lo capisco». In realtà no. Ho bisogno di parlare con Jesse di come gestire la situazione. Di cosa *non* fare, di come resistere alla tentazione di insistere. Perché in questo momento non voglio altro che trascinarla a casa mia e nella mia doccia.

Il primo sorriso sincero della giornata le si distende sulle labbra.

«È tornato», scherzo e le avvicino una mano al viso con tutta la delicatezza possibile, passandole il pollice sulle labbra. Mi tentano così tanto. Non posso farci niente; mi avvicino e la bacio più dolcemente che posso. Non come sul suo balcone.

Esita solo per un istante prima di ricambiare; le sue labbra sono così dolci a fronte del sale che ricopre le mie.

Due ululati di protesta risuonano accanto a noi.

«Cazzo, fate sul serio?».

Rain getta la testa indietro e ride. Licks, prima quasi in coma, ora è in piedi accanto a Stanley, di fronte a noi. E protesta. «Immagino che abbiano trovato un terreno comune».

«Già, be', meglio che si abituino e che ne trovino parecchio», borbotto e le lancio un sorrisetto sornione, scorgendo le sue guance rosse. Vorrei poter passare il resto della giornata con lei. Sto pensando a come evitare le mie responsabilità e a farlo davvero, quando il mio telefono comincia a vibrare in tasca. So che è Rust senza nemmeno guardare. «Merda, scusa. Devo andare».

«Sì, devi», abbassa di nuovo gli occhi, «va' a fare una doccia».

«Ti unisci?».

Si limita a sorridere e schiocca le dita in direzione di Stanley che trotta obbediente verso di lei. «Tieni». Si alza e mi lancia il sacchetto di carta che aveva appoggiato vicino a sé sulla panchina. «Il tuo pranzo di oggi, e domani, e dopodomani… così non dovrai mangiare quell'orribile carne di strada».

Lascio che il telefono continui a squillare, mentre la guardo allontanarsi sul sentiero con quei movimenti lenti e fluidi che mi rimescolano il sangue.

Capitolo 20
Clara

«Bel salvataggio, Bertelli», la voce di Warner mi riempie l'orecchio mentre cammino sul sentiero, non ancora pronta a tornare a casa.

«Grazie».

Lancio la palla a Stanley. Per la centesima volta oggi. Chissà come non ha ancora perso peso.

«Non posso credere che abbia ammesso subito della barista. Mi ha sorpreso».

«Sì, anche a me». Più sconvolta, in realtà. I criminali non ammettono di aver fatto una stupidaggine perché i criminali non si rendono conto di sbagliare. Cazzo, quasi qualsiasi altro ragazzo normale penserebbe che è una sciocchezza, visto che ci conosciamo a malapena. Eppure Luke ha sputato subito il rospo, fissandomi intensamente con quei bellissimi occhi celesti.

«Che cazzo di bugia, però, che non si sia trombato la battona».

«Già», ma Luke diceva la verità. Lo so.

Io non riesco a credere al fatto che sia riuscito a leggermi. Che non sia arrivata pronta a comportarmi come se niente fosse, come se non volessi tirargli un pugno in faccia per la discreta fitta di delusione che mi torceva lo stomaco. Che non sia riuscita a nascondere i miei veri sentimenti. Che io abbia dei veri sentimenti, tanto per cominciare.

«Hai recitato alla perfezione. Non troppo sconvolta, ma quanto basta».

Recitato, è esattamente questo che ho fatto.

E il sollievo immenso che ho provato quando ha detto che non si era scopato la puttana? Falso anche quello. Assolutamente.

Capitolo 21
Luke

Ho una Jaguar a sinistra e una Volvo di lusso a destra.

Non sono fuori posto qui, penso tra me e me, sorridendo e schiacciando il pulsante sulla chiave. La mia Porsche cinguetta. Cazzo, la mia bellissima Porsche.

Ragazzi, come sono fortunato ad avere Rust nella mia vita.

Attraverso il parcheggio in centro, dondolando con aria assente le chiavi sul dito, giusto per mascherare il nodo nervoso che mi torce lo stomaco mentre mi dirigo verso l'edificio indicato da Aref. Dopo domenica scorsa abbiamo parlato in diverse occasioni. A volte di lavoro, a volte di cazzate. Capisco perché piaccia a Rust. *A me* piace. Per quanto sia pieno di soldi e arrogante, è comunque un tipo figo. E gli accordi per questa Ferrari? Una passeggiata. Non ho fatto altro che un paio di telefonate a Dmitri e Nikolai. Non ho corso virtualmente alcun rischio.

Finora.

«Gold Bonds», dico all'agente di sicurezza dietro la scrivania e quello fa cenno di passare e mi dà indicazioni per il quarto piano senza degnarmi di un'altra occhiata.

Non sono mai entrato in una gioielleria all'ingrosso, quindi non so se questo sia il livello di sicurezza normale. So solo che è elevato. Superate quattro telecamere, due guardie armate, tre porte blindate anti proiettili e un metal detector, sono in uno stretto corridoio sterile diretto all'ufficio di Jerry Rosenthal.

Chiunque paghi Aref, chiunque riceva denaro da Aref, lo fa attraverso questo tizio. Niente scambi veloci in parcheggi bui di motel. È troppo chic – e troppo furbo. Sembra che questo sia stato oggetto di controversia con i russi, ma la semplice verità è che hanno bisogno delle navi di Aref. A lui, loro non servono affatto.

«Siediti». Rosenthal agita una mano tozza verso la sedia di fronte a lui, poi fa un numero al telefono: «È arrivato», borbotta, «sì... ok». Acuti occhi grigi mi osservano. «Indirizzo?».

Prendo il foglio piegato che ho in tasca e lo faccio scivolare verso di lui sulla scrivania. Quello con le istruzioni dettagliate per raggiungere il garage in cui si trova la Ferrari in attesa di essere messa su un camion per traslochi e portata via dai ragazzi di Aref. Sono già nella zona, ma Rust mi ha detto di non dare l'indirizzo finché non fossi stato seduto davanti a Rosenthal. Tanto per sicurezza. È il primo accordo del genere con Aref e, anche se io non penso che ci fotterà... mi fido di Rust.

Rosenthal legge l'indirizzo, poi butta il foglio nel tritacarte e riattacca.

«E adesso?»

«Adesso...», tamburella con le dita, ciascuna ornata di un appariscente anello d'oro, l'espressione ostile, «...aspettiamo la telefonata».

Lascio vagare lo sguardo sulla sua scrivania, vuota a parte una pila ordinata di fogli nell'angolo in alto a destra e uno strano aggeggio metallico da cui pendono diversi anelli pure di metallo. Non posso fare a meno di fissarlo, la mente attraversata da pensieri di malavitosi e taglia sigari e dita mancanti.

«Dammi la mano», mi ordina all'improvviso.

Per quanto non voglia farlo, non so come evitarlo, quindi lo accontento. Prende quella strana cosa di metallo e mi infila un anello all'anulare. «Sei una taglia venticinque. Ti piacerebbe vedere l'ultima linea di fedi appena arrivate?»

«Solo se c'è un cappio incluso».

Finalmente... la sua faccia si apre in un ampio sorriso che

mette in mostra una fessura tra i due denti davanti. «Ok, ok». Si avvicina a un pannello a parete, schiaccia qualche bottone e risuona lo scatto di una serratura. Spinge e apre una vetrinetta nascosta piena di oro e diamanti. «Che ne dici di un gioiello per una bella donna? Devi averne una. O due».

Questo tizio è matto. Questo fa mentre aspetta che avvengano le consegne? Apro la bocca per rifiutare l'offerta, ma poi un pezzo in particolare attrae la mia attenzione.

«Aah... ma certo». Non ho idea di come faccia a sapere con precisione cosa sto guardando, ma il tappo si alza – ed è davvero tappo; direi un metro e cinquantotto – e prende la collana dal suo uncino. «Un purissimo carato ciascuno. Oro bianco, placcato in rodio».

La parola "rodio" mi ricorda la pila di convertitori catalitici in magazzino. So che vale un sacco. Rosenthal mi fa dondolare davanti la collana, avanti e indietro, le gocce scintillanti quasi ipnotiche.

Me la immagino al collo sottile di Rain. «Quanto?»

«Dieci».

Rido. «Cos'è, un ricarico del cinquecento per cento?». Rust mi ha dato informazioni su questo tipo prima che venissi. Anche se conduce un'impresa di vendita all'ingrosso del tutto legale, non significa che compri sempre legalmente. Una buona fetta del suo assortimento viene da gamme importate di contrabbando al cinquanta per cento in meno di quella che viene considerata la cifra di mercato standard.

«Cosa intendi dire? Che sto cercando di fregarti?», si riaffaccia l'espressione acida.

È proprio così, ma devo stare attento. Ha ancora in mano i nostri soldi. «No, che non sono venuto qui per spendere diecimila dollari in una collana».

Rimette al suo posto il gioiello, ma so che tornerà alla carica con un'offerta più bassa. È tutta negoziazione al centouno per cento. Prima che possa farlo, siamo interrotti dallo squillo del telefono. Resta con la cornetta in mano per non più di tre secondi, il tempo di dire: «Pronto… ok». Digita un codice su una cassaforte dietro la scrivania, tira fuori una busta da lettere gonfia, la butta sulla scrivania e me la passa. Dentro ci sono pacchetti di banconote. Pacchetti che di sicuro faranno fare un gran sorriso a Dmitri.

Cazzo, sto sorridendo io perché una parte è mia. Percentuale dell'intermediario, la chiama Rust. Lancio un'altra occhiata alla collana, messa apposta in bella vista. Mi chiedo come reagirebbe Rain. Probabilmente mi direbbe che sono matto, cazzo. La conosco da poche settimane. Ci siamo a malapena baciati. Ma sarebbe un bel regalo un po' più avanti, forse. «A quanto me la vendi *davvero*?».

Stringe forte le labbra con una smorfia. E poi sogghigna: «Solo perché sei un buon amico di Aref… due».

Prendo i soldi e li schiaffo sul tavolo. «Ora è ragionevole».

In meno di un minuto la collana è incartata e impacchettata, certificato di autenticità e tutto. Quando esco da lì, lo faccio con un sorriso e una stretta di mano e un "alla prossima". Riesco a superare l'ultima porta blindata prima che mi sparisca di colpo il sorriso.

C'è Vlad.

Spalanca gli occhi, sorpreso, poi assume un'espressione torva e osserva la tracolla che ho appesa al fianco, dove ho infilato una vagonata di soldi. «Che ci fai qui?».

Probabilmente dovrei mordermi la lingua, ma non mi piace il modo in cui mi parla. Mi fa girare i coglioni. «Non sono affari tuoi, cazzo». Che ci faccio qui? Che ci fa *lui* qui!

Si avvicina di un passo, assalendomi il naso con l'odore di caffè amaro e salmone. «Perché sei venuto?».

Decido che mettere su una guerra di incazzature con questo tipo non è un'idea geniale. «Per comprare una collana alla mia ragazza», tiro fuori dalla tasca della giacca la lunga scatola sottile e la mostro come prova.

Dal modo in cui spinge la lingua contro i denti, non sembra colpito dalla spiegazione. «Come va con la Ferrari?».

"Merda". Ha davvero capito che siamo passati attraverso

Aref per liberarcene? «Non so di che Ferrari parli. Io ho una Porsche. E va che è una favola», lo supero e mi allontano a passi tranquilli.

Sentendomi per tutto il tempo i suoi occhi sulla schiena.

Non mi fido affatto di quello là.

Capitolo 22
Clara

Mi sveglia un messaggio in arrivo. Cerco a tentoni sul comodino e mi sforzo di leggere il display con un occhio solo.

Che fai oggi?

È Luke. All'improvviso sono sveglissima e seduta.

Palestra. Shopping. Nessun grande piano. Perché?

Gita?

Sorrido.

Dove?

Tra le montagne.

La gioia lascia il posto alla diffidenza. Tra le montagne? Un po' strano. A meno che… cominciano a formarmisi dei nodi allo stomaco. Qualcuno gli ha fatto una soffiata? Finirà con una pallottola nella mia testa? Cose di cui una persona normale non deve preoccuparsi, ma io devo assicurarmi di non dimenticarle mai. Nemmeno per un istante.

Avrò bisogno di più informazioni su queste tue montagne.

Devo andare a vedere una macchina.

Da comprare?

Da vendere.

Mi alzo dal letto, facendo scivolare via le lenzuola, e guardo corrucciata il telefono. Per essere certa di leggere bene. Cosa? Vuol dire… Può essere *così* stupido? Fidarsi di me *così* tanto? Un lento bruciore sempre più profondo mi si risveglia nel petto. Non è curiosità né eccitazione, quel che provo di norma quando sto per inchiodare qualcuno al muro.

È delusione. Sta per dimostrare che i federali avevano ragione. Sta per dimostrarmi che è un criminale. Ma ricordo a me stessa che sono qui per questo. Lui è ciò che è. Non importa quanto sia gentile, o seducente, o come mi faccia sentire.

Rispondo in fretta.

Mi piacciono le gite.

Magnifico. Passo a prenderti tra un'ora.

Dov'è che andiamo ESATTAMENTE*?*

Una cittadina di provincia fuori mano. Si chiama Sisters.

Faccio subito il numero di Warner, la rassegnazione già prende il posto di qualsiasi stupida fantasia abbia ordito il mio subconscio sulla possibilità che fosse tutto un grosso errore. Non c'è entusiasmo nel mio tono. «Vestiti. Cazzo, non ci crederai».

«E l'avevo appena lavata», mugugna Luke e guida con destrezza la Porsche attorno alle buche della vecchia strada sterrata su cui ci stiamo arrampicando, «cazzo, dovrebbero asfaltarla o che so io».

«Non oso immaginare quanto costerebbe». Non lo sto ascoltando sul serio. Troppo occupata a osservare la fila di alberi che si estende di fronte a noi su questo viale di un chilometro e mezzo verso un luogo invisibile. Alti picchi montani creano uno sfondo mozzafiato per la distesa ampia di campi e alberi attorno a noi. «Ti fermi un secondo?», chiedo, abbassando il finestrino.

Obbedisce e io punto l'obiettivo fuori per catturare il panorama. L'istinto mi dice che, comunque finirà tutta la storia, questa foto – piena di bellezza e tranquillità e pace – è una di quelle che tirerò fuori tra molti anni con nostalgia. «Chi hai detto che ci abita qui?»

«Un mio buon amico di nome Jesse. Eravamo coinquilini». Superato il crinale ci fermiamo davanti a una fattoria con una grande veranda sul davanti e un vecchio dondolo con una trapunta colorata distesa sullo schienale. Un cane se ne sta sdraiato in cima alle scale, il mento appoggiato al legno, e ci osserva, i baffi frementi, ma per il resto immobile. «Hanno fatto un po' di lavori», Luke osserva i tetti rossi gemelli sulla casa, il garage e il fienile.

C'è una fila di macchine davanti al grosso fienile; la macchina da corsa nero lucido e il camioncino agricolo giallo scolorito fanno una strana figura l'una accanto all'altro. Recinti e staccionate si allungano all'orizzonte oltre quel che l'occhio può vedere.

Un rumore di cavalli che battono gli zoccoli sul terreno attira la mia attenzione verso destra. «Loro vivono qui?», indico le due bambine in groppa a purosangue al galoppo. Molti altri cavalli piluccano tranquilli la fresca erba primaverile.

«No. Alloggiano qui i cavalli».

Seguo Luke verso il garage, respiro l'aria fresca, assorbo la calma. La pace che non trovo spesso nella mia vita. «È bellissimo».

Gli occhi di Luke sono nascosti dietro un costoso paio di occhiali da sole, ma li sento lo stesso osservarmi con attenzione. «Se ti piace il genere».

A lui no? Vuole una ragazza di città che arriccia il naso alla vista di un cavallo? Non so bene cosa dire, quindi alla fine commento: «Devi ammettere che se non altro è un bel posto da visitare».

Rallenta il passo e allunga una mano all'indietro abbastanza da prendere la mia e stringerla. «È molto bello da visitare». Mi lascia, porta le mani a coppa davanti alla bocca ed esclama: «Welles!».

Un clangore, seguito da qualche imprecazione, e un attimo dopo compare un tipo giovane con la camicia a quadri rossi e neri e jeans consumati striati di nero.

«Boone», tende una mano sporca.

Luke ride. «Allontanati da me prima di rovinarmi i vestiti, fottuto mago dei motori». Prende da sotto il dorso della camicia una busta spessa di cui non mi ero accorta, e la schiaffa sul palmo dell'altro.

Mi si stringe lo stomaco. Riconosco una busta di contanti quando la vedo. E tanti. Adesso che l'ho vista, è una prova.

Reggerà in tribunale. Ma che ha fatto Jesse per guadagnarseli?

«Non hai mai sopportato di sporcarti, eh?». Due occhi così scuri da sembrare neri si posano su di me e per un istante mi tolgono il fiato.

«Rain, Jesse. Jesse, Rain», dice Luke a mo' di veloci presentazioni.

«Lieto di conoscerti. Ti stringerei la mano, ma...», la solleva in un gesto di scuse, la faccia inespressiva. Mi dà l'idea di uno che non sorride molto. Ho già incontrato tipi come lui. Sono furbi, difficili da decifrare. Questo li rende più pericolosi per chi è sotto copertura.

Poi sposta lo sguardo dietro di me e fischia forte. «Zio Rust ha finalmente ceduto ai tuoi piagnistei, eh?»

«Me la sono guadagnata», lo corregge Luke, sogghignando.

Come esattamente, vorrei tanto chiederlo, però mi mordo la lingua. Non ha mai parlato molto del "regalo" recente, ma a giudicare dalla delicatezza con cui chiude le portiere e dal fatto che la tratta come un neonato, capisco che è fonte di grande orgoglio per lui.

«Possiamo fare una gara», suggerisce Jesse. Quindi suppongo che la Barracuda nera sia sua.

«Su queste strade? Cazzo, no. Ma ti ci lascerò giocare più tardi. Allora?», indica il garage.

«Vieni a vedere con i tuoi occhi». Jesse ci fa strada, spavaldo come chi non ha una sola preoccupazione al mondo. O ha tutto quello che vuole. Un altro sguardo al ranch e sarei disposta a crederlo.

All'estremità più lontana dello spazioso garage c'è una vecchia Mustang verde pisello, il motore staccato e in pezzi al suo fianco. Jesse e Luke si fermano davanti a una Corvette con la vernice rossa sbiadita e la carrozzeria arrugginita, il tettuccio alzato, una serie di attrezzi abbandonati tutto intorno.

Sono auto rubate? Stanno aggiustando auto rubate? Che succede esattamente? Un maneggio con pensione per cavalli e bambini che vanno e vengono, e una piccola organizzazione di furti d'auto in azione proprio qui, alla luce del sole con le saracinesche alzate? Non ha alcun senso.

Jesse si china nella macchina e avvia il motore che si risveglia con un ronzio sonoro.

«Wow. È un sacco meglio di prima», esclama Luke, il volto illuminato da un'eccitazione infantile.

«Mi servirà un'altra settimana, probabilmente», Jesse mostra un minuscolo sorriso d'orgoglio. Anche coperto di grasso nero, è attraente. E forse è un altro criminale.

«Va bene», si gira verso di me, «Jesse è una specie di dio quando si tratta di motori».

«È chi penso che sia?», esclama una voce femminile. Pochi secondi dopo, una bionda carina appare da dietro l'angolo, va dritta verso Luke e gli si getta al collo in un abbraccio amichevole.

«Oh, caspita. Adesso vi vestite uguali?», scherza Luke, sbirciando la giacca a scacchi rossi e neri di lei; la sua tipica arroganza è d'un tratto smussata e rimpiazzata da qualcosa di più dolce, «ecco che succede quando ti trasferisci tra le montagne, eh?»

«Continua a rubarmi i vestiti», borbotta Jesse, ma gli brillano gli occhi quando li volge su di lei, e abbandona il tentativo di fare il sostenuto.

Luke indica me. «Rain, lei è...», alza le mani, palmi in su, interrogativo, «come devo presentarti?».

"Cosa?".

«Ciao, Rain, sono Alex», sorride e si gira verso di me, così che posso vedere con chiarezza la cicatrice sottile che le percorre il lato destro del viso, dalla tempia alla mascella. È una linea pulita, come se l'avessero tagliata con una lama affilata o un pezzo di vetro appuntito. Evito di fissarla apertamente concentrandomi invece sugli occhi, di un ipnotico color castano rossiccio che mi ricorda delle vivaci mattonelle di terracotta.

«Ciao. Felice di conoscerti».

Alex si mette alle spalle di Jesse e gli cinge la vita con le braccia snelle, appoggiandogli la testa alla schiena. Jesse sarà forse complice di qualcosa d'illegale, ma sono una coppia davvero carina. «Di che colore la vernicerai questa?».

Luke dà un calcetto a uno pneumatico. «Rosso. Dovrebbe fare un bell'effetto».

«Be', è una cosa che apprezziamo. Tiene occupati Jesse e lo sceriffo Gabe».

Sceriffo Gabe?

Lo sfregare di stivali sul breccino annuncia un nuovo arrivato un secondo prima che lo senta dire: «Quand'è che smetterà di chiamarmi così?»

«Mai. Sarai sempre lo sceriffo per me», risponde Alex e sorride all'uomo: una versione più vecchia di Jesse.

C'è uno sceriffo coinvolto in questa truffa, di qualunque specie sia? Non dovrebbe sorprendermi. È la legge della piccola città: mantenendo la pace, nessuno viene a sapere niente. Tuttavia, la cosa si fa sempre più interessante.

«Vorrei che fosse ancora sceriffo. Così non starebbe qui a mandarmi a puttane i motori». Jesse si gira e bacia con tenerezza Alex sulla guancia. Se la cicatrice lo disturba, non lo dà a vedere.

Forse gliel'ha fatta lui?

Si allontana verso un lavello rustico accanto al tavolo di legno lungo quanto tutta la parete di fondo del garage, con su una fila ordinata di strumenti e barattoli di minutaglia.

«Allora, finalmente ti sei liberato della Mustang, eh?», Gabe dà una pacca sulla spalla a Luke con un "bella macchina", prima di tendermi la mano, «sono Gabe. E tu sei…».

Fregata, se questo tizio ha un radar per i colleghi delle forze dell'ordine. Una delle mie qualità più utili è che in me non c'è assolutamente *nulla* che faccia dire "sbirro", eppure in questo momento non riesco a pensare ad altro che a una storia su un tizio nella polizia di Washington che aveva l'incredibile abilità di smascherare ogni singolo agente infiltrato che incontrava.

Dio, fa' che lo sceriffo Gabe non sia così bravo.

Placo la mia battaglia interiore con un sorriso e rispondo alla stretta: «Sono Rain. Piacere di conoscerla».

Mentre supera Luke, lo sento buttare là in un borbottio: «Be', era ora».

Luke fa un sorrisetto. «Come va il restauro?»

«Va. Potrei montarci sopra quest'autunno, se la pianti di dare a Jesse macchine da aggiustare».

«Guadagno più di quanto farei in città», ribatte Jesse.

Luke batte una mano sul baule della Corvette come un genitore orgoglioso. «Questa andrà all'asta entro un mese, se sarà pronta».

Gabe picchietta con le nocche sulla fiancata laterale. «E viene da...».

«Te l'ho già detto, papà», protesta Jesse, ma Gabe lo ignora e fissa gli occhi neri come quelli del figlio dritti in faccia a Luke. La voce parecchio calma.

E io capisco cosa succede. Un interrogatorio improvvisato. Gabe vuole vedere se la storia di Luke combacia con quella del figlio. Sta facendo le domande che vorrei fare io ma non posso. Il che di conseguenza porta a questo interrogativo: quanto sa lo sceriffo in pensione delle attività in cui sono coinvolti Luke e Jesse?

Luke fa un sorriso spensierato che dice che sa con esattezza dove vuole andare a parare Gabe, e la cosa non gli crea problemi. «Per tremila dollari, da un vecchio a Boise che l'ha comprata pensando di poterla aggiustare, finché non si è reso conto che non tutti sono fatti per restaurare auto».

«Ehi! Proprio come te!», esclama Jesse con finta sorpresa e un sorriso sornione al padre.

Una lunga pausa, un'occhiata penetrante, poi Gabe si lascia andare a un accenno di sorriso e a un gesto del capo, soddisfatto della risposta.

E io ho avuto la mia. Niente di equivoco in atto. Luke e il suo amico comprano e rivendono automobili onestamente. Butto fuori l'aria che avevo intrappolato nei polmoni; ogni secondo più rilassata, nuoto nel sollievo. Sollievo perché ancora non ho assistito a niente che condanni Luke e posso aggrapparmi per un altro po' a questa fantasia che non sia ancora stato trascinato nel giro dei furti. Perché, prima si dimostra che ho sbagliato, prima questo caso finisce e prima dovrò guardare quei grandi occhi azzurri e condannarli.

Ma oggi… posso rilassarmi.

«Vieni a farmi vedere la tua nuova cavalcatura», Jesse si asciuga le mani più o meno pulite su uno straccio, ma riesco a cogliere il sussurro che rivolge al padre mentre gli passa vicino, «te l'ho già detto, qui non arriverà niente di quella merda».

Niente di quella merda. Quindi entrambi sanno qualcosa del coinvolgimento di Luke con Rust e nessuno dei due approva. Mi chiedo quanto sappiano. Mi chiedo cosa ci vorrebbe per farli parlare.

Troppe domande a cui non ho risposta, ma una cosa la so: Jesse è un'altra porta. E anche lo sceriffo. Altri promemoria mentali, altri informatori potenziali.

«Ti va di guardare dei motori?», mi domanda Alex mentre i tre uomini vanno verso la Porsche.

Veramente dovrei restare appiccicata a Luke, nel caso venga detto qualcosa di importante. Dovrei.

Ma l'istinto mi dice che laggiù ci sono solo tre tizi innamorati delle auto che si eccitano per l'ultimo giocattolo di Luke. Nulla che l'FBI debba invadere. Mi incuriosisce di più questa ragazza e quel che le è capitato alla faccia. *Decisamente* c'è una storia lì.

«Non molto…», rido.

Mi fa cenno verso il fienile e io la seguo. «Vivete tutti qui?»

«Solo Jesse e io. I suoi genitori e sua sorella abitano qui vicino, laggiù», indica la casa stile ranch nascosta dietro un filare di alberi.

«Immagino che andiate molto d'accordo», commento. Per quanto voglia bene ai miei, l'idea di comprare la casa accanto alla loro mi fa venire un sonoro mal di testa.

«Ne abbiamo passate tante insieme», dice, l'aria assente, le braccia appoggiate a uno steccato riparato di recente, lo sguardo inchiodato a due cavalli che bevono da un ruscello non lontano da noi. «Sono animali bellissimi, non è vero?», si acciglia leggermente, «da piccola avevo paura dei cavalli. Ci crederesti?»

«In realtà sì. Sono grossi. Vivi qui da molto?»

«Circa un anno».

Mi guardo intorno. «È davvero un bel ranch».

Sorride e quel gesto fa tendere la cicatrice. Deve turbarla, perché sposta i capelli per coprirla. «È vero. Sono molto fortunata ad averlo».

Quindi il ranch è *suo*? Una ragazza con una cicatrice gigantesca sulla guancia, che non può avere più di venticinque anni, *proprietaria* di un posto così? Percepisco una storia molto più profonda dietro le sue parole, ma lei si limita a chinarsi per grattare la testa del vecchio cane che si è avvicinato senza fare alcun rumore. «Ehi, Felix». Il suo naso vibra quando mi sfiora i jeans. Senza dubbio sente l'odore di Stanley.

La tranquillità della campagna si infrange e le orecchie dei cavalli si muovono nervose all'improvviso risveglio del motore della Porsche. Jesse e Luke sono sul retro, le braccia conserte, e osservano il motore; Gabe è seduto al posto di guida. «Bambini con i loro giocattoli...», mormora Alex.

«Penso che Luke se lo sposerebbe quell'affare, se potesse. Avevo paura a salirci; potrei sporcarla». La squadra di sorveglianza l'ha seguito all'autolavaggio già tre volte questa settimana.

Ride. «Sì, ricordo che la sua camera nel loro vecchio appartamento era ordinatissima. Sono sicura che la casa nuova sia impeccabile».

«Ah, lo so. Quale ventiquattrenne fa venire la donna delle pulizie tutte le settimane?». Ho visto la signora bionda e paffutella sfregargli i pavimenti e spolverare i mobili tutte le domeniche pomeriggio, precisa come un orologio.

E poi mi mordo la lingua, perché ho parlato di una cosa che non mi ha detto Luke. Che non saprei se non tenessi sotto osservazione casa sua. È solo un dettaglio, probabilmente non uscirà mai fuori, e non dovrei pensarci più... ma questo è il genere di minuzia che può creare un casino colossale in un caso di qui a un anno. Di solito non sono così negligente. È solo che continuo a dimenticare perché sto con Luke.

«Come vi siete conosciuti?», domanda Alex.

«Ho portato la mia Audi nella sua officina».

Annuisce e guarda verso di lui. Un sorriso triste si impadronisce del suo viso. «È davvero un bravo ragazzo», si porta una mano al mento, il dito passa leggero sulla sottile linea bianca di cui sono certa non si dimentichi mai. «Allora, dimmi...», si volta di colpo e mi scopre a fissare la cicatrice, «sei mai andata a cavallo?».

Capitolo 23
Luke

«L'hai abbordata al Cellar?», domanda Jesse; sorseggia birra e osserva Alex che aiuta Rain a salire in sella a un cavallo alto bianco e nero. A giudicare dall'esitazione e dai movimenti innaturali, direi che è la prima volta per lei.

«No. Un giorno è venuta a far aggiustare la macchina e si è messa a flirtare con me. Da cosa nasce cosa».

«Scommetto che Miller è stato strafelice», Jesse ha già avuto a che fare con lui; ha visto di persona l'odio che mi porta.

«Miller può succhiarmi le palle», borbotto, «in realtà, lei ha un appartamento proprio di fronte al mio».

«Aah...», annuisce e sorride, come se avessi appena detto qualcosa di importante.

«Aah, cosa?»

«Uno di quegli appartamenti da un milione di dollari?».

Adesso so dove vuole arrivare. Conosce anche il tipo di donne che cerco di solito, e ha sempre un sacco di commenti da fare su di loro. «Sì, è di famiglia ricca. E allora?»

«Sto scherzando, amico. Sembra diversa. Gentile».

«Lo è. Entrambe le cose».

«Priscilla è pronta a condividerti con un'altra?».

Sentire il nome di Priscilla mi riporta ai pensieri della settimana scorsa, al sollievo provato perché Rain mi aveva creduto e perdonato. «Mi sa che con Pris ho chiuso».

Jesse mi sorride. Un gran sorriso, non da lui.

E aspetto il colpo. Lo so che è in arrivo. «Quindi, Luke Boone è stato finalmente preso all'amo».

«Sono passate solo poche settimane».

Si stringe nelle spalle. «A volte bastano pochi secondi».

«Andiamo piano».

«E tuttavia l'hai portata fin qui a conoscerci? A conoscere Alex?», incrocia le braccia al petto e si gira verso di me. Tra tutti i ragazzi che ho incontrato, Jesse è quello che non ha mai avuto paura di darmi del coglione, di farmi a pezzi se facevo l'idiota.

«È lunga in macchina per arrivare in questo cazzo di posto in mezzo al nulla. Mi serviva compagnia». A dire la verità, il tempo è volato e non abbiamo parlato di niente.

«Non è per questo che ti porti sempre Licks?»

«Già, be', Rain sbava meno».

Jesse scoppia a ridere, cosa che non faceva mai quando abitavamo insieme. Prima di Alex.

«Sembri felice, amico», gli do una pacca sulla spalla, «sono contento».

«E tu? Va tutto bene?», un'ombra gli passa sul viso, «come sta Rust?».

Faccio spallucce. «Sta bene. Va tutto bene. Sai…». Non sa. Sospetta, come una volta sospettavo io, prima di essere ammesso tra le pieghe dell'organizzazione. Ma non glielo dirò mai. Servirebbe solo a trascinarcelo dentro e non voglio fargli questo.

Mai più.

«Boone… cazzo. Perché te la fai con quella gente? Non ne abbiamo passate abbastanza l'anno scorso?»

«Questo non è legato a quella storia. Viktor non c'è più, è fuori».

Scuote la testa. «Continuo a sperare che arrivi la tua sveglia, come per me. Ti prenderai una paura da perdere il senno, e ti pentirai di avere mai trovato accattivante quella vita, e ti toglierai dai coglioni», sembra pronto a continuare la filippica, ma cede con: «Alex non vuole mandare gli auguri di compleanno in una prigione di stato», fa una pausa, a denti stretti, «o al cimitero».

«Non preoccuparti. Rust ha tutto sotto controllo. È furbo. Al cimitero? Sul serio? Non sono quel genere di persone. Sono dei coglioni ma, cazzo, mica fanno fuori la gente così. Andiamo». Alex e Rain passano al trotto fianco a fianco e Rain ride come una ragazzina adesso che ha capito come si fa. «Come se la cava Alex?».

Appena nominata, gli occhi di Jesse la cercano e si addolciscono. Non ho mai visto un ragazzo così assoggettato a una donna, ha le sue palle nella borsetta. «È magnifica. Cioè, comincia ad acquisire alcune cose, qui e là, ma lo maneggia a meraviglia».

Esito prima di chiedere a Jesse quello di cui sto aspettando di parlargli ormai da giorni. «Allora, quanto è stato difficile il rapporto dopo quello che le aveva fatto lui? Cioè, c'è voluto un po' prima che ti permettesse di…».

Il cipiglio da "che cazzo stai chiedendo e perché" di Jesse mi costringe a essere più preciso. «L'ex di Rain… non so cosa le abbia fatto *esattamente*, ma le ha fatto qualcosa. Ce la prendiamo con calma», una calma esasperante. Una calma tipo una-lunga-doccia-fredda-al-giorno-toglie-le-palle-gonfie-di-torno.

Jesse capisce al volo e gli sfugge un "merda" sottovoce. «Be', con Alex è stato un po' diverso, lo sai. Con i suoi ricordi e tutto il resto».

«Giusto», immagino che la loro situazione sia troppo particolare. Non mi aiuterà. Sospiro. «È che non voglio fare mosse da coglione e spaventarla».

«Be' allora non essere te stesso». Inarco le sopracciglia. «Ok, ok. Scherzo. In realtà *devi* essere te stesso. La versione di te che non è invischiata con tutte queste stronzate», indica il mio orologio per far capire cosa intende, «lei non sembra proprio il tipo. E…», osserva le due donne per un attimo, immerso nei suoi pensieri, «segui lei. Quando sarà pronta te lo farà capire».

«E se mi guida a passare il prossimo anno a tenerci per mano e guardare le repliche di *Friends*?»

«Allora le tue mani finalmente serviranno a più di una cosa», mi dà un rapido ma leggero pugno allo stomaco e si alza.

«Sei proprio un amico di merda, lo sai?»

«Eppure non vuoi lasciarmi in pace», ridacchia e abbassa il cofano sul mio motore.

La risata di Rain riempie di nuovo il silenzio, seguita da un rumore di acqua che schizza. Ci spostiamo fino alla palizzata per guardare il cavallo montato da lei che prende velocità e attraversa il torrente, spruzzando acqua ovunque. Sembra che abbia capito in fretta la postura e l'atteggiamento giusti, i muscoli sodi contratti per tenersi appena un po' staccata dalla sella e muoversi su e giù a ritmo. Offrendomi una visuale fantastica del suo culo.

«Penso di essermi trovata un nuovo hobby», grida verso di me, e aggiunge: «Vado bene?»

«Sì, non c'è male», borbotto, sistemandomi i pantaloni prima che tutti qui sappiano esattamente quanto penso che sia brava.

La risatina di Jesse riempie l'aria.

Capitolo 24
Clara

Il sole comincia a cambiare colore quando salutiamo, dopo un pomeriggio a cavalcare e strigliare senza fretta i cavalli che secondo Alex si chiamano entrambi Felix.

«È stato divertente. Spero che tornerete presto», mi dice, e poi scocca un'occhiata penetrante a Luke.

Lui ride e la prende per il collo per abbracciarla con calore. «La prossima volta ci portiamo dietro Licks e il suo mutante». Si allontana per salutare Jesse e Gabe e ci lascia sole, mentre io sistemo la macchina fotografica che oggi pomeriggio ho tirato fuori un paio di volte per sgraffignare istantanee della fattoria e di Luke. Per il caso, mi dico.

«Tienilo lontano dai guai per noi, ok?», i suoi occhi preoccupati non lasciano la schiena di Luke.

Quindi è ovvio che anche Alex sa *qualcosa.* «In che genere di guai potrebbe mettersi in officina?», domando con tutta la calma possibile.

«Non mi preoccupo per quel posto. È solo che lui...», stringe le labbra, «non ha avuto i migliori modelli da seguire in vita sua, ecco. È stato sviato».

«Da chi?»

«Da persone che gli vogliono bene. Penso che vogliano vederlo felice, ma cercano di ottenere la sua felicità nel modo sbagliato».

«È un uomo adulto. Sono sicura che farà la cosa giusta. Vero?»

«Sì, farà la cosa giusta. Prima o poi», sorride tristemente. Di nuovo si sfiora il lato del viso. Quasi assente, sussurra: «Non sarei qui adesso, se non fosse stato per lui».

Combatto l'impulso a entrare in modalità sbirro e persuaderla a darmi delle risposte, sapendo che se Gabe mi sentisse mi smascherebbe subito. E se vuole proteggere il figlio, per associazione diretta – come farebbe qualsiasi padre – li avvertirà che c'è un agente sotto copertura su Luke e sarà la fine di questo caso.

Le parole di Alex possono voler dire molte cose – *non sarebbe qui, in questa fattoria; non sarebbe qui, con Jesse* – ma il fatto che abbia toccato quella cicatrice orribile mi dice che c'è dell'altro.

«Prenditi cura di lui al posto mio, ecco», un sorriso riluttante, «mi preoccupo per lui. È un bravo ragazzo, con un cuore gentile».

Mi si forma un groppo in gola. Nel mio lavoro bisogna essere bravissimi a giudicare il carattere delle persone. Io sono bravissima a giudicare il carattere delle persone. Sento che Alex è sincera e che il mio obiettivo ha fatto qualcosa di grande per lei.

«Certo, ok», mento. Non sono qui per alleggerirle la coscienza, né per prendermi cura di Luke.

Sono qui per fare l'esatto opposto.

E per la prima volta, mi sento male per questo.

Dal che capisco che ho infranto una delle regole basilari del lavoro sotto copertura: mai affezionarsi emotivamente ai tuoi obiettivi. Non è mai stato un problema per me. Non mi è mai importato del motivo per cui li incastro o di cosa capiterà loro una volta finito il mio lavoro. Sono tutti adulti, prendono le proprie decisioni da soli. Nessuno gli forza la mano.

«Grazie per la grana, amico», sento dire Jesse a Luke con una botta sulla mano, «farà comodo. Abbiamo ancora un sacco di lavori da fare qui».

«Già, tipo asfaltare i viali così non ci rimetto la macchina».

«Ok, principessa».

Luke alza il dito medio. «Ti chiamo fra una settimana per vedere come va. Potresti mica portarla tu in officina?»

«Fino a Portland?», fa una smorfia, «fanculo».

«Ma come è possibile che siamo amici?», sbotta Luke.

«Perché sei disperato e solo?».

Luke ride e afferra Jesse in un abbraccio da maschi. Lo sento mormorare: «Mi manchi, amico», poi entra al posto di guida.

Sia Gabe che Jesse mi sorridono: «È stato bello conoscerti, Rain», Gabe indica il lato del guidatore con il pollice, «fallo rimanere onesto, ok?»

«Ci proverò», dico con tutta la convinzione possibile. È ovvio che tengono tutti a lui. Forse riusciranno a convincerlo a scegliere un diverso modo di vivere. Ancora non sono riuscita a provare in modo definitivo nulla di quello attuale, ma l'orizzonte si incupisce ogni giorno di più.

La macchina di Luke solleva una nuvola di polvere quando l'avvia in strada con un colpo di clacson di saluto.

«Allora, tu e Jesse comprate e rivendete macchine?».

Dal sorriso capisco che è fiero di parlarne. «Io mi occupo della parte imprenditoriale. Sai, trovare la macchina giusta, parlare con il proprietario e negoziare il prezzo, trattare con la casa d'aste. E Jesse… be', è un genio in officina. Riesce a far correre un'auto come se fosse nuova in un quarto del tempo che ci impiegano gli altri meccanici», si stringe nelle spalle, «ce ne torniamo tutti e due con un bel gruzzolo e adoriamo farlo».

«Quante ne avete vendute?»

«Quattro. Penso che una al mese sia un buon investimento collaterale per ora».

«Che imprenditore», scherzo, ma dentro di me sono entusiasta che non disdegni di guadagnarsi dei soldi in maniera onesta, «peccato che tu e Jesse abitiate così lontano l'uno dall'altro».

«Già…», Luke inforca gli occhiali da sole e si mette comodo ora che la strada è più liscia, «non ho molti amici come lui. Cioè, parlo con un sacco di gente, ma io e lui siamo diversi. Mi fido di Jesse».

«Sei così bendisposto. Non pensavo avessi problemi a fidarti delle persone».

Sorride. «Invece sì. Non sono sicuro del perché».

"Io sono piuttosto sicura di saperlo". «Lo capisco. Io a casa ho il mio gruppo di amiche e sto quasi sempre con loro».

«Di certo adesso ti mancano. È un gran cambiamento, venire fin quaggiù».

«Ci sentiamo molto via messaggio, quindi non è così male. E siamo tutte impegnate. Ma, sì. Mi mancano davvero tanto», rispondo, sincera, «adesso sono tutte al nostro fine settimana tra ragazze a Loudoun, come ogni anno. È una regione di vini a Washington». Mi sono persa anche l'ultima gita. A volte ho paura che finirò sulla lista nera. «Siamo un gruppo speciale».

«Carino. E cosa le rende così speciali? Parlami di loro».

Non so se sia interessato davvero, ma abbiamo un lungo viaggio davanti – e, anche se dovrei usarlo per raccogliere informazioni, aprirmi è il modo per spingerlo a fare lo stesso. In più, poter parlare delle mie vere amiche – le amiche di Clara – mi rilassa.

Quindi comincio a descrivere quanto siamo diverse l'una dall'altra e come nonostante ciò le nostre personalità si mescolino alla perfezione. Come tra noi possiamo essere noi stesse – pregi, difetti e tutto – senza paura. Ci "capiamo" e basta. Lodiamo i successi e ci rimproveriamo le cazzate a vicenda. Ridiamo dal momento in cui ci diciamo ciao a quando siamo costrette a dire arrivederci.

Finisco con: «Non so che farei senza di loro».

«Non hai mai smesso di sorridere per tutto il tempo che ne hai parlato. Sembrano molto simpatiche», un sorrisetto, «hai una foto?»

«Non su questo telefono», mi paralizzo. La gente normale non ha due telefoni a meno che non lavori, e lui sa che Rain non lavora. Improvviso in fretta: «Ho preso questo iPhone solo la scorsa settimana, dopo che l'ultimo si è rotto. Devo aggiustarlo così posso caricare tutto su iCloud».

Annuisce, se l'è bevuta.

Siccome voglio allontanare la conversazione dal mio lapsus e so che dovrei concentrarmi su Luke e non su di me, dico: «A proposito di amici, grazie per avermi portata qui oggi. Sono belle persone. Mi sono piaciuti molto».

«Be', loro si sono innamorati di te», si gira e mi rivolge un sorriso. Come se per lui fosse molto importante il fatto che ci siamo apprezzati a vicenda. La cosa buffa è che sentirlo mi rende felice. Mi importa essere piaciuta a quei due.

«Li conosci da tanto tempo?»

«No, qualche anno. Solo che ne abbiamo passate tante insieme».

«Alex ha detto qualcosa del genere prima», non sono sicura di come approcciare l'argomento, ma decido che la curiosità morbosa è comprensibile in chiunque, «be'... terribile quella cicatrice che ha in faccia».

Fa un gesto di assenso.

«Come se l'è procurata?».

Stringe i denti, visibilmente. «È una storia molto lunga».

Aspetto un altro secondo, poi insisto: «È un viaggio molto lungo».

Conosco i segni dell'indecisione. Gli occhi che si spostano qua e là, la deglutizione ripetuta, la lingua che passa sulle labbra. Sta decidendo quanto condividere e se farlo. Quanto sarebbero imbarazzanti queste tre ore di macchina se mi dicesse di lasciar stare.

Tamburella con il pollice sulla leva del cambio, ma per il resto non dice nulla. Quindi, esitante, appoggio la mano sulla sua. Solo un attimo d'incertezza, poi le sue dita si spostano e si intrecciano alle mie, fino a incapsulare la mia mano; cambiamo le marce insieme.

E mi dico che questo non supera nessuna linea morale. Che sto facendo ciò che devo per farlo parlare. E che provare piacere per il suo calore non è questa gran cosa.

«Era sposata prima di mettersi con Jesse», sento i suoi occhi un istante su di me, «quel tizio era uno stronzo possessivo. La prendeva a schiaffi, le faceva male. In generale la trattava di merda».

«Ovviamente l'ha lasciato».

«Forse lo puoi dire anche così. Di certo è scappata», risponde, criptico.

Credo di sapere dove finirà la storia. «Prima o dopo essersi messa con Jesse?»

«Cazzo, quello se lo meritava. Non le era mica fedele. Porca puttana, Pris se lo scopava regolarmente! Jesse ha rischiato tutto per lei. Tutta la sua famiglia l'ha fatto. La tratta come una regina».

Prendo la mia bottiglia d'acqua nella speranza che un gesto così tranquillo stemperi la tensione che si sta accumulando in macchina. «Lei sembra pensare che tu abbia giocato un ruolo importante nel farla scappare. Che se non fosse per te non sarebbe qui».

«Ehm...», lascia lo sterzo per grattarsi dietro il collo – un gesto di imbarazzo, «ero solo nel posto giusto al momento giusto». Una pausa, poi aggiunge: «E ho fatto la cosa giusta. Per una volta».

«Conoscevi il marito?»

«Sì. Il socio di mio zio. L'ho incontrato due anni fa, quando ho cominciato a uscire di più con lui. All'epoca pensavo che fosse un figo, ricchissimo e con l'aria da Daniel Craig. Aveva questo modo di fare controllatissimo, soave. Un James Bond russo. A volte portava con sé anche Alex. All'epoca aveva un aspetto molto diverso», trattiene una risata, «nemmeno in un milione di anni me la sarei immaginata con Jesse, a raccogliere palate di merda e togliersi il fieno dai capelli».

«Sembra davvero felice», le occhiate frequenti a Jesse, i piccoli sorrisi. Non penso di avere mai visto due persone tanto innamorate.

«Lo è. La spinsero in quell'altra vita troppo giovane, circondata dalle persone sbagliate. Si è ritrovata in trappola».

Immagino che qualcuno potrebbe dire lo stesso di Luke. Non che lui sia stato costretto a fare questa vita. Forse è stato convinto. Gli hanno mostrato la parte migliore, i benefici. E sinceramente, se faccio un passo indietro e lascio la mia bussola morale e il mio lavoro, capisco come qualcuno possa lasciarsi abbagliare dagli aspetti luccicanti di questa vita. Soprattutto quando a condurti su tale via è qualcuno di cui ti fidi e con il quale ti senti in debito. Qualcuno che in pratica è tuo padre.

Perché, anche sapendo ciò che so, quante volte ho desiderato di potermi tenere l'appartamento, lo yacht, la macchina?

«Quindi sapevi che era violento?».

Una lunga pausa, durante la quale apre e chiude la bocca più volte senza dire niente. Sceglie le parole: «Avevo visto uno schiaffo, una parola dura. Pensavo che fosse come quelle mogli giovani e ricche, che lo accettasse per via dei soldi», la sua mano stringe forte la mia, «ma sì, lo sapevo», ha la voce carica di rimorso, «e non ho fatto niente. Nessuno di noi, a parte Jesse. Lo rimpiango ogni giorno».

Nel mio mestiere non c'è spazio per le emozioni. Eppure i casi di violenza sono il mio punto debole. Ne ho visti parecchi e, anche se ho ascoltato tutti i ragionamenti validi, fatico a capire le donne che restano e aborro le famiglie e gli amici che, pur avendo i loro sospetti, non fanno niente.

Adesso però non c'è spazio per questo. Devo farmi dire di più da Luke, non condannarlo. «Be', dev'essere stato difficile, visto che era il socio di tuo zio, giusto?»

«Sì», ammette, «ma non è solo questo. Viktor Petrova era uno che non volevi far arrabbiare».

All'improvviso, una marea confusa di pezzi di puzzle trovano il loro posto.

Capitolo 25
Luke

Il viaggio è stato troppo veloce. Non sono ancora pronto a lasciarla a casa. Probabilmente è per questo che esclamo: «Allora stasera vieni da me, giusto?», non appena entro nel vialetto del suo palazzo.

«Davvero?». Un sorriso sorpreso le sfiora le labbra. Non un "non posso". Bene. Immagino significhi che ancora non è stufa di me e non mi odia per quello che ho ammesso su Alex e l'aver ignorato ciò che stava succedendo.

Mi stringo nelle spalle. «È quello che avevamo deciso la scorsa settimana, giusto? Io che ti preparo la cena?».

Piega la testa all'indietro con un sorriso quando capisce a che mi riferisco. «Giusto. Speravo te ne fossi dimenticato».

Rido. «Impossibile. Ti dimostrerò che hai torto». Quei panini che mi ha preparato non assomigliavano a niente che avessi mai assaggiato. Ero quasi tentato di andare al furgone del cibo e costringere il tizio dietro al bancone a dare un morso e ammettere che la sua versione è merda.

«Ok», mi fa un sorriso. Mi piacerebbe sapere cosa le passa per la testa in questo momento. Pochi secondi ancora e mi sarei proteso a baciarla, ma lei dice: «Dammi solo il tempo di fare una doccia», e salta giù. La guardo attraversare il portone. Così bella, così aggraziata, così… *vetro.* Ho un'ora. Abbastanza da vedermela con quest'erezione pazzesca che mi sta provocando. «Segui lei, sto cazzo», borbotto ripetendo le parole di Jesse, «mi sta conducendo dentro qualcosa di molto doloroso».

Capitolo 26
Clara

«Be', decisamente, stai recuperando l'inizio lento», mi sfotte Warner a mo' di saluto.

«Era la fottuta moglie di Viktor Petrova!», esclamo, reggendo il telefono con il mento mentre avvio la doccia. «Quella su cui Sinclair aveva piazzato un'informatrice prima che sparisse».

«Già, ho sentito».

«Dovresti vedere la cicatrice che ha in faccia, Warner. È *brutta*».

«Coltello?»

«Difficile da dire, ma penso di sì. Però, come sia potuta finire in un ranch a Sisters, in Oregon…». In fuga dal suo ex, probabilmente.

«Stiamo controllando i trascorsi di tutti. Alex, lo sceriffo, Jesse Welles. Immagino che il particolare della macchina sia un fiasco?»

«Già, sembra tutto legale. Ho fatto delle foto alle auto. Te le mando da aggiungere al fascicolo. Devo prepararmi per stasera».

«Ok. Ci sono Bob e Franky in servizio. Sta' attenta. E potresti cercare di ottenere qualcosa di utile per una volta?»

«Sta' zitto». Sorrido, riattacco, mi spoglio ed entro sotto la doccia, a lavare via il sudore e lo sporco della cavalcata. A pensare a Luke. Al suo sorriso, la sua risata, i suoi occhi penetranti, le sue labbra piene e polpose…

Mi squilla il telefono, strappandomi alla doccia.

«Warner dice che sei di nuovo con l'obiettivo stasera».

«Ah, sì...», armeggio con il rubinetto e afferro un asciugamano, colta di sorpresa da Sinclair e dal suo tono brusco. Nemmeno un ciao. «Vado tra poco».

«Bene. Voglio che spingi forte sulla Petrova».

«Pensa che abbia informazioni sull'organizzazione?», io lo so, ma non lo ammetterò ad alta voce.

«Forse. Ma quel che sto cercando è una leva solida per convincere 12 a rivoltarsi contro 24».

«È un caso di abuso in cui una testa di cazzo ha avuto ciò che si meritava», esclamo, secca.

«E anche di più, credo. La proprietà è registrata a nome di "Water Fitzergald", ereditata da lei un anno fa».

"Uhm". «Quindi, usa un nome falso». Immagino spieghi la confusione di Luke quando ci ha presentate.

«O è così, o il vero Water Fitzergald è sepolto in una buca profonda in quell'enorme appezzamento di valore».

Mi incupisco. «Non mi pare probabile», significherebbe che l'ho letta male. Non mi sbaglio mai *così tanto* su qualcuno.

Sinclair ride senza alcun calore. «Be', scusami se in venti e più anni nel Bureau ne ho viste molte più di te in due minuti ad ammanettare drogati», sbotta, «piantala di mettermi in discussione e comincia a scavare. Credo che anche quello sceriffo sia colpevole. Per quanto ne sappiamo, 12 e il suo amico hanno manomesso la macchina di Petrova ed è così che è morto. Entrambi sanno come fare. Se riusciamo a incastrare 12 per omicidio, tempo un giorno e canterà il nome di Markov dalla cella di detenzione».

Mentre Sinclair parla ancora io scuoto la testa, con le parole di Alex e l'espressione che aveva negli occhi guardando Luke che mi girano in testa. Le ha salvato la vita. Nel poco tempo che ho trascorso con lei oggi l'istinto mi diceva che era la verità – che aveva bisogno di essere salvata.

Ma, a quale prezzo?

Oh dio, e se Sinclair avesse ragione? Sto per aiutarlo ad appendere un omicidio al collo di Luke? No... ho già incontrato degli assassini. Anche senza prove, una come me glielo legge negli occhi: l'instabilità, il pericolo. Non c'è niente di tutto ciò in quelli di Luke. Non credo che ne sarebbe capace.

Digrigno i denti. Inutile discutere. Questa telefonata riguarda solo atteggiamenti e progetti personali. Non sono altro che un soldato, ci si aspetta che faccia quel che mi si dice. È la parte del mio lavoro che disprezzo.

«Ok, farò quel che posso».

«No, farai quel che *devi*», mi corregge, il tono lento e chiaro che grida "leggi tra le righe", «abbiamo investito troppi soldi e tempo in questo caso per perderlo».

«Capito».

È strano, conoscere la casa di Luke come ospite che attraversa la sua porta, invece che appostata dietro le tende tirate. Dal mio appartamento, sono solo dettagli di sorveglianza sull'ennesimo obiettivo.

Ma non appena supero la porta di legno spesso – il naso colpito dal profumo di legno di sandalo, gli occhi che ammirano i vari motivi di stoffe diverse e i pezzi d'arte posizionati alla perfezione che urlano "decoratore d'interni", le orecchie cullate dalla musica ritmica diffusa in surround – mi sento come se in me si spegnesse un interruttore.

Quello che dice che sto lavorando.

«Spero non ti dispiaccia se l'ho portato», non appena gli tolgo il guinzaglio, Stanley piazza il muso a terra e parte come un segugio, «mi sentivo in colpa a lasciarlo solo per tutta la sera dopo una giornata chiuso dentro».

«No. Magari tiene occupato Licks».

Alzo gli occhi e incontro quelli di Luke e il sorrisetto da ragazzino mentre osserva la camicetta nera trasparente e la minigonna semplice che ho scelto per stasera. Dopotutto devo vestirmi in modo tale da conservare la sua attenzione. «Stai bene», ha la voce bassa e roca. Si avvicina e io trattengo il fiato, mi aspetto che mi baci.

Lo spero.

Invece, mi prende per mano e mi trascina in cucina, camminando a ritroso, i piedi nudi che fanno poco rumore sul legno duro. Non so come, ma fa sembrare costosi un paio di jeans blu scuro e una semplice maglietta grigia. Anche il suo profumo lo sembra. È irresistibile, lo ammetto, inspirando a fondo.

«Allora… che c'è per cena?». Guardo sospettosa l'insieme di scatolette aperte e pacchi strappati sparsi sull'isola in cucina. Accanto a tutto un iPad sul suo leggio, aperto su quella che sembra la pagina di una ricetta.

Luke mi prende per la vita e mi solleva a sedere su uno sgabello alto, con una bellissima flessione del braccio. «Non importa. Stasera è il mio turno di cucinare, perciò mangerai qualsiasi cosa prepari».

«Non avevamo concordato i panini alle polpette?»

«Non posso vincere con quelli, quindi ho modificato il patto».

«Con la pasta pronta Chef Boyardee?»

«Con la Chef Boyardee», ripete, strafottente, «tranquilla, la renderò più chic».

«Già, lo vedo», mugugno, sarcastica, con in mano il barattolo di sottaceti al ketchup.

Mi ignora e mi passa un bicchiere di vino rosso. «Tieni. Bevi questo e sta' zitta mentre preparo la mia cena italiana speciale».

«Posso farcela». A ventisei anni, probabilmente bevo un pochino di più di quanto dovrei. È un altro di quegli stereotipi che nessun poliziotto vuole ammettere, ma sfortunatamente è un effetto collaterale reale del lavoro per molti di noi. «Anche se ce ne vorrebbe molto di più per digerire quel che stai per servirmi».

«Scherzi? Non c'è niente di meglio. Dovrei confezionarlo e venderlo a casse intere». Guardo ammirata la sua schiena mentre lui passa il mestolo di legno nella casseruola sul fuoco. Tutta l'attrezzatura qui sembra impeccabile e nuova di zecca, mai usata.

«Da piccola non me la facevano mangiare».

Si blocca su due piedi. «Che razza di genitori orribili farebbero una cosa del genere a un bambino?»

«Genitori che credono nella roba fatta in casa», ridacchio, «sono cresciuti in Italia, quindi è quello che conoscono. Vecchio stampo».

«Quindi… come, vuol dire…».

«Niente Chef Boyardee, niente cene pronte della Kraft, niente zuppa di noodles Campbell».

L'espressione di franco sconvolgimento che ha in faccia mi fa ridere. «Non credevo ci fossero persone del genere in questo Paese».

«Ci sono. Sono stata una bambina deprivata di cibo spazzatura ipercalorico. Che vita triste».

«Wow». Scuote la testa con aria assente, controlla la ricetta più volte e poi, con i movimenti goffi di una persona che non ha idea di quel che fa in cucina, comincia a dosare il formaggio grattugiato e la senape. «Visto quel che hai detto che fa tuo padre, mi sorprende che non siano più progressisti».

"Quel che fa mio padre".

Vuol dire come sono i genitori di Rain, e io stavo parlando di quelli di Clara.

"Merda". Mi accelerano i battiti. Quando Warner riascolterà la registrazione mi farà arrosto per aver messo in pericolo la copertura.

Grazie al cielo mi viene risparmiata la necessità di rispondere. «C'è stata una settimana in cui Alex è rimasta con Jesse e me dopo che Viktor l'aveva riempita di botte. Ogni sera trovavamo la cena pronta. Pensavo che sarei morto di felicità. È una cuoca eccezionale».

Alex. Mi aggrediscono le parole di Sinclair. Di malavoglia, domando: «Allora, come ci è finita laggiù?»

«Mera fortuna». Luke si lecca una macchia di sugo dalle dita mentre mescola e basta quell'azione a risvegliarmi le farfalle nello stomaco. O forse è il semplice fatto di vederlo in cucina. Ha detto che odia cucinare eppure sta facendo questo grande sforzo per me. Persino il mio ex, David, che mi disse di amarmi dopo un mese che uscivamo insieme, non ha mai cucinato. Nemmeno una volta.

Bevo un altro lungo sorso di vino. Il mio corpo si sta già scaldando per effetto dell'alcol. È troppo facile perdere la bussola, rilassarmi e godermi la compagnia. Devo stare in guardia. Anche se ubriacarti non ti ammazza la carriera, decisamente viene mal visto quando è ora del processo. Quando un avvocato della difesa avrà finito con me, ogni prova raccolta al di fuori delle intercettazioni sarà resa inefficace.

Pur sapendolo, sembra che non riesca a controllarmi. Forse è il mio subconscio che sabota le mie capacità di raccogliere prove schiaccianti contro Luke.

«Ha detto che il ranch era suo».

«Già», mette dei panini su un piatto.

«L'ha comprato dopo il divorzio dal suo ex?»

«Non hanno divorziato. È morto», si acciglia. «Perché tante domande su Alex?».

"Merda". «Scusa, sono un'impicciona. È solo che mi incuriosisce molto. Sembra una ragazza tanto forte, dopo tutto quello che ha passato. Ed è così felice. Spero di poter essere anch'io come lei, un giorno». Continuo a parlare a caso finché non sento che si rilassa. Ecco cosa fa un bravo agente sotto copertura: si tira fuori dai guai a suon di chiacchiere.

«Per via di quel che ti ha fatto il tuo ex», mormora; appoggia davanti a me un piatto colmo di uno strano preparato e rabbocca il bicchiere, «ce la farai. Ti aiuterò in qualsiasi modo». Sinceri occhi azzurri si fissano nei miei.

Capisco che dice sul serio.

Uno squillo nella sua tasca spezza l'incantesimo. Controlla in fretta il telefono, poi se lo rimette in tasca senza rispondere. «Rain, ti presento i cheeseburgeroni».

Sapendo che per il momento l'interrogatorio velato deve essere messo da parte, mi concentro sul piatto e lo stuzzico con la forchetta. «Come dovrei mangiarlo?»

«Merda», mugugna Luke a bocca piena, quando uno schizzo di cibo cade per terra. Schiocca le dita. Stanley, il più veloce e forse più intelligente, batte il bulldog e ripulisce il legno duro con la lingua.

«Così, immagino», rido, «be', hai l'approvazione di Stanley».

«E la tua?», mi guarda prendere un boccone con la forchetta.

«Non male», ammetto; lo mando giù con altro vino e gli sorrido, «però sono ancora al primo posto».

«Ah sì? E cosa vinci?», abbassa gli occhi sulla mia bocca e ruba un battito. Mi piace avere l'attenzione di Luke, il suo interesse. Il suo affetto. Troppo.

Non rispondo, e lui si limita a sorridere e bere.

«Acqua?», lancio un'occhiata al liquido trasparente.

«Rust mi ha fatto conoscere la vodka. Adesso non bevo quasi nient'altro. Cioè, quando non è scotch da ventimila dollari al bicchiere».

«Vodka e pasta in scatola», fingo di vomitare, guadagnandomi uno scoppio di risa.

Finiamo la cena in un gradevole silenzio, scambiandoci frequenti sguardi e sorrisi, con entrambi i cani che aspettano pazientemente un altro incidente vicino alle nostre gambe. Mi sto infilando in bocca un pezzo di panino molle quando il suo telefono squilla di nuovo.

Si scusa e risponde. «Sì?», una pausa, poi un'occhiata nella mia direzione.

Subito scendo dallo sgabello e mi metto a raccogliere i piatti per portarli al lavandino, come scusa per restare a portata d'orecchio pur sembrando occupata.

Luke mi afferra per un avambraccio, corrucciato. «No, lascia stare», indica il soggiorno con un cenno del capo, «va' a rilassarti», poi nel telefono: «Nessuno. Solo… un'amica».

Guadagno altri venti secondi nei paraggi versandomi un altro bicchiere. È colpa del Bureau se mi ubriaco stasera.

«No… non posso… non stasera. Sono occupato… No!», a parte quando Stanley l'ha morso, non credo d'averlo mai sentito scattare, «domani… sì. No… *domani*».

Ancora a portata di voce, mi avvicino a passi leggeri a una parete di fotografie con le cornici tutte diverse che si combinano in un eclettismo perfetto. Le facce che rispondono al mio sguardo le ho già viste tutte, sono nella cassaforte nel mio appartamento. Sua sorella, sia da bambina con gli occhi lucenti e le labbra piene che vuoi mettere su uno scaffale per guardarla e basta, e come bionda formosa che attira un sacco d'attenzione; sua madre, sia come la sventola che sedusse il padre di Luke, che come la donna dal volto scavato e l'espressione spaurita che è diventata in seguito.

I miei occhi, però, sono inchiodati a Luke, attraverso stadi diversi della sua vita. Il bambino in pigiama seduto in braccio al nonno, gambe magre che ciondolano dalla poltrona bordeaux, un ricciolo di fumo di sigaretta che crea una nebbiolina granulosa sopra le loro teste. Il preadolescente allampanato seduto sulle gradinate durante una partita di baseball, il braccio dello zio sulle spalle, quel sorriso ampio e innocente in faccia. Il giovane uomo alto e magro in cappello e toga blu alla laurea, con la mamma e la sorella da un lato e lo zio dall'altro.

In pratica, tutte le versioni di Luke che non sono nei miei file della polizia.

Il suo lato umano, che si perde sempre nelle brutture.

Mi si forma un piccolo groppo in gola, mi allontano dalle foto e mi sposto verso le finestre del comodo soggiorno poco illuminato.

Detesterei vedere cosa potrebbe fargli la prigione.

La chiamata però non dura ancora molto e non ne ho ricavato niente, a parte che qualcuno sta cercando di far andare Luke da qualche parte o fargli fare qualcosa e lui si rifiuta. Ipotizzo, per stare con me. Mi chiedo chi sia quel qualcuno.

Una vocina in fondo alla mia mente sussurra nomi femminili. La zittisco, perché qui non c'è spazio per la gelosia. «Quindi è così che appare il mio appartamento dal tuo lato», esclamo voltandomi.

Piatti tintinnano nel lavandino. «Schermato e ostile? Sì».

«Non tutti sono esibizionisti...».

Una pausa. «Stai ammettendo che mi hai guardato?»

«No».

Il pavimento scricchiola al suo avvicinarsi, ma io non mi giro. «Allora, cosa hai visto?», nessun sospetto nella sua voce. Solo voglia di giocare.

Mi rilasso. «A parte una certa *amica* con i capelli neri?».

Geme. «Sapevo che sarebbe risaltata fuori. Sì. A parte quello?».

Esito, ma poi non riesco a trattenermi. Non sono mai stata timida. Non posso, nel mio lavoro. «Probabilmente non dovresti fare la doccia quando è buio». Mi colpiscono spezzoni della notte in cui l'ho pescato culo al vento che entrava nella doccia, e arrossisco. Anche se ammetterò d'averlo visto, non ammetterò mai e poi mai di essermi accampata ogni notte da allora nella speranza di dargli un'altra occhiata.

«Perché? Non ho niente da nascondere».

«Già, *è chiaro*». "Ma sarà vero, Luke?".

Irradia calore dal petto, mi scalda la schiena quando si china in avanti, il respiro che mi rotola sull'orecchio. «Non penso che ti sia dispiaciuto».

Ho il volto in fiamme, non perché ne stiamo parlando, non perché ha ragione, ma perché Franky e Bill ascoltano tutto. Ho già avuto delle cimici addosso mentre flirtavo. Cavoli, appena otto mesi fa c'è stato un caso in cui ho dovuto persuadere un sessantenne a vendermi della cocaina nella lobby del Ritz a Washington. Era obeso, sudava un sacco e puzzava di sigari e birra, e per due ore la mia squadra di copertura lo ha ascoltato dirmi tutte le cose sconce che voleva fare al mio corpo nella sua camera d'albergo. Ero costretta a stare al gioco, incoraggiarlo, eccitarlo sulla sua sedia al punto che ha tirato fuori la scorta di sua spontanea volontà e ha detto tutte le parole magiche che mi servivano per inchiodarlo con un crimine di classe A. Lo aspettavano vent'anni di galera e alla sua età sarebbe stata una sentenza di morte. Ci vollero ben venti minuti per convincerlo a fare un accordo dando il nome del fornitore.

Dopo, i ragazzi mi hanno preso in giro per mesi su alcune delle stronzate sporche che avevo detto, attaccandomi sul parabrezza della jeep ritagli di giornale con offerte di lavoro come operatrice di linee hot in cui sarei stata straordinaria. Non mi è mai importato, perché erano tutte bugie.

Ma adesso, con Luke addosso, farei qualsiasi cosa per non avere il microfono.

Luke appoggia le mani sulle mie spalle e con i polpastrelli comincia ad accarezzarmi le clavicole a ritmo lento, seducente. «Ricordo una notte in cui avevi le tapparelle alzate…».

"Merda". Ovvio che l'avrebbe tirata in ballo. «Dev'essere stato un altro appartamento».

La sua risata mi solletica l'orecchio e mi fa venire i brividi lungo la schiena. «No, era decisamente il tuo. Ricor…».

"Nega! Nega! Nega!". Mi giro. Con una mano soffoco il pendente, l'altra copre la sua bocca, mettendo a tacere le parole e la prova di ciò che ho dovuto fare per catturare l'attenzione del mio obiettivo.

Persino nell'oscurità, i suoi occhi hanno uno scintillio malizioso, il suo respiro è rapido, affannoso. Perché sa che so benissimo a cosa si riferisce.

E, a giudicare dal lampo di consapevolezza che gli attraversa il viso, ha capito che non è stato casuale.

Avvolge le braccia forti attorno al mio corpo finché riesco a sentire ogni contorno, ogni sporgenza, ogni parte dura di lui, si china e appoggia la bocca sulla mia, solo le mie dita separano le nostre labbra.

Se riuscissi a pensare con lucidità, inventerei una scusa per fermarlo. Il mio pollice non esiterebbe sul minuscolo interruttore del ciondolo.

Ma penso solo alla bellissima sensazione che mi dà, a quanto cominci a piacermi Luke. A quanto voglio che succeda.

Spengo la microspia e libero le mani.

La grande bocca di Luke mi avvolge, labbra piene si posano sulle mie, e irradiano uno strano miscuglio di tenerezza e bisogno che non c'era le prime due volte che mi ha baciato. È abbastanza inebriante da dissolvere quel che resta della mia concentrazione, e lascio che mi consumi. Finché non sono più un poliziotto e Luke non è chi è. Sono solo una ventiseienne con dei sentimenti e dei bisogni attratta da quest'uomo bellissimo.

Per la prima volta, permetto alle mie mani di vagare senza vergogna sul suo corpo – sulle braccia ben tornite, e il petto solido, e le spalle forti. Piego le dita tra i riccioli sulla sua nuca; ha i capelli ancora più morbidi di quanto avessi immaginato, e li ho immaginati un sacco.

Contrae le braccia, mi stringe ancora di più a sé, fino ad affondare il pube. Sento quanto mi vuole e questo non fa che eccitarmi di più. Una mano liscia scivola sotto il retro della mia camicia, mi sfiora la curva della schiena; il mero tocco leggero dei suoi polpastrelli sulla pelle nuda fa rabbrividire ogni punto sensibile del mio corpo.

So che non ho molto tempo. La vocina nel fondo della mia mente strilla che devo trattenermi. Non posso lasciare che vada troppo in là, troppo veloce, o la posta la prossima volta sarà più alta.

Ma, d'altra parte, voglio sfruttare al massimo questi momenti con lui perché non si ripeteranno. Ecco perché non lo fermo quando si sposta di nuovo verso la finestra, fino a farmi sentire il vetro fresco sulla pelle. Infila i piedi in mezzo ai miei, le mie gambe si muovono spontaneamente per fare spazio al suo corpo schiacciato contro il mio.

Solo quando la sua mano mi risale la coscia, sotto la gonna, la realtà fa breccia.

Mi stacco dalla sua presa e sussurro: «Rallenta».

La sua bocca sul collo, il corpo che preme con più forza, le dita che agganciano i lati delle mie mutandine. Siamo andati troppo oltre. «Luke!».

Un improvviso tonfo alla porta. Stanley e Licks balzano in piedi e corrono a saltellarci davanti, ululando a pieni polmoni in un coro orribile.

Però attirano finalmente l'attenzione di Luke, un'espressione selvaggia e confusa gli scaccia la nebbia eccitata dagli occhi. «Che cazzo…?». Dirigendosi alla porta controlla l'orologio sul televisore. Si accosta allo spioncino. «Sul serio?», spalanca la porta e trova Franky in jeans e bomber, con un cartone di pizza in mano.

«Sono ventidue e quaranta», dice, gli occhi che esaminano l'appartamento alla velocità della luce e cadono dritti su di me.

«Non abbiamo ordinato nessuna pizza».

«Sì invece», controbatte Franky in tono piatto.

«No», Luke fa una pausa, «be', *io* no. A meno che...», si gira, «la cena era così male?».

Sorrido e scuoto la testa. «Non farmi parlare delle merdose pizze dei fast food».

Franky solleva un foglio e fa una smorfia. Guarda la porta, poi di nuovo il foglio e comincia a scusarsi: «Oh, cavoli. Mi dispiace tanto. È dislessia, sa? A volte incasino i numeri. Tra quello e la perdita d'udito saltuaria...», gli occhi sfrecciano verso di me e io colgo il messaggio forte e chiaro.

Spalanco i miei con finto shock e riaccendo di corsa la cimice, mentre l'attenzione di Luke è ancora rivolta a Franky.

«Nessun problema».

«Chiedo scusa. Buona sera, signorina», saluta e se ne va. Mi chiedo quale appartamento non riceverà la pizza stasera.

Luke chiude di scatto la porta e si ferma un attimo a sfregarsi dietro il collo, con un'espressione sconcertata. Accantona tutto con una risata. «Be', che cosa bizzarra».

Adesso che mi si è snebbiata la testa, vedo con più chiarezza. «Senti, probabilmente dovrei andare adesso».

«Aspetta», mi rivolge uno sguardo implorante da cui non riesco a distogliere il mio, «mi dispiace tanto. Non avrei dovuto spingermi tanto in là. Solo che sei così... *Merda*», abbassa la testa e chiude gli occhi, gronda senso di colpa.

«Va tutto bene. Davvero», riduco le distanze, prendo la sua mano nella mia e mi porto le nocche alle labbra in un bacio leggerissimo che spero nessuno riesca a sentire.

«Non permetterò che succeda di nuovo, promesso. Ma resta. Guarda un film con me...». Comincia ad allontanarmi dalla porta di casa. Indica con la testa Stanley, seduto accanto a Licks in un'enorme cuccia di cotone, ora che l'eccitazione è finita. «Andiamo. Stanley vuole tanto rimanere, non vedi?»

«Stanley si sta leccando la paccottiglia».

«Be', di sicuro non vorrai interromperlo».

«Va bene. Un film e basta», mi siedo sul divano.

«Finisci questo». Lo guardo in silenzio versare quel che resta del vino nel mio bicchiere, poi giro gli occhi altrove quando lui riporta l'attenzione sullo schermo al plasma sulla parete. L'ospite a sorpresa non gli ha distrutto proprio la serata, a giudicare dal bozzo prominente che ha nei jeans. Per questo vuole che rimanga? Se sì, è determinato, devo riconoscerglielo.

«Che genere di film vuoi?», alzo gli occhi e lo vedo sogghignare, sa benissimo dov'era la mia attenzione un attimo fa.

Ho le guance in fiamme. «Quello che ti pare».

Si abbandona sul divano al mio fianco, mi circonda le spalle con un braccio e passa in rassegna una lista di spettacoli che ha registrato sul DVR, fino a fermarsi su uno.

«No».

«Cosa? Perché no? Non pensi che sia un'idea geniale?»

«Filmare della gente che si aggira nuda in mezzo a una giungla non è geniale. È la cosa più scema che abbia mai sentito».

«Ok», continua a scendere fino a raggiungere una serie di episodi di *American Idol.*

«Cibo in scatola e reality? Andiamo, cos'hai, dodici anni? Da' qua!», gli strappo il telecomando di mano e comincio a esplorare i canali di cinema, alla ricerca di qualcosa che mi stimoli anche solo lontanamente il cervello. Chiedendomi come cazzo si faccia a crescere un tipo simile per gestire un giro di furti d'auto internazionale.

Si diverte, cede il controllo senza difficoltà, sembra ben contento di rigirarsi le punte dei miei capelli tra le dita e lasciarmi scegliere qualche film d'azione con robot e dinosauri e un attore figo.

Mantiene la parola, mi stringe a sé e mi abbraccia per tutta la durata del film. Non cerca di andare oltre un bacio sulla tempia ogni tanto. Proprio quel che mi aspetterei da un dignitoso, amorevole fidanzato.

«Che cazzo è successo lì dentro?».

Mi faccio forza contro il tono aspro di Warner. «Mi ha stretta a sé per baciarmi e immagino che il microfono si sia spento a causa dello sfregamento dei nostri petti».

«Che faceva, ti *è salito sopra*?»

«No! E smettila di urlare!».

«Chiamo Sinclair e ti faccio togliere dal caso».

«Provaci!», colgo il mio riflesso nello specchio in camera da letto; ho una smorfia rabbiosa orribile in faccia, «perché ti garantisco che a Sinclair non importa *niente* di quello che succede, purché ottenga ciò che vuole».

Un istante di pausa, e quando Warner parla di nuovo è con una calma innaturale. «Perché dici così? Te l'ha detto lui?»

«In pratica sì. Mi ha chiamato prima che uscissi».

Il sospiro pesante di Warner mi vortica nell'orecchio. «Stasera sono stato sul punto di abbandonare un altro caso quando Bill mi ha chiamato».

«Ascolta, sto bene. Il caso sta bene. Stiamo tutti bene».

«Sei sicura? Non ha…».

«No. Non gli ho permesso di superare il limite», eccome se l'ho fatto, «devi rilassarti un po'. Va' a dormire. Sembri esausto». Non smette mai di lavorare quest'uomo.

Riattacco, vado dritta alla finestra e apro una parte degli avvolgibili. Proprio come promesso a Luke. Voleva accompagnarmi a casa, ma l'ho costretto a rimanere, a condizione che lo salutassi dalla mia camera per fargli sapere che stavo bene.

E come previsto, eccolo lì, in attesa. Luci accese. In pantaloncini, immagino per l'ossessiva sessione di allenamento quotidiana.

A torso nudo.

Mi accelerano i battiti. Resto lì, le braccia al petto, ad ammirare la visuale. Felice che ci siano una strada e due rampe di scale tra noi in questo preciso momento.

"Cosa?", mima con le labbra, le braccia dai muscoli contratti distese ai lati, un sorrisetto sulle labbra. Sa perfettamente quant'è affascinante.

Posso giocare a questo gioco.

È pericoloso.

Alla drogata di adrenalina che è in me – è in tutti gli agenti sotto copertura – piacciono i giochi pericolosi.

Le dita si muovono veloci, sbottonano la camicetta e la lasciano scivolare a terra. Una rapida occhiata all'appartamento accanto a quello di Luke – l'unico da cui si può avere una visuale, anche se angolare e distorta, sulla mia camera e da cui si può vedere cosa sto facendo in questo momento – conferma che nessun altro guarda. Prendo un respiro profondo, allungo un braccio all'indietro e slaccio il reggiseno, mentre con l'altra mano premo il pulsante degli avvolgibili. Si chiudono nell'istante esatto in cui lascio cadere il pizzo.

Oso sbirciare fuori. E rido. Luke tiene la testa bassa premuta contro il vetro. I pantaloncini non nascondono molto.

Spengo le luci e passo l'ora successiva a spiare Luke che cerca di eseguire i soliti piegamenti e flessioni e finisce per andare sotto la doccia.

Probabilmente non dovevo farlo.

Capitolo 27
Luke

«Cazzo di russi!», Rust sbatte forte la porta dell'ufficio dietro di sé entrando come una furia, «dov'è Miller?»

«Ha detto che doveva andare a prendere dei componenti. Non voleva più aspettare il fattorino. Perché, che succede?», sembra più agitato di ieri sera, quando ha chiamato cercando di trascinarmi al Cellar per parlare.

Scuote la testa. «Ho appena chiuso una telefonata con Andrei a proposito della Ferrari».

"Merda". Quindi hanno capito. «Sapevo che ci si sarebbe rivoltata contro. Che gli hai detto?»

«La verità. Che non volevano fare affari con noi quindi eravamo costretti a rivolgerci altrove».

«E?»

«E adesso vogliono un altro ricarico del cinque per cento per la gestione dei prezzi nella prossima spedizione. Pare che debbano corrompere più ufficiali. In più ha detto che gli ordini del prossimo giro saranno leggeri».

«Li hai mandati all'inferno, vero?».

La sedia di Miller protesta con un forte scricchiolio quando Rust ci si abbandona sopra, la testa tra le mani. «Non ancora. Devo trovare il modo giusto di trattarli».

«Fanculo a loro! Noi ci prendiamo tutti i rischi e loro ci fregano sul prezzo. Abbiamo un altro oleodotto, ricordi?»

«E ti ho già detto che non è così semplice. Se smetto di fare affari con loro da un momento all'altro, la situazione potrebbe farsi scabrosa, Luke».

«Che vuol dire, esattamente?».

Rust sospira, lo sguardo inchiodato alle mattonelle grigie del pavimento. «A essere sincero non ne sono ancora sicuro. Hanno bisogno di noi se vogliono che quest'organizzazione funzioni, ed è un'operazione liscia come l'olio. Solo che non riesco a capire perché facciano tanto gli stronzi». Geme forte, poi batte una mano sul tavolo, gesto da cui capisco che sta cambiando marcia e argomento. È Rust. Non si fa deprimere troppo da un problema. Resta concentrato e le cose cambiano in fretta. Per questo ha tanto successo. «Allora questa settimana vai al magazzino di Astoria?»

«Sì. Rodriguez ha qualche macchina smembrata da scaricare». La seconda parte del mio ruolo – andare al magazzino per ritirare un ordine e pagare Rodriguez – fa sembrare le telefonate una passeggiata. Finora l'ho dovuto fare una volta sola. Tornato a casa avevo i crampi alle mani per quanto avevo stretto forte il volante. Non ho mai provato un sollievo grande come quando ho parcheggiato il pickup di Rust e ripreso la mia macchina. A lavoro finito.

«Ok. Ti mando il codice per il cancello. Fammi sapere a che ora vai».

Mi squilla il telefonino. Il nome di Aref lampeggia sul display. «Parli del diavolo», è evidente che non è un usa e getta, quindi non è per la Ferrari, «una parola sola, Rust».

Esita, poi annuisce. «Parlaci. Vedi cosa vuole esattamente. Di persona», solleva un dito ammonitore, «ma non promettere niente».

Faccio un gesto di assenso, già con il ricevitore all'orecchio. «Ehi, amico. Come va lo scotch pretenzioso?»

«Sempre pretenzioso», risponde con una risata, l'accento leggero venato d'inglese britannico di Aref.

«Ti fischiavano le orecchie? Rust e io parlavamo proprio di te», faccio il saluto militare a mio zio che esce.

«Solo in bene, spero».

«Sempre. Che posso fare per te?»

«Elmira e io ospitiamo qualche amico sullo yacht questo

fine settimana. Speravo che tu e la tua donna poteste partecipare».

"La mia donna". Sorrido. È mia? Vuole esserlo?

«Sarà una crociera notturna lungo il Columbia. Ci fermeremo alla foce, visto che l'acqua al di là è troppo mossa in questo periodo dell'anno. Che ne dici?»

«Sembra perfetto». Per più di una ragione.

Capitolo 28
Clara

Non ho mai visto la fronte di Warner così aggrottata. «Più vicini di così rischiamo di essere visti».

«Me la caverò».

«È probabile che non facciano nulla prima di essere in acque più profonde. Ci vorranno venti minuti per raggiungerti, a tutto gas».

Rido per sdrammatizzare e alleviare la preoccupazione del mio responsabile, anche se la mia rimane. «Rilassati. Se mi si rizza anche solo un capello sulla nuca, fingo un virus intestinale e afferro un acquascooter. Semplicissimo». Ricordo a me stessa che Luke è troppo sincero per riuscire a nascondere dei sospetti su di me. Non sa nulla.

Ma, e Aref?

Luke ha detto che l'uomo d'affari miliardario, che *di sicuro* fa parte dell'organizzazione criminale, ha chiesto specificatamente che mi portasse con sé. Ha scoperto chi sono davvero? Dovrebbe avere un sacco di soldi e conoscenze potenti per infiltrare i file delle operazioni sotto copertura dell'agenzia. Ma, basandomi su quel che ho visto di lui, se c'è qualcuno capace di farlo è Aref.

«Rilassati, Warner. È un'enorme opportunità per raccogliere informazioni. Alcol, ambiente intimo. Davvero, me la caverò». Dopo una pausa, aggiungo: «Sinclair sembra d'accordo», ho già ricevuto la telefonata di conferma del grande capo.

Warner incrocia le braccia al petto, l'espressione tesa. «Ti ha chiamato di nuovo?»

«Come hai detto tu, vuole risolvere questo caso».

Risponde scuotendo la testa, è palese che la cosa non lo entusiasmi. Gli occhi scivolano sulla scollatura profonda del mio vestito di seta rossa. Luke mi ha avvertito in anticipo che l'invito richiede abiti formali; che a Elmira piace esagerare quando organizza queste "piccole riunioni". Mi sento ridicola a uscire di casa con un abito da cocktail. «Hai una cabina personale, almeno?».

Mi chiedo se faccia così con tutte le colleghe. L'istinto comincia a dirmi di no. Che l'attenzione extra, il modo in cui molla tutto per me – incluso il matrimonio della sorella della sua fidanzata – potrebbe avere più a che fare con un interesse nei miei confronti che con la dedizione al lavoro. Peccato che io non ricambi tali sentimenti. Forse lo farei, se non fossi su questo caso. Forse, una volta chiuso il caso, le cose cambieranno.

«Non lo so, fratellone. Lo scoprirò. È l'ultima delle mie preoccupazioni», una tempesta di timore ed eccitazione in conflitto tra loro mi si scatena dentro. Le parole di Luke dell'altra notte sembravano sincere – so che diceva davvero quando ha parlato di non mettermi pressione – ma sarà lo stesso quando sarò sdraiata in un letto accanto a lui?

E *io* cosa proverò, esattamente?

Mi chino a grattare le orecchie a Stanley. «Fa' il bravo con lo zio Jack, capito?», risponde abbaiando e leccandomi la mano, «visto? Non gli importa che vada via. Fa' come Stanley».

«Vuoi che ti lecchi?».

Lo colpisco allo stomaco. «E se non torno con lo yacht, Stanley è tutto tuo».

Warner mi guarda malissimo.

«Siamo così felici che siate potuti venire, Rain», chissà come, Elmira riesce a rendere seducente l'accento londinese. Ha di nuovo un abito lungo e leggero, questa volta nero come i suoi capelli. Una scollatura profonda e un pizzico di diamanti appesi a una catenella d'oro sminuiscono il fatto che è quasi priva di curve.

Ha di certo il gene della principessa.

«Grazie per l'invito». Un uomo in completo bianco si avvicina per prendere, senza una parola, la mia ventiquattrore.

«Cabina cinque, per favore, Gabriel», Elmira dà istruzioni con un gesto aggraziato del braccio dalle forme delicate, «e l'altro ospite sarà in cabina sei, proprio di fronte».

Mi giro a guardare Gabriel che toglie di mano a Luke la borsa e ammiro il completo grigio argento con cui è venuto a prendermi a casa.

«Luke ha detto che ti saresti sentita più a tuo agio con una camera tutta per te», spiega Elmira, con uno scintillio curioso negli occhi di ossidiana.

«Se non la tolgo a nessuno».

«Abbiamo abbastanza spazio», fa una pausa. «Sembri sorpresa della sistemazione».

La verità è che sono sbalordita. Questo tizio aveva la scusa perfetta per venire a letto con me per una notte, usare il vecchio: "Ops. Scusa, dormivo", per darmi una palpatina, e ci rinuncia? Infatti sono sicura che, se questi uomini assomigliano anche solo un po' a quelli con cui lavoro, si troverà in mezzo a un sacco di domande inappropriate e commenti fastidiosi.

«Vieni». Sale le scale verso il secondo ponte, offrendomi la vista della schiena magra nuda. Fa davvero troppo freddo per vestirsi così. «Salperemo tra poco. Ti presento a tutti».

La seguo, dopo una pausa per guardarmi indietro. E scoprire gli occhi di Luke su di me.

«Non riusciva a decidere tra una villa in Toscana e un cottage in Provenza, quindi glieli ho comprati tutti e due», la bionda dalla voce monotona beve un sorso lunghissimo di champagne, appollaiata sul bordo del divano.

«Tua mamma è fortunata ad avere una figlia così generosa», dice la rossa accanto a lei, studiando il rossetto color sangue appena messo nello specchietto da borsetta.

Mezz'ora seduta su questo divano e non ho sentito altro che quanti soldi hanno queste persone e quanti ne spendono, in quali maniere frivole. Forse è per questo che in un modo o nell'altro sono riuscita a scolarmi tre bicchieri di champagne, nonostante l'accortezza. In effetti, me ne serve un altro. Sarà una notte lunga e dovrei stare più attenta.

Se non altro, niente fa pensare che debba temere un'immersione a tarda notte legata a un'ancora – niente occhiate strane, niente sussurri, nulla. Per ora.

Non ho appreso una sola informazione di valore, relegata nel circolo delle mogli mentre gli uomini si riuniscono sul ponte superiore. È sempre così con questa gente? Mogli che dipendono dai mariti per il loro denaro e sorseggiano Cristal mentre gli uomini stringono accordi segreti. Almeno, è quel che immagino stiano facendo lassù. I criminali di successo sono tali perché stanno *sempre* sul chi vive, in attesa della prossima opportunità. Se mettessero lo stesso zelo in una vita legale, la maggior parte se la caverebbe comunque benissimo.

Voglio prendere a schiaffi tutte queste donne, una per una. Persino Elmira è seduta con loro, silenziosa ma sorridente, all'apparenza incantata dall'insipido circolo di chiacchiere.

«Scusatemi», agito il bicchiere vuoto e mi avvicino al cameriere. Ci sono diversi servitori a bordo, fantasmi aggraziati che compaiono con cibo e bevande al momento giusto per poi dileguarsi di nuovo sullo sfondo.

Non posso tornare in quel pozzo di menti superficiali, ma potrebbe non essere una grande idea precipitarmi da Luke. Così, invece, mi avvicino alla ringhiera e ammiro la costa nel crepuscolo, ultima occasione prima che tutto venga avvolto dalle tenebre. Le luci cittadine di Astoria segnano il limite dell'acqua in lontananza, e al di là c'è il profilo frastagliato delle montagne.

Il leggero rollio e la brezza fresca mi inducono a stringermi nella giacca. Un intero pomeriggio di viaggio risalendo il Columbia dalla magione di Aref ed Elmira a Portland nord è stato… incantevole. Ore di null'altro che panorami scenografici – valli e zone boscose e piccole insenature – a volte mi hanno reso difficile ricordare il motivo per cui ero qui. E che c'è una squadra di copertura che mi segue in macchina lungo la costa, preoccupata di raggiungermi prima che il mio corpo venga lanciato fuori bordo.

Anche con i sensi all'erta e la crescita esponenziale del pericolo, mi mancherà tutto questo quando sarò di nuovo a Washington a bussare a motel da quattro soldi.

«L'hai mai percorso in macchina?». Elmira mi si avvicina, lo sguardo fisso sul ponte Astoria-Megler davanti a noi, un'opera d'arte architettonica di oltre sei chilometri che sottolinea il cielo viola. Un bicchiere pieno in mano, un leggero ondeggiare dei movimenti. È ubriaca. Anch'io forse sono un po' brilla, però mi controllo meglio di tanti altri.

«Non ancora».

«Dovresti farti portare da Luke. Panorami magnifici. Si possono fare un sacco di foto bellissime da lassù», fa una pausa, «non sei di queste parti, vero?»

«No», le faccio trenta secondi di imbonimento con la storia di copertura. Mi viene così naturale che quasi ci credo pure io.

«Non sono mai stata a Washington. Mi dicono che è carina».

«Niente di paragonabile a questo».

«Allora rimarrai a lungo?»

«Non ne sono ancora sicura». "Dipende da quanto discreti sono Luke e tuo marito".

Annuisce piano. «Io torno a Londra a luglio».

«Con Aref?».

Sospira. «Dipende da che giro d'affari si crea qui. La sua compagnia di famiglia è ben gestita e lui si annoia facilmente. Di recente si è annoiato *un sacco*».

Annoiato. Ottimo motivo per rischiare accuse di attività criminale. "Idiota". Non dovrei mai sorprendermi, invece succede sempre.

«Hai dato una bella festa», commento, sincera.

«È quel che faccio. Do feste», mormora, scontenta, sorseggiando il suo drink.

Gridolini sonori e fastidiosi risuonano alle nostre spalle e tutte e due osserviamo per un attimo le tre donne ubriache marce che ridono sul divano.

«Amano far sapere a tutti quanti soldi hanno, eh?», riflette Elmira, un sorrisino ironico sulle labbra.

«L'ho notato».

«Gente che cresce senza niente e all'improvviso ha tutto e non sa come comportarsi. Finiscono per assomigliare a delle imitazioni da quattro soldi, a delle oche di cattivo gusto. Vorrei che le costringessero ad andare a scuola di charme prima di metter loro in mano un assegno».

Osservazione interessante sulle ospiti alla sua festa. «Quindi in realtà non sono tue amiche?»

«Le tollero. Non sono come me, poco ma sicuro. O come te».

Reprimo l'impulso a ridere, e mentalmente mi congratulo con me stessa per avere ingannato persino una nata e cresciuta nello sfarzo come Elmira.

Lancia un'occhiata al terzo ponte, la festa a dominio maschile. «Aref fa affari con questa gente, quindi io mi mostro gentile e non lascio trasparire la repulsione a ogni commento asinino che esce dalle loro bocche».

Sorrido. «Ho qualche conoscenza del genere». In pratica è il riassunto della mia vita, ascoltare e ridere a qualsiasi cosa dicano delle canaglie mentre mi preparo a fargli abbassare la cresta. Luke è il primo obiettivo che non mi disgusta. Che in realtà sono ansiosa di vedere.

Con un sorriso sornione volta le spalle all'acqua e si gira verso il gruppo, abbassando la voce. «La bionda con il vestito blu? Quella che chiacchiera di comprare case per la mamma? È Laurel. Faceva la escort. Ha conosciuto così Philip. La pagava per succhiargli il cazzo e immagino che sia stato vero amore».

Mi strozzo con un sorso di champagne al sentire una parola così volgare uscire da labbra che sembrano tanto raffinate. «Ma davvero...».

Le sfugge una risatina maligna. «E Celia? La rossa? Era la tata, assunta dalla moglie. Ha distrutto il matrimonio quando il bimbo aveva solo cinque mesi. Il suo vero nome è Peggy-

Sue, ma l'ha cambiato un annetto fa. Diceva che Celia sembrava più distinto».

Imito il suo sorrisetto sbarazzino. «Mi piace questo gioco. Cos'altro hai?», forse sarà più facile di quello che penso.

Fa una smorfia. «Il grassone calvo vicino a Luke? Passa una notte a settimana a RiverPlace con il fidanzato. La moglie, Carla – quella formosa con il vestito di pizzo nero – non ne ha idea, ma forse è perché è troppo occupata a scoparsi il bagnino diciassettenne, quindi...».

«Che cliché», scherzo, con una punta di disagio che si fa strada dentro di me. È il tipo di informazioni che coglie la squadra di sorveglianza. «Sembri sapere un sacco di cose di tutti».

«Aref tiene moltissimo a sapere con chi sta per stringere accordi».

E le persone che hanno attorno, ovvio. Sento i suoi occhi scuri su di me mentre bevo un lento sorso, la concentrazione fissa su Luke, i sensi in tempesta. Che mi sta dicendo Elmira con esattezza? Aref ha fatto ricerche su di me? Cosa potrebbe scoprire? Non molto. Sono rimasta nella parte. Ma ripenso a quel commento di prima, sul fatto di scattare foto sul ponte... forse una coincidenza, o forse un indizio che sanno del mio corso.

Che mi hanno seguita.

All'improvviso valuto la profondità dell'acqua e la distanza dalla riva, mi chiedo se riuscirei davvero a raggiungere gli acquascooter in tempo; vorrei saper nuotare meglio. Ma non posso pensare in questo modo. Non devo dare niente per scontato. Recitare il ruolo della nuova fidanzata curiosa è l'unica strada che posso prendere. «Qualche informazione succosa su Luke che dovrei conoscere?».

La brezza trasporta la sua bassa risatina di gola e tutte e due ci giriamo di nuovo verso le acque scure. «Be', di sicuro non devi preoccuparti delle sue preferenze».

«È un bene. Che altro?».

Sorseggia piano il drink, scandisce le parole. «Si fida troppo, non credi?».

Lotto per mantenere un'espressione stoica, anche se sento

che ho perso colore. «Non saprei. Quel che so è che tuo marito gli piace parecchio».

«Aref può affascinare chiunque gli serva per raggiungere quello che vuole. Prima di tutto, è un uomo d'affari. C'è un motivo se lui e la sua famiglia sono così ricchi», una pausa. «A Luke piace Aref perché Aref vuole piacere».

Mi acciglio a quel tono d'avvertimento. O forse sono solo paranoica. «Dici che non dovrebbe fidarsi?».

I suoi occhi scuri si girano un istante verso di me. «Dico che forse Luke sta entrando in qualcosa che supera la sua comprensione, e con questa gente non è una buona posizione in cui trovarsi».

Sento un vuoto allo stomaco. Luke è in pericolo? «Perché...».

Sussulto quando all'improvviso mi sento afferrare da braccia forti.

Capitolo 29
Luke

Due ore ad ascoltare questi tizi che parlano di politica mondiale e affari è il massimo che riesco a sostenere. In parte perché non mi interessa, in parte perché non so un cazzo di quello di cui stanno parlando. Governo islamico? Un referendum in Scozia? Lanci di missili della Corea del Nord?

Immagino che dovrei aggiungere la CNN alla mia distesa di reality e canali di sport. Peccato che odi guardare il telegiornale. Così, quando ho visto Rain appoggiata alla balaustra, le curve sexy e lisce che mi chiamavano, ho trovato una scusa per defilarmi.

«Divertitevi voi due. Fate un giro, se vi va. Presto serviranno altri antipasti», dice Elmira e scocca un'occhiata dura a Rain prima di allontanarsi.

Il corpo di lei è rigido sotto le mie dita. «Perché quello sguardo?»

«Non so come interpretarlo», un sospiro profondo e scuote la testa, «non era niente. Come va la tua serata?».

In piedi dietro di lei, abbracciandola così, ho accesso facile al collo snello. Vi affondo il naso, aspiro il suo profumo – petali di rosa – rubo un'occhiata ai seni.

Ricordo la notte che me ne ha concesso la vista per un millisecondo, alla finestra, la scorsa settimana. Sembra che si senta più a suo agio a spogliarsi per me a nove metri di distanza e con due pannelli di vetro a dividerci. Se per ora ha bisogno di fare così, sorriderò e sopporterò. A giudicare da quel che ho già visto, varrà la pena di aspettare.

«Molto meglio, adesso».

Finalmente il suo corpo si rilassa tra le mie braccia che le stringono più forte la vita, il culo schiacciato sul mio bacino più o meno nello stesso momento in cui comincia a indurirmisi l'uccello. "Perfetto". Be', almeno sa che ha la mia totale attenzione.

Quando ho chiesto ad Aref due cabine, ha riso di me. In parte avrei voluto approfittare della situazione, anche solo per dormirle accanto. Ma dopo sabato scorso so che le probabilità di controllarmi sono pari a zero, quindi ho pensato di ascoltare il consiglio di Jesse. "Segui lei". Ha una scappatoia. Se decide che vuole entrare nel mio letto, sarà una sua scelta al cento per cento.

E io sono pronto al mille per mille.

Come previsto, tempo qualche minuto e un altro cameriere gira con un vassoio di gamberi.

Rain geme. «Penso che esploderò se continuo a mangiare». Appoggia una mano sulla pancia. Senza esitare, la copro con la mia, le dita appoggiate di piatto sulle sue, e con la punta del mignolo sento l'orlo delle mutandine attraverso il vestito. Si irrigidisce un momento solo, poi, dopo un profondo sospiro, si appoggia a me.

«Come sono le mogli?».

Gira la testa fino ad appoggiarmi la guancia sul petto e ammette sottovoce: «Arroganti e noiose. Ascoltarle mi fa venire voglia di cavarmi gli occhi con un cucchiaio».

«Quindi... a posto?», rido.

Mi lancia una smorfia. «Scusa. È che non sono il mio tipo. Sai, il genere di cui non ci si può mai fidare del tutto».

Sorrido. Voglio che si goda la serata, ma sono contento che non sia *quel* tipo di donna. Quelle donne sono sempre meno il mio tipo. Sta rapidamente diventando Rain e solo Rain, il mio tipo.

Non riesco a impedire alla bocca di sfiorare la curva morbida alla base del collo.

Si tende un attimo, poi piega la testa all'indietro e mi offre un accesso più agevole. «Sei stato lassù per un po'. Qualcosa d'interessante?»

«No. Per lo più parlavano di politica. In realtà, mi sarebbe stato utile quel cucchiaio per gli occhi, dopo di te», lascio che le parole scivolino sulla sua pelle di seta insieme alle mie labbra, «spero di riuscire a parlare con Aref da solo più tardi».

Le si gonfia il petto con un respiro rapido e il mio braccio stringe automaticamente, combattendo l'impulso a chiudere la mano su una di quelle tette perfette. «Devi parlare d'affari stasera?»

«Sì, ma per poco, promesso».

«Non importa, capisco», si gira un po' verso di me, «e comunque, quanto lo conosci? Non mi hai detto che vi siete incontrati da poco?»

«Aref vuole entrare in società con noi e devo sondare le acque per scoprire esattamente quali siano le sue condizioni». Probabilmente sto dicendo più del dovuto, ma giuro che il suo corpo mi strappa le parole di bocca.

«Fa' tutto ciò che devi. Abbiamo tutta la notte». C'è una pausa, poi: «Che genere di società? Con l'officina?», struscia il bacino contro il mio e per un attimo ho la testa vuota.

«Uhm… no. Ma ha a che fare con le macchine».

La mano libera si alza per sfiorarmi la guancia, le unghie curate graffiano la barba cresciuta appena. «Dovremmo stare un po' con Aref ed Elmira stasera. Conoscerli meglio».

«Certo. Possiamo». "O possiamo trascorrere il resto della notte nella tua cabina; fanculo ad Aref ed Elmira e anche a Rust".

La prendo per mano e la porto dietro l'angolo, via dagli sguardi. La faccio girare tra le mie braccia e la schiaccio contro la balaustra, una mano dietro di lei per addolcire l'impatto della sbarra di metallo sulla sua schiena.

Il fuoco nei suoi occhi, i cugni sul davanti del vestito dove i capezzoli si sono inturgiditi, il modo in cui mi appoggia la mano sul petto, scivolando sul bordo dei pettorali, mi fanno pensare che provi le mie stesse sensazioni.

Tuttavia, aspetto. Una cosa che non ricordo di aver mai fatto. Aspetto che faccia lei la prima mossa. Comincio a pensare che non succederà, poi vedo la decisione che le brilla in viso. Annuisce, come se mi leggesse nel pensiero. Non mi serve altro per affondarle le mani tra i capelli lunghi alla base del collo e precipitarmi sulla sua bocca, assaggiare sulla sua lingua lo champagne dolce che ha appena finito.

Se fosse una qualunque delle altre ragazze con cui sono stato, ora saremmo per le scale a metà strada dalla sua cabina. Stando così le cose, non so come farò a dormire con lei nella cabina di fronte. «Resti con me stanotte?», mi sfugge prima che possa impedirlo. Aggiungo subito: «Per dormire e basta, tutto qui. Promesso».

Non risponde, chiude di nuovo la bocca sulla mia, i palmi accaldati scivolano sul mio stomaco e su per il petto, un polpastrello fresco si fa strada tra i bottoni della camicia e scivola al di sotto, mi sfiora la pelle.

Non posso più trattenermi, con una mano le afferro il culo attraverso la seta liscia, pronto a sollevarla sulla ringhiera e schiacciarmi tra le sue cosce.

Una sirena esplode lì vicino.

«Guardia costiera!», esclama qualcuno in sottofondo. Ci vogliono i palmi di Rain premuti sul mio petto per attirare la mia attenzione.

«Ehi», ride piano, le guance rosse.

Ho di nuovo perso il controllo con lei. È troppo facile. «Mi dispiace tanto».

«È tutto ok». Visto come giocherella nervosa con quella sua collana a libellula mi chiedo se sia davvero tutto ok, ma poi lei mi dà una veloce pacca sul petto e un bacio sulle labbra, scivola via e gira l'angolo.

Non so quando, mentre eravamo distratti, alcuni ospiti hanno deciso che fosse una buona idea cominciare con la coca. Rain e io li guardiamo affannarsi a tirare su per il naso ogni singola striscia già pronta sul tavolo prima che salga la guardia costiera.

Aref si avvicina a passo molto più lesto del normale. «Se avete qualcosa che non volete che trovino, vi suggerisco di disfarvene in fretta. Non potremo entrare nelle nostre stanze durante la perquisizione».

«Succede spesso?», domando.

«Da quando ho comprato questo yacht mi è successo una o due volte», ammette. «Che posso dire? Attrae l'attenzione».

«Ma possono farlo così? Non serve un mandato o qualcosa del genere?»

«Non su una nave. Hanno piena giurisdizione sulle acque aperte sanzionate dagli Stati Uniti», dice Rain e poi stringe le labbra.

«Ha ragione. Possono saltare a bordo e smantellare questo posto», Aref le fa l'occhiolino, «ma, per favore, continuate a divertirvi. Ce ne libereremo presto». Mentre si gira vedo il sorriso allegro che gli scompare dalla faccia e viene rimpiazzato da un'espressione cupa.

Si allontana a grandi passi verso un'altra coppia, immagino per dare lo stesso avvertimento. «Spero che la serata non finirà in manette», borbotto sottovoce, mentre la barca illuminata della guardia costiera – resa minuscola dalla stazza dello yacht di Aref, ma comunque minacciosa – si avvicina rapida.

«Perché mai? Hai qualcosa da nascondere?».

Le sorrido e l'abbraccio alla vita. «No. Niente di niente».

Capitolo 30
Clara

Devo riconoscerlo, Bill sta bene col giubbotto della guardia costiera.

Ma che cazzo ci fa qui e come diavolo si è procurato un posto sulla loro barca? Vedo il nome di Warner scritto a caratteri cubitali su tutta l'operazione. È preoccupato per me; lo capisco. Ok. Ma a rischio di farmi saltare la copertura? "Gesù".

«Che succede?», chiede Luke e mi guarda preoccupato.

Prendo un respiro profondo e guardo il piccolo esercito di uomini e due donne salire a bordo, armati di fucili d'assalto e facce inespressive, ed espello frustrazione e rabbia – perché Rain Martines non ha motivo di provare nessuna delle due – e gli faccio un gran sorriso. «Odio le interruzioni».

E dentro di me odio sul serio essere stati interrotti. Perché in quel momento confuso ero completamente Rain e non c'era macchia di giusto o sbagliato, né piccoli Sinclair e Warner seduti sulle mie spalle a sussurrare ordini e avvertimenti.

Gli occhi azzurri di Luke scintillano e si abbassano sulla mia bocca nello stesso momento in cui la sua mano mi afferra un fianco e stringe piano. Mi sento preda dei sensi di colpa. Non perché non mi sia piaciuto ogni tocco, ogni bacio, ogni momento di lui sulla pelle.

Ma perché mi è piaciuto.

«Signore, signorina… ci sono merci di contrabbando a bordo di cui vorreste informarci? Dirlo adesso alleggerirà le ripercussioni quando le troveremo nel vostro bagaglio».

"Oh cazzo". Ha detto "quando". Adesso ho capito che succede. Scommetto un milione di dollari che Bill ha una palla numero otto di cocaina o qualcosa di simile che gli darà la scusa per portarmi giù da questo yacht. Per "salvarmi" da una situazione in cui non vuole che mi trovi.

Non può farmi questo. Non adesso.

Non subito dopo che ho detto ad Aref di essere pulita. Darebbe a lui – e a Luke – un motivo per tagliarmi fuori completamente.

«No, siamo qui solo per goderci una serata con i nostri amici, e gradiremmo riprenderla il più in fretta possibile», scandisco, lenta, chiara, con una breve ma penetrante occhiata d'avvertimento.

Bill gira sui tacchi e imbocca le scale che portano alle cabine. "Ti prego non farmi questo".

Luke mi accarezza la schiena. «Tranquilla, finirà presto. Posso portarti da bere?»

«Sì!», rispondo con un po' troppa energia, «un altro bicchiere di Cristal».

Sorride e si avvicina a un cameriere. Dopo una rapida occhiata in giro per assicurarmi che siano tutti distratti, mi volto verso il mare e parlo in un sibilo basso ma chiaro: «Non fatelo, ragazzi. Sarei finita qui, non mi inviterebbero mai più. Sarei l'idiota che non si è liberata della sua scorta e ha mentito ad Aref. Potete dire addio a questa copertura». Non riesco a dire altro prima che Luke ritorni, porgendomi un bicchiere. Bevo in fretta.

E osservo.

Per quasi un'ora, le guardie mettono sottosopra lo yacht in cerca di un motivo per interrompere la festa. Digrigno i denti, preparata al fatto inevitabile che il motivo sarò io.

Uno... due... tre... una dopo l'altra, le guardie riemergono da sottocoperta, fallita la caccia al tesoro.

Bill è l'ultimo a uscire.

A mani vuote.

«Grazie per la cooperazione», dice uno ad Aref, poi scende dalla nave.

Ricado su una spalla di Luke, sollevata, mentre gli altri ospiti corrono di sotto nelle loro camere per controllare il casino. La servitù viene a radunare bicchieri e piatti vuoti e ho l'impressione che la festa stia per concludersi.

«Visto?», Aref allarga le braccia, anche lui visibilmente più rilassato, «nessun problema».

«Al tuo posto sarei incazzato», borbotta Luke.

Aref agita una mano, come se non gli importasse. «Fanculo a loro. È finita. Andiamo», indica le scale con il capo, «dovremmo parlare».

Non riesco a fare più di due gradini prima che appaia Elmira. «Rain. Lascia che ti mostri la tua stanza», tende le braccia sottili e mi fa cenno.

«Sono sicura che saprò trovare la strada», guardo Luke e spero mi chieda di restare.

Si allunga a darmi un bacio veloce. «Vengo a cercarti quando abbiamo finito».

Con un sorriso forzato, seguo Elmira giù per la scala a chiocciola fino al primo piano, dove sono le cabine. «Sei preoccupata per lui, vero?», mormora quando si ferma davanti a una porta.

«Cosa te lo fa pensare?».

Mi sbircia con occhi acuti. L'aspetto minuto, infantile, è una buona copertura per una donna molto intelligente, molto manipolatrice. «Per quello che ho detto. Perché ti piace e...», si appoggia con aria noncurante alla parete laccata, «...perché sei abbastanza furba da capire in che genere di affari sono coinvolti i nostri uomini».

Imito la sua posa, anche se dentro squillano campanelli d'allarme. Cosa sa? «Non mi parla di quelle cose».

«Per molto tempo Aref ha fatto lo stesso con me. È normale», sospira e sposta lo sguardo da una porta all'altra. Immagino che quella di fronte alla mia sia la cabina di Luke. «Ma alla fine ha cominciato ad abbassare le difese. Non sottostimare il potere del condividere lo stesso letto, se vuoi che si fidi di te. Che ti tratti da sua pari», le labbra rosso scuro si curvano in un sorriso scaltro, «passa una buona notte».

Entro nella mia stanza – una cabina piccola, ma elegante, con giusto lo spazio per un letto e un comodino per parte – e trovo la mia borsa messa a soqquadro dalla guardia costiera. Almeno, così credo. In realtà non mi importa. Non c'era niente di valore lì dentro e nulla che potesse identificarmi per quella che sono. Mi concentro nel ripiegare i vestiti e tirare fuori le cose per la notte, mentre ripenso alle parole di Elmira.

L'avvertimento su Luke. Dicendomi questo lavora *con* Aref, o contro di lui? È un test? Vogliono vedere se ha il fegato di perseverare? Se ce l'ho *io*? Uno sguardo alla cicatrice di dieci centimetri che ho nell'incavo del gomito mi ricorda l'ultima volta in cui ho avuto a che fare con un marito e una moglie. Ero ancora in uniforme e rispondevo a una chiamata per violenza domestica. Mentre il mio collega ammanettava il marito ubriaco per aver preso a pugni la moglie, lei ha cambiato idea e mi si è gettata addosso con un coltello da frutta.

Aref ed Elmira non sembrano tipi da accoltellamento ubriaco. Sono più infidi. Forse sono tipi da fare una visitina in camera mia a tarda notte. O in camera di Luke. Di *questo* mi avvertiva Elmira?

Non posso nemmeno chiamare Warner e chiedergli cosa ne pensa, perché per quanto ne so ci sono delle cimici qui dentro.

So che non posso starmene seduta qui ad aspettare. Quindi esco, più concentrata sul tenere Luke fuori dai guai che sul coglierlo in flagrante mentre affonda ancora di più.

Capitolo 31
Luke

«Hai rapporti commerciali con Vlad. Sai com'è fatto».

Aref sbuffa un soffio di fumo dal suo sigaro Cohiba, modello di raffinatezza adagiato sul divano in gessato viola. Se spende quattrocentomila dollari per una bottiglia di scotch, ho paura a chiedere quanto costino i suoi vestiti. «Sì, è vero. Difficile nel migliore dei casi. Per il resto del tempo mi piacerebbe buttarlo in una fossa di coccodrilli. Sempre di più dopo la scomparsa di Viktor», fa spallucce, alla "me ne fotto", «in ogni caso sono fortunato. Se prova a fare lo stronzo, allora dovrà cercarsi un'altra risorsa rispettabile per le spedizioni». Il sorrisetto suggerisce che sarebbe una cazzo di faticaccia. «Immagino che si offenderanno se fate affari direttamente con me».

«O chiunque altro non sia loro». Lecco il sapore speziato del sigaro dalle labbra, piego la testa all'indietro e osservo il milione di stelle sopra di me. Potrei davvero abituarmi a questa vita.

Aref sembra riflettere mentre scuote la cenere dal sigaro in un'alta fioriera accanto a noi. Gli altri sono spariti nelle cabine, altrimenti non avremmo potuto parlare così apertamente. Anche i miei occhi continuano a spostarsi sulle scale che mi condurranno giù nella mia e, cosa più importante, in quella di Rain.

«Non c'è motivo per cui non possiamo stringere accordi per altre parti del mondo», dice infine.

«Proprio quello che ho detto a Rust». Cazzo, non ho idea di

dove Vlad consegni tutte le auto smembrate, a parte i Paesi nominati tempo fa da Rust. Tailandia, Cina, immagino Russia. «Dove proponi?».

Aref non perde un colpo. «Africa. C'è grande richiesta di SUV per il governo e l'esercito. Alcuni si sono rivolti a me per sapere se potevo aiutarli».

«E pagare il fabbricante non è roba per loro?».

Aref ridacchia. «Non questa gente. Pagare non è roba per loro, punto, se possono ottenere qualcosa gratis. Non sarà gratis, ma scontato per i loro standard».

Peso con cura le parole prima di parlare di nuovo. «Vlad e Andrei hanno reso gli affari meno convenienti per noi. Se ci proponessi un accordo onesto, penso che Rust non avrebbe difficoltà a dirti di no. Ma dev'essere un progetto a lungo termine, non qualcosa per attirarci nella rete e poi cominciare a metterci il carico a ogni nuova consegna».

Aref alza le mani. «Non faccio affari così io».

Mi piacerebbe crederci. Sembra un tipo tutto d'un pezzo. «Però, permettimi di farti una domanda... hai tutto questo», agito una mano, «perché farti coinvolgere? Potresti perdere tutto. Non capisco».

Aspira un'altra boccata dal sigaro. «"Be', ufficiale di dogana, non avevo idea di cosa ci fosse in quelle casse. Dimostri il contrario prima di accusarmi di qualcosa"», ha un sorriso da volpe; gli occhi scattano dietro di me ed Elmira mi supera con in mano un posacenere per il nostro tavolo. «A mia moglie non piace che io fumi sigari».

«Non è vero. Semplicemente non mi piace trovare schifezze che inquinano il terreno delle mie canne», mormora, le sopracciglia inarcate verso le prove al suo fianco.

Lui ride e si allunga ad afferrarle il retro della coscia attraverso il vestito. «Per rispondere alla tua domanda, Luke, ho un'impresa rischiosa, ma non corro rischi stupidi. Sto attento a chi sono quelli con cui faccio affari e so di chi posso fidarmi. E punto *sempre* sul cavallo vincente. Questa donna qui?», la guarda, gli occhi scuri lucidi per l'alcol e il desiderio e l'adorazione, «è l'unica di cui mi fido ciecamente. Non ci sono segreti tra noi e ha un radar stupefacente per le cattive proposte di lavoro. Le individua in cinque minuti». Le sposta la mano sul culo e lo strizza ben bene, mostrandomi un accenno di un lato aggressivo che non ero sicurissimo possedesse.

Lei si china a baciarlo sulle labbra, poi si allontana in silenzio, con gli occhi di Aref incollati ai fianchi ondeggianti finché non scompaiono alla vista. «Non avrei mai pensato di trovare una donna che mi capisse completamente, che sentissi mia pari. Quando qualcuno non le piace, non le piace. E io non ci faccio affari. Gli altri uomini che erano qui stasera hanno sposato delle stupide vacche e spendono davvero troppe energie per mantenerle felici e zitte. Elmira pensa che non siano dei buoni soci per noi e per questo con loro faccio accordi limitati e non li espanderò mai più di così. Certo, non hanno idea di quanti soldi in più potrebbero fare. Pensano di essere in cima al mondo».

Perché mi dice tutto questo? Sta per dirmi che Elmira non approva Rain? Non sono sicuro di come gestirei la faccenda. Rain è la prima donna per la quale potrei provare davvero qualcosa.

Sposta gli occhi su di me e mostrano che ha capito. «La tua donna le piace».

Sento le spalle rilassarsi per il sollievo.

«Elmira pensa che sia molto intelligente. Potrebbe essere una buona compagna per te. Ma ti fidi di lei?».

Non trattengo una risatina bassa. «Sono poche settimane, Aref».

«Eppure hai passato più tempo con lei che con quasi tutte le altre, giusto?».

Esito prima di rispondere. Come cazzo fa a saperlo? Mi ha fatto seguire? Prima che possa chiederlo, continua: «Che genere di donna pensi che sia? È una di quelle...», fa un gesto svogliato verso il divano di sotto, dove prima sedevano le donne, «...che compri con diamanti e case, o è una vera compagna, come Elmira?».

Parlare di diamanti mi ricorda la collana che le ho comprato e messo da parte per un giorno futuro. Perché ho già dato per scontato che ci sarà un momento nella nostra relazione in cui potrò dargliela senza che sembri strano. «Sinceramente non lo so».

Proprio per questo Rust non si è mai sistemato. Ha sempre detto che dubita che una donna non lo venda per il giusto prezzo. Si fida solo di me. Sa che non lo venderò mai.

Rain si tirerebbe indietro alla sola idea di uscire con uno coinvolto in un'organizzazione di furti d'auto? Che direbbe se incontrasse Vlad? Aref l'ha già incontrato e ha detto che le piaceva, ma quei due sono come il giorno e la notte. Vorrebbe ancora avere a che fare con uno come me se scoprisse in cosa mi sto invischiando? Ha il diritto di saperlo?

Aref si allunga a scuotere il sigaro nel posacenere; gliene resta la metà. «Mi sembra giusto», sorride, «sposare Elmira è una delle cose migliori che abbia mai fatto».

«Oh, caspita», rido divertito, «mai pensato che fossi un romantico».

«Non è romanticismo, è sopravvivenza. Imparerai. Ti innamori di una donna e poi lei si toglie i vestiti per te e all'improvviso hai la lingua che va a briglia sciolta e rivela tutti i tuoi segreti. Sposare una donna tiene i tribunali fuori dalla tua camera da letto».

E fuori dalla *sua*, immagino voglia dire. Ha paura che io le parli. «Lo terrò a mente. Ma penso di star bene così per ora». Aref sa benissimo come siamo disposti in cabina stanotte. Mi ha persino preso in giro per questo.

«Sai che ero poco più grande di te quando mi sono sposato? Non le ci è voluto molto per estorcermi la verità», scuote il capo e ride, «sta' solo attento a ciò che le racconti. Rust dice che sei nuovo del giro. A volte diventa troppo pesante. Forse non è il momento giusto per una relazione».

Cerco la risposta giusta – quella in cui dico che, cazzo, non mollerò Rain perché me l'ha suggerito lui – quando Aref punta un lungo dito verso qualcosa alle mie spalle.

Mi giro e con la coda dell'occhio scorgo della seta rossa.

«Tra tante cose ho scordato proprio il dentifricio. Speravo di poter prendere in prestito il tuo». Con uno sguardo timido ad Aref, Rain aggiunge: «Scusate, non volevo interrompervi».

Lui fa un gesto per dire che non importa, come sempre. Sembra che nulla lo infastidisca mai. «Dovrei ritirarmi. Elmira mi aspetta».

Gli occhi di Rain lo seguono giù per le scale mentre lei si avvicina a me. «Scusa tanto».

"Posso fidarmi di te?". Me la prendo sulle ginocchia. Il ponte è vuoto, tranne un membro dello staff notturno che porta via gli ultimi bicchieri, e ovviamente il capitano in sala controllo. Mi chiedo se rimanga sveglio tutta la notte. «Come ti senti?».

Ridacchia. «Ubriaca? Ed esausta», sbadiglia.

«Giusto, dentifricio». Non so se fosse o meno una scusa per portarmi di sotto. Lo spero. Rain lancia un urletto quando la prendo in braccio e la trasporto per la via da cui è venuta; una volta raggiunti i gradini la metto giù. E nel farlo le rubo un bacio, riandando di nuovo alle parole di Aref.

Finora tutto in Rain si adatta alla mia vita. La sua pazienza, la sua comprensione. Di sicuro le piacciono i soldi. Quanto ancora prima che non voglia più vivere dei bigliettoni di papà? Quanto, prima che cerchi qualcun altro che la mantenga? Immagino che a un certo punto si aspetterà questo, visto come galleggia nella vita al momento.

La seguo giù per le scale, così occupato con pensieri e domande che quando si ferma le vado a sbattere contro.

«Questa è la tua camera», indica una porta e poi quella di fronte, «e questa è la mia».

Gli occhi mi cadono sulla scollatura del suo vestito, la libellula accoccolata al centro esatto dei seni, i capezzoli che premono contro la seta. È una reazione a me o alla fresca aria notturna da cui siamo appena sfuggiti?

La sto guardando a bocca aperta quando sento: «Dentifricio?», mi fissa con un sopracciglio alzato e un sorrisetto divertito.

«Giusto...». Soffoco un gemito, entro nella camera – messa a soqquadro da quei coglioni della guardia costiera – e torno con un tubetto. Lei è già in cabina, blocca a metà la soglia con il corpo, lo spazzolino in mano per rubare una strisciata.

Non mi invita a entrare.

«Buona notte, Luke», si solleva in punta di piedi per darmi un bacio leggero sulle labbra, «ci vediamo domattina». La porta si chiude e un attimo dopo sento il chiavistello.

"Maledizione". Sarà una lunga notte. «Segui lei... segui lei...», borbotto e mi rintano in camera. Lancio la giacca verso un tavolino. E lo manco di brutto. Armeggio con i bottoni della camicia. Dopo averla tolta insieme ai pantaloni, butto tutto sulla giacca e mi getto nella mia routine ossessiva serale. Perché, *cazzo*, forse mi impedirà di tornare indietro e bussare alla sua porta.

Non aiuta. In realtà le flessioni fanno un male cane. Sono a metà strada, sdraiato sullo stomaco, e pronto ad allenare la mano per poter concludere, quando sento un leggerissimo bussare alla porta. Così basso che forse me lo sono immaginato.

Eppure, mi precipito ad aprire.

E lì c'è Rain, si infila ciocche di capelli dietro l'orecchio alla sua maniera inquieta. Appoggia le dita sulla mia bocca ed entra, costringendomi ad arretrare. Chiude la porta con il corpo – in una maglietta dei Washington Capitals stinta così consumata che vedo ogni curva e un accenno di pelle al di sotto – e mette il chiavistello.

Capitolo 32
Clara

«Apri sempre la porta in mutande?». Non posso non ammirare le scanalature del suo stomaco, otto muscoli perfettamente formati. A giudicare dal leggero velo di sudore sul petto e dalla tensione, direi che si stava allenando come ogni sera.

E immagino che l'erezione prominente sia la stessa di alcune ore fa.

Gli occhi di Luke mi osservano da capo a piedi. Ho messo apposta questa maglietta. Non sarà pizzo nero e sexy, ma quello sarebbe stato un tentativo di seduzione troppo evidente. Mi sfiora appena la parte superiore delle cosce. È morbida e sottile come un foglio di carta e così consumata da essere quasi trasparente. E sotto non c'è niente a impedirgli di vedere, e sembra apprezzare.

Di certo sa perché sono qui. Ho chiuso la porta con fermezza .

Ma, sto facendo la cosa giusta? In questo momento ho troppi pensieri che mi vorticano nella testa. La preoccupazione per lui dopo il velato avvertimento di Elmira, la non così velata spinta a cercare l'intimità come modo di ottenere le informazioni che voglio, la pressione del caso e il bisogno di trarre qualcosa di importante da questa gita. Il fatto che *voglio* avvicinarmi di più a Luke, per ragioni diverse dal caso.

Quando sono sgattaiolata di sopra e ho sentito Aref suggerirgli che non dovrebbe avere una donna in questo momento, mi ha preso il panico e ho elaborato questo piano. Più di tutto non posso mettere a repentaglio la connessione che ho con lui.

Perché forse posso aiutarlo. Forse non deve affondare in questo macello, una volta che verrà portato tutto alla luce.

Scorgo il vestito elegante appallottolato sul pavimento vicino a me. «Non dovresti proprio lasciarlo a terra così. Lo rovinerai». Mi chino a raccoglierlo e sento Luke trattenere il fiato quando il retro della maglia si solleva a livelli ben oltre l'inappropriato.

Senza fretta, sistemo bene la giacca e i pantaloni sulla sedia, poi mi giro e mi trovo davanti i suoi occhi ardenti. E capisco che ho superato il punto in cui avrei potuto fare dietrofront e andarmene. Quindi accorcio le distanze, fino a una trentina di centimetri appena. Allungo una mano e passo i polpastrelli sulle increspature lisce del suo stomaco, qualcosa che volevo fare da settimane. «Sei un po' un fanatico del tuo corpo, giusto?».

Sparito il sorriso, rimpiazzato da un'espressione quasi di dolore, i pugni stretti lungo i fianchi.

Mi aspetta, proprio come aveva detto.

Schiaccio un palmo sul suo petto e avanzo fino a essere così vicina che il suo fiato mi solletica la guancia. Gli sfioro il collo con la bocca, il mio respiro gli fa venire la pelle d'oca passando.

Dev'essere il suo punto di rottura questo, perché un secondo dopo mi ha messo le mani addosso – una mi afferra dietro il collo e l'altra mi cinge la schiena per attrarmi a sé. La maglia stretta nel suo pugno, l'aria fresca mi si avventa sulla pelle nuda.

«Luci?». Colgo l'immagine del mare da uno dei due grandi oblò ovali. Chiunque passi fuori può guardare dentro. E con chiunque intendo la mia squadra di sorveglianza. Non rischierò che mi vedano fare questo.

Luke esegue, mi trascina all'indietro con lui verso il letto e cerca a tentoni l'interruttore senza mai lasciare le mie labbra. La cabina affonda nell'oscurità, a parte la luce naturale della luna che entra a fiotti dalle finestre panoramiche. Con una tale perfezione che lo vedo ancora con chiarezza sotto di me quando si siede e mi prende in braccio. In pochi secondi mi alza la maglietta e la getta via.

«Be', ci è voluto poco», fa un sorrisetto e si scosta il tempo necessario ad abbassare lo sguardo sui miei seni, il mio stomaco e più giù, laddove solo un sottile strato di cotone ci separa.

«Immagino che avrei dovuto rendertela un po' più difficile», scherzo, crogiolandomi nel calore che emana da lui.

«No, mi sa che preferisco facile». Ridacchia della sua stessa battuta, si china e mi prende un capezzolo in bocca, le mani grandi una massa calda sui miei fianchi che mi stringono. È impossibile non sfregarglieli contro.

E ripetermi in continuazione che va bene perché è per lavoro, anche se la mia coscienza non se la beve più.

Luke mi ribalta di schiena sul letto come se fossi una piuma, la sua forma alta che incombe su di me per lunghi momenti, lo sguardo che si sposta da una parte all'altra.

Non ho insicurezze in quanto al mio corpo – lavoro parecchio per mantenerlo – ma trovarmi sotto un esame così approfondito da parte di un uomo così bello e scolpito comincia a intimidirmi.

«No, ferma», mi ammonisce e mi tocca piano le ginocchia per impedirgli di chiudersi del tutto. «Sei perfetta. Quasi troppo perfetta», si abbassa i boxer e sale sul letto, si sistema tra le mie gambe allargandomi le cosce, «a volte mi chiedo se sei reale».

Chiudo gli occhi alle sue parole, la sua bocca sulla clavicola. *Sono* reale. Almeno, alcune parti di colei che ha visto lo sono. E *questo* è reale, quel che sta succedendo tra noi in questo momento.

Mi sento come in una favola.

In questo momento, una parte di me vorrebbe avere una fata madrina che agiti la bacchetta e faccia prendere vita a Rain Martines. Ma in quel caso non potrei aiutare Luke. Invece, aiutarlo è proprio ciò che voglio di più.

Sento il suo cazzo sfregare sulla mia coscia e il mio corpo d'istinto si solleva e si muove verso di esso, lo invita dentro. Sono sull'orlo di un precipizio e non ho scelta. Devo saltare, anche se l'atterraggio farà male.

Ma so che il volo sarà estasi pura.

Mugola e mi aspetto che prenda un preservativo. Invece, le sue mani e la sua bocca cominciano a muoversi qua e là. Mani forti che mi fanno sentire fragile e apprezzata nel modo in cui mi stringono le anche e mi accarezzano i seni e scivolano dentro di me. Ricordo che mi sono chiesta se fosse un egoista concentrato sui propri bisogni.

Mi rendo conto che non potevo sbagliarmi più di così, sembra venerare ogni parte del mio corpo con le dita e la bocca, finché le mie cosce non si stringono sul suo cazzo e le mie dita gli pettinano i capelli, strattonando le ciocche morbide.

Implorandolo.

Non appena sento, finalmente, la bustina del preservativo che si strappa, sono così eccitata che lui mi scivola dritto dentro con un gemito e un'imprecazione soffocata.

Rimorso e felicità si fanno la guerra in me mentre volo in caduta libera.

Mi chiedo chi vincerà.

Con la testa sul suo petto e le sue dita che mi disegnano dei cerchi sulla schiena e il battito del suo cuore che mi culla verso il sonno, sussulto alle parole improvvise. «Ehi, Rain, posso farti una domanda?»

«Certo», più di così non riesco a dire, sono troppo appagata.

Le dita continuano la danza lungo la mia schiena nel silenzio della cabina. «Hai mai fatto qualcosa di illegale?».

Sentire il suo tono diventare più serio è come venire gettati in una vasca d'acqua ghiacciata, la beatitudine postcoitale uccisa in tronco; mi ricorda che sono qui con uno scopo. Respiro a fondo e rilasso il corpo. «Come fumare erba?».

La risatina bassa mi solletica il timpano. «Sì, certo».

Decido di essere sincera con lui. «Qualche volta. E quando avevo quattordici anni ho anche rubato dei trucchi in farmacia».

«Ti hanno beccato?»

«Già. A quanto pare sono una ladra merdosa. Non ho nemmeno visto la videocamera puntata nel corridoio del trucco mentre mi riempivo le tasche».

«E che è successo?»

«Be', per fortuna mia madre conosceva il proprietario, quindi lui ha accettato di non sporgere denuncia. Ma, ragazzi, mio padre mi ha fatto ricordare di non farlo mai più, eccome», gemo, ripensando alle conseguenze di quel gesto, «era settembre, nel bel mezzo delle ondate di calore. E per una settimana non ho potuto indossare i pantaloni corti, a causa dei segni delle cinghiate che avevo sul retro delle gambe».

Cade il silenzio, il corpo di Luke si irrigidisce. «Sul serio?»

«Sì», giro la testa fino ad appoggiare il mento sul suo petto e vederlo che mi osserva, i capelli arruffati ma comunque sexy, cazzo, «ti ho detto che papà è un italiano vecchio stampo, no? Be', è cresciuto con la cinghia. Quindi anche mio fratello e io siamo cresciuti con la cinghia».

Luke sembra restare per un attimo senza parole. «E gli rivolgi ancora la parola?»

«L'ho perdonato, sì. Cioè, suo padre questo gli aveva insegnato, non conosceva niente di diverso. Per anni non mi sono nemmeno resa conto che fosse sbagliato». Non ne avevo mai parlato apertamente con nessuno. Non posso credere che lo sto facendo adesso, con il mio obiettivo. Pensandoci, però, forse lui capisce, più o meno. È stato cresciuto da persone che gli vogliono bene, si vede, ma allo stesso tempo non capiscono quanto sbagliato sia quello che fanno. Non passano i loro giorni a flagellarsi con il senso di colpa. Si sono convinti molto tempo fa che va bene così.

E questa certezza si radica in loro e in ogni generazione successiva. In qualche modo Rust ha convinto il nipote che la vita in cui lo introduce è qualcosa da perseguire.

«*Lui* se n'è reso conto?»

«Sì. Abbiamo avuto le nostre divergenze quand'ero ragazzina. A diciassette anni me ne sono andata di casa e ho vissuto con delle amiche. Andavo ancora alle superiori. Per qualche anno non ci siamo rivolti la parola».

Luke rimane a lungo in un silenzio assoluto. Non mi sorprende. La maggior parte delle persone che non hanno avuto a che fare con cose del genere non riesce a concepire il fatto che parli ancora con papà, che gli voglia bene e farei di tutto per lui. Questo mi dice che, anche se Rust ha corrotto il nipote in altre maniere, non gli ha mai alzato le mani, il che è più di quanto possa dire dei criminali che ho incastrato in passato. Di solito hanno diversi figli con svariate madri bambine. *Se* li riconoscono, di solito è con insulti e manrovesci e incuria in generale. Stereotipato, sì. Ma anche reale. Ricordo uno spacciatore che costringeva il figlio tredicenne pelle e ossa, che ancora non aveva nemmeno cambiato voce, a consegnare cocaina ed erba a scuola. Ovviamente il ragazzino venne aggredito e derubato. Quando tornò a casa con il labbro insanguinato e disse al padre quel che era successo, lui lo ammazzò di botte per essersi lasciato rubare le droghe.

Immagino che casa Markov/Boone avrebbe potuto passare per quella di una famiglia normale – il profumo di uova e bacon che usciva dalla cucina il sabato, chiesa la domenica, un mucchio perpetuo di scarpe da bambino infangate sulla porta un giorno sì e uno no.

Infine, Luke sospira. «È… pazzesco, ecco, Rain. Ma adesso avete fatto pace? Cioè, così sembra, vivi nel suo appartamento e tutto il resto».

«Sì, abbiamo fatto pace. Alla fine ha capito che sbagliava. Adesso ci comprendiamo meglio. Credo che mi rispetti».

«Cosa ha fatto la differenza?»

«È stato più o meno all'epoca in cui sono…», appoggio di nuovo la testa sul suo petto e reprimo la fitta di panico che mi ha attraversata. Mi è quasi scappato. Ero vicinissima ad ammettere che è stato più o meno all'epoca in cui sono diventata poliziotto. "Gesù". Devo smettere di parlare.

«Più o meno all'epoca…», insiste Luke.

«Più o meno all'epoca…», mi gira la testa, cerco una bugia,

«...della morte di mio nonno. Mio padre non aveva avuto un buon rapporto con lui e lo rimpiangeva. Non voleva che succedesse la stessa cosa con me, quindi si è scusato». Ragazzi, se sono brava a mentire. A volte mi faccio paura.

Mi abbraccia e mi bacia sulla fronte. «Sono contento che sia andato tutto a posto», sospiriamo entrambi. Immagino per ragioni molto diverse.

«Perché mi hai chiesto se avessi fatto qualcosa di illegale?», mi appoggio a un gomito per guardarlo in faccia.

Ha gli occhi al soffitto, il pomo di Adamo va su e giù quando deglutisce. «Come reagiresti se ti dicessi che ho fatto roba illegale? Che sono coinvolto in cose illegali adesso. Con mio zio», finalmente, incrocia il mio sguardo. Vedo in lui qualcosa di simile a un accenno di paura.

"Ti direi di stare zitto, maledizione! Non ammetterlo. Non distruggere la minuscola, stupida speranza che brucia luminosa dentro di me e mi dice che è tutto un grande malinteso".

Eppure ci siamo. È questo che aspettavano i federali. È questo che aspettavo *io*.

Spero che non mi legga in faccia il tormento interiore. «Ti chiederei se hai fatto male a qualcuno».

«No! Cioè...», rilascia un profondo respiro, come se l'avesse trattenuto finora, e poi ride piano, «sono certo che ci sono persone che ci maledicono sette giorni su sette, però... non si fa male nessuno». Alcune ciocche di capelli mi sono ricadute sulla faccia, coprendola in parte. Me le sposta dietro l'orecchio per permettermi di guardarlo dritto negli occhi. Li esamino. Così aperti, così sinceri, mi fissano, spalancati. Quasi mi supplicano di fidarmi di lui.

O crede davvero che non si faccia male a nessuno o sono l'agente sotto copertura più schifoso del pianeta. «Che fate voi due?», la domanda mi appesantisce la lingua come piombo.

«Non siamo solo noi. C'è un'intera rete di persone. Per me però è ancora tutto nuovo. Rust mi ha tirato dentro poche settimane fa», mi sfiora il labbro inferiore con la punta di un dito, «vuole che un giorno la gestisca con lui».

I federali avevano ragione.

Ho lo stomaco annodato e il cuore pesante. Mai prima d'oggi ho desiderato sbagliarmi su un caso. «Ne fa parte anche Aref?».

Annuisce.

«Parlavate di questo stasera?».

Annuisce di nuovo. «E di te».

«Cosa? Di me?».

Ride. «Già… mi ha avvertito di stare attento a ciò che dico perché non appena ti saresti tolta i vestiti avrei iniziato a rivelare tutti i miei segreti come un patetico sfigato. Credo che si stia solo guardando le spalle».

Proprio così. Sia Aref che Elmira hanno un piano, ne sono sicurissima. La domanda è, quale? Si limitano a mettere alla prova la gente nuova e proteggere il loro impero? Anche in questa cabina ci sono delle cimici?

Allontano quella paura. Se sì, devo usare la cosa a mio vantaggio e propinargli quello che vogliono sentire. «Ti senti in colpa per quello che fai?».

Esita, come se riflettesse. «Sinceramente? Non ne sono ancora sicuro. Una parte di me sì, credo, ma poi Rust mi offre una montagna di quattrini e una Porsche e me ne dimentico», distoglie lo sguardo dal mio viso e si concentra sul soffitto, la voce rotta da quell'ammissione, «sembra un'affermazione da persona di merda. Immagino di essere avido».

«Molta gente avrebbe difficoltà a rifiutare quelle cose», ammetto, la speranza che mi si riaccende dentro. Un velo di rimorso significa una *possibilità* di cambiare strada. A meno che non mi stia mentendo su tutto. Immagino che solo il tempo lo dirà. Lo bacio sul collo, decisamente la parte di lui che preferisco. Mi permette di sussurrare, così piano che nessuna cimice nella stanza potrà captarlo: «E nessuno si fa male?».

Quando scuote la testa sbatte con la mascella contro la mia guancia. Mi solleva il mento con la mano e di nuovo incolla lo sguardo al mio. «Io non faccio male alla gente».

"Oh, Luke". Comincio ad avere il crepacuore per questo ragazzo, per certi versi ancora un bambino molto impressionabile. Avrà un brusco risveglio quando Sinclair gli metterà le mani addosso. Quando gli butterà davanti quelle foto incriminanti, come mi aspetto che faccia, del cadavere di Wayne Billings, e delle altre vittime. Quando gli dimostrerà che anche se non direttamente... *fa* male alla gente, aiutando lo zio a tenere in vita quel circolo vizioso.

Mi passa il pollice sul labbro inferiore. «Non devi avere paura di me. Non potrei mai farti del male. Non sopporto l'idea che qualcosa ti ferisca».

Gli credo.

Mi chiedo cosa direbbe Luke se tornassi a casa con due occhi neri e il labbro spaccato dopo una giornataccia al lavoro. L'accetterebbe come parte della mia professione? O mi darebbe lo stesso ultimatum di David: o il mio lavoro o lui? Ce l'ho avuta con David per avermi costretto a prendere quella decisione, anche se è stato facile. Ovvio che la mia carriera viene prima di qualsiasi ragazzo. È stata la mia filosofia sin dal giorno in cui sono entrata in polizia e non l'ho mai messa in discussione.

Finora, sembrerebbe. Immagino che forse i miei sentimenti per David non siano mai stati così forti. O forse i miei sentimenti per Luke stanno diventando troppo forti.

Respiro a fondo e oso chiedere: «Cosa fai con tuo zio, Luke?».

Mi appoggia con delicatezza la mano sul viso, me l'accosta al suo in un bacio molto più dolce di prima, la fronte premuta contro la mia, e sussurra: «Mi lascerai se te lo dico?»

«Forse sono avida anch'io», mi sforzo di sorridere. "No, non ti lascerò finché non dovrò arrestarti".

All'improvviso mi gira sulla pancia e prende un altro preservativo da sopra il comodino, mentre con la lingua segue i ghirigori del tatuaggio che ho sulla spalla.

Cedo. Non è pronto a dirmi tutto. Questo è solo l'inizio.

L'inizio di un vero "noi", ai suoi occhi.

E l'inizio della fine di Luke Boone.

Rimango sdraiata per ore tra le braccia di Luke e lo guardo russare piano, il viso più infantile e angelico di quel che meriterebbe. Ripetendomi nella testa le sue parole – la sua ammissione.

E con il cielo a Oriente che comincia a schiarirsi fuori dalla finestra, non me ne importa un fico secco. Voglio solo allungarmi a baciarlo. Rubarlo alle cose brutte, convincerlo a ricominciare perché credo che non sia ancora oltre ogni possibilità di salvezza.

Sono fottuta.

Non serve un genio per capire che abbiamo appena raggiunto un nuovo livello nella nostra "relazione". Un livello in cui i messaggi e il tempo trascorso insieme aumentano regolarmente. E il sesso. Impossibile che possa continuare. Non come agente sotto copertura con una squadra di sorveglianza federale addosso.

Devo prendere le distanze.

Luke non si muove quando mi sciolgo dalle sue braccia e mi vesto. Esco quatta quatta dalla sua cabina ed entro in punta di piedi nella mia, badando a non produrre il minimo rumore quando mi infilo a letto. Quando fingo qualche colpo di tosse mattutina, mi assicuro di rivolgerla direttamente verso la collana con la libellula sul comodino, proprio dove l'ho lasciata.

Capitolo 33
Luke

«Merda…». Non appena apro gli occhi e scopro che l'altro lato del mio letto è vuoto, entro nel panico. Ho esagerato. Le ho detto troppo.

Mi alzo a precipizio per infilare un paio di pantaloni e spalanco la porta, pronto a implorare, scusarmi, negare… qualsiasi cosa.

Rain, che deve essere uscita in questo istante dalla sua cabina, emette un urletto quando la sorprendo in corridoio. Con un secondo di ritardo, sorride.

«Ehi», mi osserva i capelli, ricordandomi che probabilmente stanno tutti ritti. Imbarazzato alzo una mano per cominciare a domarli.

«Fermo», ride e mi chiude la mano su un bicipite, «vanno benissimo così. Dormito bene?».

È impossibile leggerla. Non riesco nemmeno a immaginare cosa le giri in quella bella testolina riguardo ciò che le ho detto ieri notte. «Alla grande». Abbasso gli occhi prima di riuscire a impedirmelo e ammiro il maglioncino attillato e i leggings che abbracciano ogni curva su cui abbia messo le mani e la bocca, ieri notte.

Sorride sotto i baffi e mi stringe la mano. «Sarà stata tutta quell'aria fresca».

La tiro verso la mia porta, pronto a sfilarle i vestiti un pezzo alla volta per dimostrarle che non sono un cattivo ragazzo, che non le farei mai del male. «Rain, io…».

Mi dà un bacio morbido, esitante. «Stanno servendo la colazione sul ponte più alto e io muoio di fame. Ci vediamo lassù?».

È già a metà delle scale prima che io riesca a dire: «Sì».

Sta bene. Va tutto bene.

Va tutto alla grande.

Capitolo 34
Clara

Ridiscendere il Columbia, con i raggi del sole che mi baciavano la pelle e una colazione deliziosa degna di una regina, e il chiacchiericcio fastidioso della ex tata ed ex escort è stato semplice. Persino gradevole.

Solo quando sono salita sulla macchina di Luke hanno cominciato a colarmi perle di sudore lungo la schiena. Ora, venticinque minuti dopo, davanti al mio condominio, ho i vestiti fradici e mi serve una doccia.

«Va tutto bene?»

«Sì, perché?».

Luke ha la fronte un po' aggrottata. «Be', non che mi sia dispiaciuto, credimi, ma… non ti ho mai sentito parlare tanto. Sembri agitata. Speravo solo…», esita, «non sei a disagio con me adesso, vero?».

"A disagio". Un buon termine per la mia agonia.

Quel che ho fatto ieri notte è *sbagliatissimo*, sotto molti aspetti. La mia microspia è di nuovo accesa, come deve essere. Ho il terrore che Luke dica qualcosa che riveli alla squadra che ieri notte non ero nella mia stanza. Perché se lo scoprono sono finita. Su un aereo per Washington, fuori dal caso. Sulla lista nera nel librone degli agenti sotto copertura. Probabilmente sulla lista nera e basta.

Quindi, per ridurre il rischio che accadesse, durante il viaggio verso casa ho parlato di tutto ciò che mi veniva in mente per impedire alle sue parole di prendere quella direzione. Qualsiasi cosa – il coniglietto che avevo a cinque anni; la volta in cui mi sono rotta una gamba giocando a calcio, a sette; il primo viaggio in Italia a nove anni; un terribile caso di intossicazione alimentare a diciannove, quando sono andata in Jamaica.

Ha funzionato. Finora.

«Non sono affatto a disagio. Ma quando ho detto che avevo bisogna di procedere lentamente facevo sul serio», lo prendo per mano e sorrido. E gli propino la scusa che ho preparato mentalmente stamattina, densa di bugie e venata di rimpianto: «Un appuntamento con il mio ex e poi, all'improvviso, tutto il mio tempo e la mia attenzione erano consumati da lui, quasi nel giro di una notte. Non so nemmeno come sia successo, ma ho smesso di fare ciò che amo. Di essere chi sono».

Luke è perplesso. «Cioè come?»

«Oh...», elenco una sfilza di comuni atrocità da fidanzate che qualsiasi ragazza ha commesso prima o poi, «ho cancellato un viaggio con le amiche perché aveva paura che incontrassi qualcun altro. Ho cominciato ad allenarmi per lui invece che per me stessa. Ignoravo la mia famiglia, ho smesso di rispondere ai messaggi delle mie amiche e quando stavo con loro ero incollata al telefono, in attesa dei suoi SMS. Gli piaceva giocare a golf, quindi passavo il sabato a fargli da autista sul campo. Me ne stavo seduta in quei locali pretenziosi con i suoi amici sfigati e li ascoltavo discutere di Socrate e Confucio come quei coglioni pomposi e viziati che erano». Chissà come, cominciano a filtrare frammenti della mia vera storia sentimentale – la trafila di relazioni fallite di Clara – e creano una specie di fidanzato Frankenstein. «Non voleva che mettessi i tacchi perché l'avrei guardato dall'alto in basso e aveva un enorme complesso di inferiorità riguardo alla sua altezza. Non voleva che indossassi cuoio per via dell'oppressione della "popolazione bovina"». Mi interrompo di colpo accorgendomi che Luke stringe fortissimo le labbra.

«Sembra proprio un vincente», dice con falsa sincerità, «capisco cosa ci trovavi».

Io non riesco a credere di essere uscita con *tutti* loro. Ammetterlo adesso è imbarazzante. «Penso che tu non gli somigli affatto, *credimi*. Ma devo stare attenta a non farmi intrappolare in *questo*». Indico noi due. «E dimenticare di nuovo chi sono».

La poliziotta sotto copertura che è andata a letto con il suo obiettivo.

"Oh, cazzo". Sudo di nuovo. Devo uscire da qui.

Mi appoggia una mano sul volto, un sorriso che gli illumina gli occhi. «Puoi metterti pelle e tacchi e non gioco a golf. Possiamo andare un passo alla volta. Tutto quello di cui hai bisogno». Gli occhi scattano alla mia bocca, si china ed è lì lì per baciarmi. Devo baciarlo. Mi dico che non ci sono scuse per non baciarlo.

Le sue labbra a malapena sfiorano le mie prima che gli squilli il telefono. Di nuovo. È da quando siamo partiti che suona e vibra, ma lui non ha risposto, anche se ogni volta gli ho detto che poteva. Appoggia la fronte alla mia, piano, e mugola. «Scusa, probabilmente è Rust. L'ho ignorato abbastanza. Perderà la testa se non rispondo».

«Nessun problema».

Sorride. «Dio… come fai a essere così comprensiva?», mi limito a sorridere, finché non mi dà un bacio veloce sulle labbra, «ti chiamo più tardi? O mi chiami tu?».

Mi costringo ad allontanarmi e scendere dalla macchina, e lo sento dire "sì" mentre chiudo la portiera.

«Che cazzo è successo? Avresti potuto buttare all'aria l'intero caso!».

«Non essere melodrammatica. Quella donna mi rendeva nervoso, quindi ho mandato su Bill. Per un attimo ho pensato che fossi spacciata». Warner va dritto al frigorifero, mentre Stanley viene trotterellando a salutarmi. Mi aspettavano sulle scale quando sono uscita dall'ascensore.

«L'hai percepito anche tu, eh?»

«Già. Sono stato sulle spine per tutta la notte», chiude lo

sportello, birra alla mano, «com'è andata la partita di hockey con le tonsille?».

"Non ha perso tempo". «Non avevo scelta. Lo sai. Devo dargli *qualcosa* o la copertura va in malora». Mi chino a grattare la pancia a Stanley. Risponde con svariati grugniti da maiale. «Non posso crederci, però mi sei mancato», borbotto.

«Non dovevi...», Warner si interrompe a metà frase con un respiro profondo. Con due dita si pizzica l'attaccatura del naso, poi sospira, «vabbe'. Non discuterò di questo con te. Ci sei tu in prima linea e mi fido». Apre una lattina.

«Già ora di birra?», controllo l'orologio. Mezzogiorno. Warner ha l'aria di non aver dormito per niente.

Ignora la stoccata. «Sul nastro c'erano un sacco di commenti velati, ma niente di incriminante. Hai assistito a qualcosa di utile?»

«A parte qualche striscia di coca?», spero non senta la bugia nella mia voce quando rispondo: «Solo un mucchio di coglioni ricchi che bevevano e cenavano e svenivano su un gigantesco yacht». E una conversazione che potrebbe armare i federali con tutto ciò di cui hanno bisogno per mettere la corda al collo di Luke. Non sono ancora pronta a divulgarla. *Non posso*, adesso. Posso solo incastrare Luke per ammissioni future. Quando sarò pronta.

Annuisce, più che altro a se stesso. «Già, vita dura. Però sembra che 12 cominci ad abbassare le difese con te. È un bene».

«Già. Piano piano». Odio tutta questa fiducia di Warner nei miei confronti. Ce l'ha l'intera squadra, devono, se vogliamo risolvere questo caso. E tuttavia, rende molto più doloroso l'inganno.

«Perché gli hai raccontato tutte quelle cose su un ex prima che ti lasciasse qui? Se Sinclair l'ascolta mi metterà sulla graticola».

«Perché devo continuare a fare la difficile. Altrimenti finirò le scuse per tenerlo fuori dalle mie mutande».

Borbotta in risposta: «E che cazzo erano le altre chiacchiere inutili? Avevi un coniglietto?»

«Sì, finché il vicino pazzo non gli ha sparato e se l'è mangiato per cena».

Fa una pausa a metà sorso. «Che cazzo, Bertelli».

Mi stringo nelle spalle. «Ho avuto un'infanzia interessante».

Warner si scola quel che resta della birra a tempo di record, schiaccia la lattina e la butta sul bancone della cucina. «Già, penso che mi serva un po' di sonno prima di sentirla. Crollo. È stata una notte lunga per tutti». Sulla porta, mi lancia: «E comunque, dormi come un cadavere».

«Me l'hanno detto». Rilascio un sospiro di sollievo quando scatta la serratura. E faccio posto ad altro senso di colpa alzando gli avvolgibili. Luke sta facendo avanti e indietro con un telefono premuto contro l'orecchio, già in pantaloni della tuta. Sono sicura che uscirà a correre.

Il cuore comincia a battermi velocissimo e non so dire se sia paura di essere beccata o eccitazione generica nei suoi confronti. O preoccupazione per lui e per quel che potrebbe capitargli. Probabilmente tutte e tre. Ma il dolore che mi cresce dentro lo riconosco. È lì perché ho già di nuovo voglia di vederlo.

«Che macello», bisbiglio, mentre Luke butta il telefono sul divano e si china a grattare Licks tra le orecchie.

Stanley alza la testa e si mette ad abbaiare e saltellare in giro come un toro infuriato guardando Licks. Forse Luke coglie il movimento, o forse è una coincidenza, ma alza di colpo gli occhi. Si mette a ridere.

Non posso trattenermi dal ridere anch'io. «Non puoi imparare a fare un pochino il difficile, Stanley?».

Luke solleva un guinzaglio davanti alla finestra e indica con un gesto del capo il parco dietro i nostri palazzi. Vuole rivedermi? Di già? Comincia a correre sul posto dietro il vetro, ha un'aria ridicola. E adorabile.

"Maledizione…". Addio al prendere un po' le distanze. E poi, odio correre. Non corro per nessuno. David lo faceva e mi sono rifiutata di andare con lui.

Adesso, voglio solo vedere Luke.

Metto il guinzaglio a Stanley, mi cambio ed esco.
Niente microspia.
Niente squadra di copertura.
Accantono il senso di colpa.

Capitolo 35
Luke

Odio essere svegliato dal telefono.

«Devi aprire tu l'officina oggi», mi dice Rust, la voce roca dopo una nottata lunga al Cellar, dove l'ho informato sull'incontro con Aref.

«Caaaaazzo», gemo e mi sfrego gli occhi guardando l'orologio, «sono le sette!».

«Ha appena chiamato Marie. Miller oggi non viene».

«Chi è Marie?», poi capisco, «Miller è sposato?». Non riesco a immaginare che genere di donna lo sopporterebbe.

Rust sospira. «Miller è andato in ospedale ieri sera».

«Merda...», mugugno e metto i piedi a terra, «sta bene?»

«All'inizio pensavano a un infarto, ma non ce n'è traccia. Dicono che sia il forte stress unito alla pressione alta».

«Stress? Che cazzo ha da stressarsi?», ridacchio. E poi smetto, perché lui è in ospedale e io sto facendo il cretino.

«Sarà fuori combattimento per qualche giorno, quindi devi assicurarti che tutto fili liscio. Andiamo, Luke. È per questo che ti ho messo in ufficio».

Miller non è mai mancato un solo giorno a lavoro. In officina è diventata una specie di barzelletta. «Sì, nessun problema. Sto andando». Butto il telefono sul letto, stiracchio il corpo stanco e mi avvicino alla finestra per fissare il muro di avvolgibili abbassati dall'altro lato. Rain mi ha raggiunto sul sentiero dietro il palazzo in pantaloni attillati e felpa stretta. Dopo essermi stata dietro per un'ora – io quasi sempre con in braccio uno Stanley pronto al collasso – le ho chiesto di venire da me, nella speranza di trascinarla sotto la doccia e poter leccare via il velo di sudore da quel corpo perfetto.

Ha sorriso e si è sollevata in punta di piedi per baciarmi con le sue labbra salate. E poi mi ha dato buca per un compito di fotografia.

Cazzo, mi ha quasi distrutto.

Però, allo stesso tempo la rispetto di più. La ragazza che descriveva ieri, quando l'ho lasciata a casa? Quella che ha abbandonato la sua vita per andare incontro a un tizio che a sentirlo descrivere lo prenderei a pugni, se ne avessi l'opportunità? Quella ragazza sembrava bisognosa e debole e non è ciò che voglio, se nella mia vita avrò una donna per più di una sola notte.

Sono sempre stato attratto dalle donne sicure di sé, e proprio così vedevo Priscilla e le altre: arrivavano, attiravano l'attenzione, ottenevano ciò che volevano. Ma adesso che ho Rain nella mia vita, capisco quanto sia stupido. Pris annega nell'insicurezza. Le servono bellezza e denaro e un uomo a cui legarsi per sentirsi importante. Si sceglie gli amici in base all'aspetto e allo stile di vita e a ciò che possono fare per lei. Sceglie uomini che l'attirano con i soldi. Lo so perché me l'ha confessato.

Priscilla vive con un orologio in movimento appeso sulla testa, perché quando la bellezza comincerà a sfiorire non le resterà altro che un insipido gruppo di amiche che si insultano dietro le spalle e un marito ricco che si aspetterà che gli lavi e pieghi i calzini mentre lui pesca nella generazione successiva di bellissime e insicure cercatrici d'oro per i bisogni dell'uccello.

Ma Rain sa chi è. È magnifica, ma non usa la bellezza come se fosse la sua unica qualità. Sa essere temeraria – in un modo grazioso, sexy, come il primo giorno in officina – ma è abbastanza forte da dirmi di fare marcia indietro, rallentare, senza paura. Quella è sicurezza e rispetto di se stessi. Mi dice che non esiterà a perseguire ciò che vuole, ma non si butterà via. Devo guadagnarmelo, il posto nella sua vita.

Ed è ovvia la sua indipendenza. Cioè, non le serve un uomo.

Sì, ok… Forse si affida ancora al padre per finanziare quell'indipendenza. Ma in un certo senso adesso lo faccio anch'io. Ho la sensazione che lei abbia un piano e degli obiettivi per il resto della sua vita. Ancora non ho insistito per conoscerli, perché se mi chiede i miei devo essere pronto a condividere le stesse informazioni e ancora non sono sicuro di come prenderà le mie risposte. Ma sabato sera ha cambiato le cose tra noi. Ho sentito uno spostamento palpabile.

Rain è qualcuno di cui mi posso fidare.

Guardando l'erezione mattutina che prende vita con i pensieri sulla notte nella mia cabina, penso che forse dovrei mettermi un paio di boxer se voglio restare così vicino alla finestra alla luce del sole, come se implorassi di vederla. Soprattutto se per caso sbircia tra le tapparelle. Non sarebbe la prima volta.

"Fanculo", non mi importa se sa quanto mi piace.

Capitolo 36
Clara

Un motore ruggisce dall'altra parte della parete dell'ufficio di Luke, facendo vibrare le cornici appese. «Odio quando lo fanno», mugugna e prende una chiave dalla tasca, «grazie che porti fuori Licks. Probabilmente quel poveraccio starà morendo».

«Ma certo. Che problema c'è», guardo la sedia vuota, «come sta Miller?»

«È tornato a casa adesso, ma non verrà per quasi tutta la settimana», Luke mi prende il portachiavi e comincia ad armeggiare.

Ci infila una chiave di riserva del suo appartamento.

Il mio obiettivo mi sta dando accesso senza supervisione al suo spazio personale.

«Pensi davvero che sia una cosa furba?», scherzo con il portachiavi in mano.

Ride, mi prende per la vita e mi abbraccia. «Ho già chiamato la sicurezza e detto che ci sarai. Terranno gli occhi aperti per la bellissima mora con il cagnolino orrendo. Non dovrebbero darti problemi».

«Nemmeno Licks è proprio una bellezza – lo sai, vero?».

Non risponde, mi ruba un lento bacio profondo che mi fa indebolire le ginocchia e dimenticare per un attimo dove mi trovo.

Non può succedere. Lo spingo sul petto. «Meglio che vada adesso. Sono quasi le sette. Starà per esplodere».

«Sai, se stasera tornassi a casa e trovassi quella stessa bellissima mora nuda nel mio letto, non mi dispiacerebbe», mi circonda con un braccio. Mi stringe di nuovo e mi fa sentire il rigonfiamento nei pantaloni.

Ho le guance arrossate, sapendo che Warner ascolta ogni singola parola. Sapere com'è stare con Luke, libera da cimici e osservazione, rende ancora più sgradevole il tempo lavorativo che trascorriamo insieme. «A che ora pensi di tornare?».

Sospira. «Cazzo, non lo so. Vista la piega che hanno preso le cose qui, credo verso le dieci. È una settimana impegnatissima e non so come fare la metà di quel che serve».

Gli do un bacetto sulla guancia e mi scosto. «Allora è meglio che ti rimetti al lavoro. Ci sentiamo dopo».

«Non ci fermiamo molto», avverto Stanley mentre i due cani fanno a gara a raggiungere la cuccia gigantesca vicino alla finestra.

Dovrei voltarmi e tornare subito a casa. Ma non posso non aggirarmi per un po' nell'appartamento di Luke. Ci sono stata una volta sola e c'era lui. Adesso sono libera di ispezionarlo. Per qualche ora, se voglio. Bill sorveglia l'officina, nel caso Luke rientri prima.

Che troverò? Qualcosa per incriminarlo? Dal momento che mi ha dato le chiavi basandosi sulla fiducia, qualsiasi cosa trovi è ammissibile in tribunale. Warner rideva come una scolaretta quando ha scoperto che avevo libero accesso. Sono sicura che Sinclair sarà contento. Ma non sto davvero cercando roba pertinente al caso.

Voglio solo esplorare lo spazio personale di Luke.

Vado in cucina, apro cassetti e credenze e trovo pentole impilate con ordine e l'argenteria lucidata, piccoli elettrodomestici ancora nelle confezioni originali. L'unico armadietto che sembra ben fornito e frequentato è quello pieno di superalcolici.

Dopotutto, ha ventiquattro anni.

Dopo un passaggio veloce tra armadi vuoti e una camera per gli ospiti con dentro solo un letto, mi sposto nella sua camera a passi esitanti.

Perché qualsiasi femmina curiosa farebbe lo stesso con il ragazzo con cui esce. E con cui va a letto.

Accendo la lampada e trovo le lenzuola tutte aggrovigliate. In base a quanto ho visto di solito rifà il letto la mattina. In effetti, però, ha detto che oggi è letteralmente corso via. Quindi gli faccio un favore e lo rifaccio io, rubando una rapida annusata alle lenzuola mentre spiano le grinze.

E poi mi si rizzano i capelli sulla nuca, perché mi sento osservata. O forse è solo paura.

Guardo fuori e vedo il mio appartamento, avvolgibili abbassati e buio. Mi avvicino al pannello, schiaccio l'interruttore e chiudo anche i suoi.

Non si sa mai.

Mi torna in mente quel che ha detto prima Luke e il cuore accelera. Mi sdraio sul suo letto, seppellisco la faccia nel cuscino e per un attimo mi concedo il lusso d'immaginare di fare quel che mi ha chiesto.

E vorrei poterlo fare.

Il solo pensiero mi incendia le cosce.

Con un gemito di frustrazione, mi alzo e apro piano piano il comodino. È vuoto, a parte diverse scatole di preservativi di marche diverse – alcune aperte e semivuote – e una lunga scatola sottile da gioielliere. La tiro fuori e la apro; trasalisco alla vista dei diamanti scintillanti. Passo tra le dita la fragile catenina, subito ipnotizzata dalla bellezza delle pietre, ciascuna incastonata in una cornice a forma di goccia.

Una goccia di pioggia.

«Porca puttana», mugugno e tiro fuori un foglio piegato di carta gialla infilato dentro il coperchio. È un certificato di garanzia di un gioielliere all'ingrosso qui a Portland. Una fila di cifre – il valore della collana, per l'assicurazione – mi fissa minacciosa.

Chiudo di scatto la scatola e la rimetto nel cassetto, sapendo che probabilmente non avrei dovuto vederla.

Ma sono sicurissima che la collana è per me ed è vera. Quando l'ha comprata? E perché? Non mi serve chiedere con quali soldi perché lo so già. So anche che quando me la darà dovrò sorridere e mostrarmi entusiasta. Ma non sarà difficile. Farà schifo doverla consegnare come prova a caso chiuso, perché non posso tenerla.

Dovrebbe disgustarmi il fatto che mi compri regali con denaro sporco.

Ma, a essere del tutto sincera, in questo momento riesco solo a pensare a quanto bello sia quel gioiello e quanto generoso lui e a quanto sono impaziente che me lo metta al collo.

È esattamente ciò che intendeva Luke quando ha detto che è stato accecato da mazzette di banconote e una Porsche.

Mi si torce lo stomaco per il disprezzo di me stessa.

Dopo aver frugato nell'armadio e aver trovato solo un guardaroba di abiti formali appeso con cura e più scarpe di quante ne dovrebbe possedere un qualsiasi uomo, faccio una capatina in bagno e metto il piede sull'asciugamano che ha lasciato per terra. Non lo raccolgo, non voglio che sappia che sono entrata anche qui. Perquisisco l'armadietto dei medicinali, il mobile e i cassetti sotto il lavandino e trovo solo delle medicine contro il raffreddore e prodotti per l'igiene di base, anche se di questi molti più di quanti mi aspetterei da un ragazzo qualsiasi. Luke cura meticolosamente il proprio aspetto, però, quindi non mi sorprende.

Nessuna prescrizione di nessun tipo, niente imbarazzanti creme dermatologiche, niente che mi dica che dovrei fare delle analisi. È un sollievo.

Come anche il fatto che non ho scoperto nulla da usare contro di lui nel caso.

Quindi, acchiappo Stanley ed esco.

Capitolo 37
Luke

«Non posso credere che tu mi stia costringendo a guardarlo», sibilo nel teatro buio.

Mi fissa sconvolta. «Mi prendi in giro, vero? C'è sangue, una carneficina. E alieni. A chi non piacciono gli alieni?», ha un tono quasi accusatorio.

Alzo la mano. «Non sono mai uscito con una ragazza a cui piacesse questa roba».

Le si forma un sorriso ambiguo in volto. «Ti spaventano i film paurosi?».

Fingo la mia migliore faccia incredula. «A me? Ma andiamo». Ho dormito con la luce accesa fino a dieci anni perché dei mostri vivevano sotto il mio letto, in attesa della possibilità di uccidermi. Ma col cazzo che lo confesserò a Rain.

A giudicare dal gran sorriso con cui si ficca popcorn burrosi in bocca mi ha sgamato alla grande.

«Sta' zitta». Mi chino a rubarle dalle dita quel che sta per mettersi in bocca e lungo la strada lecco via sale e burro dalle sue labbra. Ho insistito perché ci sedessimo nell'ultima fila di un cinema quasi vuoto e non si è lamentata, e cazzo, ha la minigonna. Quando ho visto che film aveva scelto, ho deciso che preferivo toccarla per i successivi novanta minuti che guardare lo schermo. Sono passati quattro giorni dalla crociera, da quando l'ho palpata dentro. Il solo pensarci adesso – il suo contatto e il profumo e il sapore – me lo fa venire duro.

Mentre un alieno con gli occhi rossi mastica la faccia a un tipo sullo schermo gigante davanti a noi.

Me ne frego. Sono troppo contento che siamo insieme. Ho scoperto che gestire l'officina da solo mi sfinisce. Miller faceva un sacco di lavoro di cui non so niente, mentre io, finito il turno, mi levavo dai coglioni alle ore più strane del giorno. Questa settimana non me ne sono mai andato prima delle nove di sera. Non mi sorprende che mi odi tanto.

Se aggiungo a questo l'ansia di riferire ordini ai ricettatori per la prossima spedizione, mi sento così stanco che riesco a malapena ad allenarmi ogni sera.

Le circondo le spalle con un braccio e poso l'altra mano sul suo interno coscia nudo, passo le dita su una pelle morbida come seta. Sorride, mi bacia sulle labbra e sillaba senza parlare: "Guarda il film". Poi appoggia una mano sulla mia per tenerla ferma, come se sapesse con esattezza cosa voglio fare.

"Magnifico".

Dopo quarantacinque minuti di violenza sanguinaria su un sistema audio assordante – sono saltato sulla sedia almeno cinque volte e ogni volta Rain ha riso – finalmente mi accosto a lei e ammetto: «Ok, ho paura degli alieni. Probabilmente avrò gli incubi stanotte. Davvero mi farai restare fino alla fine?».

Alza gli occhi al cielo, ma poi sorride. «Va bene… andiamo», prende la giacca e la borsa. Sfrutto quell'opportunità per far andare la mano più su.

C'è così tanta confusione qui dentro che non la sento trattenere il fiato quando insinuo le dita sotto le sue mutandine bagnate, quando le infilo un dito dentro, ma a giudicare dalla tensione improvvisa nel suo corpo e dalla fatica con cui deglutisce direi che non se l'aspettava.

Anche se, cazzo, sembra proprio volerlo.

Non mi ha ancora respinto. È troppo impegnata a osservare le altre file, gli angoli e i soffitti in cerca di telecamere. Nessuna punta su di noi. Siamo al sicuro. Solo quando sembra accettare tale evidenza si rilassa sulla sedia. I suoi occhi si posano su di me. Grazie a qualche lampo che ogni tanto proviene dallo schermo, riesco a scorgere la fiamma che arde in quello sguardo.

Finalmente, mi fa un piccolissimo sorriso e allarga le cosce. Solleva leggerissimamente il bacino. Approfitto con avidità di quell'accesso e le abbasso le mutandine fino a farle cadere sul pavimento sporco del cinema. Mi faccio spazio tra le cosce e comincio a lavorarla con più dita e il pollice, la gonna rimboccata. *Cazzo*, vorrei che non fosse così buio.

Stringe forte i denti, come nel tentativo di non emettere alcun suono; non che qualcuno sentirebbe qualcosa qui dentro. Forse è questo che mi sprona, mi fa muovere le dita un po' più velocemente, con un po' più di aggressività, voglio che perda il controllo. «Andiamo, Rain...», mormoro al suo orecchio e le mordo il lobo, «fammi sentire...».

Mi schiaffa una mano sulla bocca, soffocando il resto delle mie parole con un'occhiata truce di avvertimento. Forse le parole sporche la imbarazzano? Continuo, sorridendo, il sangue che affluisce a sud. Guardo le sue labbra aprirsi e gli occhi chiudersi, diventa sempre più bagnata, comincia a contorcersi sulla mia mano e alla fine abbatte la bocca sulla mia e soffoca così ogni gemito che avrebbe potuto sfuggirle mentre il suo corpo si contrae attorno alle mie dita.

Grazie a dio non so più che cazzo stia succedendo nel film. Sono pronto ad abbassarmi la zip dei pantaloni. Spero che Rain restituisca il favore, ma non glielo chiederò. Sembra leggermi nel pensiero perché mi mette a tentoni una mano in grembo, mi stringe attraverso i jeans, con il pollice dà un colpetto alla lampo.

E poi d'improvviso la sua mano non c'è più. Prende le mutandine e la borsa dal sedile accanto e sussurra: «Devo andare in bagno. Starai bene qui per cinque minuti? Sai... con gli alieni spaventosi?». Indica lo schermo.

Per tutta risposta le do uno schiaffo sul culo.

E abbandono la testa all'indietro in completa e totale frustrazione.

Capitolo 38
Clara

Osservo il mio volto arrossato nello specchio del bagno, le mani tremanti, realizzando cosa è successo. Cosa ho *permesso* che succedesse.

Quando mi ha chiamata per uscire stasera ho subito suggerito il cinema, perché sapevo che era un modo per stare con lui senza ingannare la mia squadra né preoccuparmi di cosa avrebbero potuto dire. Pensavo che fosse anche un buon modo di rallentare un po' senza smettere di guadagnarmi la sua fiducia e mantenere viva la sua attenzione. Potevamo tenerci per mano, rubare un bacio o due senza che Warner o Bill sentissero niente al di sopra delle casse sparate a tutto volume.

Ovvio, ho scelto un film truculento, per allontanare la mente e il corpo dal fatto che tenerci per mano e baciarci non sono le sole cose che voglio. Ovvio, il diavolo sulla mia spalla mi ha convinta a mettere la minigonna e mi sono bagnata non appena ho messo il culo sul sedile in pelle della sua macchina.

Non posso credere che l'ho permesso.

Con il microfono addosso!

Con la squadra di copertura in ascolto!

Sono sicura che non è la prima volta che quest'ultima fila è servita a un utilizzo sconcio. Succede abbastanza spesso. Due anni fa, sono stata chiamata al multisala per arrestare per atti osceni in luogo pubblico due sedicenni che si erano lasciati trasportare un po' troppo. Ci sono stati un sacco di "incidenti" di tizi che entravano soli e uscivano in manette perché avevano provato l'impulso a farsi una sega. Quindi, io, in che cazzo di categoria sono? L'adolescente arrapata o la pervertita?

Una che vuole Luke con tutta se stessa. Ecco cosa sono.

Dal momento in cui ci siamo seduti ho tenuto d'occhio l'entrata, in attesa di qualcuno della squadra. Non ho notato nessuna forma maschile allampanata scivolare nell'ombra. Anche se qualcuno l'avesse fatto, non può avere visto quel che succedeva.

Ma comunque!

E se mi sbaglio e adesso i federali hanno su nastro il suono di me che vengo, ascoltabile da tutti?

Mi servono rassicurazioni, per cui tiro fuori il telefonino. «Oh mio dio», gemo, una mano sullo stomaco, quando vedo le quattro chiamate perse di Warner. Avevo messo la vibrazione, ma di solito la sento attraverso la borsa. Se non fossi stata… distratta, mi sarei accorta che partiva.

Ricomincia a vibrare.

Riesco a emettere un debole e roco: «Pronto?»

«Dove sei?»

«Bagno. Perché?», chiudo gli occhi. Eccola. Arriva. Sono fottuta.

«Hanno appena rubato la macchina di 12».

Mi serve un attimo per capire. «Cosa!».

«Già. Dritta dal parcheggio», Warner si mette a ridere, «cazzo, gli sta bene».

«Chi cavolo…». Mi chino per controllare che non si vedano piedi nei bagni. Vuoti, per fortuna, ma abbasso comunque la voce. «Chi prenderebbe mai la *sua* macchina?»

«Chiunque sia, gli darò una medaglia». Esasperata, lo sento continuare: «Un tizio da solo, di sicuro un professionista. Ha tirato un pugno al finestrino dal lato del guidatore e ha riprogrammato l'ingresso senza chiavi. Quarantacinque secondi, dentro e fuori. Li ho contati! E ho anche ripreso tutta la scena».

«Sembri ammirato», mugugno, contrariata.

«Oh, andiamo! Devi ammettere che è uno spasso».

Faccio una smorfia. «Già. Quell'imbecille se lo merita», ma, ragazzi, Luke andrà fuori di senno. Ama quella macchina. Guardo l'orologio. Mancano ancora una trentina di minuti di film. «Qualcuno la sta pedinando?»

«Ho chiamato Franky. Ci ha messo un attimo a raggiungerla e la sta seguendo».

«Ok. Che vuoi fare, capo?»

«Non possiamo contattare la polizia locale finché 12 non denuncia il furto. Spero che abbia un sistema di rilevamento di lusso a cui non arrivi per primo questo tizio».

Infilo le mutande in borsa. Per quanto corta sia la gonna, col cavolo che le rimetto dopo che sono state su quel pavimento. «Capito. Lo porto via».

Torno in punta di piedi nella sala con uno stato d'animo diversissimo da quello con cui sono uscita cinque minuti fa. Luke è appoggiato allo schienale, le gambe larghe, un sorriso soddisfatto in faccia.

«Ehi, volevi andare via, giusto?».

Mi prende per mano e mi trascina a sedere. «No, possiamo restare. So che volevi tanto vederlo».

Mi stringo nelle spalle. «Ho un po' perso il filo. Posso sempre affittarlo un'altra volta. Pensavo che potremmo tornare a casa tua…», smetto di parlare mentre con la mano gli tasto di nuovo il grembo. Eh sì, ancora duro come una roccia.

Peccato che avvizzirà fra quattro minuti circa.

«Era proprio *qui*, giusto? Non sono pazzo, vero?». Luke scandaglia il parcheggio con occhi selvaggi e schiaccia il pulsante dell'allarme sul telecomando dell'auto per la decima volta. Come se potesse apparire per magia.

«No, non sei pazzo, Luke. Mi dispiace», gli accarezzo un braccio per consolarlo un po', «dovresti davvero chiamare la polizia adesso, prima che si allontanino troppo. Forse possono ancora trovarla».

Si passa le mani nella criniera di capelli, scompigliandoli, e scende a patti con l'idea che gli hanno rubato la macchina.

Tira fuori il telefono e digita un numero, frenetico, i denti stretti. «Sì, mi hanno rubato la macchina e c'è un sistema di rilevamento sopra... Già».

«Spero che chiunque sia stato non l'abbia ancora trovato», borbotto, senza speranza. Ladri competenti – e a quanto ho sentito questo lo è – trovano e disattivano uno di quelli entro poche centinaia di metri dal luogo del furto.

«Dovrebbero trovarli tutti e tre», risponde Luke, dopo aver recuperato un briciolo della calma e sicurezza che lo contraddistinguono.

Naturalmente Luke ha non uno, ma tre sistemi GPS in macchina. Immagino chi glielo abbia suggerito.

Aspetto in silenzio mentre Luke chiama tutte e tre le agenzie. Come c'era da aspettarsi, uno è già stato disattivato. Ma due sono intatti e la polizia viene indirizzata in fretta. Fatte le telefonate, chiama qualcun altro. «Ehi, Rust? ...cazzo, non crederai a cosa è successo», e poi si mette a ridere.

Perché evidentemente persino lui vede il lato ironico della faccenda.

«Si rende conto di quanto è fortunato?», commenta l'agente mentre copia la patente di Luke e la paragona ai documenti trovati nel cruscotto, «la maggior parte di queste auto finisce oltreoceano».

«Non è fortuna», mormora Luke, di nuovo con il sorrisetto da smargiasso. Con un braccio mi circonda la vita e mi attira a sé, un sospiro di sollievo. Mi appoggio a lui, perché sono le tre del mattino e voglio proprio dormire.

«Comunque... avrebbe potuto finire contro un muro durante un inseguimento ad alta velocità, invece che parcheggiata in un deposito».

«Ha fatto bene», dico io, «sarebbe stato orribile, eh? Ami questa macchina».

Mi sbircia con aria accigliata. «Sì, hai ragione», esamino il suo sguardo in cerca di una qualsiasi ammissione del fatto che lui aiuta a fottere la gente nella stessa identica maniera.

Sono sicura di vederla.

«Avete idea di chi l'abbia rubata?», chiede al poliziotto.

«Raccoglieremo prove sul posto e sulla macchina. La chiameremo quando potrà venire a riprenderla», spiega l'altro in tono monotono. Ovvio che odia questo lavoro. Mi chiedo se se lo sia scelto o abbia fatto qualche stupidaggine con una missione precedente e quindi l'abbiano relegato alle scartoffie del magazzino di rimozione e deposito della polizia.

Se continuo con la mia stupidità, un giorno potrei prendere il suo posto.

«Va bene. Prendiamo un taxi e torniamo da me», Luke tira fuori il telefono.

«Certo, ma io vado a casa. Devo alzarmi presto».

Si incupisce. «Per cosa?»

«Faccio la volontaria... in una mensa per i poveri una volta a settimana. Domani tocca a me». "Promemoria – trovare una mensa per i poveri e cominciare a farci la volontaria una volta a settimana".

Annuisce tra sé e sé e ammette: «Sì, immagino che sia piuttosto tardi. Devo essere in officina tra poche ore, nel caso Miller ancora non torni», si allunga a baciarmi, dolcemente, «presto?».

Mi costringo a sorridere e spero che l'atteggiamento tranquillo dell'invito non faccia capire alla squadra che c'è già stata una prima volta. «Certo».

Capitolo 39
Luke

«Ti hanno detto quando sarà pronta la macchina?», Rust ha la voce impastata, come se si fosse appena svegliato, anche se sono passate le dieci e lui è lavato e sbarbato e nell'ufficio dell'officina.

«Qualche giorno. Ho appena ordinato un finestrino sostitutivo. Hanno detto che arriverà fra una settimana».

Mi lancia le chiavi della sua Cayenne. «Usa la mia finché non te la restituiscono».

«Sicuro? Posso affittarne una».

Accantona con un gesto la mia preoccupazione, lo sguardo che vaga sulle pareti bianche di quello spazio minuscolo, dove siamo riusciti a incastrare due scrivanie anche se c'era posto per una.

«Ascolta, se qualcuno te lo chiede, di' che ti dava problemi al motore e l'hai mandata in concessionaria per farla riparare».

Mi acciglio. «Perché?»

«Perché un qualche imbecille ha rubato la macchina di mio nipote e voglio scoprire chi è! Farò qualche telefonata discreta per scoprire se è una banda locale o qualcosa di più grosso. Non vogliamo che nessuno ci provi con noi. Alza la temperatura della zona».

«Ok. Dove sarai oggi? RTM?»

«No, devo risolvere un inconveniente», lo fisso, in attesa di spiegazioni ulteriori, «delle consegne che non sono ancora arrivate in magazzino. Non sono sicuro del perché di questo ritardo».

È quasi divertente: un momento condanna la gente che mi ha rubato la macchina e quello dopo sono i soliti affari. Sono l'unico che inizia a provare un grammo di empatia per quelle persone che fottiamo alla grande? Mi chiedo, se fosse stato Rust a uscire da un cinema e non trovare più la macchina, avrebbe ripensato a quello in cui siamo implicati?

«Come te la cavi qui?».

Faccio un lento cenno del capo e guardo le pile ordinate di raccoglitori dai colori coordinati davanti a me. Quattro giorni fa, di fronte al caos organizzato della scrivania di Miller – due torri di scartoffie alte più di sessanta centimetri che mettevano insieme fatture, ordini dei clienti e una mezza dozzina di altri moduli con cui non avevo idea di cosa fare – avrei risposto con molte imprecazioni e gemiti.

Ma pian piano sono riuscito a orizzontarmi, smistando pratiche, facendo telefonate. In realtà penso di avere capito come gestire questo posto. Certo, ci sono ancora un sacco di cose che non so, ma non ci siamo bloccati senza Miller.

«In realtà molto bene». Posso parlare con la gente e mi sento utile perché di solito riesco a diagnosticare il problema della loro macchina in base a ciò di cui si lamentano. In più, ai ragazzi qui sembro piacere più di Miller. Non significa che mi libererò di lui, però mi piace sentire di avere il controllo di qualcosa.

Soprattutto, però, non c'è la stessa ansia che provo quando sono al telefono con Rodriguez o con l'altro ricettatore, Cage. La tensione che mi irrigidisce la schiena ogni volta che trasmetto l'ennesimo messaggio per l'ennesima macchina che devono rubare. L'ennesima persona che sto per fottere.

Qui li risolvo i problemi della gente, invece di crearli.

Rust comincia a sfregarsi il mento alla maniera di quando gli è venuta un'idea. «Mi sembra di non vederti da settimane».

Rido. «Ci siamo visti domenica sera. Qui c'è stato da lavorare come bestie, con Miller fuori uso e io che dovevo capire come funzionava tutto. Faccio tardi ogni sera. Cazzo, ieri è stata la prima volta che ho visto Rain dal fine settimana scorso».

«Rain?»

«La ragazza che ho portato alla festa di Aref».

«Giusto. Non mi avevi mai detto come si chiamava. Ricordami un po' come l'hai conosciuta».

«È quella che ha portato l'Audi, ricordi?»

«Ah... sì. Bella ragazza», annuisce piano, sorridendo. Sorriso sostituito in fretta da un'espressione accigliata. «Passi un sacco di tempo con lei».

«Non proprio». Molto meno di quanto vorrei. Ogni sera quando torno a casa guardo verso la finestra e il palazzo di fronte, cercandola. Ha detto che è occupata con alcuni progetti che ha trascurato nell'ultima settimana. Non so che genere di corso di fotografia sia, ma lei sembra prenderlo molto sul serio. O quello o fa tutto parte del discorsetto sul "non perdersi per un altro".

«Più delle tue solite ragazze».

«E quindi?».

Fa spallucce. «Quindi dovresti presentarmela una sera. Mi piacerebbe conoscerla».

«Non credo che siamo arrivati a quel punto». Presentarla a Rust sarebbe come presentarla a un genitore. Peggio, mi importerebbe se Rust non approvasse. Mi distruggerebbe.

«Ok. Allora almeno vieni al Cellar stasera e fingi di ricordarti chi sono».

Scoppio a ridere e mi guadagno un suo sorriso.

La porta scricchiola ed entra un Miller sparuto.

«Ehi! Guarda chi è tornato! Ti senti meglio?», esclama Rust, osservando il suo manager diligente avvicinarsi alla scrivania.

«Sto bene. Marie esagera», borbotta lui in risposta.

«Ehi, non avevo idea che fossi sposato», esclamo.

Rust ridacchia. «Forse voi due dovreste parlarvi ogni tanto. Chi lo sa? Potreste imparare ad apprezzarvi a vicenda. Miller, vacci piano. Lascia più responsabilità a Luke. Mi servi in piena forma, giusto?». Immagino che lo sguardo a sopracciglia inarcate che Rust lancia a Miller non abbia niente a che vedere con la gestione dell'officina. Si avvicina la gran nottata delle spedizioni e sarà Miller a recuperare il pagamento da Vlad nel parcheggio buio del motel.

«Starò benone», Miller si schiarisce la gola e fa risalire una quantità di catarro che contraddice le sue parole.

Rust bussa sulla mia scrivania. «Stasera. Dobbiamo parlare di alcune cose. E... ho delle carte da farti firmare». Di nuovo quel sorriso. Quello che vedo sempre quando sta per farmi una sorpresa. «Però non ti suggerirei di cambiare il nome», mi fa l'occhiolino, «l'officina di Rust è piuttosto conosciuta da queste parti».

Spalanco la bocca. Con la coda dell'occhio, vedo Miller fare lo stesso. «Sul serio?», Rust mantiene la parola e mi cede l'officina?

«E organizza qualcosa con Aref da Corleone per questa settimana». Mi lancia uno sguardo penetrante mentre esce e capisco che farò bene a mettere in moto il culo e non farmi distrarre dalla sua ultima manifestazione di generosità.

Alzo gli occhi e vedo Miller che mi osserva in silenzio. Mi chiedo cosa stia pensando. Probabilmente che il mio primo punto all'ordine del giorno sarà licenziarlo. La verità è che se c'è una cosa che ho imparato in questa settimana è che lui è un buon dirigente e utile a questo posto. «Mi sono occupato della maggior parte delle fatture e degli ordini. Gli stipendi sono stati distribuiti. Manca solo quel raccoglitore giallo con cui non so cosa fare».

«Forse non sei del tutto inutile, dopotutto», borbotta e comincia a sfogliare il lavoro non finito.

«Rilassati. Il tuo posto è al sicuro», rido piano, «gestisci questa baracca meglio di quanto potrei mai fare io».

Questo sembra ammorbidirlo un po'. «Niente macchina oggi?».

Aspetto che si porti la tazza gigante di caffè alle labbra prima di dire: «Ce l'ha la polizia, raccolgono prove dopo che qualche cretino l'ha rubata, ieri notte».

Del caffè schizza dalla bocca di Miller su tutto il suo monitor, sulla scrivania. «Figlio di puttana», ringhia; afferra una pila di fazzoletti là vicino e ottiene solo di urtare la tazza con il gomito e versare quel che resta del caffè su alcuni documenti.

So che Rust ha detto di tenere la cosa sotto silenzio, ma è Miller. Ho superato lo shock iniziale. Ora sono equamente diviso tra il fastidio e il divertimento per l'ironia della cosa. La parte della mia coscienza che continua a cantilenare "Cazzo, ti sta bene" mi impedisce di arrabbiarmi troppo.

«Tieni», gli lancio un rotolo di carta assorbente.

Lo afferra con la sua mano grassa. «Teppisti che volevano farsi un giro?»

«Impossibile. Dev'essere stato un colpo a opera di professionisti. L'hanno trovata in un magazzino a NoPo, appena fuori della H5, senza dubbio in attesa di trasferimento». È sbalorditivo con che immediatezza sono arrivato a comprendere tutta l'operazione. «Ora stanno esaminando la macchina. Mi piacerebbe da matti sapere a chi volevano venderla». Dire questo è quasi come ammettere che so tutto dell'organizzazione criminale e del lavoro che Miller fa per Rust. Una parte di me vuole parlargli apertamente di tutta la faccenda, vedere cosa pensa, chiedergli se lui desidera mai essere *solo* il direttore dell'officina.

«Chissà...», borbotta e si schiarisce più volte la gola. Sembra sul punto di svenire, la faccia rossa e gonfia, e si asciuga una goccia di sudore dalla fronte.

«Sicuro che stai bene? Se serve puoi andare a casa. Posso cavarmela per il resto della settimana. Non voglio che mi muori tra le braccia».

«Non è niente. Solo quel cazzo di raffreddore che mi ha passato Paige. È più il fastidio che altro».

«Paige?»

«Mia figlia».

«Hai una figlia?», le parole mi scappano con un tono più incredulo di quel che avrei voluto.

«Ne ho tre», si abbandona sulla sedia, «tutte adolescenti adesso».

Il pool genetico di Miller si aggira per Portland. Con le tette.

Cerco di immaginarmelo, ma, vista la profonda fossetta che ha sul mento e le membra simili a tronchi, è dura. Spero che abbiano preso dalla madre. Non ho idea di che aspetto abbia, ma immagino che qualsiasi cosa sarebbe meglio.

A giudicare dall'occhiataccia di Miller, mi legge nel pensiero ed è pronto a prendermi a pugni. Me lo merito. Sto facendo lo stronzo. «Probabilmente è per questo che sei così stressato», commento.

«Sì, probabile», borbotta e abbassa un po' la testa, mentre cerca di recuperare una fattura.

Capitolo 40
Clara

«Pensi che ne ricaveremo qualcosa di utile?», domando in uno sbadiglio, aspettando che la caffeina faccia effetto mentre guardo Warner che tira una palla a Stanley nel parco.

Si stringe addosso l'impermeabile. «Non ne sono ancora sicuro. Vedremo se riesce come speriamo».

Le compagnie di GPS hanno lavorato in fretta e spedito la polizia ad alcuni depositi a Portland nord, dove il ladro aveva lasciato la Porsche di Luke prima di raggiungere a piedi una macchina parcheggiata tre strade più in là, con Franky che lo aspettava dietro le quinte. Lo ha pedinato per qualche isolato prima di chiamare un suo amico, un poliziotto del posto in servizio. Non appena il ladro ha visto la gazzella, ha accelerato e cominciato a zigzagare nel traffico. In modo abbastanza pericoloso da poterlo arrestare per sospetto uso di stupefacenti.

Ovviamente il tipo aveva una bustina di anfetamina in tasca.

A volte questi idioti ti rendono tutto troppo facile.

Tempo che Warner arrivasse e gli mostrasse il video che lo ritraeva mentre rubava la macchina di Luke e il ladro era pronto a denunciare tutti quelli che conosceva per evitare un'accusa formale. È sempre la stessa storia. Sono così prevedibili. Non c'è onore nel silenzio per loro.

Sembra che sia stato assunto da qualcuno con "un forte accento sgradevole, come i cattivi nei film di James Bond" che gli ha promesso ottantamila in contanti per prendere l'auto e lasciarla in quel luogo preciso. «L'hanno pagato proprio per la macchina di 12?»

«Proprio. Così sembra, almeno. Gli hanno dato il numero di targa e l'indirizzo dell'officina per esaminarla in anticipo».

Significa che qualcuno ci ha seguiti al cinema? Mi vengono i brividi lungo la schiena, ma li ignoro. «Allora come sta andando?»

«Stiamo lavorando con gli agenti locali. Dobbiamo», si affretta ad aggiungere di fronte al mio sguardo truce. «Non temere, la tua copertura è intatta e rimarrà tale. Ma a un certo punto dovremo coinvolgere più persone. Abbiamo un agente di qui sotto copertura che corrisponde al profilo che vogliamo, pronto a recarsi in centro dal gioielliere all'ingrosso con un numero di telefono. Ritengo che il grossista faccia da intermediario per i soldi. Deve avere una descrizione approssimativa di chi va a riscuotere. Non appena la persona all'altro capo del telefono conferma che hanno la macchina, consegnano il denaro. Di solito funziona così».

«Chi gestisce la gioielleria?»

«Un tizio di nome Jerry Rosenthal. Stiamo indagando su di lui e la Gold Bonds proprio adesso. Non sono sicuro che abbiamo qualcosa».

Rifletto. Quel nome… era sul certificato della collana a casa di Luke. Solo una coincidenza? O anche l'organizzazione di Rust usa questo Rosenthal per gli scambi di denaro? Quanti giri di furti d'auto operano attraverso lo stesso intermediario? Non possono essercene molti. Forse uno solo. Ma, se è così… No, ero con Luke. Ho visto la sua faccia. Non era quella di uno che mette in scena il furto della propria auto per una frode assicurativa. Era sconvolto e arrabbiato sul serio. E sollevato, anche, quando l'hanno trovata. E poi, ci ha messo sopra tre sistemi di rilevamento.

«A che pensi?», domanda Warner.

"Che c'è qualcosa che non torna". Sono abituata a setacciare migliaia di informazioni all'apparenza inutili che non hanno senso finché non abbiamo il quadro completo. Passiamo la maggior parte del tempo a fare supposizioni, tirare a indovinare e non poter agire senza prove concrete. Questo è decisamente un caso che mette alla prova le mie capacità deduttive.

Mi riscuoto. «Quindi procediamo con la consegna dei soldi e arrestiamo la persona che si presenta al magazzino?»

«No. La persona che si presenterà al magazzino troverà una Porsche 911 nera con la stessa targa carica di cimici», sorride e io comincio a capire il piano.

«Stai cercando di oltrepassare i ricettatori», lancio di nuovo la palla per Stanley. Eppure qualcosa ancora non quadra, «ma è stato un colpo intenzionale. Che succede quando vedono 12 girare di nuovo con la sua macchina? Capiranno che la loro è un falso».

«Non girerà con la sua macchina tanto presto. La terrò in deposito finché ce ne sarà bisogno».

«Come farai a…».

«La magia di essere un federale, tesoro».

Sorrido, e lui gratta dietro l'orecchio uno Stanley diventato impaziente. Warner di solito non fa così apertamente lo smargiasso con il potere del distintivo.

«E se 12 racconta a tutti che gli hanno rubato la macchina, ma i poliziotti l'hanno trovata e la persona responsabile lo viene a sapere?»

«È un rischio. Ma se avessi un'attività come quella di 12 e 24 e qualcuno mi rubasse la macchina manterrei il silenzio mentre cerco il ladro, perché sarei incazzato».

«È un grosso rischio», sottolineo.

«E a noi serve una grossa svolta nel caso».

Annuisco piano. «Quale pensi sia il forte accento sgradevole alla Bond? Russo?»

«Così pare, ma non ha senso. Perché i soci di 24 dovrebbero rubare la macchina del nipote?».

Scuoto la testa, mi chiedo la stessa cosa. «Luke ha detto che i russi con cui lavorava sono degli stronzi. Forse li ha fatti incazzare? Oppure… pensi che fosse un'esca per scoprire se Luke ha qualcuno alle calcagna?»

«Se è così, dovremo stare attentissimi».

«Già. Significa basta visite faccia a faccia, fratellone. E basta improvvisate nel mio appartamento. È troppo pericoloso. Niente impedisce che qualcuno mi segua. E segua anche te».

Mi sento gli occhi di Warner in faccia, ma tengo i miei su Stanley. «Sì, hai ragione». Non mi sfugge la delusione nel suo sospiro.

Capitolo 41
Luke

«La cena è stata deliziosa. Per favore lo dica allo chef», annuncia Aref quando la cameriera ci mette davanti i nostri drink. È la stessa che ci ha serviti l'ultima volta; che differenza tra le due sere, sia per lei che per me.

Sorride. «Sarà felice di saperlo», sposta lo sguardo su Rust e me mentre prende i nostri ultimi piatti.

«Che posso dire, Rust, a parte che sono davvero soddisfatto», commenta Aref.

«Anch'io», intervengo, il bruciore dello scotch non intacca minimamente il mio sollievo. Forse lavorare con uno come Aref alleggerirà la punta di disgusto e rimorso che provo a essere coinvolto in questo racket.

«Sono contento che Luke ci abbia messo in contatto per questo affare. Ho la mia rete a bordo per un ordine, per cominciare. E…», Rust fa una pausa per appoggiare il tovagliolo sui piatti che la cameriera porta via, «…credo che Luke abbia già chiarito che la cosa non coinvolge i nostri altri soci. Quella spedizione si svolgerà come stabilito. E se qui tutto va bene, sarà l'ultima».

Aref accantona ogni preoccupazione con un gesto. «Sai che preferisco gli affari con te. E ho già un compratore per cui ne vale la pena. Ha bisogno che spediamo tra due settimane».

Rust comincia a ridacchiare, ma vedo la tensione nel suo profilo. «Scusa, Aref, ma non è fattibile. Troppo rischioso, soprattutto con quel che stiamo cercando».

«Ho paura che vada da un altro se non procuro la merce».

«Lo dicono tutti. Facci ottenere cinque settimane e potremo consegnare. Posso garantirlo».

Aref serra con forza le labbra, poi sembra addolcirsi, fa un cenno del capo e un sorriso. «Vedrò cosa posso fare».

Capitolo 42
Clara

«Hanno abboccato», riesco quasi a vedere il sorrisone sciocco di Warner attraverso il telefono, mentre giro tutto intorno all'isola in cucina, «è in un deposito commerciale al momento. Le cimici hanno colto un paio di nomi che per ora non significano niente, ma ci stiamo lavorando. Inoltre, la nostra informatrice da Corleone ha appena confermato che 12, 24 e 36 sono andati lì a cena due sere fa».

36. Nuovo nome in codice per Aref.

«Sto cercando di ottenere un mandato per i video di sorveglianza del ristorante, ma la descrizione che ha fatto dei tre combacia. Ha riconosciuto 12 dall'ultima volta che sono stati lì».

"Ci scommetto", borbotta la mia vena gelosa. «Ha sentito qualcosa d'importante?»

«Che 36 e 12 sono molto contenti per qualche motivo».

Mi piaceva ricevere telefonate da Warner. Adesso le temo. Forse perché vedo i muri stringersi attorno a Luke. E in fretta. «Ehi, pensavo di fare un salto da lui a portargli il pranzo. Quand'è il prossimo turno di sorveglianza?»

«Ah, merda. Ho appena fatto staccare Bill e Franky. Il mio agente ha programmato una grossa azione a NoPo e mi servono tutti lì. Due chili di coca».

«Ok. Però ho bisogno di farmi viva con lui presto».

«Sono certo che è impegnato a organizzare furti d'auto».

Alzo gli occhi al cielo. «Sì, probabile».

«Sinclair ti ha chiamato di nuovo?»

«No», grazie a dio, Sinclair ha smesso di starmi col fiato sul collo e lascia lavorare i canali deputati, «perché?»

«Ecco… se lo fa, accetta qualsiasi cosa ti chieda e poi ignoralo e continua a fare quel che stai facendo, con il tuo ritmo. Nessuno può aspettarsi che 12 sputi il rospo dopo pochi incontri».

Campanelli di allarme partono nella mia testa. «Parla di nuovo di togliermi il caso?»

«Non preoccuparti di questo. Ci sei troppo dentro perché ti richiami».

“Non sai nemmeno quanto”.

«Che ne dici se metto i ragazzi su di te domani. Va bene?».

Mi lecco una goccia di sugo dal pollice. «Immagino di sì. Andrò a… ad ammazzare il tempo da qualche parte».

«Non hai foto da scattare e senzatetto da nutrire?»

«Credo».

«Che vita dura la tua, Bertelli».

«Sì, sì», metto giù il telefono e comincio a incartare panini nella stagnola, poi li infilo nella borsa oversize insieme alla macchina fotografica.

Stanley fa avanti e indietro davanti alla porta, come se sapesse chi andrò a trovare. «Scusa, stavolta no».

Gli occhi di Luke si illuminano non appena entro in ufficio e a me si stringe lo stomaco. Sapevo che sarebbe stata la mossa giusta.

«Possiamo aiutarla, signorina?», domanda Miller in tono burbero.

«*Tu* no», in pochi secondi Luke è in piedi e aggira la scrivania per venire a baciarmi sulle labbra, «che bella sorpresa. Vuoi andare a pranzo?»

«Veramente, stamattina avevo voglia di cucinare, quindi…», apro la borsa e lo faccio guardare dentro.

Luke mugola. «Cazzo, è quel che penso che sia?»

«Puoi assentarti per un’ora?».

Per tutta risposta prende portafoglio e chiavi dalla scrivania.

«Perché non lasci guidare me? Non posso farti una sorpresa se guidi tu». E, se per qualche ragione qualcuno venisse a controllare gli spostamenti di 12, vedrà la Cayenne che ha preso in prestito dallo zio e penserà che non si sia mosso di lì.

«In effetti non sono mai stato qui», dice Luke mentre attraversiamo l'ingresso del giardino giapponese, uno dei luoghi caratteristici di Portland e dove sono stata almeno una volta a settimana da quando ho cominciato questo caso, sia per la serenità del luogo che per fare esperimenti con la macchina fotografica. Abbastanza perché la signora della biglietteria mi saluti con un cenno della mano.

«Perché non mi sorprende?», ricambio il suo sorriso. «Mi piacerebbe tanto vederlo in autunno, quando le foglie cominciano a cambiare colore».

«Allora torneremo in autunno e potrai vederlo tutto», fa una pausa. «Giusto?»

«Giusto». Soffoco qualsiasi dubbio possa trapelare da quell'unica parola con un gran sorriso, poi mi concentro sugli alberi dalle forme strane e le pagode esotiche davanti a noi. Dentro, mi cresce rapida la tristezza. Non immagino a che punto sarà il caso per allora, se questa cosa della Porsche riesce. In autunno Luke potrebbe benissimo essere dietro le sbarre.

Potrebbe odiarmi a morte.

«Che succede?».

Mi guarda preoccupato e capisco che non sto nascondendo i miei sentimenti tanto bene.

«Niente. Andiamo», lo prendo per mano e lo conduco sul mio sentiero preferito. Acri di terra coltivati alla perfezione divisi in cinque giardini a tema. Li attraversano stradine di pietra che, su per delle collinette, costeggiate da arbusti dalle forme esotiche e muschio verde vivo, collegano i ponti che attraversano stagni e ruscelli. Ogni pianta, ogni albero, ogni struttura fatta dall'uomo è stata posizionata con grande precisione, creando un'incantevole serenità di cui mi sono innamorata.

«Quanto è facile perdersi qui dentro?», mormora mentre

percorriamo un sentiero addentrandoci in una zona più fitta. Ancora non abbiamo incontrato nessuno, ed è una bella cosa.

«Non abbastanza. Vedi la cascata laggiù?», indico il leggero salto d'acqua e poi gli mostro la macchina fotografica con lo scatto che ho fatto alcune settimane fa mentre perdevo tempo. Era una rara giornata di sole e i raggi colpivano le rocce in modo tale da far scintillare gli spruzzi d'acqua.

«È magnifica, Rain», mi prende la macchinetta e comincia a sfogliare le immagini, un cipiglio serio che gli avvicina le sopracciglia, «perché non me le hai mai fatte vedere?»

«Ancora non sono granché pratica».

«Sembra il contrario», mormora e il mio ego si gonfia.

«E poi, non pensavo ti interessasse».

«Mi interessa tutto quel che interessa a te», un sorriso gli piega le labbra. «Hai foto mie?»

«Non ancora», mento. Quella memoria è nascosta, per me sola.

«Mmh… dovremo rimediare», mi restituisce la macchina fotografica con un sorrisetto arrogante. «Allora, dove sono i tavoli da picnic? Perché muoio di fame».

Scoppio a ridere. «Il fatto è…», lo prendo sottobraccio e lo trascino via dal sentiero principale, verso un gruppo di gradini di pietra scalati alla perfezione, «che in teoria non siamo autorizzati a mangiare qui, quindi dovremo farlo in un posto un po' insolito».

«Stai suggerendo di infrangere le regole?», spalanca gli occhi con finta serietà.

«Perché per te è un problema, vero?»

«Sì, esatto. Mi stai corrompendo con i tuoi modi malvagi».

«A volte mi capita», ridacchio, «rilassati. È mercoledì e sono previste forti piogge questo pomeriggio, quindi nessuno ci disturberà». Lo so perché di solito vengo in quei giorni e mi metto sul Ponte della Luna e lascio che le gocce mi inzuppino i capelli, i vestiti e la pelle mentre catturo gli scrosci usando la custodia impermeabile che ho comprato.

Sorride. «Non preoccuparti per me. Penso che la mia coscienza possa sopportarlo».

Esito. «La tua coscienza però ha già parecchio a cui pensare, vero?». Non abbiamo più fatto il minimo accenno al lavoro di Luke con suo zio dalla notte sullo yacht. O aveva ragione Elmira, e le chiacchiere nell'intimità sciolgono significativamente la lingua di queste persone, o rimpiange di avermene parlato.

A giudicare dalla sua espressione temo sia la seconda, e devo stare attenta. A essere sincera, non sono sicura di volerlo sapere. Potrebbe solo aumentare il rimorso. L'ho portato qui perché è abbastanza intimo da permetterci di godere un po' di tempo insieme e abbastanza pubblico da impedire che la situazione ci sfugga di nuovo di mano, come al cinema.

«Di recente sta diventando un po' più difficile, ma nulla che non possa gestire», ammette infine.

«Pensi di continuare per sempre?»

«Non lo so...», dà un calcio a un ciottolo staccatosi dal terreno e lo guarda schizzare via, «è solo che ho sempre pensato di passare tutta la vita a lavorare per e con Rust. Non so che altro potrei fare».

«Be', potresti prendere in considerazione di lavorare solo in officina, giusto? E ti piace aggiustare e rivendere macchine insieme a Jesse».

Stringe i denti. «Ti dà fastidio, vero?».

Vedo i primi mattoni del muro che si alzerà tra noi e non posso proprio permetterlo. Gli circondo la vita con un braccio e mi metto di fronte a lui, il mio corpo intenzionalmente schiacciato contro il suo, e guardo in quei luminosi occhi azzurri che ho cominciato a vedere anche nel sonno. «È solo che non voglio che finisci nei guai o ti fai male».

«Me la caverò», mi scosta i capelli dal viso e sorride. Così sicuro di sé.

Così in torto.

«E comunque *tu* cosa hai intenzione di fare, "Miss dare un senso alla vita"?».

Quindi ricorda quella risposta ambigua. Mi ascoltava sul serio il primo giorno. «Non ne sono ancora sicura. È difficile capire quale strada prendere quando sei così giovane, quando ci sono ancora tante cose che non hai vissuto».

Il suo stomaco borbotta; ci fa ridere e gli arrossa un pochino le guance. È la prima volta che lo vedo in imbarazzo. Ci infiliamo in una piccola alcova frondosa con una semplice panchina di legno e io passo a Luke il suo panino. Non mi sono ancora seduta e lui l'ha già scartato e messo in bocca.

«Sei il mangiatore più veloce che abbia mai incontrato in vita mia», commento.

«Allora, seriamente...», appallottola la stagnola nel pugno, il tono si fa più cupo, «non vuoi tornare a Washington, vero? Cioè, so che lì ci sono le tue amiche e la tua famiglia, ma...», lascia in sospeso la frase.

Sono una bugiarda naturale. Mento tutto il giorno. Allora perché più tempo passiamo insieme e più diventa difficile mentire a Luke? Sento l'impulso di alzarmi, allontanarmi, come se questo potesse in qualche modo facilitarmi le cose. Gironzolo intorno a una piccola recinzione. «Non lo so. Un giorno, forse». Esito, sapendo che non dovrei complicarmi la situazione con questa domanda: «Tu vuoi che rimanga?»

«Forse», due occhi sinceri incontrano i miei, «francamente, in realtà non so che fare della mia vita o come andranno le cose qui. Ma quello che so è che se domani guardassi fuori dalla mia finestra e sapessi che non abiti più di fronte a me...», si schiarisce la voce e termina, piano: «Non mi piacerebbe. Per niente».

«So cosa intendi», gli volto le spalle per nascondergli la paura che ho in faccia. Sempre più spesso mi scopro a immaginare una vita stabile qui. Una vita *vera*. Con Luke. Finisce ogni volta con la stessa domanda fatale: come potrebbe mai funzionare, con lui che è ciò che è e io che sono ciò che sono?

Non può.

La realtà mi pesa sempre di più addosso, ma devo reprimere la delusione crescente e continuare a fingere per Luke. Per il successo del caso.

«Adoro l'Oregon», vago con lo sguardo sulla bellezza calma e naturale che ci circonda, non limitata a questo solo giardino, «essere vicino al fiume, e all'oceano, e alle montagne rocciose, e tutta questa natura incontaminata... il clima».

Ride piano. «Non ho mai incontrato nessuno che ami sul serio la pioggia. È un po' strambo. Ma anche figo», si affretta ad aggiungere, come per paura di offendermi, «solo che non lo capisco».

Mi stringo nelle spalle. «Non è che *ami* la pioggia. Provo solo un sano rispetto per ciò che fa. La gente la odia, ma il mondo ha bisogno di pioggia. Lava via lo sporco, diluisce le tossine nell'aria, nutre la siccità. Mantiene in vita tutto quel che ci circonda».

«Be', io ho un sano rispetto per ciò che fa il sole», ribatte con un sorriso.

«Preferisco averlo *dopo* un bell'acquazzone forte».

Scuote la testa, ma sorride. «Il bene con il male?»

«Non è così la vita?».

Si acciglia. «Perché ci sento dietro una metafora?»

«Forse *c'è* una metafora dietro», una metafora che non posso spiegargli senza descrivere il genere di cose che vedo ogni giorno della mia vita. Il ventre molle della società – dove regnano morali distorte e si appostano predatori in agguato per nutrirsi dei perduti, dei falliti, dei deboli, degli innocenti. Dove una tredicenne vende il proprio corpo piuttosto che vivere sotto lo stesso tetto dei genitori violenti, dove dei punk stuprano in gruppo una ragazza ubriaca e poi postano le immagini su internet così che il mondo possa riviverlo con lei. Dove la dipendenza di una mamma drogata viene nutrita in fretta sotto gli occhi dei suoi figli.

Dove un padre viene assassinato perché ha commesso l'errore di volere un furgone per la sua famiglia.

In quel mondo, sembra che piova tutto il tempo. Una pioggia fredda e dura che si infila nei vestiti, gela le ossa e ti fa sentire immerso nelle sciagure fino al collo.

Molte volte vedo le persone nel giorno peggiore della loro

vita, quando si sentono sul punto di affogare. Non mi piace vedere la gente soffrire. So solo che se prendono la decisione giusta e accettano l'aiuto corretto ne usciranno più forti.

Quel che mi piace viene dopo. Tre mesi dopo, quando vedo quell'ex prostituta tredicenne che falcia l'erba nel prato della sua famiglia affidataria, con un sorriso tranquillo in viso. Otto mesi dopo, quando vedo la ragazza che è stata violentata tornare a casa da scuola con un ragazzo che non le chiede niente a parte farla ridere. Due anni dopo, quando vedo la mamma drogata pulita e sobria mentre riempie un carrello di spesa per i bambini che finalmente lo Stato le ha restituito.

Quelle persone hanno rivisto il sole dopo la pioggia peggiore e per questo l'apprezzano molto di più.

Luke ha visto solo gli orologi d'oro e le macchine eleganti, gli appartamenti di lusso e le donne bellissime, le promesse di denaro e opportunità infinite. Ma, prima o poi, dovrà affrontare la tempesta che deriva dalle sue scelte. Lo prenderà a cazzotti, lo annegherà nel rimorso, lo punirà per la sua ignoranza e avidità.

Posso solo sperare che sia abbastanza severa da fargli abbandonare questa vita per una nuova. Per una vita onesta che possa renderlo felice.

Mi concentro sul muschio che cresce tra le pietre ai miei piedi, incerta su cos'altro dire, a parte: «Il mondo ha bisogno di pioggia».

«Be', io ho te. Conta lo stesso?». Quando oso alzare la testa scopro che i suoi occhi non guardano gli alberi, né le pagode. Guardano me. Me appoggiata alla pergola, la mia gonna stretta, la canottiera scollata che si intravede sotto la giacca di jeans, il mio collo. «Non porti la tua collana oggi. Ce l'hai sempre addosso».

Alzo una mano al petto in finto shock. «Oh, wow, non posso credere di essermela dimenticata. Non succede mai».

«Hai quasi finito con quel panino?», Luke sbircia il cielo e stringe un po' gli occhi quando alcune gocce gli cadono sulla fronte in rapida successione, «penso che l'acquazzone arriverà prima del previsto».

«Hai paura di bagnarti un po'?», scherzo, mentre incarto metà del mio pranzo e lo chiudo in borsa. So che lo mangerà lui più tardi.

«E tu?», vedo lo scintillio che alzandosi ha negli occhi e il mio stomaco esplode in una bolla di sfarfallii. All'improvviso mi sento una preda che sta per subire l'agguato, anche se credo che le intenzioni di Luke siano molto diverse da quelle di, per esempio, un leone che punta la gazzella.

Come un'adolescente sciocca, mi metto a correre zigzagando tra cespugli e alberi che, sono sicurissima, ai visitatori non è permesso toccare – figurarsi attraversarli di corsa. Riesco a fare ben quattro metri e mezzo prima che due braccia forti mi afferrino e mi trascinino a terra. Il corpo di Luke attutisce la caduta.

«Be', non è male», lancia un'occhiata compiaciuta al basso arbusto che forma un fitto baldacchino sopra di noi, «guarda un po'. Non può vederci nessuno». E poi d'un tratto mi ha sdraiato di schiena e mi ha bloccato le braccia in alto con una mano. Ha ragione – siamo in una tana dal soffitto basso, strati di rami dalle foglie larghe ci avvolgono in un lunghissimo tunnel.

Invisibili per occhi ignari.

La pioggia si intensifica e persino sotto questa protezione sempre più gocce riescono a farsi strada dall'alto per atterrare su di noi. Grazie a dio sono stata abbastanza furba da portare una borsa di nylon e chiuderla prima di mollarla a terra e scansarla. «Wow, ora picchia davvero. Ed è pioggia fredda. Potrebbe essere un bene per te…».

Luke mi zittisce con la sua bocca e mi allarga le cosce per sistemarsi bene sul mio corpo. Sono vagamente consapevole del freddo bagnato sulle gambe nude quando mi tira su la gonna, fino a rimboccarmela in vita.

È proprio quel che non doveva succedere oggi. Ma adesso che è cominciato non posso fermarlo.

Non voglio fermarlo.

«Anche tu lo vuoi?», sussurra mentre si slaccia la cintura e abbassa la patta dei jeans. Rispondo allargando intenzionalmente le gambe. Quel movimento lo fa gemere nel bacio e liberarsi quanto basta a strappare l'involucro di un preservativo che ha estratto senza difficoltà da chissà dove mentre io mi dimenavo vogliosa sotto di lui.

Trattengo il fiato quando delle dita mi scostano le mutandine e lo sento prepararsi a scivolare dentro di me. Niente preliminari stavolta e mi va bene. Guardarlo è un preliminare sufficiente. Non ho fatto che pensare a far di nuovo l'amore con lui da quando...

«Ehilà?», chiama una voce femminile stridula.

Stacchiamo le bocche e incolliamo gli occhi sgranati. Dal mio punto di osservazione vedo solo un paio di stivali da pioggia bianchi e neri a pois. Credo che la donna non possa vederci. Spero che non possa sentirci. Stringiamo le labbra tutti e due e restiamo zitti e fermi mentre lei chiama: «Ehilà?».

Un lungo attimo dopo, gli stivali cominciano a ridiscendere pian piano il sentiero. Vedo dondolare accanto a loro la mia borsa blu navy. «Cazzo, ha la mia macchina fotografica e il telefono e...», le mie parole vengono interrotte da un verso soffocato quando Luke preme contro di me, la bocca sul mio orecchio.

«Tranquilla, li riprendiamo tra un secondo».

«Solo un secondo?», lo prendo in giro, il respiro affannoso. Chiudo gli occhi e mi sento completamente piena di lui, tanto che le gocce di pioggia non mi sfiorano più la faccia, e i rami non mi graffiano più le gambe, e il terreno freddo e bagnato non mi tocca più la pelle.

Finché non vengo consumata dalla sensazione di Luke.

«Grazie mille. Devo averla appoggiata sulla panchina e chissà come me ne sono scordata quando si è messo a piovere», controllo dentro e trovo tutto al suo posto, incluso mezzo panino.

«Mangiare nel giardino è espressamente vietato, sa». La donna dagli stivali parapioggia bianchi e neri a pois – la stessa che sorride e saluta quando vengo qui – ora mi sbircia da sopra gli occhiali, con uno chignon stretto che la fa sembrare ancora più severa.

«Oh, lo so. È lì per dopo».

«Certo». Tira su con il naso in segno di disapprovazione e mi osserva i vestiti – fradici. Va bene. Ero sotto la pioggia, senza un impermeabile adeguato né l'ombrello. È questo che succede.

«Be', grazie per averla tenuta al sicuro». Luke e io torniamo mano nella mano verso il parcheggio e io non guardo mai indietro. È allora che lui scoppia a ridere.

«Non è affatto divertente». Ma non riesco a reprimere un sorriso.

«Veramente sì. Dovresti vederti».

«Sì, be', al momento nemmeno tu stai una favola». È una palese bugia. Persino con i capelli appiccicati a riccioli sulla fronte e sul collo, e la camicia aderente al corpo, mi fa ugualmente scorrere più veloce il sangue ogni volta che penso di toccarlo.

«Almeno io non sono coperto di terra», allunga una mano dietro di me e comincia a togliere foglie ed erba. Qualche rametto. «Immagino che la pioggia non pulisca tutto, eh».

«Merda», sbircio il retro della mia gonna. Sembro una che si è rotolata nel fango, che in pratica è ciò che ho fatto, «pensi che abbia capito?».

Ride. «Credo che si sia fatta un'idea abbastanza precisa».

«Magnifico», scuoto la testa, ma sorrido, «immagino che non svolgerò qui il prossimo compito di fotografia».

Capitolo 43
Luke

Intreccio le dita a quelle di Rain mentre attraversiamo una fitta folla al Cellar, come al solito con il basso profondo che mi vibra nel petto. Anche se sono uscito da qui con molte donne, non ci sono mai entrato con nessuna.

Ma Rain è diversa.

«Fidati, non c'è motivo di essere nervosa. Adorerai Rust».

L'ampio sorriso fa fiorire quelle sue fossette sexy. «Se ti assomiglia non ne dubito. Spero solo di piacergli *io*. Cioè, in pratica è tuo padre».

«Dovrebbe essere pazzo per non amarti». Stasera porta un rossetto rosso scuro. Non vedo l'ora di portarla a casa e lasciare che dalla sua bocca si spalmi sul mio corpo, cosa che di solito non mi piace affatto.

Superando il bar, scorgo Priscilla osservarci da dietro un muro di clienti. Sono certo che ormai abbia capito che tra noi è finita. Mi sorprenderebbe se le importasse. Con un veloce sguardo verso il basso scopre i grandi occhi azzurri di Rain rivolti in quella direzione. Mi chiedo se abbia fatto due più due.

Accelero, supero il buttafuori tarchiato che vigila sulla zona VIP e finisco nel nostro solito privé. «Rust!».

«Bene... bene...», come sempre, si alza subito, mi dà la solita pacca sulla schiena, poi si dedica a Rain, «quindi sei tu la signorina che ultimamente ruba tutto il tempo di mio nipote».

Non lo biasimo per la radiografia che le fa alla velocità della luce. L'ho fatto anch'io, quando è uscita di casa con questo vestito attillato di pizzo color crema, le maniche lunghe, ma abbastanza corto da farmelo venire duro non appena è salita sul mio SUV.

Lei china il capo, sorridente: «Non tutto», i suoi occhi scattano verso di me, scintillanti, «un po'».

«Prego», dice Rust e fa un gesto del braccio verso noi due. Rain scivola sul sedile e mi fa alzare per l'ennesima volta l'adrenalina con quelle gambe lunghe un chilometro in piena vista. «Da bere?», Rust schiocca le dita a una cameriera lì vicino mentre si versa un bicchiere di vodka dalla bottiglia che non manca mai quando si siede.

Mentre Rain ordina, lui è impegnato a lanciarmi palesi occhiate d'approvazione. È un buon inizio. «Allora, Rain, Luke mi ha detto che ti sei trasferita da Washington poco tempo fa».

Per i successivi quindici minuti è un botta e risposta, Rust fa domande sulla sua vita, sulla famiglia, sui suoi progetti. Lei gli risponde con la grazia e tranquillità di chi si è preparato le risposte, nessun segno del nervosismo di cui mi parlava prima.

All'improvviso, Rust assume un'aria molto concentrata. «Sai, hai un volto familiare. Non riesco a ricordare, però».

«Davvero?», mi guarda perplessa, «non so come sia possibile. Mi sono appena trasferita a Portland».

«L'hai vista quel giorno in officina».

Rust aggrotta ancora di più le sopracciglia. «Sì, ma… sei mai stata qui, in questo club?»

«Uhm…», si guarda intorno, «in effetti sì. Credo di esserci venuta una volta».

«Davvero? Cazzo, forse eravamo qui nello stesso momento», esclamo.

Fa spallucce. «Forse… Non lo so. Mio fratello mi ha raccomandato un paio di posti e ci sono passata. Non sono rimasta a lungo. Sai, visto che non conoscevo nessuno».

Rust la guarda da sopra il bicchiere con quell'aria che assume quando sta valutando qualcuno. E io guardo lui che la guarda e non mi piace.

Probabilmente per questo nessuno di noi nota il russo arrabbiato che all'improvviso incombe sul nostro tavolo. Nessun avvertimento. Nessun saluto. Solo i suoi occhi lucidi e calcolatori che inchiodano Rust in un modo che mi rende nervoso. D'istinto circondo le spalle di Rain con un braccio e la stringo a me.

«Che ci fai qui?».

Mi serve qualche secondo per rendermi conto che dice a me, una domanda così assurda da essere quasi ridicola. Dal momento che non rispondo, chiarisce: «Non ho visto la tua *Porsche* parcheggiata fuori».

Ce l'ha ancora con me perché l'ho snobbato da Gold Bonds dopo l'affare della Ferrari. «No, infatti». Una piccola parte di me si è chiesta se Vlad avesse qualcosa a che vedere con il furto, giusto per fare lo stronzo. Rust mi ha detto di stare zitto, ma non riesco a trattenermi. «A dire la verità è nel deposito della polizia, per la raccolta prove dopo che un coglione l'ha rubata. Per caso ne sai qualcosa?».

Gli occhi di Vlad si spalancano per un istante, poi si ricompone.

Rust sospira. «Vlad, cosa ti porta qui?». A giudicare dalla sua espressione, la visita non lo sorprende affatto. Ordina con un cenno un altro bicchiere e poi fa posto a quel coglione.

Vlad risponde in russo, il tono freddo e tagliente. «Ho saputo dei SUV».

"Merda". L'accordo con Aref. Non è esattamente una visita di cortesia.

Rain mi affonda le dita nella gamba e mi guarda, interrogativa. Deve riconoscere quel tono. Il russo non ha un suono poetico nemmeno nei momenti migliori. Il russo rabbioso è terrificante.

Rust prende tempo e beve un sorso di vodka. «E?»

«E usi i nostri contatti per farlo», ancora russo. Vlad si rifiuta di parlare altro.

Rust ora passa a sua volta a quella lingua, il tono irritato. «I *miei* canali, i miei contatti. Li ho costruiti *io*. Non mi impiccio del vostro lato dell'oceano. State fuori dal mio, cazzo».

«Non ti impicci? Di recente hai fatto un sacco di domande sul nostro lato».

«Sì, perché mi fregate a ogni nuova spedizione».

«Vuoi chiamarti fuori?».

Rust si stringe nelle spalle come quando è un po' ubriaco e quindi riottoso. «Forse».

«Perché ci aspettiamo che la prossima spedizione sia puntuale».

Rust abbassa la testa e prende diversi respiri profondi. Infine dice: «Rilassati, Vlad. Sto solo diversificando, ecco tutto. Gli ordini sono partiti tutti e i piani sono in moto. Avrai le tue macchine la prossima settimana e niente di tutto il resto scende sulla vostra terra, quindi non c'è competizione con i tuoi acquirenti attuali».

«È stata un'idea *sua*?», tengo gli occhi sulla folla, sapendo che il coglione si riferisce a me.

«Luke fa solo ciò che gli chiedo io. È responsabilità mia», una pausa. «Chiaro?».

Le labbra di Vlad si distorcono come quelle di un animale selvatico. Finalmente, risponde: «Chiaro». Si scola il suo liquore. Si alza, si china quanto basta a sputare sul pavimento accanto a noi, poi esce a passo di marcia.

Rust mi lancia un'occhiata penetrante alla "te l'avevo detto", poi sorride a Rain. «Mi dispiace tanto. Alcuni dei miei soci sono suscettibili».

«Non posso dire che mi piacerebbe lavorare con lui», si appoggia a me con un sorriso, all'apparenza per nulla turbata da quello scambio. Restiamo un'altra ora circa, con Rust che racconta storie di me da bambino che la fanno ridere allegramente, ed è come se tutta la cosa di Vlad non fosse mai successa. Persino io comincio a credere che sia una sciocchezza.

Finché Rain non va in bagno e l'umore gioviale che Rust ha messo in scena per lei scompare. «Non va bene, Luke».

«Come ha fatto Vlad a sapere dell'accordo con Aref?».

Prende fiato, riflessivo. «Non lo so. Aref non è così stupido da dirglielo e non ha mai incontrato nessuno dei ricettatori. Tengo separato uno strato dall'altro. Aiuta a evitare problemi nel caso acchiappino qualcuno. Solo tu e Miller parlate con

Rodriguez e quel gruppo e so che nessuno di voi due ha detto niente», fa un gesto di stanchezza, «dovevo far morire questa alleanza insieme a Viktor. Sapevo che sarebbe stata la cosa migliore».

«Quindi, adesso?»

«Adesso… ci assicuriamo che la spedizione per Vlad e Andrei parta la prossima settimana». Tamburella con le dita sul tavolo e osserva la gente nei paraggi. «Ascolta… quanto bene la conosci questa ragazza?»

«Piuttosto bene, perché?»

«C'è qualcosa in lei che mi disturba».

«Cazzo, scherzi!», sbatto il bicchiere sul tavolo e guardo indietro per accertarmi che non sia vicina, «è perfetta, Rust».

«Troppo perfetta», scuote la testa, «non lo so… non ti ha detto che era già stata qui?»

«Non gliel'ho mai chiesto!», io non ricordo la metà dei posti in cui sono stato. Dopo un po' cominciano a sembrare tutti uguali. «Non è come le donne con cui mi vedi di solito. Ecco qual è il problema».

«Forse», un sorriso, «questa ti piace proprio, eh?»

«Sì. È vero».

Beve un altro sorso. «Forse per questo mi fa rizzare i capelli sulla nuca».

Capitolo 44
Clara

«Allora, di che litigavano tuo zio e quel tizio? Perché sembrava incazzato».

«Colpa della lingua», Luke ride piano ed entra nel garage interrato del suo palazzo, «i russi sembrano sempre arrabbiati a chi non li capisce».

«Tu li capivi?»

«Non posso credere che tu sia stata al Cellar quando c'ero anch'io e non ci siamo incontrati».

Riconosco un tentativo di svicolare, e Luke ci sta provando.

«Lo so, pazzesco, vero?»

«Ma Rust ti ha notato», Luke lancia un'occhiata alle mie gambe nude. Questo vestito non copre granché e a giudicare da come mi ha guardato per tutta la sera, è un cosa buona. Entra con facilità nel posto auto privato.

«Allora, ha dato la sua benedizione?».

Mi mette una mano dietro la nuca e mi attira in un lungo bacio appassionato. Del genere che gli do quando non ho la ricetrasmittente addosso. Del genere che non posso godermi adesso.

«Ti adora. È impaziente di rivederti».

Mi riempie un sollievo non indifferente. C'è un motivo se finora nessuno ha potuto avvicinarsi molto a Rust. Non si fida facilmente, né completamente.

Ma si fida di suo nipote.

«Tu, con questo vestito, mi hai ucciso stasera», mi appoggia una mano sulla coscia e risale verso l'alto mentre aggiunge: «Sali a dormire da me, vero?».

Gli afferro le dita proprio quando cominciano a infilarsi sotto l'orlo delle mie mutandine. «Non posso».

Appoggia la fronte alla mia. «Sei sicura? È passato troppo tempo da quel giorno nel giardino… ho bisogno di averti di nuovo».

"Cazzo, merda, merda del cazzo". Lo stomaco mi balza nel petto e devo distogliere lo sguardo da lui prima che legga il panico che sono sicura di avere scritto in faccia. Come cazzo lo spiego a Warner? Sono fottuta. C'è poco da fare adesso, a parte evitare di peggiorare la situazione. «Lo so. Ma ora *non posso*. Sai… problemi femminili».

Piega indietro la testa con un gran gemito. «Ooooh».

Grazie a dio non è abbastanza furbo da chiedermi perché mai indossi un vestito color crema che mi copre a malapena il culo quando ho il ciclo.

«Però potresti salire comunque… vero?». Da come mi guarda – speranzoso, quasi supplichevole – be', a quanto sembra è abbastanza furbo da capire che nulla impedisce ad almeno uno di noi di venire, stanotte.

Cazzo, poco ma sicuro che non avrò una registrazione di *quello*, anche se Sinclair lo giustifica.

Mi batto sull'addome. «Ho dei brutti crampi. Mi farebbe bene dormire».

Annuisce e sorride riluttante. «Potrei prendermi cura di te. Sai, procurarti un antidolorifico o…», ride, imbarazzato, «non lo so. Sono nuovo in queste cose».

«Sei dolce, grazie. Ma ho solo bisogno di dormire un po'. E Stanley è un ottimo cuscinetto riscaldante». Quella palla di pelo crea un ostacolo piuttosto scomodo nel bel mezzo del mio letto.

Luke mi raggiunge dietro la macchina e usciamo mano nella mano, fermandoci per digitare il codice della porta del garage che, si spera, impedirà a questa di essere rubata. È allora che scorgo Warner dietro un pilastro, con un cappellino da baseball abbassato sulla fronte.

Pistola alla mano.

Spalanco la bocca. Che cazzo fa? Luke l'ha incontrato! Pensa che sia mio fratello!

Incrociamo lo sguardo e Warner arretra di qualche passo visibilmente sollevato. Luke però da un momento all'altro alzerà gli occhi e lo vedrà. Quindi faccio l'unica cosa che mi viene in mente. Gli metto una mano dietro il collo e lo attiro in uno di quei baci da film che dà a Warner il tempo sufficiente per correre a nascondersi dietro un grosso pickup.

«Non dovevi andare a casa?», i suoi occhi azzurri posati su di me danzano.

Sorrido, con le mani gli accarezzo i contorni del petto con cui vorrei tantissimo passare la notte. «Volevo solo assicurarmi che sapessi cosa provo per te».

Si china a darmi un bacio uguale al mio. Da qualche parte dietro di noi immagino che Warner ci stia osservando.

«Sei pazzo?», urlo nel telefono e calcio via le scarpe. Se il mio responsabile sta per rivoltarmi come un calzino e spedirmi a calci fuori dal caso, tanto vale cadere con stile.

«Che cazzo avrei dovuto fare? L'ultima cosa che ho sentito è che 24 ti ha riconosciuto al club. Poi niente. Cazzo di interferenze!».

Mi acciglio. «Cosa? Vuoi dire che una volta parcheggiato non ci hai sentito più?», mi ripeto in fretta la conversazione incriminante nella testa, cercando di ricordare cosa è stato detto e quando.

«Non so se sia stato per le bocchette di ventilazione sotterranee, ma non sentivo niente. Pensavo...», non finisce la frase.

«Pensavi che la copertura fosse saltata», ora tutto ha un senso.

«Già. È l'unico motivo per cui metterei a rischio il caso. Lo sai».

Crollo sul divano, sento il peso di piombo svanire. Non hanno colto il commento di Luke sul giardino. «Capisco. Scusa se ho urlato».

«Ha detto qualcosa di importante?»

«No», un calcio ai tacchi, «chiacchiere inutili. Scusa».

«Scherzi? Abbiamo raccolto buone informazioni stasera. Ho chiamato uno dei nostri interpreti e gli ho subito fatto ascoltare la registrazione. In pratica, 24 si è messo in affari con qualcun altro e sono coinvolti dei SUV. I russi sono incazzati».

«Forse un accordo con 36?», *merda*, non dovrei saperlo. Luke mi ha detto di quella possibilità solo la notte sullo yacht. Mi affretto ad aggiungere: «Passano un sacco di tempo insieme di recente, avrebbe senso».

«Non l'hanno detto. Ma quello che 24 *ha* detto è, cito testualmente: "Luke fa solo quello che gli dico io"».

Stringo gli occhi. Le prove contro di lui aumentano goccia a goccia ogni giorno. Presto non importerà che si incrimini attraverso di me. Lo prenderemo lo stesso. Forse è meglio così. Finirà comunque. Forse Luke non dovrà mai sapere chi sono, cosa ho fatto. Lui andrà in prigione e io tornerò a Washington, e sarà la fine di tutto. Di certo sarà il finale migliore per me dopo la fossa che mi sono scavata.

Ma questa possibilità non mi dà sollievo.

«Sarebbe magnifico se riuscissi a scoprire esattamente cosa 24 ha chiesto a 12».

Allontano la tensione onnipresente per concludere la telefonata. «Certo. Tiro fuori la bacchetta magica e faccio parlare Luke».

Una pausa. «Luke?»

«Voglio dire 12. Senti, passo un sacco di tempo con lui. Che ti aspetti?»

«Mi aspetto che tu tenga la testa sulle spalle».

Alzo gli occhi al cielo e mi rimprovero in silenzio. «C'è altro?»

«Sì, hanno parlato di un affare per la prossima settimana. Cerca di scoprire quando e dove».

«Tiro fuori la bacchetta magica e...».

«Ok, saputella».

«Sei già stato nei miei panni, Warner. Sai quando un obiettivo è pronto a fidarsi di te. 12 non è ancora pronto. Gli ho chiesto se aveva capito cosa si fossero detti e ha nicchiato subito. L'hai sentito».

«Sì, vero. Ma devi cominciare ad andare più a fondo. Non fraintendermi – vai alla grande. Stiamo ottenendo dei risultati, un centimetro alla volta. Ma adesso dobbiamo accelerare».

«Perché?», Warner non ha mai insistito così prima. Quello è il ruolo del suo capo, «Sinclair teme di non ottenere un'estensione del mandato?»

«Abbiamo più che abbastanza per tenere tutto in piedi. Mi preoccupa di più il fatto che 12 debba tenere le manacce lontane da te troppo a lungo. Ammetto che in qualche modo ne ho stima, viste le sue abitudini precedenti, ma non so per quanto ancora si berrà la storia della ragazza abusata».

"Direi che quella l'abbiamo superata da un pezzo". «Posso tenere a bada 12».

«Come stasera?», c'è di nuovo quella tensione nella sua voce. È quasi un'accusa. O forse il senso di colpa comincia a disturbarmi l'udito.

Lo ignoro. «Ehi, hai colto lo scambio sul furto della macchina di Luke? Vlad sembrava davvero sorpreso. Non credo sia stato lui».

Sospira. «Be', senza dubbio lo scopriremo entro un'ora. Se è stato lui, mollerà la macchina in suo possesso come fosse una bomba a orologeria. E a quel punto quella strada è fottuta», Warner impreca sottovoce.

«Ok. Senti, organizzo una cena per domani sera. Voi ragazzi dovreste dormire un po'».

«Sì. Bill è appena andato via e sto uscendo anch'io».

«Ok. Buona notte, Warner. E grazie per la tua protezione».

Lo sento esitare. «Facciamo solo il nostro lavoro».

"Alcuni molto meglio di altri".

Mi scolo il bicchiere d'acqua vicino al comodino, diluendo il retrogusto salato che ho in bocca.

«Sono così contento che ti senti meglio», mormora Luke, gli

occhi chiusi, il corpo perfetto e nudo sdraiato sul mio letto. Soddisfatto. «Vorrei poter restituire il favore».

Mi accoccolo al suo fianco con solo le mutandine addosso, la faccia affondata nel suo collo. «Un'altra volta». Mi piacerebbe tanto che fosse adesso, ma non è che il ciclo possa finire di colpo. Sono certa che persino Luke lo troverebbe strano.

Per fortuna non trova strano il mio mezzo di comunicazione di stasera – aprire gli avvolgibili della camera, accendere la lampada e mettermi davanti alla finestra, in attesa che mi notasse. In effetti, ha detto di adorare il nostro gioco di mimo. Io che lo chiamavo con la mano e battevo sul mio letto. Lui che mostrava un guinzaglio e dieci dita, per dieci minuti. Io che lo guardavo togliersi con decisione la camicia e i pantaloni eleganti davanti a me e sostituirli con pantaloni da ginnastica e maglietta.

Io che abbassavo la lampo del vestito e lo facevo cadere a terra.

Lui che correva fuori dalla porta e arrivava in cinque minuti, il respiro affannoso, Licks alle calcagna.

Noi, liberi da qualsiasi cimice federale.

Sfortunatamente, adesso mi rimane un dolore nel basso ventre che non ha niente a che vedere con il ciclo; stringo le cosce frustrata e mi adagio su di lui e ne respiro il profumo delizioso.

«Grandi progetti per domani?», mi chiede.

«Be', penso che forse dovrei chiamare Elmira. Andare a fare spese insieme o qualcosa del genere», e vedere cosa riesco a strapparle su questo accordo che suo marito ha fatto con Luke. Piano piano giro l'indice attorno ai suoi capezzoli e chiedo in tono casuale: «Pensi che potresti chiamare Aref e farmi dare il suo numero?».

Cerca a tentoni il cellulare sul comodino, facendomi ridere.

«Non intendevo subitissimo. Sono le due del mattino».

Un sorriso pigro e soddisfatto gli sfiora le labbra; è adorabile in tutti i modi possibili. «Devo chiamarlo comunque. Probabilmente è sveglio. Altrimenti, lascerò un messaggio». Un secondo dopo: «Aref, ehi... Vlad ci ha fatto visita stasera...

Non so come, ma l'ha scoperto… Sì… Non so… No, piuttosto incazzato in realtà. Forse si farà vivo con te», sento un basso mormorio venire dal telefono, ma non capisco le parole, «ok… senti, Rain vuole vedere Elmira. Mi mandi il suo numero così glielo passo? …Magnifico. A dopo».

Riabbassa la mano con un lamento.

«Che succede?»

«No… niente».

«Non sembra niente», sento un filo di tensione svolgersi di nuovo attraverso il suo corpo, quello che era scomparso con l'orgasmo. Quindi allungo una mano e la chiudo intorno al suo cazzo già quasi duro. Sospira e ha degli spasmi al ventre mentre io comincio ad accarezzarlo piano piano. Ma infine, con un leggero sospiro, si rilassa di nuovo. «È solo per la cosa di prima, al bar».

«Il russo arrabbiato?»

«Già. Ricordi quando ti ho detto che Aref voleva fare più affari con Rust? Be', Rust ha stretto un patto e chissà come Vlad l'ha scoperto. Per questo era incazzato».

«Perché dovrebbe incazzarsi?»

«Forse perché è un coglione… Non ne ho idea. Ha comunque ciò che vuole quindi, cazzo, non dovrebbe avere importanza».

«Dovresti preoccuparti? Smetterà di commerciare con voi?», una speranza egoista mi si gonfia dentro.

«In realtà sarei contento se ce lo levassimo di torno. Non mi piace. Ma dubito che sarò così fortunato. Credo che voglia solo fare lo stronzo».

Apro la bocca, sto per fargli la domanda da un milione di dollari – che affari porti avanti suo zio con Aref e Vlad – quand'ecco che gli suona il telefono. Me lo mostra. «Numero di focosa moglie iraniana, come richiesto».

«Focosa, eh?», mi stacco da lui per salvare il numero di Elmira sul cellulare, «grazie. Lo apprezzo».

«Per te qualsiasi cosa», gli occhi si spostano sul mio corpo seminudo. «Come ti senti? Posso fare qualcosa per te?».

"Sì. Allontanati da questa gente prima che sia troppo tardi".

Reprimo la tristezza con un sorriso. «È bello stare sdraiata accanto a te. Sei uno scaldino gigante».

«Be', in tal caso...», mi trascina giù, mi prende una mano e la guida verso l'erezione ora completa con un sorrisetto giocoso, «giuro che ti ripagherò».

«Vieni da me stasera. Prendo qualcosa da mangiare. Delle lasagne o roba simile», sento il sorriso nella voce di Luke.

«È il tuo modo di dirmi che vuoi che ti prepari delle *vere* lasagne stasera?», mi ci vuole una giornata intera, se voglio fare la sfoglia fresca e tutto il resto.

Eppure so che lo farò se me lo chiede Luke.

«Scherzo. Possiamo mangiare quello che vuoi. C'è un posto tailandese fantastico qui vicino».

«Ci penso io. Diciamo alle sette?»

«Mandami un messaggio quando stai per arrivare».

«Ti chiamo. Mi piace sentire la tua voce». I messaggi ora sono troppo pericolosi. Posso deviare una conversazione dal vivo, interrompere parole prima che incriminino qualcuno. Ma messaggi come Luke che dice "Grazie per ieri notte. La tua bocca mi ha portato in paradiso" finiscono nero su bianco nella trascrizione.

Il sollievo sfugge in un sospiro quando sento interrompersi la comunicazione. Sono sopravvissuta a un'altra conversazione registrata senza che Luke mi bruciasse rivelando quel che stiamo facendo. Come ho tradito la fiducia della mia squadra e messo a rischio la mia carriera per i sentimenti che provo verso un obiettivo. Perché per me qui non si tratta più del caso.

In qualche modo riesco a riconciliarmi con il senso di colpa dicendomi che Luke mi ha rivelato tante cose solo perché ho superato il limite con lui. Quel ragionamento però non è scevro di effetti collaterali. Ovvero, la vocina in fondo alla mia mente, non più tanto fioca, che ora urla e si scaglia contro di me. Che mi dice che sono un'idiota. Che Luke non cambierà, che mente perché è quello che è – un bugiardo e un ladro. Che mi sono scavata una fossa da cui devo cercare di uscire.

Che non aiuto sul serio Luke nascondendo tutto questo alla mia squadra. Forse mettergli le manette ai polsi e trascinarlo alla stazione di polizia, fargli scoppiare la bolla di sapone sulla Rain fittizia e fargli ammettere tutto ciò che ha già ammesso con me, è l'unico modo di *aiutarlo*.

Forse…

La telefonata successiva è a Warner, per organizzare la copertura. «Stasera vado a casa di 12, per cena».

«Ok».

C'è una lunga pausa di silenzio di tomba, cosa a cui non sono abituata da parte del mio responsabile. «Warner? Stai bene?».

Un'altra lunga pausa. «Hanno spostato di nuovo la Porsche tre ore fa».

«Quindi avevo ragione. Non l'ha fatta rubare Vlad».

«A quanto pare no».

Mi acciglio. Chi altro avrebbe potuto voler rubare proprio la macchina di Luke?

«Immagino che siano passati a un secondo deposito. In passato, per organizzazioni così grosse, abbiamo già visto un sistema doppio di depositi, quindi si spera che la prossima fermata sia un container di trasporto navale».

La prossima fermata. Quanto sarà più vicina alla persona che può denunciare Luke in un confronto all'americana? «Bene».

«Già», di nuovo quella tensione nella sua voce.

«Sicuro di stare bene?»

«Sì, è solo che… Rebecca e io abbiamo deciso di prenderci una pausa».

Quindi finalmente la fidanzata ha un nome. «Mi dispiace, Warner».

«Così vanno le cose», inespressivo, «che hai in programma per oggi?»

«Uhm… un po' di spesa e cose così. Ci sentiamo più tardi?»

«Certo», chiude la telefonata con una velocità impressionante. È palesemente più sconvolto per questa rottura di quanto darà mai a vedere.

Forse gli comprerò una confezione di birra e lo inviterò qui, in settimana.

Ma oggi… oggi ho qualcosa di più urgente da fare. Ritrovo il numero di Elmira, mi avvicino alla cassaforte dietro il quadro e tiro fuori il mio telefono personale per chiamarla.

Capitolo 45
Luke

«Cazzo!», sbatto giù il telefono e Miller mi guarda male, «scusa. Gli sbirri fanno ancora gli stronzi». Dovevano liberare la mia macchina la settimana scorsa, ma pare che abbiano degli arretrati nell'unità investigativa. Hanno detto che la riavrò la settimana prossima. Forse.

Miller grugnisce alzandosi dalla sedia e poggia diversi assegni sulla mia scrivania. «Tieni. Immagino che adesso questi debba firmarli tu, giusto?»

«Per chi sono?», osservo i numeri che ho sotto gli occhi.

«Esattore delle tasse».

«Di già? Pensavo avessimo regolato tutto con gli avvocati quando abbiamo fatto il passaggio di proprietà».

Miller ride, un suono strano, stridulo. «Non finisci mai di regolare il pagamento delle tasse. Questa è la prossima rata. Non preoccuparti, sul conto ci sono già i soldi per coprirla. Devi solo firmare».

Scarabocchio il mio nome sulla linea e gli restituisco tutto. «Non lasciarmi mai, Miller».

Risponde con un altro grugnito e torna nel suo angolo. Prendo la targa misteriosamente comparsa sulla mia scrivania questa mattina e passo un dito sulle lettere incise che compongono "Infermiera Capo Boone". E sorrido. Ci sono sicuramente Tabbs e Zeke dietro. È il loro modo di farmi le congratulazioni e insieme lanciarmi una frecciatina. Non mi dispiace più così tanto.

Non posso credere che quest'officina sia mia. Non male per

un ventiquattrenne. In base alla cifra che ho appena ceduto al governo e ai resoconti che ho visto quando ho firmato i documenti di proprietà, potrei guadagnarmi di che vivere bene e senza pensieri se continuo a far funzionare questo posto.

Bene, senza pensieri e *onestamente*, gestendo questo posto e restaurando e vendendo macchine, proprio come ha suggerito Rain.

Guardo il cellulare usa e getta appoggiato accanto al mio personale. Muto e discreto. Non mi ci sono abituato. Voglio davvero trascorrere il resto della mia vita portandomi dietro uno di questi? Chiedendomi chi ascolta all'altro capo della linea?

Voglio davvero sedermi al bar con la mia ragazza e mio zio, e preoccuparmi che arrivi un russo arrabbiato a urlarci e sputarci addosso?

Ieri notte sono rimasto per ore sdraiato nel letto di Rain, ascoltandone il respiro sul mio petto e pensando a tutto. Mi sono chiesto se cambierebbe idea e mi lascerebbe, nel caso scoprisse cosa faccio davvero con Rust.

Stupido, davvero. Se mi preoccupo di qualcosa dovrebbe essere la prigione, non perdere la mia ragazza. Eppure Rain e ciò che pensa di me sono l'unica preoccupazione costante che mi occupa la testa. Di recente, è anche più rumorosa di quella di deludere Rust se gli dicessi che forse voglio mollare.

Che direbbe lui?

Capitolo 46
Clara

«Ti hanno fatto problemi?», Elmira si avvicina a baciarmi sulle guance.

«Niente affatto». A parte l'esame dei miei jeans e stivali da parte della signora alla registrazione. Tempo di superare il cancello di sicurezza, un fattorino e la reception e ormai avevo capito di trovarmi nel più esclusivo dei club esclusivi.

«Bene. Non dovrebbero visto quanto paghiamo di tassa associativa», mi fa il suo sorriso caratteristico – appena accennato, un po' altero – poi si avvia in un lungo corridoio con dei cartelli che indicano la piscina. Altri puntano verso i campi da squash e da tennis, una pista da curling e un negozio di articoli per il golf. Porte opacizzate con degli inserti in ferro nascondono la spa. Suppongo che il profumo rasserenante di oli essenziali che c'è nell'aria venga da lì.

«Grazie per avere accettato di vedermi oggi». Sinceramente stamattina quando l'ho chiamata mi aspettavo la segreteria telefonica, invece ha risposto. Ho trattenuto il respiro dopo averle proposto di pranzare insieme, sgonfiandomi di delusione quando ha rifiutato perché aveva la giornata piena. Poi ha suggerito di vederci qui, visto che stava andando a fare la sua nuotata mattutina.

«Ma certo. Sembravi una che ha voglia di parlare», mi fa strada nello spogliatoio spazioso, «questi sono tutti armadietti per i visitatori», indica una fila di metallo color crema, «sicurissimi, quindi puoi lasciare senza timore la borsa, i gioielli…». I suoi occhi scuri e giovani – privi di qualsiasi traccia di trucco a parte un po' di mascara – si spostano per un attimo verso il mio petto, dove di solito c'è il pendente a forma di libellula. «Ci vediamo fuori tra cinque minuti?», non aspetta nemmeno la risposta prima di scomparire dietro l'angolo.

Sono sempre più sospettosa. Mi mette a disagio. Se non fosse per il caso, e per Luke, farei di tutto per evitarla.

Però ricordo a me stessa che potrebbe sapere qualcosa di utile per me, quindi mi tolgo i vestiti, infilo il costume che mi sono fermata a comprare venendo qui ed entro in piscina. Elmira è già lì, i lucidi capelli neri infilati in una cuffia, cosa che la fa sembrare più che mai una bambina. Ci siamo solo noi due. Mi guardo in fretta intorno, come sempre.

Niente bagnini, niente telecamere. Nessun altro nuotatore.

Un po' mi sorprende, data la quantità di persone che vagano per il resto del club. Però, mi ricordo che questa non è una sauna con alcove nascoste piene di vapore. È un territorio neutro e sicuro.

E tuttavia mi si rizzano i capelli sulla nuca. Se non fosse per la parete di finestre di fronte a me, affacciate sul prato, sarei parecchio preoccupata.

Elmira si immerge con i movimenti fluidi di un'atleta ben allenata e percorre a nuoto tutta la piscina prima di fermarsi, gli occhi sul mio costume intero. «È abbastanza calda».

"Ok".

Inspiro una boccata d'aria che odora di cloro, entro in acqua e mi immergo dove non si tocca, crogiolandomi nella sensazione dell'acqua tiepida. Quando riemergo, Elmira è lì che mi aspetta, galleggiando nel centro dell'enorme piscina. «Allora, come va fra te e Luke, Rain?».

Forse sono paranoica, ma ha detto il mio nome in un modo... «Uhm... bene. Benissimo, in realtà». Cos'ha questa donna che mi mette così sulla difensiva?

«Sì, Aref dice che siete sempre più affiatati», aggiunge, come se le fosse venuto in mente dopo: «Luke gliel'ha detto a cena l'altra sera».

Dubito fortemente che Aref e Luke parlassero della nostra relazione, ma sto al gioco. «Da Corleone?»

«Sì. Esatto», non dice altro, aspetta. Mi sta sondando. Vuole sapere cosa so, cosa mi ha detto Luke. Forse è venuta su richiesta del marito. L'accordo è partito e vuole sapere chi può identificarlo se le cose prendono una brutta piega.

Non le rivelerò nulla. «Sono contenta che Luke lo pensi».

«Ti ha detto che di recente lui e Aref sono entrati in affari?», lo dice con una tale naturalezza, come se stessimo prendendo un cappuccino sulla veranda del caffè e chiacchierando dei lavori onesti dei nostri mariti.

Contavo che lo sapesse. La domanda è, cosa posso farle dire? «Me l'ha accennato, sì. Però non ho potuto avere molti dettagli. Luke ha ancora le labbra cucite».

Accenna un sorrisetto divertito. «Ti prendevo per una donna che farebbe tutto il necessario per ottenere ciò che vuole».

Parlare come Elmira è un'arte. Una persona comune non se ne accorgerebbe. O, se fosse già in paranoia, balbetterebbe e si mangerebbe le parole, dandole le risposte che cerca senza bisogno di parlare.

Ma io so come cercare la crepa nella sua armatura. «Come te?», dico di rimando. Elmira è chiaramente più di una bella bambola. Forse contribuisce a *gestire* l'impero?

Sorride. Con un'aria che assomiglia al rispetto. Ha capito di avere finalmente incontrato una sua pari?

Per questo le parole successive sono così frastornanti. «Devi convincerlo a recedere dal contratto».

Inghiotto lo shock. «Perché?»

«Stanno succedendo delle cose. Si tratta di piani messi in moto tempo fa, prima che Luke venisse tirato dentro, e quando giungeranno a compimento non ci sarà spazio per lui. Meno vi è coinvolto, meglio è».

Il cuore mi sbatte contro il petto; metabolizzo quello che, comincio a capirlo, è più un avvertimento che una minaccia. «Quali cose?».

Lo scricchiolio di una porta introduce diverse signore che

chiacchierano e ridono entrando nell'area della piscina in costume da bagno. Quando mi giro, Elmira ha ripreso le sue vasche. Immagino che per ora la conversazione sia terminata. La seguo nella corsia successiva e uso quel tempo per riflettere.

Stanno succedendo delle cose? Quale piano? E chi coinvolge? Ovviamente Aref, ma chi altro? Aref ed Elmira hanno capito che c'è un'indagine dell'FBI al completo in atto? Quel cazzo di Aref non sta certo dalla nostra parte, altrimenti *io* lo saprei. E lei non può sapere chi sono, o non avrebbe stretto il patto.

Quasi rimpiango di non essermi messa un microfono oggi, avrei potuto parlarne con Warner. Ma, ripensandoci, non avrebbero registrato niente in piscina.

Finalmente mi si accende la lampadina.

Il luogo dell'appuntamento è stata una scelta più che intenzionale da parte sua.

Osservo la sua testa con la cuffia nera mentre scivola in acqua a rana senza sforzo. Elmira sospetta che abbia un microfono. O almeno lo teme.

Continuiamo le vasche per venti minuti buoni, finché non mi ritrovo con le braccia doloranti e il respiro affannoso, senza avere ancora capito quali siano le sue intenzioni, che vantaggio ricavi dall'avvertirmi.

«Ehi», la chiamo quando la sua forma minuta si solleva fuori dall'acqua e afferra l'asciugamano. La sola traccia di stanchezza è un leggero affanno. Si toglie la cuffia, lasciando i lunghi capelli neri liberi di ricaderle sulle spalle, poi si accuccia accanto a me che mi reggo al bordo della piscina con le braccia conserte.

«Se tieni a Luke, fallo ritirare dall'accordo. Altrimenti per lui non finirà bene», dice, le parole dure e lente e incontrovertibili, «ad Aref piace. Ma ama i soldi, ed è un uomo d'affari che tiene tutte le porte aperte».

Mi girano nella testa mille possibilità. «Vlad è una di quelle?»

«Goditi la piscina», si alza, «e credimi, lo dico per il tuo bene. E per quello di Luke». La guardo allontanarsi verso lo spogliatoio.

Fidarmi di quella donna è l'ultima cosa che potrei immaginare.

Aspetto cinque minuti prima di uscire, nella speranza di pedinarla.

È già sparita.

«Andiamo, un episodio solo!».

«Perché ti piace così tanto quel programma? Non si vede mai niente. Sfocano tutta la roba buona!».

Luke inarca le sopracciglia. «La roba buona?».

Alzo gli occhi al cielo. «Sai cosa intendo».

«No invece», con la punta di un dito abbassa lo scollo a V della mia maglietta e mette in mostra il pizzo del reggiseno. «Perché non mi fai vedere?».

Gli tiro uno schiaffo sulla mano e indico lo schermo.

«Va bene… forse danno un bel film. Uno *senza* alieni». Scorre i canali della pay tv, poi si ferma un secondo per controllare il cellulare. Si incupisce.

«Che c'è?»

«Niente, solo che…», ancora più accigliato, rimette il cellulare sul tavolino, «niente. Aspettavo una telefonata».

«Ah sì? Per lavoro?», stasera la libellula appesa al mio collo pesa quattro chili.

Le parole di Elmira dieci volte di più.

Me le sono ripetute per tutto il pomeriggio, le ho guardate da tutte le angolazioni possibili nel tentativo di leggere tra le righe. Incapace di comprendere le sue motivazioni. La moglie di Aref vuole che Luke e Rust rompano il patto. Non può sapere che sto indagando su di lui; altrimenti non si disturberebbe a cercare di farmi dissuadere Luke dal fare affari con Aref.

A meno che non sappia che ho già sabotato il caso.

Sono divisa tra fare il mio lavoro – o almeno dare quest'impressione – e affidarmi all'avvertimento di Elmira, impossibile con delle orecchie addosso.

«Sto solo aspettando che mi chiami Rust per sistemare una cosa».

Perfetta introduzione. «Come sta dopo l'altra sera? Lui e quel Vlad hanno fatto pace?».

Trattiene una risata. «Ne dubito. Quel tipo è un coglione».

«Però sono sicura che tuo zio non vorrebbe perdere un affare, giusto?», scelgo con cura le parole per non ripetere nulla che ci siamo detti nei nostri momenti privati, mi baso solo su quanto è stato colto sulla microspia. Però distinguere le varie conversazioni sta diventando più difficile; ormai ci sono stati molti momenti privati.

«No, o comunque non ancora. Non finché non avrà avviato le cose con Aref».

Mi raggomitolo contro il suo petto. Mi odio perché lo sto incastrando. «Quanto ci vorrà?»

«Be', abbiamo un accordo con Vlad che parte la prossima settimana e uno con Aref tra circa un mese, quindi vedremo come va».

Chiudo di nuovo gli occhi a quel "vedremo". «Roba grossa?», mi sento chiedere.

Sospira. «Sì. Uno vale…», squilla un telefono e la mano di Luke scatta, le parole si interrompono. Ma non è il suo. È il mio. Solo due persone hanno quel numero a parte Luke: Sinclair e Warner. Ma nessuno dei due mi chiamerebbe durante un incontro con il mio obiettivo.

Se non per qualcosa di grave.

«Scusa, devo rispondere. Aspettavo una telefonata di mamma», scavalco Licks e Stanley, acciambellati su quello che ora chiamerei letto comune, e mi sposto dove Luke non potrà sentire la voce femminile in linea.

«Pronto».

«Puoi parlare?», il tono brusco di Warner mi riempie l'orecchio.

«Sì».

«Abbiamo un grosso problema», sospira, «stamattina hanno trovato il corpo di 24».

Mi giro verso la cucina e do le spalle a Luke perché non mi veda impallidire. «Perché lo vengo a sapere solo *adesso*?»

«Perché io l'ho scoperto appena un'ora fa. Aspettavo che Sinclair mi chiamasse per conoscere la nostra prossima mossa».

"Merda…". «Quanto è brutta?»

«Brutta. Stile esecuzione, in un SUV nero. Ma prima l'hanno palesemente malmenato. Del tipo di quando vuoi delle risposte. Penso che possa avere a che fare con i russi e l'altro accordo».

«Porca puttana».

Luke ridacchia in sottofondo. Mi giro e scopro che mi guarda incredulo. «Parli così a tua madre?».

Mi volto, sento che sto per vomitare. Luke ascolta la conversazione. Devo stare attenta a cosa dico. «Quindi adesso che succede?»

«Be', all'inizio Sinclair era pronto ad arrestare 12 e fargli il terzo grado».

«No!».

«Ha cambiato idea. Non abbiamo prove concrete su 12. È meglio vedere cosa decide di fare una volta scoperto il fatto. Potrebbe cantare come un ragazzino del coro. Ho appena chiamato Franky e Rix per farglielo sapere. Sono all'ascolto adesso. Ho chiesto più rinforzi. Abbiamo bisogno di sorveglianza ventiquattr'ore su ventiquattro».

«È la scelta migliore?», fatico a rendere le mie risposte ambigue per Luke, ma chiare per Warner, «è l'opzione più sicura?»

«Al momento è l'unica perché così ha ordinato Sinclair. Devi restare su 12. Portati sempre addosso la pistola».

«*Come*?»

«Non mi importa come. Inventa qualcosa. Se perdiamo anche 12, il caso è morto».

Perdere Luke. Non riesco nemmeno a pensarlo senza provare una fitta lancinante al cuore. «Ok. Sì, certo. Quanto tempo passerà prima che…», prima che la bolla felice e ignara di Luke venga fatta scoppiare.

«Degli agenti sono appena entrati nel suo palazzo. 12 è indicato come parente più prossimo».

Ma certo. Ed ecco perché Warner ha chiamato adesso. Non aveva altra scelta.

«Impedisci che facciano troppe domande. Non possiamo permettere che la polizia locale ci sputtani il caso».

«Capito».

«Puoi farcela».

«Ci sentiamo dopo, mamma». Mi costringo a fare respiri profondi prima di voltarmi. «Ehi, mi dispiace», non posso impedire alla voce di tremare.

Luke si alza, preoccupato. «Stai bene?»

«Sì, è solo... solo un intervento che deve fare papà la settimana prossima».

«Niente di serio?».

Ingoio di nuovo il sapore amaro delle mie bugie. «Un'operazione lo è sempre».

Luke mi stringe a sé e mi bacia la punta del naso. «Se la caverà. Non preoccuparti».

«Grazie».

Mi riporta sul divano e indica lo schermo con il telecomando. «Sono disposto anche a vedere quello se ti fa sentire meglio», ha evidenziato un film melenso tratto da un libro di Nicholas Sparks.

Mi scappa una risata che si trasforma velocemente in lacrime. Perché cazzo piango? Sono un poliziotto sotto copertura e un criminale si è fatto uccidere facendo delle cazzate illegali! Non mi importa di Rust!

Però mi importa di Luke.

Lo distruggerà.

Saperlo infrange le mie ultime difese e all'improvviso le lacrime mi scorrono sulle guance. Per Luke, per quel che sta per affrontare. Per l'angoscia che proverà nel rivivere quelli che potrebbero essere stati gli ultimi istanti di suo zio. Non quello che guida un giro di furti d'auto. Quello che l'ha cresciuto come un padre amorevole cresce un figlio.

Asciugo il viso con il dorso della mano e mi costringo a dire: « Le storie di Nicholas Sparks non mi fanno sentire meglio».

«Ok, mi dispiace», Luke alterna baci e carezze sul flusso inarrestabile di lacrime, «che altro vuoi fare?», guarda fuori dalla finestra, «piove. Potremmo fare un giro nel parco», una pausa. «Nudi?».

Seppellisco la faccia nell'incavo del suo collo e lui mi abbraccia, ridendo consolatorio.

È questo che rende molto peggiore il bussare grave alla porta.

«Appartamenti da un milione di dollari e sistemi di sicurezza non proteggono nessuno, giusto? Mi dispiace».

Lo seguo e quasi gli pesto i piedi. Lui guarda dallo spioncino e sbianca in viso.

«Chi è?».

Per un attimo mi colpisce un'immagine di lui che apre e trova Vlad con le pistole puntate. Con Rix e Franky di guardia, so che è improbabile. Tuttavia...

Mi guarda, il viso segnato dalla preoccupazione. «Gli sbirri».

Un altro secondo e un altro colpo alla porta.

Infine, apre. E arretra. So cosa pensa. Che siano qui per arrestarlo. Quasi mi chiedo se non sarebbe meglio.

«Lei è Luka Xavier Boone?».

Incrocia le braccia al petto. «Sì».

Me ne sto a un metro di distanza e guardo la tempesta – la pioggia da cui ho cercato di salvarlo – colpire in pieno Luke.

E non provo nemmeno un briciolo di soddisfazione.

Capitolo 47
Luke

«Ehi», una mano stringe piano la mia. Alzo lo sguardo sugli occhi di Rain, pieni di tenerezza.

"Dove sono?". Ancora seduto sul mio divano, con una palla da bowling che mi appesantisce il petto. Dove sono rimasto da quando la polizia mi ha detto che Rust era morto. Non mi hanno fornito nessun dettaglio, a parte che era stato identificato dalla squadra giudiziaria e che la sua morte era sottoposta a indagine. E poi mi hanno tenuto sulla graticola per dieci minuti, chiedendo se Rust avesse nemici, se sapessi di qualche litigio in cui fosse stato coinvolto di recente.

Mi è subito venuto in mente un nome.

Ma nominarlo significherebbe scoperchiare una lattina gigante che non so ancora come gestire.

Rain gli ha detto in tono educato ma fermo che dovevano andarsene e che li avremmo ricontattati presto.

«Bridgette ha accettato di badare ai cani?», la mia vicina, una ricca divorziata trentottenne con due figli alla scuola privata, è sempre stata disposta a badare a Licks quand'ero incasinato.

«Sì. Per tutto il tempo necessario», Rain mi mostra le sue chiavi, «andiamo».

Ha insistito per fare una scappata a casa sua a prendere le chiavi della macchina. Non so quanto a lungo sia stata via. Non so perché abbia insistito per andare con la sua. Non so come arriverò alla porta.

Ma ci riesco, con Rain che non mi lascia mai la mano.

«È questa, giusto?», Rain entra nel vialetto del bungalow bianco e ordinato in cui sono cresciuto. Era casa dei miei nonni e quando nonno è morto Rust non solo l'ha lasciata alla mamma senza condizioni né pagamenti, ci ha anche buttato dei soldi per sostituire il tetto, la caldaia e i pavimenti, e per portare la cucina e i bagni in stile anni Sessanta nel ventunesimo secolo.

Rust si è sempre preso cura di noi.

E adesso è morto.

Mi sale la bile in gola per la centesima volta nel giro di un'ora. Sto per chiedere a Rain di fermare la macchina per poter scendere a vomitare. Grazie al cielo il vialetto è corto e dopo pochi secondi sono fuori.

«È un bel vecchio quartiere», mormora, girando gli occhi sulle querce giganti su cui ci arrampicavamo io e Ana. Stringe forte la borsa al fianco e mi prende per mano. «Coraggio, entriamo».

Persino in questo stato permanente di shock in cui sono piombato, non posso non notare la tensione nei movimenti di Rain. Forse si fa le stesse mie domande – ha qualcosa a che fare con il russo arrabbiato dell'altra sera?

E io sono il prossimo?

Non vedo che vantaggi avrebbero nell'uccidermi. Ma senza Rust l'organizzazione si sgretola, quindi nemmeno uccidere lui sarebbe stata una mossa intelligente da parte di Vlad.

Per cui mi chiedo… chi cazzo è stato?

Mi guida su per i gradini che conducono alla veranda coperta dove mamma si sedeva ad aspettare Ana e me quando andavamo a giocare con i bambini del vicinato. Non scricchiolano più, grazie a Rust, che fece sostituire l'intera struttura dopo che Ana, a otto anni, era caduta per via di una trave marcia. Ricordo bene quel giorno. Rust e nonno ebbero un confronto infuocato, perché la causa della gamba rotta di Ana era la filosofia antiquata del mio nonno russo: nascondere le imperfezioni dietro una nuova mano di vernice ogni anno.

Fu la prima volta che vidi nonno, uomo testardo per sua stessa ammissione, cedere potere a Rust.

Mamma viene ad aprire in vestaglia rossa; la luce della veranda evidenzia le radici quasi nere dei capelli color platino. Da una donna che lavora come parrucchiera mi aspetterei più attenzione. Una volta gliene ho chiesto ragione; mi ha risposto che quel look le piaceva.

«Luke, che ci fai qui così tardi?», gli occhi preoccupati passano da me a Rain, «qualcosa non va?».

Di nuovo mi si forma quel groppo doloroso in gola. Non so come dirglielo. Lei e Rust sono sempre stati molto uniti. L'unico motivo per cui non c'era il suo nome come parente più prossimo è che Rust sapeva quanto fosse fragile. Sa Iddio cosa le farà questa storia.

Ana appare dietro di lei sulla soglia, con lo stesso sguardo confuso sul bel viso.

Rain mi stringe la mano. Mi aiuta, chissà come. «Sì», mi schiarisco la voce roca, «decisamente qualcosa non va».

Capitolo 48
Clara

Le porte dell'ascensore si aprono e fanno uscire i residenti, freschi di doccia, vestiti e pronti per una giornata di lavoro. Noi siamo l'esatto opposto, i vestiti tutti sgualciti e gli occhi rossi e stanchi dopo avere guardato ondate su ondate di emozione afferrare la mamma e la sorella di Luke, le lacrime che scorrevano da rubinetti di dolore all'apparenza infiniti. Quel che non ha versato in lacrime, Luke l'ha compensato in sigarette, bruciandone una dopo l'altra; lui e sua mamma hanno svuotato tre pacchetti seduti sui gradini della veranda.

Come bersagli immobili.

In tutta la notte sono passate solo una dozzina di macchine in quella tranquilla stradina secondaria, ma ognuna mi ha trovato pronta a estrarre la pistola infilata in borsa – l'ho presa al volo dalla cassaforte prima di uscire, con la scusa di essermi dimenticata le chiavi della macchina.

«Ehi», Luke tende una mano per trattenere la porta dell'ascensore, «non fraintendermi, sei stata fantastica, però… ho bisogno di stare un po' da solo». Ho visto molte volte lo sguardo che adesso ha Luke negli occhi – l'espressione vacua di una persona che non sa più cosa fare.

Ma va contro i miei ordini diretti. Non gli permetterò di entrare in casa sua senza prima accertarmi che non ci sia nessuno ad aspettarlo.

«Certo, ok. Ti dispiace se salgo solo un attimo a prendere Stanley?».

Scuote in fretta la testa, come se si fosse dimenticato dei cani. «Certo che no».

La salita è silenziosa, Luke se ne sta appoggiato a una parete, a occhi chiusi. Senza dubbio esausto. Sono esausta io, e sono abituata a passare un giorno intero senza dormire. E tuttavia, la mia mente cerca frenetica un modo per entrare in casa sua senza sembrare insistente. «Ehi, ieri sera tra una cosa e l'altra non ho trovato il guinzaglio di Stanley. Posso entrare a prenderlo? Per qualche motivo la mattina è meno obbediente. E porto a casa Licks».

«Sì, certo», dice in tono assente, le chiavi appese alle dita. Gliele prendo con un sorriso e apro la porta, così ho il vantaggio di entrare per prima. Sembra tutto al suo posto, anche il mezzo bicchiere di vino rosso appoggiato sul bancone in cucina e la busta di cibo tailandese a portar via.

Giro in fretta per l'appartamento e fingo di cercare il guinzaglio – che non mi sono dimenticata di dare a Bridgette quando le ho lasciato i cani – con la pistola nascosta tra la borsa e la cassa toracica. Se il mio comportamento sembra bizzarro, Luke non se ne accorge: crolla sul divano, la testa abbassata, i gomiti appoggiati sulle ginocchia.

Mi fa male il cuore per lui, in un modo non previsto, in un modo non permesso. Lo reprimo per concentrarmi sui problemi più critici che ho davanti.

«Strano. Non lo trovo», esclamo dopo aver controllato l'ultimo armadio, certa che nell'appartamento di Luke non ci sia nessun russo pazzo venuto per un'ulteriore punizione. Rimetto la pistola in borsa e gli stringo una spalla. «Vado a prendere i ragazzi. Torno subito».

Esco, faccio il corridoio di corsa, abbrevio le chiacchiere con Bridgette e costringo Licks a galopparmi dietro. Luke è andato in camera da letto e ha chiuso la porta. Sento l'acqua scorrere nella doccia.

Quindi aggiorno in fretta Warner.

«Sinclair ha fatto qualche telefonata. Ora l'omicidio è di nostra competenza. Stiamo esaminando un paio di impronte parziali prese dal SUV. Vediamo se ci danno qualcosa di utilizzabile. Lì niente? Telefonate? Visitatori?»

«No. Niente».

«Cambierà presto. I media sono impazziti».

"Merda". Non abbiamo nemmeno guardato la tv da ieri notte. I giornalisti sanno essere degli stronzi insensibili, creano titoli orrendi per montare una storia, con ben poca considerazione per le persone colpite.

Comincio a sentire male dappertutto. «Ok. Recupero un po' di sonno, prima di sparare a qualcuno per sbaglio».

«Tieni il telefono vicino all'orecchio. Ho occhi all'esterno», una pausa, poi chiede: «Che ti dice l'istinto? Pensi che sputerà il rospo?»

«Troppo presto per dirlo. Adesso ha bisogno di spazio», mi accerto che il mio tono non lasci adito alla persuasione.

«Ok. Sta' pronta. Una volta smaltito lo shock, questi tipi tendono a fare qualche stupidaggine, e in fretta».

Non Luke. Non è da lui. Ma non lo dico a Warner, perché non capirebbe.

Mi assicuro di chiudere ogni chiavistello, poi abbasso gli avvolgibili e appoggio la borsa per terra per avere la pistola a portata di mano. Non si sa mai. Sfilo uno strato di vestiti alla volta fino a restare in canottiera e mutandine; sfioro con le dita la libellula. Arrivasse il giorno in cui non dovrò più indossarla. So che è vicino. Spero solo di essere abbastanza forte da sopportare quel che seguirà.

L'appoggio sul tavolino e mi allungo sul divano nel tentativo di farmi un'ora o due di sonno.

Il sonno però non viene.

Ho gli occhi fissi a quella porta chiusa e al silenzio spettrale al di là. La doccia non scroscia da un pezzo.

E poi lo sento. Il primo singhiozzo.

Mi afferra il cuore in un secondo. Non so se il microfono lo capterà. È piuttosto distante. Ma io prendo il telecomando, accendo su uno dei canali di musica e alzo il volume quanto basta a eliminare ogni possibilità. Ha il diritto di soffrire in privato. Penso che Warner capirebbe, e se no... fanculo a tutti.

Quel che nessuno di loro capirebbe sono io che mi avvicino in punta di piedi alla porta. Tento la maniglia e scopro che non è chiusa a chiave. Mi infilo veloce dentro, assicurandomi di non emettere alcun suono quando la richiudo dietro di me. La luce del sole filtra a listarelle attraverso le tapparelle chiuse. Tra quella e la tv messa in muto che lampeggia nell'angolo, ho abbastanza luce da vedere il corpo di Luke avvolto nell'asciugamano lungo disteso sul letto; mi volta la schiena, un braccio piegato sotto il cuscino.

Senza una parola, salgo sul letto e mi accosto fino a schiacciare il petto contro la sua schiena e abbracciargli la vita e piegare una mano nella sua. E lo ascolto piangere piano, le lacrime che gli scivolano sulle guance mi cadono sulle dita.

Solo quando ammutolisce mormoro: «Mi dispiace tanto, Luke. Davvero tanto».

Un respiro profondo e irregolare gli solleva e riabbassa il petto. «L'ha ucciso Vlad. O qualcuno per Vlad».

«Come lo sai?»

«È ovunque sui giornali. L'hanno trovato in un SUV della Mercedes rubato. È quello che stiamo trafugando per Aref, da spedire oltreoceano. Ha un compratore in Africa che ha chiesto specificatamente dei SUV neri».

«È questa la roba illegale in cui sei coinvolto? Auto rubate?», è la prima volta che lo dice apertamente.

«Già. Molte smembrate, ma alcune di lusso. Rust ha un'organizzazione che attraversa Portland, Seattle, San Francisco... in pratica la costa occidentale. Le raduna da questa parte dell'oceano e Vlad le vende a compratori sull'altra sponda. Le spediamo sulle navi da trasporto di Aref e dividiamo i profitti. Ma Vlad ha cominciato a fottere Rust, dicendo che doveva dare mazzette più grosse per convincere la gente a non guardare. Rust era sicuro che lo stesse fregando. Poi si è fatto avanti Aref, voleva partecipare ai guadagni. Aveva un compratore pronto in Africa. Quindi ho convinto Rust a fare un accordo separato con lui. Di questo si trattava l'altra sera. Vlad era incazzato».

«Con te?»

«Rust gli ha detto che era tutta opera sua e che io non avevo niente a che fare con l'accordo. Per proteggermi, credo».

Questo, in poche parole, è tutto ciò che aspettavamo che Luke ammettesse.

Lo abbraccio più forte.

«Ma che bene ne ricava Vlad a uccidere Rust? Non avevano bisogno di lui per l'affare di cui parlavi?», devo ricordarmi di scegliere con cura le parole, per non dare l'impressione di sapere sul serio di che sto parlando.

Si gira sulla schiena e per la prima volta riesco a vedergli il viso segnato dalle lacrime. «È questo che non riesco a capire. Rust era l'unico a conoscere tutti i livelli e le persone coinvolte e come funzionava ogni cosa: tutti i ricettatori e gli autisti, chi rubava le macchine, chi le faceva a pezzi, come le spostavano da un luogo all'altro. Non vedo come possa esserci una consegna adesso che Rust non c'è più».

«A meno che Vlad non abbia capito da solo...». Lo dico più che altro a me stessa, la confusione di indizi comincia ad avere un senso. Elmira ha detto che c'era un piano in atto. Era questo? Vlad si stava infiltrando nella rete protetta di Rust? In base a quel che mi ha appena detto Luke, si dividevano i profitti a metà. Ma se hanno rimosso Rust... «Vlad potrebbe prendere il comando senza dover dividere i guadagni, giusto?». Ma che ruolo ha Aref in tutto questo?

Vedo gli ingranaggi in moto nella sua testa. «Sì... immagino di sì. Ma non so come potrebbero aver capito tutto. Cioè, io conosco due ricettatori, e Miller altri due, ma a parte trasmettere gli ordini che ci dà Rust e pagarli per la consegna in magazzino, non vediamo altro che una montagna di soldi alla fine».

Drizzo le orecchie. Anche quel grosso direttore d'officina corpulento fa parte dell'organizzazione?

«Non è così facile da capire. Cioè, se non ci riescono gli sbirri...».

A meno che qualcuno non abbia sorvegliato Rust per proprio conto. Uno che non ha bisogno di seguire la legge e rispettare la privacy. Posso solo immaginare come sarebbe più facile arrivare al sodo quando non sei trattenuto da mandati e diritti civili. Cioè, guardate solo le informazioni che ho radunato con mezzi disonesti!

Si asciuga una lacrima raminga rimasta sulla guancia, gli occhi vuoti rivolti al soffitto. «Sembra irreale. Non posso credere che se ne sia andato», si sposta fino a circondarmi le spalle con un braccio e rannicchiarsi contro di me, naso a naso. Subito inspiro il suo profumo, fresco di doccia e con l'odore di sapone, la pelle morbida e calda sul mio corpo.

E sento le pareti stringersi attorno a noi, l'avvertimento di Elmira mi urla nella testa. Non mi perdonerò mai se non cerco di fermare tutto.

«Luke?».

Occhi arrossati si aprono e incontrano i miei.

«Qualsiasi cosa tu abbia in ballo con Vlad e Arcf… è finita. Dimenticatene. Per favore, abbandona tutto. Non posso perderti», non posso trattenere lo sfogo delle mie stesse lacrime, perché so che lo perderò comunque, «per favore. Promettimi che è finita».

Batte le palpebre per reprimere una nuova ondata di lacrime. E annuisce, stringendosi al mio petto nudo.

Non è mia intenzione addormentarmi nel suo letto.

«Ehi», sento che mi scuotono per svegliarmi.

«Mmh?».

Un bacio delicato mi sfiora le tempie. «Il tuo telefono squilla senza sosta. Pensi che sia importante?».

Il mio telefono.

Warner.

Balzo dal letto e corro fuori dalla stanza.

«È un'ora che ti cerco», il tono di Warner gronda accuse.

Mi precipito nel piccolo disimpegno dalla parte opposta della casa. «Scusa, non ho sentito».

«Davvero? Perché lo sentivo suonare dalla microspia. È piuttosto forte, cazzo».

«Mi sono addormentata», sibilo e sbircio dietro l'angolo per assicurarmi che Luke non sia ancora comparso. Dubito che abbia fretta di muoversi.

Mi risponde un silenzio di tomba. E mi fa saltare i nervi. «Chiami per un motivo?»

«Solo un controllo».

«Devo portare fuori i cani e prendere un cambio di vestiti. Bada che lui non esca», riappendo prima che Warner possa discutere con me.

Licks attraversa trotterellando il mio appartamento, naso a terra, ignaro della devastazione del suo padrone. Ho dato a Luke una delle pastiglie di sonnifero che sua mamma mi ha messo in mano mentre andavamo via, una scatola piena presa dal suo armadietto dei medicinali. Spero che ormai gli abbia fatto perdere i sensi.

Non mi piaceva allontanarmi, ma non potevo correre il rischio di fare questa telefonata da casa sua, dal mio telefono. È solo un'intuizione che non mi lascia in pace, che potrebbe sabotare il caso, però mi darà la risposta di cui ho bisogno.

«Pronto».

Il suono dell'accento londinese impeccabile di quella donna mi scatena il disagio. Ho la distinta sensazione che sappia chi la chiama, anche se il numero sul mio telefono personale è riservato. «Ciao, Elmira».

«Abbiamo visto il telegiornale. Come sta Luke?», calma, fredda, controllata. Non la reazione che mi aspetterei dopo il ritrovamento di un socio del marito assassinato.

«Come ci si può aspettare».

«Per favore fagli le condoglianze da parte nostra. Rust era un brav'uomo».

«Non lo conoscevo bene, ma so che era apprezzato».

«Luke come l'ha presa?»

«Non bene. Mi dispiace per lui. Ha avuto due settimane

dure. Prima, il furto della sua macchina, e ora questo», non c'è proprio paragone fra i due, ma per i miei scopi non ha importanza.

«Oh? Non sapevo che fosse successo. Scommetto che adorava quell'auto».

«Sì, è vero», esito solo un secondo, poi mi ci getto a testa bassa, «per fortuna i poliziotti l'hanno trovata subito in un deposito».

Una breve pausa. «Be', che *fortuna*», mi sbaglio o la sua voce è appena salita di un'ottava? Sono sicura che soppesa le mie parole. Chiedendosi se abbia i miei motivi nascosti per dirglielo.

Tuttavia, posso giocare al suo stesso gioco. «Già. Vorrei solo che gliela restituissero. Non so perché ancora non l'abbiano fatto. Stronzaggine, immagino».

«La polizia locale è pigra».

«Dev'essere così».

Un'altra lunga pausa. «Se c'è qualsiasi cosa che possiamo fare per aiutare Luke in questo momento, per favore faccelo sapere. Ci vediamo al funerale».

«Grazie, Elmira», ora che ho teso la mia piccola trappola, ributto il telefono in cassaforte, lego i cani e torno da Luke.

Ma non prima di ritrovarmi sotto la pioggia, in attesa che lavi via il senso di colpa che provo ad avere tradito la mia squadra.

Capitolo 49
Luke

Rain mi stringe la mano.

È una stretta di avvertimento, indica che mi sto agitando troppo.

Respiro a fondo per calmarmi. Anni fa, quando Rust mi disse che mi avrebbe fatto suo esecutore patrimoniale, non ci ho riflettuto granché. Di certo non ho pensato che a ventiquattro anni avrei organizzato per lui un funerale a bara chiusa. Ma adesso che la polizia ha finito di raccogliere prove su di lui – non c'è bisogno di un'autopsia approfondita, è piuttosto ovvio che a ucciderlo sia stato il proiettile nel cervello – sto facendo proprio questo, seduto qui con una Rain molto calma e controllata e con a destra e a sinistra il duo emotivamente instabile – mamma e Ana – che lottano contro di me con le unghie e con i denti per avere un servizio tradizionale della Chiesa ortodossa orientale.

«Rust non voleva nessun servizio religioso, né una veglia funebre. L'ha messo ben in chiaro nel testamento. Che ho esaminato per tutta la mattina con l'avvocato», dico, moderando il tono. Rust non ha mai avuto molta pazienza per i procedimenti funebri e poco ma sicuro non credeva in dio.

«E quello che vogliamo *noi*? Quello che vorrebbero sua madre e suo padre?», strilla mia madre e si asciuga le lacrime che riprendono a scorrerle sulle guance, «se diamo retta a quegli stupidi fogli, be'… allora perché non buttiamo il suo corpo nel mausoleo e basta!».

A leggere tra le righe, in pratica è quello che chiede lui. Ma adesso non lo dico.

«Vuoi continuare a litigare per questo? O possiamo riprendere a organizzare le cose e basta?», perché io voglio farla finita.

«Possiamo organizzare un bellissimo – e veloce – servizio funebre sul luogo della sepoltura, potrebbe aiutare a soddisfare le esigenze di tutti rispettando però le volontà di Mr Markov», propone la direttrice delle pompe funebri con un sorriso solidale. È lo stesso che ha in faccia da un'ora, a parte per un tempestivo accigliarsi o annuire a occhi chiusi per comunicare la sua più profonda comprensione. Mi chiedo se questa gente nasca con il gene per lavorare con i funerali o se segua un addestramento prolungato, perché tutti quelli a cui siamo passati davanti per entrare in questo ufficio sono identici.

Rain ha tolto la suoneria, ma sento il cellulare che le vibra in tasca. Continua da quando ci siamo seduti qui, ma non l'ha mai nemmeno tirato fuori. Mi chino verso di lei: «Puoi rispondere se devi. Potrebbe essere per tuo padre», con tutto quel che è successo, non le ho nemmeno chiesto come procede con lui, e lei non ne ha mai parlato.

Si incupisce. «Sì, probabilmente dovrei. Qui te la cavi?»

«Che altro dobbiamo fare?», domando alla direttrice.

Apre davanti a noi un catalogo con estrema cura. «Be', c'è la questione della scelta della bara, scrivere il necrologio...».

Si interrompe e io mi giro di nuovo verso Rain. «Ci pensiamo noi».

Mi dà un buffetto sulla gamba e si alza. «Ok, sono qui fuori».

La guardo uscire e subito mi sento solo. È rimasta accanto a me – a guardare repliche dei miei stupidi programmi preferiti, nutrirmi, portare a spasso i cani con me, sdraiata al mio fianco mentre mi addormentavo – da quando i poliziotti si sono presentati a casa mia. Non so cosa avrei fatto senza di lei.

Capitolo 50
Clara

«È inquietante. E irrispettoso», borbotto con uno sguardo indietro verso la bara all'altro capo della stanza e l'uomo anziano che vi giace pacifico.

«Perché? A lui non importa. La sua camera ardente non comincia prima di stasera», Warner si porta un dito al labbro, controllando se ci sia sangue. Ero a metà del corridoio, oltre una fila di stanze per la veglia, quando un braccio è spuntato all'improvviso e mi ha afferrato. Ho sferrato un pugno e raggiunto la carne prima di rendermi conto che a rapirmi era il mio responsabile.

«Sei pazzo. Sei rimasto qui ad aspettare per tutto questo tempo? Stavo per chiamarti. Molto più sicuro di questo».

«Rilassati. Con una scusa posso cavarmi da qualsiasi situazione», mugugna, «e a essere sincero non lo so più cosa è sicuro. Ho la sensazione che abbiamo addosso più occhi di quel che sappiamo».

«Cosa te lo fa pensare?».

Warner allunga una mano e mi sfiora il petto afferrando la mia collana; spegne la microspia. «La nostra Porsche diversivo è stata abbandonata a lato di una strada ieri sera. Ripulita e lasciata lì».

Ieri sera. Poche ore dopo la mia telefonata a Elmira. Un miscuglio di soddisfazione e senso di colpa mi si rimescola dentro con la prova che il mio presentimento ha dato frutto. Aref ha inscenato il furto d'auto e ha fatto in modo che sembrasse ci fosse Vlad dietro, nel caso il ladro venisse arrestato e interrogato. Ho qualche sospetto sul perché.

Forse avrò ancora la possibilità di chiederglielo io stessa.

Ma adesso, devo sembrare delusa a beneficio di Warner. «Pensi che abbia ricevuto una soffiata? O hanno scoperto le cimici?».

Si stringe nelle spalle. «Difficile dirlo. Sapevamo dall'inizio che era rischioso. Ma significa che abbiamo perso quella pista. Almeno però ne abbiamo ricavato qualche nome e location», chiude la bocca aspettando che passino delle voci basse in corridoio, «c'è di più», si gira e mi fissa con uno sguardo duro.

Mi mette a disagio. Come se stesse per chiedermi conto di un errore che ho commesso. «Cosa?»

«Ieri sera ci sono stati i furti violenti di una Benz di classe G e una Lexus LX».

«Violenti?»

«Sì. Uno dei guidatori ha qualche graffio. L'altro è in ospedale per ferite da arma da fuoco. Tutti e due i SUV sono neri».

SUV neri. Proprio quello che vuole il compratore africano di Aref.

«Il tizio di Rix l'ha chiamato stamattina e gli ha chiesto di dargli una mano con un paio di ordini urgenti appena arrivati lungo le condutture. Gli servivano nelle prossime quarantotto ore. Pensiamo che qualcuno stia anticipando la data di consegna e chiami della gente nelle strade per radunare in fretta l'ordine. Di solito la banda usuale di 24 non è sciatta, ma qualcuno sta ancora mandando avanti lo spettacolo. Troppe coincidenze perché sia qualcos'altro».

«Non Luke. Cioè 12. È troppo occupato. Negli ultimi due giorni non ha mai nemmeno preso il telefono dal comodino».

«Be', di certo qualcuno c'è».

«Vlad», lo dico con sicurezza, anche se non posso essere certa al cento per cento che non sia Aref, «scommetto che uno di quei due ha tagliato fuori Rust e preso il controllo».

«Forse. So solo che stiamo per perdere qualsiasi margine abbiamo su questo caso».

Trattengo il fiato con la domanda successiva. «Sinclair sta per arrestare Luke?», non sono ancora pronta a dirgli addio.

«Non ancora. Spera sempre in una svolta».

«Non è uscito nulla dall'indagine su 24?»

«Qualche video sgranato su un'attività commerciale che stiamo analizzando, e una tonnellata di impronte digitali sul SUV che probabilmente sono del proprietario dichiarato», Warner mi guarda con occhi d'acciaio, «resta su di lui. Non perderlo mai di vista, e...», sospira, «fa' qualsiasi cosa sia necessaria per convincerlo a parlare. Ordini di Sinclair».

All'improvviso la rischiosa visita di persona di Warner e il fatto che abbia spento il microfono hanno senso. È confidenziale. Non mi tiro indietro, mentre lui torreggia su di me. «Esattamente che vuol dire?»

«Significa continua con quello che stai facendo», stringe i denti, «come la notte dopo che hai incontrato 24 al club...», si china di più verso di me, fino a essere così vicino che il suo respiro alla menta verde mi solletica le narici, «...quando ho visto 12 presentarsi a casa tua e non andarsene fino al mattino dopo».

Warner mi spiava? «Hai detto che...». Mi rimangio l'accusa, perché dopo tutto ciò che ho fatto non ne ho il diritto. Inghiotto la bolla di isteria che comincia a salire e oso solo chiedere: «Sinclair lo sa?».

Mi risponde un sorrisetto maligno. «Sinclair se ne fotte purché ottenga ciò che vuole e conserviamo le mani pulite in tribunale. E ti sei impegnata moltissimo perché tutto quello che c'è registrato sulla microspia dia una buona impressione, vero?», sposta gli occhi sulla mia bocca, «per un po' hai fregato persino me».

«Warner, io...», non trovo le parole giuste. Non ci sono parole giuste per questo genere di tradimento.

«Fa' in modo che tutte le conversazioni inerenti al caso restino sul microfono e tutto il resto... no», il suo gelo si scioglie un pochino, «e promettimi che non ti farai saltare la copertura».

Deglutisco. «Promesso».

Sembra che stia per dire qualcos'altro, poi stringe con fermezza le labbra. Socchiude la porta, controlla il corridoio, e scompare.

Lasciandomi lì a tremare per il rimorso.

Capitolo 51
Luke

Riaggancio entrando nel parcheggio dell'officina. «I soci di Rust alla RTM, per fare le condoglianze».

«Non è... carino da parte loro?», mormora Rain, esitante.

«Già... gli do due settimane prima che comincino a parlare di comprarmi la parte di Rust».

«La RTM...», una pausa, «fa parte di quegli affari con Aref e Vlad di cui mi hai parlato?»

«No. Tutt'altra cosa. Al cento per cento legale. Proprio come quest'officina. Rust teneva lontano da qui quell'altra roba».

«E adesso è tutto tuo?»

«Già. O lo sarà, una volta autenticato il testamento. Mi aveva già ceduto l'officina settimane fa». Negli ultimi giorni mi si insinua nella testa ogni genere di pensieri. Ovvero, aveva idea che sarebbe potuto succedere? E se sì, perché cazzo non ha fatto di più per proteggersi? Perché non mi ha mandato a fanculo quando ho insistito per l'accordo con Aref?

«Allora, che cosa farai?», posa gli occhi sull'insegna appesa sopra di noi.

«Non lo so. Qui c'è più che abbastanza per tenermi occupato e in buone condizioni finanziarie». Le prendo la mano. Da quando siamo usciti dall'impresa di pompe funebri è stata più silenziosa del solito. Dev'essere parecchio pesante per lei. Che cavolo di modo per conoscere mia mamma e mia sorella.

«Ci vorranno mesi per sistemare tutta la roba burocratica, quindi ho tempo di decidere se voglio prendere il posto di Rust o...».

«Prendere il suo posto dove?», solleva un paio d'occhi supplichevoli sul mio viso.

«Alla RTM. Fare qualcosa che non mi procuri una pallottola in testa. Tutto qui, promesso», sono ancora vivo e vegeto e non c'è traccia di Vlad, quindi devo pensare che non lo preoccupi troppo quel che potrei dire. Ma che futuro è questo? Se la morte di Rust è servita a qualcosa, è stato a darmi la sveglia. Forse Vlad ha ragione – sono un idiota, perché mi sono lasciato coinvolgere in un'organizzazione criminale di furti d'auto multimilionaria con la cazzo di mafia russa e non avevo previsto tutto questo.

Non voglio passare il resto dei miei giorni a preoccuparmi di fare incazzare qualcuno e finire ammazzato. Che vita è quella? Nemmeno per cento Porsche ne varrebbe la pena.

«O quello, o potresti prendere i soldi e ricominciare. Pulito», suggerisce Rain.

«Sì», comunque, non avrà niente a che fare con i furti d'auto, «facciamolo», indico con la testa l'officina e poi scendo dalla macchina. È la prima volta che vengo qui da quando è morto Rust.

Da quando l'hanno ucciso.

«Luke», Tabbs è il primo ad avvicinarsi e offrirmi una mano pulita e una rara espressione grave, «se c'è qualsiasi cosa che possiamo fare, per favore diccelo».

Annuisco, ho paura che la voce sveli il mio dolore. «Miller è dentro?»

«Sì. Praticamente non è mai uscito».

Lo trovo seduto dietro la scrivania, gli occhi bassi. Quando finalmente li solleva e ci vede, si alza subito e aggira il tavolo per offrirmi la mano tesa.

«Luke, io...», si schiarisce la gola. Ha un aspetto ancora peggiore che dopo la breve degenza in ospedale di qualche settimana fa. Forse è persino dimagrito. Il volto ha un'aria scarna. «Mi dispiace per Rust. È...», abbassa la testa, «è sempre stato buono con me».

«Per quello che vale, ti ha sempre elogiato. Si fidava ciecamente di te».

«Mi... uhm... mi occuperò di tutto io qui. Non preoccuparti».

Proprio non sono pronto a tornare. «Grazie. È solo che...», sospiro pesantemente e metto le mani in tasca. Guardo la parete di fronte, dove è appeso un assortimento di riconoscimenti e premi di categoria per l'officina, incluso uno con Rust che stringe la mano al sindaco di Portland dopo avere vinto un premio dei consumatori locale, e un groppo mi chiude la gola. Era così fiero di quest'azienda. Era orgoglioso di tutte le sue attività, legali e non. Tutto quel che toccava aveva successo. Finora.

«È dura, Miller. Sto ancora aspettando di rendermene conto davvero. Ma non preoccuparti. Finché questo posto sarà mio ci sarà sempre lavoro per te».

Si schiarisce di nuovo la gola e il tono diventa brusco. «Puoi contare su di me», poi si precipita fuori, in corridoio, sfregandosi le guance diretto in bagno.

Sento Rain che mi si accosta e mi circonda la vita per abbracciarmi. «Erano amici?»

«Sì, puoi dire così. Miller gestisce questo posto da quando ha aperto», lo squillo del mio telefono mi riscuote da quei pensieri.

È la polizia. *Finalmente* hanno liberato la mia macchina.

Gliela lascerei tenere se potessi riavere Rust.

Capitolo 52
Clara

«La sicurezza ha appena lasciato passare un fattorino con altri fiori», Luke appoggia il telefono fisso sul mobile in cucina e osserva la giungla floreale spuntata qui dentro. Bouquet dai colleghi, Dmitri, altri amici di famiglia.

Nulla da Vlad o Andrei. Non una parola. Questo mi conforta e mi preoccupa allo stesso tempo.

Luke si sfrega gli occhi, stanco per una giornata di corse e il sonno indotto dai sonniferi.

Gli accarezzo affettuosamente la schiena. «Ci penso io. Perché non ti butti sotto la doccia? Ti farà sentire meglio».

«Sì...», sposta lo sguardo sul mio corpo e vedo un'improvvisa scintilla d'interesse. La prima da giorni, il che, fino a stamattina, è stata una grazia salvifica.

Quando pensavo che la nostra piccola tresca fosse un segreto.

Non posso crederci, Warner sa. E Sinclair. E forse tutto il resto della squadra di copertura. E io che per tutto il tempo pensavo di essere stata attenta e discreta.

Luke mi tira l'orlo della maglia. Trascinandomi verso il bagno.

"Continua quello che stai facendo", mi ha detto Warner. Ordini dall'alto. Mi chiedo se per questo mi bruceranno alla fine. Sarà il mio ultimo caso in assoluto? Sinclair mi ha depennata?

Adesso però non posso pensare a questo. Devo concentrarmi sul tenere Luke al sicuro.

«Va'», indico il bagno con un gesto del capo, «io aspetto che portino su i fiori».

Aspetto di sentire il suono dell'acqua che scorre, poi mando un veloce messaggio a Warner per avere conferma che c'è davvero un furgone delle consegne fuori.

Non ci sono stati segni che Vlad voglia liberarsi anche di Luke, e tirare fuori la pistola per ricevere dei fiori è probabilmente un'esagerazione da parte mia. Ma lo faccio lo stesso e la infilo nel retro dei pantaloni mentre aspetto vicino alla porta.

Pochi minuti dopo sento bussare.

Apro e mi trovo davanti una mora giovane con una cartellina che devo firmare. La esamino in fretta e decido che è qui solo per consegnare dei fiori. «A lei». Mi porge una composizione esotica di orchidee nere.

Non mi serve leggere il biglietto per sapere da chi vengono questi. C'è il nome di Elmira scritto a caratteri cubitali. E proprio per questo comincio a frugare tra foglie e steli, perquisendo l'intero bouquet in cerca di qualsiasi cosa sospetta.

«Chi le ha mandate?», l'improvvisa voce di Luke dietro di me mi fa fare un balzo. Mi giro, sperando che fosse troppo distratto dai fiori per notare il bozzo della pistola sulla mia schiena.

Gli passo il biglietto.

«Probabilmente dovresti chiamare per ringraziarli», abbasso gli occhi sull'asciugamano avvolto attorno alla sua vita, «forse dopo la doccia».

«Inutile perdere tempo», borbotta, afferra il telefono e digita un numero che ha memorizzato. «Rust lo diceva sempre». Mi avvicino, sia per potergli toccare la pelle nuda, sia per non farlo allontanare fuori portata d'orecchio.

«Ehi… Sì. Grazie. Sono davvero belli… Certo, ringraziala da parte mia… Sì, lo so…».

Mi chino a premergli le labbra sulle braccia. E lo supplico con lo sguardo. Mi guarda e vede le parole silenziose. Lo so. "Mi hai promesso di mollare", gli ricordo.

Mi scosta i capelli dalla faccia. «Ascolta, senza più Rust, qualsiasi accordo abbia fatto…». Palese che Aref lo interrompe e prende il controllo della conversazione. Vorrei poterlo sentire.

«Giusto… non sarei d'aiuto nemmeno volendo. Solo lui conosceva l'organizzazione. Non vedo come possa andare a buon fine la spedizione per Vlad, e la tua… ok… Grazie». Riattacca, un po' accigliato.

«Che succede?».

Luke osserva i fiori, trapassandoli con lo sguardo, a lungo. «Mi sorprende che Aref l'abbia presa così bene».

«Sei contento?»

«Sì. Ma…», la preoccupazione gli offusca gli occhi, «sono un sacco di soldi per rinunciarci così».

A meno che non stia rinunciando a niente.

«Aref ha già un sacco di soldi», provo a dire.

«Già», mi stringe a sé e mi bacia, «non voglio pensare più a niente di tutto ciò».

«Bel piano. Ci vediamo dentro tra un minuto», gli afferro le mani prima che vaghino abbastanza in là da scoprire la pistola.

«Ok, ma sbrigati. Ho bisogno di te», mi si appiccica addosso per dimostrare quanto.

Una volta al sicuro dal suo sguardo, nascondo la pistola in borsa e tolgo la collana, lasciandola sul bancone della cucina.

Capitolo 53
Luke

La nostra limousine imbocca la strada serpeggiante che conduce alla cappella di famiglia, collocata in una delle sezioni più antiche del River View.

«È un cimitero bellissimo», mormora Rain al mio fianco, la mano nella mia, dove è stata per tutta la mattina, il pollice che accarezzava rassicurante il mio.

Guardo fuori verso il profluvio di aceri giapponesi, i tronchi nodosi, le forme contorte, coperti di muschio. «Quegli alberi una volta mi terrorizzavano», ammetto e mi rendo conto di quanto tempo è passato dall'ultima visita alla tomba del nonno.

«Ricordi che il nonno diceva che la notte le fate danzavano in quei boschi per Baba?», interviene Ana con un sorriso triste, sistemando un boccolo. È tornata la se stessa in piega perfetta. Mia madre, invece, non se l'è cavata altrettanto bene, il pesante trucco nero non fa che accentuare il gonfiore attorno agli occhi. Dalla morte di Rust non è più tornata al lavoro e dubito che intenda tornarci presto. Sono sicuro che pagherò io le sue bollette per un po'.

Ci sono così tante macchine allineate lungo la strada che porta al lotto. Per essere uno che non voleva servizio funebre né veglia, ci sono una tonnellata di persone che indugiano per lui sotto la pioggerella leggera. I ragazzi dell'officina aspettano tutti in piedi in una fila silenziosa, in attesa di aiutare a portare la bara fino alla tomba. Quasi irriconoscibili in abiti formali.

La Barracuda nera mi dice che Jesse è venuto. Mi chiedo se

Alex l'abbia accompagnato. Penso che anche se la riconoscessero non importerebbe a nessuno. Viktor se n'è andato da un pezzo.

C'è perfino Priscilla, fatica ad attraversare l'erba sui tacchi a spillo, sottobraccio a un tipo che ho visto al Cellar. Ci sono anche un sacco di altre facce familiari del club. Dopotutto, Rust era una presenza fissa.

Ci sono anche moltissime persone che non conosco e non mi importa conoscere. Tengo la testa bassa e stringo la mano di Rain mentre raggiungiamo la quercia gigantesca presso cui sono già stato due volte, affacciata sulle montagne incappucciate di neve in lontananza.

Rust ha sempre detto che qui avevano delle proprietà strepitose.

Con un braccio circondo Rain da una parte e con l'altro la mamma, in piedi in una fila silenziosa sotto ombrelli neri mentre un uomo solenne in giacca e cravatta legge le Scritture in russo. Un'aggiunta di mamma. Non ho protestato perché so che Rust non avrebbe voluto.

Il tutto dura non più di quindici minuti. Poi il mare di ombrelli neri comincia a disperdersi, e finalmente mi prendo il disturbo di notare le facce. Vedo Miller accanto a una donna bassa e cicciottella. Accanto a lei tre ragazze in semplici abiti scuri, le figlie, immagino.

Una è sulla sedia a rotelle, le gambe fragili penzoloni, i muscoli del viso cascanti.

Mi rendo conto di quanto poco so di un tizio a cui lo zio ha affidato la gestione della sua attività per gli ultimi dieci anni. Immagino che non abbia avuto vita facile. Né lui né sua figlia. E io mi sono visto servire tutto su un piatto d'argento.

Ma adesso comprendo meglio perché Miller abbia aiutato Rust con "l'altra" attività.

Sto pensando di andare da loro e presentarmi quando sento il corpo di Rain irrigidirsi. «Che succede?», seguo il suo sguardo fino a una fila di uomini dai volti duri in completi neri all'estremità dello spiazzo. Vlad, una statua accanto al padre.

Adrenalina e shock mi attraversano all'improvviso.

«No, Luke», Rain mi strattona per il braccio e mi trattiene vicino a sé una frazione di secondo prima che gli voli addosso e gli assesti un pugno dritto su quel naso storto.

Abbasso la testa e sibilo: «Uccide Rust e poi si presenta al suo funerale!».

Con le dita fresche mi tocca la guancia e mi avvicina il viso al suo. Gli occhi supplichevoli: «Non fare niente. Non dire niente».

«Come faccio?»

«*Devi*», insiste, circondandomi con un braccio, «meno pensa che sospetti, più tu e la tua famiglia siete al sicuro, giusto?», digrigna i denti, «se viene a farti le condoglianze, le accetti. Mi hai sentito? Non sai niente. Non sospetti niente. Nessuno sa niente. Ok?»

«*Gesù*», come cazzo faccio? Respiro a fondo. Se prima ero sull'orlo del baratro, adesso sono appeso a un ramo e penzolo nel vuoto.

Capitolo 54
Clara

Sinclair aveva ragione. Come un gruppo di sadici, i russi sono venuti in silenzio ad ammirare il loro lavoro. Anche se io riesco a identificare solo Vlad e suo padre, senza dubbio il gruppo di agenti infiltrati che si mescola a questa folla impressionante ha scattato istantanee di ciascuno e presto li identificheranno tutti fino all'ultimo.

C'è persino Warner, nel ruolo di Jack. Solo un fratello solidale che ha sentito dell'accaduto e vuole offrire sostegno alla sorella, nel caso Luke lo notasse. Per ora non è successo, troppo occupato a guardarsi i piedi e prendere respiri profondi. In pratica tutto ciò che può per seguire il mio consiglio, perché sa che ho ragione.

«Luke», lo strano accento mi riempie l'orecchio e Aref compare alle nostre spalle, vestito impeccabile come sempre, e gli prende la mano, «non esitare a chiamarmi se hai bisogno di qualsiasi cosa. Da Elmira o me».

Come un'ombra nera, da dietro di lui spunta la donna minuscola che si solleva in punta di piedi e bacia Luke su una guancia. «Ci ricorderemo della tua famiglia e di Rust nelle nostre preghiere», mormora. E poi i suoi occhi di ossidiana si spostano per incrociare i miei. Si avvicina e mi abbraccia. «Luke non dimenticherà tutto ciò che hai fatto per lui».

Voglio placcare questa donna minuta, schiaffarle le manette ai polsi e trascinarla in una stanza in cui posso strapparle delle risposte da quella lingua argentina che ha in bocca.

Invece sorrido. Avrò la mia occasione.

Passa un'ondata di persone dietro l'altra, rendono omaggio al nipote di "un uomo gentile e generoso". Luke se la cava bene, offre un cenno del capo e un sorriso a labbra strette a tutti. Ma dal modo in cui si appoggia a me e dal pallore capisco che non ce la fa più.

E finalmente, succede. Le nocche tatuate di Vlad Bragin si allungano.

«Mi dispiace che le ultime parole che ho scambiato con tuo zio siano state di rabbia», nulla in lui – la posa, l'attenzione, il modo in cui incrocia lo sguardo di Luke e lo sostiene per cinque lunghi secondi – denota alcun dispiacere.

Luke stringe i denti, rafforza la presa sulla mia vita, e ho paura che stia per pronunciare minacce e accuse. Poi però si limita a un gesto di assenso.

Scorre il resto della fila e io rimango di vedetta al suo fianco, la stoica fidanzata, mentre con gli occhi seguo Vlad farsi strada tra i gruppi di intimi. La pioggia è cessata e la gente già abbassa gli ombrelli; è più facile leggere i volti.

Certo più facile per i vari agenti dell'FBI che cercano disperatamente di salvare un caso che potrebbe essere stato sepolto insieme al corpo di Rust Markov.

O forse no.

Vlad passa accanto ad Aref e rallenta, scambia con lui poche, brevi parole e una stretta di mano, poi prosegue. Mi aspetto che ora si riunisca al padre e salga in macchina, ma non lo fa. Vira leggermente e si ferma davanti a un direttore d'officina tarchiato la cui faccia è sempre più distorta dall'ansia ogni secondo che passa.

Miller si allontana di due passi dalla ragazzina sulla sedia a rotelle per ascoltare qualsiasi cosa Vlad si sia chinato a sussurrargli all'orecchio. È rapido, ma di sicuro pesante, perché Miller impallidisce. Annuisce a Vlad che si allontana, e fissa a lungo con occhi vuoti la bara che aspetta l'interramento, prima di tornare vicino alla sua famiglia.

Sorridendo loro, mentre preoccupazione e paura e rimorso gli riempiono il viso, e le spalle sembrano curvarsi. Sorridendo come un padre che ama la sua famiglia, che farebbe qualsiasi cosa per loro.

E si accende la lampadina.

Un rapido sguardo a Luke mi dice che non ha visto, troppo occupato a sforzarsi di finirla con i rimanenti membri della mafia russa. Un'occhiata a Warner mi dice che lui invece sì. Già si sta allontanando dalla folla e compone un numero sul cellulare.

«Rain?».

Distolgo da lui l'attenzione iper vigile e la riporto su Luke. «Scusa, sì?»

«Ordiniamo qualcosa da mangiare a casa di mamma», indica la madre e Ana, in piedi accanto a Jesse. Alex non è venuta. Mi chiedo se sia perché preferisce rimanere nascosta. «Vuoi venire?», i suoi occhi mi implorano.

«Sì. Certo».

Sospira, sollevato, e si allunga a baciarmi piano. «Non so come ringraziarti per tutto ciò che hai fatto per me, per noi. Davvero. Io...», si ferma, gli viene meno la voce, la bocca pronta a pronunciare parole che temo mi gonfierebbero e spezzerebbero il cuore.

«Rain?», Warner interrompe quella situazione disastrosa.

Luke guarda dietro di me, accigliato.

«Non so se ti ricordi di me. Jack, il fratello di Rain», Warner tende la mano, «Rain mi ha detto che è successo. Condoglianze per la tua perdita», rivolge di nuovo gli occhi a me. «Mi dispiace farlo ma dobbiamo andare. *Papà* è stato operato stamattina», inarca le sopracciglia nel gesto di chi sa.

Ho la nausea. Perché so che cosa vuol dire.

Sinclair ha fatto la telefonata.

Pensa di avere trovato la sua svolta.

«Oh... giusto», Luke scuote appena la testa, «mi dispiace tanto. Con tutto quel che è successo, me ne sono dimenticato. Va tutto bene, spero?», in un battito di ciglia, mi crede. Si fida di me.

"No... Non ancora". Chiudo gli occhi, il momento che temevo infine è arrivato. Per Luke e me è finita. Tra poche ore saprà tutto. Ha pensato che tutto questo fosse brutto? Peggiorerà un sacco tra pochissimo.

«Mi chiami? Mi fai sapere come va?», domanda, una mano sul mio viso con tutto l'affetto di un ragazzo innamorato.

Mi si forma un groppo in gola. «Ci dai un minuto, Jack?».

Per un fuggevole secondo la durezza negli occhi di Warner scompare. Un gesto del capo e si allontana. Di nuovo al telefono. A pianificare la completa distruzione di tutta la vita di Luke.

Questo è il mio lavoro… per questo sono qui.

E Luke se lo merita per aver preso parte a crimini che fanno del male ad altre persone.

Vorrei crederci. Forse allora non mi sentirei come se avessi condotto un agnellino nella tana di un puma.

Ho cominciato con la volontà di seppellire tutti quelli coinvolti nell'assassinio di Wayne Billings per un pickup Ford rosso. Mi sento ancora così. Però, a un certo punto mi sono permessa di affezionarmi.

Forse persino di innamorarmi.

Forse per questo non riesco a resistere all'impulso travolgente di impedire a Sinclair di mettere il collo di Luke sul ceppo del boia.

«Andrà tutto bene. Tuo papà starà bene. Ok?», mi abbraccia, mi culla nel suo calore. Assorbo ogni minima briciola dell'ultimo conforto che può darmi e infilo le mie braccia tra noi, scivolo sul suo petto, accarezzo quelle curve.

Le mie dita raggiungono il ciondolo e spengono la cimice. «Luke, ho bisogno che mi ascolti con attenzione. Tutto quel che mi hai detto su Rust, la cosa delle macchine, *tutto*, resta fra me e te, ok?».

Si acciglia per un attimo. «Sì, certo».

«Chi… *chiunque* te lo chieda. Tu non sai *niente*, capito?».

Scorgo la testa di Warner sollevarsi nella mia visione periferica, rivolto verso di me, il volto contorto in un cipiglio intenso. La sorveglianza gli ha detto che la cimice è spenta.

Mi stringo forte al corpo di Luke e sussurro: «Te la caverai, lo giuro».

«Sei pronta?», Warner è tornato in fretta.

«Sì», mi stacco da Luke e sorrido, «ti chiamo dopo».

Sento gli occhi di Luke su di noi mentre raggiungiamo la macchina in incognito di Warner.

«La sorveglianza ti ha perso per un secondo», afferma Warner, calmo.

«Immagino si sia spento quando mi ha abbracciato», sento l'amarezza nella mia voce e tiro fuori gli occhiali da sole per nascondere le lacrime che mi si stanno formando negli occhi.

Capitolo 55
Luke

«Prendo qualcosa per strada. Passo a casa per fare una doccia e recuperare Licks», ho bisogno di avere il mio cane con me, «ci vediamo tra qualche ora».

«Sai cosa dovresti prendere? Un secchiello gigante di pollo fritto. Zio Rust lo adorava», la risata di Ana sgorga dagli altoparlanti della mia macchina.

«Secchiello in arrivo». Sorrido, penso a quando Rust si presentava a casa nostra la domenica con il pollo fritto e giocavamo tutti e quattro a Monopoli. Non lasciava mai vincere nessuno. Diceva che a lungo andare non ci avrebbe aiutato. È parecchio che non passo del tempo con Ana, o la mamma. Penso di dover cambiare le cose. Sembra che Rain gli sia piaciuta davvero, però mi chiedo se non sia stato solo a causa delle circostanze. Rust mi aveva avvisato che mamma sarebbe stata un osso duro da conquistare per qualsiasi donna.

Ho la mente così occupata da pensieri su Rain e la mia famiglia che non noto la berlina nera che accosta vicino al mio garage privato. Il tempo sembra fermarsi nei secondi che fisso il mio riflesso nei vetri oscurati. In attesa.

Quando il suono di un finestrino automatico che si abbassa mi colpisce l'orecchio, il mio cuore rallenta, ogni battito porta con sé un timore crescente. Mi aspetto di vedere la bocca di una pistola puntata contro di me. Forse la stessa che ha ucciso Rust.

In quei pochi secondi, vedo passarmi davanti agli occhi il volto di Rain.

Ma la persona dietro il vetro non è Vlad né Andrei né nessuno con una semi automatica. È un tizio dai capelli brizzolati con le basette argentate e un vestito nero impeccabile.

Con in mano un distintivo dell'FBI. «Sali».

Immagino che ci sia un protocollo che l'FBI dovrebbe seguire quando parla – presentarsi, almeno. Ma ho l'impressione che questo tipo se ne fotta.

«Ma il mio cane...».

Mi interrompe. «Ci assicureremo che Licks stia bene».

Sento un vuoto allo stomaco. Sanno il nome del mio cazzo di cane.

Non promette bene.

«Quindi mi stai dicendo che non hai idea di chi sia questo tizio?», esclama l'agente speciale Joshua Sinclair, battendo un dito sulla foto in bianco e nero scattata oggi al funerale.

Quegli stronzi di federali erano al funerale di Rust.

«Si chiama Vlad», affermo, calmo.

«Sì, questo l'abbiamo già stabilito. Adesso voglio che tu mi dica come conosceva Rust».

Mi stringo nelle spalle. «Facevano affari insieme».

«Che genere di affari?»

«Questo dovrete chiederlo a Vlad».

L'aria sibila tra i denti serrati di Sinclair quando inspira bruscamente. Giochiamo a questo gioco – con lui che tira fuori foto di ciascuno dei mafiosi russi a cui ho stretto la mano poche ore fa e mi chiede di loro – da quasi un'ora, tre volte di fila. Per le due ore precedenti mi hanno lasciato seduto in questa stanza per gli interrogatori dell'FBI a macerare nel mio terrore, con di fronte un enorme specchio che occupa tutta la parete e innumerevoli facce nascoste dietro di esso.

E ancora si rifiutano di dirmi che succede.

Le tre volte che ho chiesto se mi serve un avvocato, Sinclair mi ha domandato se ho fatto qualcosa che meriti un avvocato. Penso di aver resistito bene, considerato che sto per pisciarmi nei pantaloni.

«Non vuoi aiutarci a trovare gli assassini di tuo zio? Le persone che gli hanno fatto questo?». Mi lanciano davanti un nuovo gruppo di fotografie. Di Rust, piegato sul volante di un SUV nero, con addosso la stessa camicia bordeaux della sera in cui Rain e io l'abbiamo raggiunto al Cellar. Non mi stupisce che non rispondesse a nessuna delle mie chiamate il giorno successivo. Devono averlo preso mentre tornava a casa.

Distolgo lo sguardo dall'immagine, ma non prima che mi si stampi indelebile nella mente; lacrime mi pungono gli occhi, minacciando di scorrere. Questo tizio è uno stronzo di merda.

Tap, *tap*, *tap*, di nuovo sulla faccia di Vlad. «Cosa sai di lui?».

Le parole di avvertimento di Rain mi riecheggiano nella testa. «Le ho già detto tutto ciò che so».

«E lui?», uno scatto lucido di Aref atterra davanti a me.

E conferma che c'è di più dell'arresto degli assassini di Rust in ballo. Mi chiudo a riccio. «Un amico di Rust. Non so altro».

«Secondo me menti», si siede, le braccia conserte. È alto, probabilmente circa della mia statura, eppure mi sento piccolo in questa stanza con lui, «io penso che tu sappia con esattezza chi sono Vladimir e Andrei Bragin. Penso che tu sappia che tuo zio gli vendeva auto rubate da esportare oltreoceano, attraverso Aref Hamidi», si piega in avanti, «e penso che tu l'abbia aiutato».

Mi concentro sul mio orologio d'oro e cerco di nascondere il panico.

Come cazzo fanno a sapere tutto questo? «Sono proprietario dell'Officina Rust e lavoro all'amministrazione. Nient'altro», spero che non si accorga che mi trema la voce.

«Oh, io penso che tu faccia molto di più. Se ci aiuti adesso ti semplificherai le cose più avanti. Per come la vedo io, potremmo accusarti di molti reati diversi. Potresti rimediare dieci… quindici anni al fresco. Penso che lì apprezzerebbero un ragazzo come te. E credo che i tuoi amici non ti aiuterebbero a uscire».

Se cerca di spaventarmi, funziona.

All'improvviso, cambia direzione. «Cosa sai della sparizione di Alexandria Petrova?».

Sento il suo nome e alzo la testa prima di potermi controllare. Mi mette davanti una vecchia foto di Alex, di quando ancora guidava una Z8 e vestiva Versace.

«Niente».

«Sicuro?».

Un'alzata di spalle. «La vedevo in giro».

Annuisce piano. «Ho fatto partire un'indagine ufficiale sulla sua sparizione».

«Non si trova da più di un anno e indagate *adesso*?».

Stringo i denti e lui sorride. Infido bastardo.

«Quindi non sai dove sia o cosa possa esserle successo?».

Da dove cazzo è partito tutto questo? «No». Mi fermo, mi sembra che quello stronzo mi abbia infilato un cappio invisibile attorno al collo che si stringe a ogni parola che mi esce di bocca. «Penso che mi serva un avvocato». La firma a cui si rivolgeva Rust per le questioni patrimoniali ha anche una divisione criminale.

Sinclair si alza e lascia tutte le foto sul tavolo. «Tanto perché tu lo sappia, sono convinto che Vlad abbia ucciso tuo zio e abbiamo delle prove che ci aiuteranno a dimostrarlo».

La speranza mi si risveglia nel petto.

«Ma sono meno incline a perseguire quel caso mentre un giro di furti d'auto che fa del male a persone innocenti è ancora in attività. Lo stesso di cui Vlad voleva impadronirsi e per cui ha ucciso tuo zio. Ruminaci sopra mentre troviamo un telefono per farti chiamare il tuo avvocato», fa qualche passo, poi si ferma e fa cenno a qualcuno dietro il vetro di farsi avanti, «ma prima, vorrei presentarti una persona».

Mi si rizzano i capelli sulla nuca al tono improvvisamente più leggero di quello usato nell'ultima ora.

L'attesa che la porta si apra sembra eterna, e quando succede – quando vedo il volto che appare, gli occhi celesti che si fissano subito nei miei – è come se mi avessero dato un pugno in pieno petto.

«Luke, lei è l'ufficiale di polizia Clara Bertelli».

Capitolo 56

Clara

Mi è sempre piaciuto il momento in cui l'obiettivo capisce chi sono veramente. Le emozioni prevedibili che si susseguono sulle facce della gente – riconoscimento, comprensione, shock. A volte si fermano alla rabbia; altre finiscono con la rassegnazione, perché sanno di essere caduti nella trappola e che per loro è finita.

Ma non ho mai visto un obiettivo dall'espressione così ferita.

Fino a oggi.

Si chiudono delle porte da qualche parte fuori della stanza d'osservazione. Warner e io guardiamo un agente entrare e posare un sacchetto marrone e una Coca-Cola sul tavolo vicino a Luke. Non mi serve chiedere per indovinare che viene da un certo chiosco. Solo un altro dei modi di Sinclair per mandare un messaggio a Luke.

"Sappiamo tutto quel che c'è da sapere su di te".

Il groppo che ho in gola mi rende difficile parlare, deglutire… persino respirare. Non so chi abbia ricevuto il calcio nel petto più forte quando sono entrata nella stanza degli interrogatori. Di certo Luke sembrava preso in pieno.

Per un attimo, ho pensato che avrei lasciato una pozza di vomito sul pavimento. Non c'è stato il tempo di pronunciare una sola parola o scusa. Sinclair voleva l'impatto, mi ha fatto uscire subito e ha lasciato Luke nella stanza da solo. A rimuginare su ogni momento d'intimità insieme, ogni parola pericolosa che mi ha mai detto, ogni maniera in cui potrei inchiodarlo al muro con ciò che so, in attesa dell'avvocato.

Prima sembrava preoccupato. Adesso, sembra terrorizzato.

Non mi resta che sperare di non averlo spaventato abbastanza da farlo parlare, che si ricordi le mie parole, che arrivi un avvocato bravo. Perché io so che non hanno abbastanza per arrestarlo, e non appena l'avvocato insisterà per conoscere le accuse e le prove se ne accorgeranno anche loro.

Mi sento addosso gli occhi di Warner. Come è successo spesso da quando siamo arrivati in centrale.

«Perché l'attenzione su Alexandria Petrova?», domando, «che gliene importa a Sinclair della moglie di un mafioso morto?». Sinclair non ha più parlato di scovare informazioni su di lei dopo la telefonata in cui me lo ordinò. Pensavo che con tutte le altre prove che arrivavano mano a mano se ne fosse dimenticato. Che stupida.

«Non gli importa. Ma cercherà di usarla per accusare Luke di ostacolo alle indagini, sfruttando quel che abbiamo ottenuto dai tuoi rapporti».

«Funzionerà?».

Si stringe nelle spalle.

«Allora, che succede dopo? Si presentano al ranch come se niente fosse e la interrogano?». Mi colpisce un'immagine di radiomobili della polizia che risalgono il vialetto per disseppellire verità dolorose che la poveretta si è lasciata alle spalle. Chiudo gli occhi.

«Sembri malata».

«Mi sento male».

«Luke Boone non è un innocente incompreso, Bertelli», mi mostra una pila di carte, «guarda la merda in cui è coinvolto. Te ne sei dimenticata mentre sgattaiolavi via con lui? *Mentendomi*? Mettendo a rischio l'intero caso?».

Si sente chiaro il giudizio negativo nel suo tono, e io non sono in vena. «Di' ciò che muori dalla voglia di dire e basta».

Warner si piega su di me e abbassa la voce profonda. «Hai fatto il contrario di quel che avevi detto. Quello di cui hai riso quando l'ho suggerito. Ti sei affezionata troppo al tuo obiettivo».

«No, invece», nego e osservo la posa curva di Luke, le dita intrecciate dietro la nuca, i gomiti appoggiati alla scrivania. Nemmeno alza gli occhi verso il vetro. Nemmeno mi guarda, «ho fatto quello che dovevo fare».

«Allora quando vi incontravate? Di notte? Nel parco, mentre portavate a spasso i cani?», insiste Warner, «non eri nemmeno nella tua cabina quella notte sullo yacht, vero?».

Stringo forte i denti.

«Pensi che se tu entrassi lì adesso non te la farebbe pagare? Pensi che non dirà *tutto* al suo avvocato? Se questa cosa arriva in tribunale finirai in croce. La tua carriera è finita!», grazie al cielo queste stanze hanno mura spesse perché Warner sta quasi urlando, «tanto vale che smetti di proteggerlo e mi confessi subito tutto. Forse possiamo limitare i danni».

Probabilmente ha ragione. Non c'è motivo di proteggere quel che c'è stato tra me e Luke perché è morto nell'istante in cui ho attraversato quella porta. Cazzo, era attaccato a un respiratore fin dall'inizio, in attesa che qualcuno staccasse la spina. Lo so. L'ho sempre saputo. Eppure, ho scelto di ignorarlo. Ho scelto di agire con il cuore e non con la testa. Ho scelto di credere che avrei potuto cambiarlo.

Salvarlo.

Adesso devo cercare di salvare me stessa.

Eppure sento la bocca irrigidirsi alla sola idea di divulgare i miei momenti più intimi con Luke. Non cerco di oppormi, mi giro e fisso Warner con uno sguardo duro. «È un interrogatorio questo?»

«Maledizione, Bertelli», chiude gli occhi, «non costringermi a provartelo».

Visto che non rispondo, mi supera ed esce.

Ed entra nella stanza di Luke.

Capitolo 57
Luke

«Suo fratello. Bella pensata», ammetto, guardando il tizio alto che prende posto sulla sedia di fronte a me, «non parlerò con te senza il mio avvocato».

«Non te lo consiglierei», spinge in avanti il sacchetto di carta, «andiamo, dovresti mangiare. Sei qui da un po'».

In questo momento persino l'odore del panino mi dà il voltastomaco. Un morso e senza dubbio vomiterei sul tavolo. Ripensandoci, forse allora mi lascerebbero in pace, cazzo.

«Preferiresti che Clara cucinasse per te?», dice scandendo bene le parole mentre sposta e raddrizza accuratamente tutte le foto sul tavolo. Gli occhi scuri e privi di emozione si alzano e incrociano i miei: «Oh, scusa. *Rain*. Ti ha fregato per bene, eh?».

Clara.

Non riesco a impedire agli occhi di girarsi per un istante verso lo specchio unidirezionale, né trattenere la nota brusca nella voce. «Eccome».

Ho provato quel livello di sbalordimento gelido solo un'altra volta in vita mia – una settimana fa, quando due poliziotti si sono presentati a casa mia per dirmi che Rust era morto.

Avevo segnato quel giorno come il peggiore della mia vita.

Ma poi quel pezzo di merda ha fatto entrare Rain in questa stanza di detenzione.

Rain sa tutto ciò che so.

Tutto.

Mi fidavo di lei.

E adesso sono fottuto.

E Rust l'aveva predetto. Ha detto che lo rendeva nervoso. L'ha capito subito. Io? Io ho visto solo due begli occhi azzurri. Un sorriso magnifico. Una personalità incantevole. Una ragazza che non mi bastava mai. Sono un coglione. Che aveva in testa Rust quando mi ha tirato in questa cosa?

«È brava. L'abbiamo scelta per questo. Scommetto che nell'ultima ora sei stato qui a rivedere nella testa le scorse settimane da cima a fondo. Tutte le vostre conversazioni, chiedendoti come hai fatto a cascarci».

Rivedere le scorse settimane? Piuttosto ogni secondo di ogni giorno a partire dall'attimo in cui è scesa dalla macchina in officina. Tutte le qualità che ammiravo in lei – il modo in cui mi ascoltava, non si arrabbiava mai quando dovevo andare via all'improvviso, quant'era felice di vedermi, sempre disposta a venire da qualsiasi parte con me…

La notte sullo yacht.

Quel giorno nel giardino.

Faceva *tutto* parte della copertura? I poliziotti possono farlo?

«Se qualcuno lo facesse a me mi incazzerei. Soprattutto visto quanto siete diventati intimi», si passa un dito sul petto, «solo per permettere alla collana di registrare tutto».

«Cazzo…», mi sfugge di bocca prima che possa impedirlo. La collana che portava sempre.

Solo che… Mi acciglio. Solo che non l'ha portata *sempre*.

«Cosa c'è?», l'agente speciale Warner Briggs si china verso di me.

Lotto per assumere un volto impassibile. Non se l'è messa ogni volta. Mi ricordo quel giorno nel giardino. Non la portava. Ne ho notato l'assenza. Ci sono state anche altre volte, notti a letto, sotto la doccia, in cui ho fissato il suo collo nudo e mi sono chiesto come le sarebbero state le gocce di diamanti, mi sono chiesto se era troppo presto per darle quel regalo.

Ma cosa significa?

"Tutto ciò che mi hai detto su Rust, la cosa delle macchine, tutto, rimane fra te e me", così ha detto.

"Te la caverai, lo giuro".

"Porca puttana", sapeva che mi avrebbero arrestato. Era un avvertimento. Il mio cuore comincia a correre, confuso, speranzoso, sofferente.

Ma perché?

Capitolo 58
Clara

La porta nella stanza di osservazione si apre ed entra un uomo che comincio davvero a odiare.

«Come se la cava?». Sinclair sbircia attraverso il vetro Luke e Warner, che ci volta le spalle. La faccia di Luke è impallidita di almeno quattro tonalità.

«Ancora inflessibile».

Sinclair espira forte, palesemente frustrato. «Be', adesso abbiamo un pedinamento di ventiquattr'ore sul direttore dell'officina, ma chissà se ci condurrà sul serio alla consegna».

Mi rimprovero in silenzio. Luke me l'aveva anche detto che Miller era coinvolto. «Non posso credere che ci sia sfuggito il collegamento».

«Troppi pezzi in movimento. A volte i più ovvi sono quelli che passano inosservati», fa una pausa, «che ci fa Warner là dentro?»

«Recita la parte del poliziotto buono e cerca di far incazzare 12».

Sinclair schiaccia un bottone sulla parete e alza un po' il volume della stanza.

Il forte accento bostoniano di Warner riempie le casse. «Be'? Pensi che si sia innamorata di te? Andiamo, ragazzo. Faceva solo il suo lavoro. Cazzo, non ti ama. Non le piaci nemmeno!».

Sinclair trattiene una risata, sembra indifferente. «Sarebbe un poliziotto buono quello?».

A giudicare dalla tensione sul viso di Luke, le parole di Warner lo feriscono in profondità. Ho un vuoto allo stomaco quando lo sento chiedere: «Fammi parlare con lei. Voglio parlare con Rain».

«Vuoi dire l'*agente* sotto copertura Clara Bertelli. Perché? Credi di avere qualcosa da dirle che lei voglia ascoltare?».

Warner si sbaglia di grosso. Voglio ascoltare tutto. Ogni singola ragione per cui adesso Luke mi detesta. Forse così farà meno male. Cerco di ingoiare il groppo duro che ho in gola. «Non appena 12 avrà parlato con il suo avvocato, scoprirà che non abbiamo niente su di lui e se ne andrà».

«Be', allora non hai molto tempo per entrare lì e convincerlo ad aiutarci, giusto? Ascolta», Sinclair si avvicina, «incastrare questo tizio non servirà a niente. È un ragazzino stupido che si è fidato dello zio e si è ritrovato invischiato in tutta la faccenda. Lo so. Può andarsene. Ma voglio la mafia russa. Voglio Aref Hamidi. E farò tutto quel che serve per chiudere l'intera l'operazione», bussa sul vetro e Warner si gira verso di noi, «hai visto l'espressione del direttore dell'officina oggi? Si cagava sotto dalla paura. Penso che non voglia trovarsi nella posizione in cui l'ha messo Vladimir Bragin, qualunque essa sia, soprattutto dopo che l'ultimo è finito con una pallottola in testa. Ho già visto tipi come Steve Miller. Messi all'angolo strillano come maiali. Quando lo porteremo qui ci darà tutto ciò di cui abbiamo bisogno, incluso 12. Quindi se questo ragazzino vuole una possibilità di andarsene via libero, meglio che cominci a sputare il rospo».

«E se non sa niente?»

«Sa molto più di quel che pensiamo», gli occhi di Sinclair si assottigliano e mi scavano dentro. «E penso che tu lo sappia».

Capitolo 59
Luke

«Non mi caverai un'altra parola finché non vedrò il mio avvocato. Adesso, per favore puoi chiedere a Rain di venire qui?».

Un secondo colpo al vetro e l'agente speciale Briggs alza un indice in aria a significare "un attimo". «Vedo se vuole incontrarti. So che si sta preparando a passare al prossimo caso. Un altro tizio dall'aria rispettabile che si innamorerà di lei».

Questo tipo sa come colpire dove fa male.

Si alza e poi, avvicinandosi così tanto a me che sento l'odore di caffè nel suo alito, sussurra: «Se torci un solo capello a Clara non c'è legge che ti proteggerà. Ora, o tra cinquant'anni. Capito?», liscia la camicia, si raddrizza ed esce a grandi passi dalla stanza, la schiena rigida.

Quell'avvertimento letale è del tutto inutile.

Davanti a me si estende un'altra sgradevole quantità di tempo, mentre fisso lo specchio, incapace di impedire alle dita di tamburellare sulla superficie liscia del tavolo. Mi chiedo se verrà. Mi chiedo quanto l'agente Clara sarà diversa da Rain, la ragazza di cui mi sono innamorato.

Finalmente, il mio desiderio si realizza.

Rain entra, stringendosi al petto una piccola pila di raccoglitori, ora, incisa nello sguardo, un'espressione che le ho già visto passare per un momento in viso. All'epoca non capii cosa fosse. Adesso sì.

Rimorso.

"Bene".

«Il tuo avvocato sta arrivando», dice con voce tesa e si siede di fronte a me, «non sei costretto a dire nulla, e non dovresti. Ma per favore ascoltami», noto il movimento della gola, deglutisce con difficoltà, «quattro mesi fa, mi ha contattato il vicedirettore Sinclair. L'FBI stava cercando di mettere in piedi un caso contro tuo zio dopo che un informatore, per evitare un'accusa di spaccio, l'aveva identificato come leader di un'organizzazione internazionale di furti d'auto che coinvolgeva la mafia russa. Il mio compito era avvicinarti, per raccogliere prove che potessero condurre all'arresto degli attori principali».

Sembra la stessa, eppure completamente diversa. Molto più vecchia, più furba. «Crediamo che questo giro di furti d'auto sia responsabile di molte rapine violente nella zona di Portland e Seattle».

«No», la interrompo, incapace di controllarmi con la rabbia che ribolle, «Rust non avrebbe partecipato a qualcosa che fa del male alla gente», non mi avrebbe mai mentito.

Non discute né controbatte a quel che ho detto. «Casi come questo», apre un raccoglitore con la foto di una Buick blu da una parte e dall'altra la faccia di un uomo picchiato brutalmente, «e questo», un altro raccoglitore, un'altra macchina, un'altra foto, stavolta una donna malmenata.

Scuoto la testa. Non appioppperanno a Rust questa roba. Non esiste. Non è neppure qui per difendersi e non potrà mai…

«E questo», il raccoglitore si apre su un pickup Ford F-250 rosso ciliegia con un dado di peluche appeso allo specchietto retrovisore. Accanto c'è la foto di un uomo.

Senza alcun dubbio morto.

Mi colpisce un'ondata di nausea. Ricordo quel pickup. Quel pickup era nel magazzino.

«Io ti credo», dice, piano, «ti credo quando dici che Rust non si sarebbe lasciato coinvolgere *sapendolo*». Ma… e se non lo sapeva? E se qualcuno pian piano si è infiltrato nella sua organizzazione? Qualcuno che voleva impadronirsene. Che forse voleva impadronirsi della rete e farlo fuori. Che forse non era così intelligente o attento sul genere di ladri e autisti che assumeva. Che voleva macchine da vendere, e in fretta.

«Se riusciamo a ottenere le informazioni giuste, possiamo impedire che succeda di nuovo. Non stai più tradendo Rust, Luke», fa il gesto di allungare una mano, poi si pietrifica, e la ritira, «se ci dici tutto quello che sai, mi assicurerò che tu te ne vada da qui. Salvo». Si china in avanti, gli occhi supplichevoli, sembrano così sinceri. Però, mi hanno già mentito in passato. Molte, molte volte. «Non rovinare il resto della tua vita proteggendo dei criminali. So che tu non lo sei. Hai già fatto la cosa giusta in passato, Luke. Fa' di nuovo la cosa giusta. Non permettere che facciano del male ad altri innocenti».

Alex. Sta usando Alex contro di me. Sapeva fin dall'inizio chi avrebbe incontrato, quando l'ho portata su per quel viale? O l'ha capito dopo, perché capire cose del genere è il suo lavoro? Ha usato la storia dell'ex fidanzato violento perché in qualche modo sapeva che era un mio punto debole?

Jesse mi ha portato le condoglianze di Alex, dicendomi che non era venuta perché aveva paura che qualcuno di quella cerchia la riconoscesse. Preferiva rimanere una persona scomparsa ai loro occhi. Quella povera donna vive ancora con una nube di paura addosso. E adesso questi stronzi la trascineranno in questo casino – e Jesse, e il papà di Jesse – solo per arrivare a me. So che è per questo che Sinclair dice che ha avviato un'indagine. Di lei se ne fotte.

Cazzo, se succede Jesse non mi rivolgerà mai più la parola, se gli porto questo disastro sulla porta di casa. Sulla porta di suo padre. Se scoprono l'abuso di potere dello sceriffo...

La porta si spalanca ed entra un tipo anziano con la montatura degli occhiali di metallo. «Si allontani dal mio cliente, subito. Ogni registrazione in questa stanza si interrompe adesso».

Rain fa per alzarsi.

Dovrei odiarla. Forse la odierò quando sarà passato lo shock. «Non c'era niente di reale?», domando, la voce vuota come il mio petto.

Si limita a fissarmi, battendo le palpebre per reprimere le lacrime che le si formano negli occhi celesti.

Sono vere quelle?

Non che abbia più importanza.

«Cazzo, non hanno abbastanza perché regga», promette Fred, il mio avvocato magro e arrogante, che le spara più grosse di quante ne abbia mai sentito. «Qualsiasi giudice butterebbe fuori questo caso non appena entrato nella sua aula di tribunale. Ora, cosa potrebbe pensare delle tecniche investigative usate su di te...», mugugna con uno scintillio malizioso negli occhi. Al che capisco che vuole alzarsi davanti a un giudice e scuoiare pubblicamente Rain. L'eccitazione sparisce com'è arrivata. «Ma devo avvertirti, ho la sensazione che stiano lavorando da diverse altre prospettive. Se arrestano qualcuno e questa persona fa nomi – e succede sempre – potresti passare parecchio tempo in galera». Ovvio che Fred è ben lontano dal chiedersi se Rust e io siamo mai stati coinvolti nel giro di furti d'auto. Non si è nemmeno preso la briga di domandarmelo. «In questo momento ti offrono un accordo piuttosto buono. Cooperazione volontaria in cambio di riservatezza e immunità da tutte le accuse connesse al caso. Non è te che vogliono, figliolo».

"Figliolo". Rust mi chiamava sempre così. Devo ricordare a me stesso per la millesima volta che è morto. Che non posso chiamarlo perché mi aiuti a uscire da questo pasticcio, nel quale, in un certo senso, mi ha ficcato lui.

"Cazzo"... Mi colpiscono di nuovo flash di quelle foto e dentro ribolle la rabbia.

Del seggiolino che proprio le mani che ho davanti hanno strappato via dal pickup.

«E se non so abbastanza?», ribatto.

Armeggia con una pila di fogli. «Loro sembrano pensare il contrario».

Quanto gli ha rivelato Rain?

«Sembrano pensare anche che qualcuno abbia fatto questo

a Rust perché voleva toglierselo dai piedi». Più ci rifletto, più senso ha.

Fred un po' si stringe nelle spalle, un po' annuisce. «Ci sono un sacco di soldi in ballo. Ho sentito di cose molto peggiori accadere per molto meno. Senti, una tua parola e ti faccio uscire di qui. Solo che non posso dire per quanto, prima che tu debba ritornarci. Devi decidere tu se vuoi correre il rischio», fa una pausa. «Sei un ragazzo di ventiquattro anni che forse si è trovato invischiato nella roba sbagliata e forse no. Se sì, hai ancora una lunga vita davanti. Puoi ricominciare e vivere pulito. L'accordo che offrono te lo garantisce».

Pulito. Non ci ho mai riflettuto, ma la vita che ho vissuto finora è stata sporca. Veniva da soldi sporchi che ho accettato avidamente. Ma Rust è morto e adesso niente sembra più così desiderabile. Mi riecheggiano nella testa le parole di Jesse quel giorno. Forse è la mia sveglia. Decisamente mi sto cagando sotto.

«Cosa comprende esattamente questa cooperazione volontaria?».

«È tutto?», Briggs si sfrega gli occhi mentre butta giù gli ultimi appunti. Mi sento come se non vedessi il mondo fuori da queste mura da settimane, anche se probabilmente sono circa venti ore. Tuttavia, è un tempo dolorosamente lungo da passare seduto in questa stanza soffocante, su una sedia di plastica dura, con lui e Rain – non riesco a pensare a lei in nessun altro modo – che mi spremono ogni minima informazione. Cose che ricordo di aver sentito dire a Rust, cose che ricordo di aver visto. Tutto ma proprio tutto, incriminante e all'apparenza sconnesso. Dal magazzino segreto nei boschi alla guardia del porto pagata per girarsi dall'altra parte.

Ho fatto la spia sul mio stesso direttore dell'officina, che ha tre figlie – una sulla sedia a rotelle. Ho nominato Aref sia come corriere che come nuovo socio d'affari.

Sapevo molto più di quanto pensassi.

L'unica cosa che non so è quella di cui hanno più bisogno:

data, ora e luogo esatti della spedizione che deve arrivare per Vlad. Rust se li è tenuti per sé. Una parte di me si chiede se l'abbia fatto proprio temendo la situazione in cui mi trovo adesso.

«Credo di sì», il bicchiere d'acqua che mi hanno dato non aiuta più ad alleviare il bruciore alla gola per il tanto parlare. Non riesco a impedire agli occhi di girarsi verso Rain, che sembra stanca quanto me. Incrocia il mio sguardo per un istante, poi lo rivolge al pavimento.

Non ci siamo detti nemmeno due parole.

«Ok. Se ricordi qualcos'altro, informa l'agente Bertelli».

"L'agente Bertelli".

«E verrà aggiunto al documento formalmente, giusto?», insiste Fred.

«Sì», conferma Briggs, «hai fatto la cosa giusta oggi, Luke. Quindi grazie», in realtà sembra sincero. Guarda Rain, teso, come se non gli piacesse quello che sta per dire, «adesso ti prenderà in custodia lei».

Quando Fred mi ha detto che parte dell'accordo era che venissi affidato alla custodia della "mia fidanzata", per conservare le apparenze di una coppia innamorata per qualche giorno, solo finché non rintracciano e impediscono la spedizione per Vlad – che pensano avverrà nonostante tutto – ho rifiutato.

Ma a quanto pare non ho scelta.

«Il tuo telefono è monitorato, l'appartamento sotto stretta sorveglianza. Se sparisci anche solo per un secondo, l'accordo salta e non avrai mai più la possibilità di farne un altro». I suoi occhi scuri e penetranti mi trafiggono.

«Coraggio, Luke», Rain si alza, gli occhi stanchi e supplichevoli, «andiamo a casa».

Capitolo 60
Clara

Luke calcia via le scarpe e toglie il guinzaglio a Licks, che subito si precipita verso Stanley, tutti e due scodinzolanti a manetta. «Dove dormo io?», c'è ancora nella sua voce lo stesso tono assente che ho ascoltato per ore nella stanza degli interrogatori. Da quando ha chiesto di vedermi non mi ha più detto una parola. Il viaggio in macchina fino a casa è stato dolorosamente silenzioso.

«Nella camera per gli ospiti, accanto alla mia».

Va in quella direzione, sacca da viaggio in spalla.

«Ho bisogno che mi lasci il tuo telefono. Ti avviso se chiama qualcuno».

Mi aspetto una qualche forma di resistenza, ma si limita a infilare una mano in tasca e buttare entrambi i cellulari su un tavolino per poi proseguire.

«Perché tu lo sappia, hanno installato diverse telecamere qui dentro e davanti alla porta principale. Vengono monitorate incessantemente. Abbiamo anche sorveglianza ventiquattr'ore attorno all'edificio». È stato sempre cooperativo – molto più della maggior parte delle persone quando si ritrovano con le spalle al muro. La maggior parte avrebbe detto "vaffanculo" e se ne sarebbe andata. «In camera tua però non ce ne sono», né nella mia, «e non ho più microfoni addosso».

Rallenta per un secondo appena, abbastanza da farmi pensare che forse si fermerà, si girerà, mi dirà qualcosa. In questo momento accetterei tutto. Urla, accuse, imprecazioni. Può darmi della puttana; non mi importa.

Ma poi scompare dietro una porta chiusa.

Getto le chiavi sul mobile in cucina e rispondo al cellulare che squilla.

«Abbiamo pedinamenti ventiquattr'ore su 48, 60 e 72. 36 ha già lasciato il Paese».

Miller, Andrei, Vlad e Aref. "Uff...". Troppi obiettivi. I nomi in codice cominciano a confondermi.

E Aref se n'è andato. «Cazzo... la farà franca, giusto?»

«Già. È probabile. Non potremo nemmeno sequestrare la nave. Si limiterà a dire che non ha idea di cosa ci sia finito dentro e comunque i documenti della dogana saranno stati falsificati».

Non è giusto. «Per il resto?»

«Siamo messi bene. Quasi pronta una squadra per controllare il magazzino di 24. Adesso abbiamo i nomi di due ricettatori, grazie a 12», Warner è eccitato. Riuscivo quasi a vedere l'adrenalina scorrergli nelle vene a ogni nuova informazione che usciva dalla bocca di Luke, «in più penso che ne otterremo altri due, se interroghiamo i proprietari ufficiali dei due depositi in cui è stata tenuta la Porsche rubata. Rix fa progressi al livello basso. Quei tizi cominciano a essere maldestri nella fretta di finire. Porto in centrale la guardia portuale e la faccio diventare un informatore, e quando finalmente avremo 48 qui ci aiuterà ad azzoppare l'intera operazione».

«Bene».

C'è una pausa. «Avresti potuto dire di no a Sinclair. Tanto per informazione, penso che non sia una buona idea. Avremmo dovuto mettere 12 in una casa sicura per qualche giorno».

«E rischiare che la spedizione non avvenisse perché qualcuno sospetta un voltafaccia?», Sinclair e la squadra hanno sudato parecchio per coprire il tempo dell'interrogatorio di Luke. Tra tutti, è lui che avrebbe un motivo per vedere Vlad punito. «No. Non mi farà del male».

«Sei sicura? Perché, cazzo, se ne hai fatto a *lui*».

Respiro a fondo per calmarmi. Tra tutte le emozioni che mi hanno aggredita negli ultimi due giorni, il senso di sollievo è la più forte. Sollievo perché la menzogna è finita, Luke sa chi sono. Fino a oggi non mi ero resa conto di quanto quel senso di colpa mi pesasse sulla coscienza.

«Bill ha fatto aggiungere una cassaforte a pavimento in camera tua per conservare la pistola, e un catenaccio. 12 non ha serratura alla porta e abbiamo inchiodato i mobili al pavimento, nel caso cerchi di barricarsi dentro».

«Pensate proprio a tutto, eh? E si chiama Luke, non 12», non è più un obiettivo.

Mi risuona nell'orecchio il suo sospiro. «Tieni d'occhio il ragazzo. Ne ha passate tante nell'ultima settimana. Non voglio che faccia una stupidaggine».

Una volta riagganciato fisso a lungo la sua porta chiusa. Spaventata dall'avvertimento di Warner. Chiedendomi se contenga un po' di verità.

E poi non riesco più a trattenermi. Faccio cenno ai cani e mi avvicino alla stanza degli ospiti. Busso, ma non ottengo risposta, quindi la socchiudo. «Luke?».

Nessuna risposta.

È sdraiato sulla schiena, gli occhi chiusi. È sveglio da quasi trentasei ore e sotto stress estremo, quindi non mi sorprende che sia caduto subito in un sonno profondo. Provo l'impulso a salire sul letto e abbracciarlo, appoggiargli la testa sul petto e chissà come trovare il modo di fargli comprendere come abbia potuto fargli questo. Che so che è una persona buona sviata da chi gli voleva bene, dai suoi desideri perfettamente umani.

Fargli capire che, anche se probabilmente si sente sotto un acquazzone torrenziale di decisioni sbagliate e conseguenze, è tutto a fin di bene.

Che sopravviverà.

Voglio che sappia che ho fatto tutto ciò che potevo per salvarlo dal peggio. In un certo senso, penso di esserci riuscita. Forse un giorno se ne accorgerà. Adesso, prova solo rimorso e rabbia e dolore.

Stanley e Licks mi superano e corrono dritti da lui, come se percepissero la tristezza nell'aria. Scommetto che è così. Con un salto Licks è sul letto, ma il mio povero bastardino può solo graffiare con le zampe il bordo e guaire. Esitante, mi avvicino in punta di piedi fino a poterlo sollevare. «Ssh... lascialo dormire», lo sgrido piano, premendogli il fondoschiena fino a farlo sdraiare accanto a Luke.

Solo mentre chiudo la porta alle mie spalle vedo il braccio di Luke spostarsi per circondare il corpo del cane affettuoso e stringerlo a sé.

Capitolo 61
Luke

«Ha due anni e mezzo. Si chiama Mason», dice Rain, indicando il bambino che raccoglie sassi dal terreno e li lancia lungo il pendio, guardandoli cadere e sparpagliarsi. La madre è lì accanto, dondola una carrozzina per il neonato addormentato e parla a bassa voce con un'altra mamma, «ha appena trovato lavoro al reparto gastronomia di un supermercato aperto ventiquattr'ore su ventiquattro, fa il turno di mezzanotte. La madre bada ai bambini quando è lì».

Quindi probabilmente ha dormito quanto me ieri notte, ovvero quasi niente. E nemmeno Rain. Lo so perché continuavo a sentire la mia porta socchiudersi. Stamattina quando si è affacciata e mi ha detto di fare la doccia e vestirmi, pensavo che fosse per portare fuori i cani. Non mi sono preso la briga di chiederle dove andassimo. Non sono pronto a parlarle. Sa Iddio cosa mi uscirebbe di bocca e non le farò mai capire quanto mi abbia fatto male.

Se avessi saputo che era questa la destinazione – guardare il bambino del tizio ucciso giocare nel parco e sentire delle difficoltà della moglie, la testa bassa, gli occhi stanchi, i sorrisi tristi – forse mi sarei rifiutato.

«Dovrà faticare parecchio per un po'. Non puoi crescere due bambini con il salario minimo, non senza parecchio aiuto. Ma chi lo sa, forse un giorno incontrerà qualcun altro, col tempo».

«Perché mi fai questo?», esplodo infine, la voce resa roca dal mal di gola per la maratona confessionale di ieri.

Rain – per me sarà sempre Rain; non penso che la chiamerò

mai in nessun altro modo – fissa il bambino. «Qualche mese fa ero seduta fuori dalla finestra di quella donna e la guardavo cullarlo per farlo dormire. Volevo punire chiunque fosse coinvolto nell'organizzazione che le aveva ucciso il marito. Erano feccia. Tutti, fino all'ultimo. E...», esita per un istante, «sarebbe stata la mia grande occasione. Avrei risolto il caso, impressionato Sinclair e sarei entrata nei federali. Mi avrebbe aperto così tante porte entusiasmanti – tutte le risorse che avrei avuto a disposizione, i casi su cui avrei lavorato...», si osserva le unghie, di solito impeccabili, ma morse a sangue nelle ultime ventiquattr'ore, «ero piena di entusiasmo e buona volontà, e quando Sinclair diceva "salta" non era tanto difficile farmi fare ogni genere di cose che non mi sarei mai aspettata da me stessa. Di cui non vado fiera».

Digrigno i denti per la pugnalata al mio ego. Cerca di farmi sentire meglio con queste ammissioni? «È stato davvero così brutto?»

«No, affatto. È questo il punto», sussurra, e mi sento i suoi occhi stampati a lato del viso, «è stato troppo facile perché lo volevo».

Incrocio il suo sguardo – così sincero, così ingannevole – solo per un attimo prima di girarmi altrove.

«Penso di essere una poliziotta piuttosto in gamba e una brava persona, ma ho fatto cose di cui mi vergogno. All'inizio per via del mio ego e della mia carriera, e dopo...», abbassa la testa, arrossendo, «...per te. Sapevo per tutto il tempo che era sbagliato, ma ho continuato. Non riuscivo a smettere. Non volevo», si gira e si concentra di nuovo sul bambino, «anche tu sei una brava persona, Luke. Io ci credo».

Anche se non mi fido di lei, le sue parole per un attimo alleviano il senso di colpa che mi brucia le viscere.

Un neonato strilla e la donna si china a occuparsi dell'altro figlio, sistemandogli il ciuccio e la copertina. «Pensi che otterranno un arresto per il caso di suo marito?»

«Il pickup non c'è più da un bel pezzo, quindi è improbabile, a meno che qualcuno non confessi. E di solito non lo fanno», risponde, il tono piatto, «ma forse possiamo scoprire i SUV rubati coinvolti nelle ultime aggressioni e arrestare qualcuno grazie a quelli».

«Aref non invierà la spedizione se incastrate Vlad», ribatto.

Rain non risponde. Anche se io ho detto tutto quello che sapevo, non ho idea di che altro abbiano scoperto, o quanto si siano addentrati nell'organizzazione di Rust.

Guardando i superstiti della famiglia di Wayne Billings di fronte a me, mi scopro a sperare che abbiano abbastanza da distruggerla.

Sento una suoneria provenire dalla borsa di Rain e riconosco il mio telefono. «È Miller», dice quando lo tira fuori per leggere il display. «Comportati normalmente e non cercare di parlare in codice perché lo capirei subito». Con quell'avvertimento – che mi ricorda che non è Rain, è uno sbirro – mi passa il cellulare.

«Ehi, Miller, che succede?», me lo sente nella voce? Sa che l'ho venduto?

La sua solita voce burbera mi riempie l'orecchio. «Ho degli altri assegni da farti firmare. Puoi venire oggi pomeriggio?».

Guardo l'orologio e poi Rain. È mezzogiorno e siamo parecchio lontani. «Sì, dammi qualche ora».

«Che gli serve?», mi chiede subito lei.

«Devo firmare degli assegni», sospiro, «che gli succederà? Sembra ingiusto che io la faccia franca e lui no. Ha tre figlie. Una è sulla sedia a rotelle. Non puoi aiutarlo in qualche modo?».

La vedo deglutire, gli occhi sfuggono i miei. «Miller si aiuterà da solo. Fidati».

Capitolo 62
Clara

«Faccio in fretta», borbotta Luke quando scendiamo dalla sua macchina e ci dirigiamo all'officina. Continua ad aprire e chiudere i pugni. So che è agitato.

Lo sono anch'io.

Molto dipende dal fatto che tutto proceda senza problemi e, anche se non abbiamo motivi per sospettare che qualcuno voglia Luke, dato che in pratica è stato tagliato fuori dal giro dopo la morte di Rust, non possiamo lasciare niente al caso.

Appena entriamo, Miller scatta in piedi, borse scure sotto gli occhi.

Non durerà molto sotto lo sguardo minaccioso di Sinclair.

«Grazie per essere venuto, Luke», si muove in fretta, prende dei fogli e una penna, si avvicina alla scrivania di Luke e li sistema in fila, «questo è per le riparazioni su uno dei paranchi. E questo…», continua, spiegando una ricevuta dietro l'altra, senza più quel modo di fare ruvido, desideroso solo di essere d'aiuto. Qualcuno potrebbe dire che è perché sente una strana affinità con Luke, dopo ciò che è successo. Altri, che è preoccupato di tenersi il lavoro.

Io so che è puro rimorso.

Però tengo la bocca chiusa e tiro fuori il telefono per controllare i messaggi, perché è quel che farebbe una ragazza di poco più di vent'anni in un'officina mentre il fidanzato firma pagamenti.

«Finito?». Osservo il volto di Luke che a malapena guarda Miller, come se avesse difficoltà a incrociare il suo sguardo. In mezzo a tutte le confessioni, fare il nome di Miller è stata la più difficile. Gliel'ho letto negli occhi; gliel'ho sentito nella voce.

Se solo sapesse cosa sospettavo io, non si sentirebbe tanto in colpa.

Miller annuisce. «Sì. Ma ascolta…», controlla l'orologio, si schiarisce la gola più volte, «odio farti questo, ma stasera devo andarmene un po' prima. Devo portare Paige a una visita medica». Occhi bassi, muove i piedi.

Miller è un pessimo bugiardo.

«Posso restare e chiudere io», Luke si gira verso di me, «non ti dispiace, vero?».

Chiunque potrebbe spiegare l'atteggiamento riservato e troppo calmo di Luke con gli effetti prolungati dello shock provocato dall'assassinio dello zio, ma sembra tutto troppo goffo e sbagliato. Mi infilo il telefono in tasca, mi appiccico in faccia il mio sorriso più dolce e aggiro la scrivania per appoggiarmi a lui.

Si irrigidisce subito.

«Ma certo». Senza darlo a vedere gli circondo le spalle con un braccio e gli affondo il pollice nella schiena a mo' di avvertimento.

Sospira piano e si rilassa leggermente.

«Sicuro? Perché posso chiederlo a Tabbs. Ce la fa».

«Ho sentito il mio nome?», un meccanico basso e calvo infila la testa dentro e lancia un mazzo di chiavi a Miller, «freni a posto sulla jeep».

La jeep. Sentire la parola mi ricorda la *mia* – quella che ho lasciato a casa dei miei mesi fa così che mio padre potesse farci un giro attorno all'isolato tutti i giorni per impedirle di crepare.

Mi chiedo come sarà guidarla di nuovo.

Essere di nuovo solo Clara.

Dire addio a Luke.

Tabbs sorride e mi fa l'occhiolino. «Come va la frizione, bella signorina?»

«Bene, anche se ormai non la guido quasi più, Luke è troppo innamorato della sua per lasciarla tranquilla. Vero?». Luke non sale sulla sua macchina dal giorno che l'ha riportata a casa dal deposito forense della polizia. Oggi, quando ho suggerito di prenderla per salvaguardare le apparenze, ha subito scosso la testa.

Penso che abbia perso fascino.

Aspetto che ribatta, perché il normale Luke sicuro di sé ribatte sempre. Serve qualche istante. «Come no», mi cinge la vita e mi prende sulle ginocchia. Mi stringe così forte che sento il suo cuore sbattermi contro la cassa toracica.

Lotta per salvare le apparenze ed è in netto contrasto con il suo solito se stesso. Così deciso. Così soave, quando parlava con Aref di "affari". Non riesco a capire se sia per tutto quello che è successo o a causa mia.

So che non dovrei, ma non riesco a trattenermi. Mi giro verso di lui, mi chino e gli rubo un bacio sulle labbra.

Dubito che chiunque altro lo senta trasalire. Trattengo il respiro e mi scosto un po', aspetto che ricambi. Spero che ricambi.

Non lo fa. E quando riporta l'attenzione su Miller e Tabbs, ho un vuoto di delusione allo stomaco. E di dolore.

«Ok, piccioncini. Qui qualcuno ha da lavorare», scherza Tabbs, diretto alla porta. La voce si fa seria: «Novità sul caso di Rust?».

Il corpo di Luke si irrigidisce sotto di me. «No. Niente. La polizia è merda inutile. Una manica di bugiardi».

Sono certa che questa era per me.

Tabbs scuote la testa e scompare fuori. Miller lo segue, la giacca in spalla, con un burbero: «Ci vediamo dopo».

Mi alzo prima che Luke abbia la possibilità di spingermi via e chiamo Warner. «48 si muove. Dice che porta la figlia a una visita medica».

«Ricevuto. Siamo appena andati via dal magazzino fuori Astoria. Il cancello era divelto e l'edificio svuotato».

«Che pensi?»

«Che stiano prendendo delle precauzioni».

Oppure è già tutto a bordo di una nave in partenza e lo perderemo.

Sento l'adrenalina di Warner pulsare attraverso il telefono. Sono tutti in massima allerta, armati e pronti a convergere alla chiamata di Sinclair. Probabilmente sarà una retata maldestra, se mai riusciremo a prenderli, visto che lavoriamo in base alle conoscenze di Luke, un mucchio di pedinamenti e la speranza che Vlad non abbia avuto il tempo di cambiare tutto ciò che sappiamo. Che sia troppo arrogante per pensare di averci alle calcagna. «Ok. Devo fare qualcosa?»

«Siamo coperti. Però dovresti riportarlo a casa tua». Di solito odierei essere relegata al ruolo che la maggior parte dei poliziotti definirebbe di "babysitter". Adesso però non mi dispiace, perché so che è una delle ultime notti che passerò con Luke.

«Qual è il mio numero?», mi chiede.

«12».

«Chiamavi dopo ogni nostro incontro?».

Trovo il coraggio di girarmi verso di lui. «No. Molte volte non chiamavo. Molte volte nessuno sapeva nemmeno dov'ero», faccio un passo esitante verso di lui, vorrei tanto sentirlo di nuovo, dopo il breve contatto di poco fa.

«Adesso lo sanno?»

«Sì. L'hanno capito».

«E non li riguarda affatto?»

«Potrebbe essere il mio ultimo caso», ammetto, per la prima volta do voce alle mie paure. Sinclair non mi ha detto una parola sulle mie "attività extracurriculari" con Luke. Forse Warner ha ragione e se ne frega davvero. O forse le ignorerà finché avrà bisogno di me. Adesso, mi importa solo di tenere Luke al sicuro. Accetterò qualunque punizione venga dopo. «Puoi chiedere a Tabbs di chiudere?».

È un'ora che me ne sto seduta sul mio divano di pelle, fissando sempre la stessa pagina di un libro di cui non saprei nemmeno dire il titolo, con la mente presa in un vortice frenetico, nella disperata attesa di un aggiornamento.

La spedizione di Vlad parte stanotte.

Miller non aveva un appuntamento dal medico per la figlia ieri. Non è nemmeno andato a casa. Ha condotto gli uomini che lo pedinavano dritti in un deposito commerciale a NoPo. Hanno fotografato Miller che apriva il portone, si guardava intorno, chiaramente sul chi vive, ma non abbastanza acuto da sospettare del furgone malmesso dall'altra parte della strada. Nel corso di un'ora sono comparsi diversi furgoncini che entravano in retromarcia nel magazzino per scaricare e poi ripartivano in fretta. La squadra ha aspettato che Miller facesse per chiudere le porte prima di intervenire, mostrando i distintivi e il mandato d'emergenza che avevano ottenuto.

Sembra che la faccia di Miller fosse così pallida, che hanno avuto paura che morisse lì su due piedi.

Ma era vivo, con le mani che tremavano così forte che ha quasi spezzato la chiave nella toppa. Dentro hanno trovato un magazzino *pieno* di parti d'auto rubate e persino qualche veicolo intero. Centinaia di migliaia di dollari che possono imputare a Miller per il semplice fatto che aveva lui la chiave per arrivarci.

Questo gli ha detto Sinclair quando l'ha trascinato in una stanza per gli interrogatori.

Ci sono volute solo due ore e un sacco di singhiozzi prima che Miller fosse pronto a firmare un patto di sangue e dirci tutto quel che volevamo sapere.

Avevamo visto giusto.

Alcuni mesi Fa, Vlad ha incontrato Miller in uno dei loro punti di scambio monetario semibui e ha fatto commenti sull'affidabilità della "squadra" di Rust. A Miller sono sembrati strani i modi educati di Vlad. Le domande e i suggerimenti erano abbastanza disinvolti, chiedeva se lavorasse con qualcuno di loro. Forse alcuni dei ragazzi dell'officina aiutavano con gli smembramenti? Rust passava mai a Miller gli ordini da trasmettere ai ricettatori?

Miller non era coinvolto in quell'aspetto, e glielo ha detto.

Circa una settimana dopo, Vlad si è presentato a casa di Miller, di sera. È rimasto in piedi davanti alle foto di famiglia che la moglie, Marie, aveva appeso sulla parete del soggiorno, osservando a lungo ciascuna figlia mentre sorseggiava la tazza di tè che Marie gli aveva dato con tanta buona grazia. Ha detto a Miller che aveva una bellissima famiglia. Che doveva essere preoccupante, avere tre figlie adolescenti in quel mondo. Che doveva essere dura, gestire la paralisi cerebrale di Lauren.

Che se Miller si fosse fatto coinvolgere di più "in quell'aspetto" degli affari di Rust, ne sarebbe valsa la pena, glielo assicurava lui.

Miller non aveva mai parlato a Vlad della propria famiglia, né dei problemi della figlia. Non l'aveva mai invitato a casa propria. La tattica di Vlad era inconfondibile: una minaccia velata. Miller non si fidava di lui; non aveva mai capito perché Rust si fosse impelagato con lui, visto il successo che aveva nella sua attività legale. Ma di recente Lauren soffriva di più; le servivano più medicine, più iniezioni.

A Miller servivano più soldi.

Quindi ha accettato.

Non è stato difficile convincere Rust, che più volte aveva suggerito che giocasse un ruolo più importante. Ma Miller aveva sempre tracciato un limite. Una cosa era fermarsi a prendere una borsa di contanti ogni tanto. Chiamare dei tizi e dire quale macchina dovevano far rubare a quelli pagati per farlo, però... Miller doveva solo fare il nome di Lauren perché Rust capisse il motivo della richiesta. Non ha sospettato nulla. Si fidava ciecamente di Miller.

Miller ha detto che all'inizio è stato abbastanza facile. Solo una telefonata a un certo Leon su un telefono irrintracciabile ogni volta che Rust passava a dargli in silenzio una pagina stampata con una lista di macchine, che Miller faceva a pezzi subito dopo la chiamata. Una settimana o due dopo, incontrava Leon e qualche altro tizio nel magazzino tra i boschi di Rust per dargli i soldi in cambio delle auto. Miller ha descritto come si cagasse sotto ogni volta, aspettandosi di finire con una pallottola in testa.

Poi è diventata una telefonata a Leon quando Vlad chiamava per un ordine. Miller non capiva perché ricevesse ordinazioni da tutti e due – ma comunque non sapeva come funzionasse tutta la faccenda. Pensava che le macchine andassero tutte dalla stessa parte, ci si dividesse la stessa pentola di denari e che lui dovesse tenere la bocca chiusa.

Poco dopo, Rust ha cominciato a farlo lavorare con un altro ricettatore di nome Kyle. Quindi Miller spediva ordini a Kyle sia per Rust che per Vlad.

Poi Vlad si è presentato a casa sua – di nuovo – con una busta extra di contanti, in cambio voleva essere portato al prossimo incontro con i ricettatori.

Miller ha eseguito, presentandolo a Kyle e Leon.

Vlad ha avuto con loro una conversazione che Miller non ha sentito, ma l'ha visto distribuire delle buste. Senza dubbio piene di soldi. La busta di denaro che Vlad gli ha dato per "cooperare" e il modo in cui il russo si è abbassato per evitare le telecamere all'ingresso gli hanno fatto tenere la bocca chiusa.

Due settimane dopo, Vlad ha detto a Miller che *doveva* scoprire chi erano gli altri ricettatori d'alto livello. Sapeva che ce n'erano altri, perché suo padre mandava a Rust degli ordini che non passavano attraverso Miller. Comunque l'aveva indovinato anche Miller. Aveva visto nel magazzino macchine che non aveva ordinato lui.

Quindi ha chiesto a Rust se poteva fare di più.

Ma Rust ha detto di no. Di quei tipi si occupava qualcun altro.

Miller non ha avuto difficoltà a capire chi fosse quel qualcun altro. Il nipote inutile di Rust, Luke, che senza dubbio presto sarebbe diventato proprietario dell'officina e l'avrebbe licenziato. Miller doveva consumarsi il culo solo per comprare le medicine alla figlia, mentre Luke aveva appena ricevuto una cazzo di Porsche.

Vlad era livido quando ha saputo del coinvolgimento di Luke.

Continuavano ad arrivare ordini che Miller doveva gestire,

ma sempre di meno da Rust e sempre di più direttamente da Vlad. All'inizio pensava che Rust passasse la sua parte direttamente a Luke.

Miller ha cominciato a incontrare Leon, Kyle, e un tizio nuovo che si faceva chiamare solo Smith – una delle aggiunte di Vlad – in un nuovo posto: il deposito commerciale appena fuori dalla H5 a Portland nord, dove poi l'abbiamo preso.

A quel punto, per Miller era piuttosto ovvio che Vlad usasse quel che Rust aveva costruito per gestire un'organizzazione propria. Tuttavia, non ha detto niente, perché a quel punto era complice di Vlad. Se Rust l'avesse scoperto, il posto fisso e onesto come direttore dell'officina sarebbe sfumato.

È stato allora che l'ansia ha cominciato a presentargli il conto.

Il giorno che Vlad l'ha chiamato chiedendo se avesse mai sentito Rust parlare di un tizio di nome Aref Hamidi, Miller senza pensarci due volte ha accennato a qualcosa origliato in ufficio – Rust che chiedeva a Luke di organizzare un incontro da Corleone. Vlad si è incazzato parecchio.

Una settimana dopo, Vlad ha mandato a Miller un ordine per una tonnellata di veicoli. Tutti ultimi modelli, tutti neri, tutti SUV.

Servivano tutti entro la settimana, in container da trasporto in un cantiere navale ad Astoria.

Pochi giorni dopo, Rust è stato trovato con un proiettile in testa.

Miller non ha il contesto che abbiamo noi. Non ha capito che quell'ultimo ordine era per Aref. Che l'accordo che secondo Luke è stato fatto quella sera da Corleone non ha retto. Che quando Vlad ha scoperto cosa stava facendo Rust, di certo è andato subito da Aref pretendendo l'affare per sé. Che il margine di tempo su cui aveva insistito Rust evidentemente non andava bene ad Aref, ma invece di dirglielo si è limitato a sorridere e annuire e accettare.

Dal che capiamo che Aref sapeva cosa avesse in serbo Vlad per Rust.

Miller non sa niente di tutto questo, ma la morte di Rust gli ha messo abbastanza paura. Quel che ho visto il giorno del funerale era Miller che diceva a Vlad che voleva chiamarsi fuori. E Vlad che diceva a Miller che anche Rust aveva voluto "chiamarsi fuori".

Tutte informazioni eccellenti e proprio quel che ci aspettavamo di ottenere da lui. Ma non basta. Quindi Miller ha accettato di indossare una microspia all'incontro con Vlad stasera, in cambio dell'immunità e del programma di protezione testimoni per sé e la sua famiglia.

Tempo che spunti l'alba, avremo quello stronzo russo.

È dura entusiasmarsi quando non riesco a sciogliere questo nodo doloroso che ho in gola. Perché, tempo che spunti l'alba, dirò addio a Luke.

«Licks deve fare una corsa».

Alzo gli occhi e vedo Luke in pantaloni da ginnastica. Più probabilmente, *Luke* ha bisogno di correre. È teso quanto me. Sono certa che ha sentito abbastanza delle mie conversazioni con Warner nelle ultime ventiquattr'ore – dal rifugio della sua camera – per capire che stanotte succederà qualcosa.

«Non so se sia una buona idea», mormoro il più gentilmente possibile, con un'occhiata all'orologio. L'una e quarantacinque di notte.

«Vado a correre tutti i santi giorni. Se qualcuno ci tiene sotto osservazione, se ne accorgerà», ribatte in tono piatto.

Ha ragione. Solo che sono due giorni che non corre. In più, siamo in piena notte, quindi non è il momento più sicuro per uscire. E tuttavia, le sue mani tremano visibilmente. È teso quanto me.

«Ok. Il tempo di cambiarmi e vengo con te».

Quando esco dalla mia camera, ha già messo la pettorina a tutti e due i cani. Mi avvicino, sentendo il peso della pistola nascosta nella cavigliera sotto i pantaloni. «Non cercherai di fare stupidaggini, vero? Tipo scappare da me?»

«No».

«Mi stai mentendo?»

«Io non ti ho mai mentito», i suoi occhi azzurri e limpidi mi fissano con durezza. Non vi leggo altro che dolore e accusa. Così intensi, però, che sono costretta a distogliere i miei.

«Sono giorni che non mangi quasi niente», guardo il piatto pieno di pasta che ha lasciato in cucina, quello che gli ho portato in camera ore fa.

«Sei pronta?», ignora la mia preoccupazione, «non vorrei che mi perdessi di vista e mi spedissi in galera per un dettaglio tecnico. Soprattutto dopo che vi ho detto ogni cosa».

Non si fida di me. Non si fiderà mai più di me. Non posso biasimarlo.

Ma fa male lo stesso.

Dell'acqua mi schizza sui pantaloni mentre corriamo nelle pozzanghere sul sentiero poco illuminato, fiancheggiato da angoli e ombre che stanno mettendo a dura prova i limiti della mia ansia.

Ho corso diverse volte con Luke e appare chiaro che ha sempre rallentato per me. Questo passo inflessibile mi fa bruciare i polmoni e battere forte il cuore, finché non sono costretta a gridare: «Rallenta!».

Lo fa, finalmente, lasciandomi piegata in due che cerco a fatica di riprendere fiato.

«Puoi odiarmi quanto vuoi, ma non cercare di uccidere il mio cane», prendo in braccio Stanley bagnato e ansimante, perlustrando le ombre con lo sguardo. Non mi piace stare qui fuori. Persino al buio, ho la sensazione che qualcuno potrebbe beccarci come uccelli sui fili della luce.

«Ma credevo che ti piacesse», gli sfugge una risatina amara; allarga le braccia, palmi verso l'alto, per ricevere la pioggerella fredda che gli si infila nei vestiti, «o anche questo faceva parte della menzogna?»

«Di' quel che vuoi dire, Luke. Togliti questo peso. Io posso sopportarlo».

Il suo respiro è altrettanto affannoso. Continua a muovere le gambe camminando in piccoli cerchi, a testa bassa, le mani sui fianchi. Per quella che sembra un'eternità, me ne sto lì a guardarlo e basta.

Aspetto che comincino le accuse e gli insulti. Mi aspetto che mi chiami troia doppiogiochista e infida, puttana, scopata schifosa. Sporco sbirro.

Qualsiasi cosa per cercare di guarire il suo orgoglio.

«Me lo sono meritato», ha gli occhi fissi agli alberi, al sentiero, al terreno. Qualsiasi cosa non sia io, «non riesco a togliermi dalla testa quelle fotografie. Ogni volta che chiudo gli occhi, vedo un pickup Ford rosso e un dado di peluche. E un seggiolino. L'ho tirato fuori *io* quel seggiolino dal pickup, Rain. E l'ho buttato via come spazzatura, e adesso non riesco a smettere di pensare al bambino che ci sedeva sopra».

La pioggia e il buio mascherano tante cose, ma non nascondono il velo di lacrime negli occhi di Luke. «Come ha fatto Rust a lasciarsi coinvolgere! Come ho fatto io a lasciarmi coinvolgere?»

«Ci stai aiutando a fermarlo, ora che sai che succede», mormoro, «ci stai aiutando a impedire a chi fa del male alle persone di continuare».

Dopo una pausa, ribatte, con una bassa risata amara: «Miller non ha fatto del male a nessuno. Non più di me. Ha una famiglia da mantenere, una figlia sulla sedia a rotelle, e adesso, siccome io l'ho venduto, perderanno tutto. Dovrebbe averlo lui quest'accordo, non io».

Quindi è questo che pesa sul suo senso di colpa, in aggiunta a tutto il resto.

Sospiro. «Comunque metteremo una squadra di sorveglianza su Miller. Non perderà tutto». Mi avvicino, perché sto per dire cose che non ho il permesso di rivelare, che nessuno deve sentire. Anche qui fuori senza un'anima, sono paranoica. «Vlad voleva impadronirsi dell'organizzazione di Rust e toglierlo di mezzo, e Miller l'ha aiutato. Non è innocente».

«No», Luke scuote con impeto la testa, «cazzo, voialtri avete delle teorie folli. Miller era fedele a Rust. È uno dei pochissimi di cui si fidasse. Non lo avrebbe pugnalato mai alle spalle così».

«L'abbiamo pescato con le auto rubate e portato in centrale. Ha ammesso tutto ieri sera».

Sembra che gli abbia tirato uno schiaffo. Allungo una mano, con le dita gli sfioro l'avambraccio, coperto di gocce di pioggia e pelle d'oca per il freddo. «Passava informazioni a Vlad e l'ha presentato ai ricettatori di primo livello. Vlad si è introdotto nell'organizzazione, pagandoli per farli stare zitti mentre evadevano ordini per lui».

«Ma... perché?», aggrotta le sopracciglia, incredulo, «Rust è sempre stato buono con lui».

«Perché Vlad ha minacciato lui e la sua famiglia».

Lo sconvolgimento gli si diffonde su tutto il volto mentre metabolizza le mie parole. Forse per questo ancora non si è sottratto al mio tocco.

«E Aref ha stretto un patto con Vlad per quei SUV. Lo stesso che aveva con voi, ma penso che fosse per una consegna più rapida. Per questo non gli è importato quando hai detto che ti chiamavi fuori. Non ha mai avuto intenzione di andare fino in fondo». Faccio una pausa, l'ultima parte la rivelo un po' più sottovoce: «Sono piuttosto sicura che sapesse che Vlad avrebbe ucciso Rust».

Un altro schiaffo in pieno viso.

Forse Aref si salva per un aspetto, ha cercato di proteggere Luke dal prendersi una pallottola in testa attraverso gli avvertimenti di Elmira. O forse Elmira ha agito di propria iniziativa per tutto il tempo. Non l'ho ancora capito. Adesso che sono tutti e due oltreoceano, probabilmente non ne avrò mai l'opportunità.

«Non posso fidarmi di nessuno, giusto?». Ogni apparenza di uomo sicuro di sé è sparita da un pezzo dalla sua voce. Sembra smarrito, vuoto.

«Sì invece. Puoi fidarti del tuo amico Jesse, e di Alex, e dello sceriffo Gabe. A loro importa cosa ti succede». Esito prima di aggiungere: «E anche se so che non ci credi... importa anche a me».

Cade il silenzio tra noi. Alla fine, ammette: «Non ti odio. Ma, cazzo, mi hai spezzato il cuore, Rain. Clara», con un gesto dal basso verso l'alto si asciuga la pioggia dalla faccia e si passa le dita tra i capelli, «non so nemmeno come chiamarti. Non sei reale».

«Io *sono* reale», protesto e rafforzo la presa sul suo braccio, «hai avuto molto più della vera me di quanto avresti dovuto. Per quello che vale, non so dirti quante volte ho desiderato che Sinclair si sbagliasse, che tu non fossi coinvolto. Poi, quando ho capito che lo eri, avrei voluto che le cose andassero diversamente. Ho cercato di cambiarle».

Per un attimo scorgo il Luke che conoscevo quando si china e appoggia la fronte alla mia. «Ma adesso non potranno mai essere diverse, vero?».

Le sue lacrime mi bruciano sulle guance, gelide per la pioggia. Sono certa che sente anche le mie. Deglutisco, quanto vorrei che si accostasse di più, per assaggiare quelle che gli sono scivolate sulle labbra.

«Come farò a vivere con me stesso dopo tutto questo?»

«Troverai il modo. Sei una brava persona. Ti serviva solo un bell'acquazzone potente per ricordartelo».

Sento il suo respiro passarmi sulle labbra. «Lo sapevo che era una metafora».

Sorrido a quella battuta loffia, oso sfiorargli la bocca con la mia.

Mi vibra il cellulare in tasca. Non vorrei niente più che ignorarlo per qualche minuto, ma so che è una cattiva idea.

«Sì?»

«Dove sei?», Warner è più brusco del solito.

«Uscita a correre con Luke e i cani. Perché?»

«72 non è andato allo scambio con Miller. I nostri ragazzi hanno pedinato un altro tizio che ha guidato la sua macchina fino al luogo dell'appuntamento».

«Dov'è, allora? A casa?».

Silenzio. «Non lo sappiamo».

Il cuore comincia a battermi all'impazzata, pompa adrenalina nel mio corpo. I miei occhi scrutano le ombre con paura rinnovata. «Ti chiamo fra cinque minuti», tiro fuori la Glock dalla fondina a cavigliera, «andiamo. Subito».

Luke deve percepire che qualcosa non va perché non fa domande, si china e prende tutti e due i cani sottobraccio. Torniamo indietro di corsa con lui appiccicato al mio fianco, ancora più veloci di quanto andasse lui prima.

Solo quando ho la schiena premuta contro l'interno della mia porta di casa, con i catenacci al loro posto, le telecamere di sicurezza addosso e una squadra di poliziotti che sorveglia le entrate da fuori, mi permetto di respirare di nuovo.

«Che succede?», il petto di Luke si gonfia a ogni respiro corto.

Ormai non mi importa più di cosa dovrei o non dovrei dirgli. Quindi gli rivelo parola per parola quel che mi ha detto Warner.

«Pensi davvero…», gli occhi diffidenti si spostano sulla mia pistola.

Rimetto la sicura e rinfodero l'arma. «Sinceramente? No. Penso che abbia solo cambiato l'organizzazione di tutta la faccenda, ora che Rust è fuori. Ma non avrei mai rischiato che ti capitasse qualcosa».

Un lampo di dolore gli passa negli occhi a quel promemoria, ma lo vedo che si sforza di accantonarlo. «E questo adesso che significa?».

Sospiro, le parole sanno di amaro in bocca. «Che Vlad potrebbe farla franca», tiro fuori il cellulare per contattare Warner.

Lo sapevo che era tutto troppo facile.

Capitolo 63
Luke

Mi sento come se non vedessi il sole da anni.

Forse per questo sono due ore che me ne sto sdraiato sul letto per gli ospiti di Rain – ignorando il fatto che devo andare a pisciare – a fissare le strisce discontinue di luce fioca che filtrano dagli avvolgibili e si distendono sulle lenzuola.

Cazzo, pare proprio che non sia una giornata assolata fuori.

Non capisco tutta la merda legale che Rain mi spiegava ieri sera, ma ho colto il succo: hanno una nave con dei container da trasporto pieni di auto rubate e pezzi d'auto, uno dei ragazzi di Vlad in una stanza che identifica Vlad come il cervello di tutta l'operazione, e una borsa di soldi che immagino sia il pagamento di Miller, ma solo una frazione di quello che avrebbe dovuto dare a Rust.

Ma non Vlad.

E niente per legare Vlad a nulla, a parte delle voci.

Quindi in pratica Vlad la farà franca. Di default, anche Andrei.

Sento bussare piano un secondo prima che si socchiuda la porta. Licks e Stanley si precipitano in camera.

«Caffè?», Rain ha una tazza in mano.

«Sì, certo». Penso che la pioggia fredda di ieri notte mi sia entrata nelle ossa. Anche dopo una doccia bollente, mi sono svegliato con i brividi.

«Porto fuori i bastardini!», esclama una profonda voce maschile dal soggiorno.

«Grazie, Warner», Rain entra nella mia stanza a passi lenti e appoggia la tazza sul mio comodino, «amaro, giusto?».

Non riesco a non fissare quegli occhi celesti. Bordati di borse scure, al che capisco che non ha dormito molto. «C'era anche questo sul mio fascicolo?».

Sorride e passa lo sguardo sul mio corpo, fermandosi sul rigonfiamento della mia erezione mattutina, prima di distoglierlo in fretta e arrossire.

Una parte di me vuole prenderla in giro, come facevo sempre. «Che ci fa lui qui? Significa che non badiamo più alle apparenze?», lo sconforto mi prende lo stomaco.

«Devo dormire per qualche ora. Altrimenti potrei spararti», un sorrisetto sornione le sfiora le labbra, «non penso che ti farebbe piacere».

«No, sarebbe uno schifo dopo tutto questo». Rain, con una pistola. Certo, so che è un poliziotto. So che ha una pistola, ma vedergliela sfoderare ieri notte, subito prima di ordinarmi di muovermi, ha fatto arrivare il messaggio forte e chiaro.

«Che sarebbe successo ieri notte se fosse comparso Vlad?». Non era in agguato nell'ombra per uccidermi. Probabilmente non ha pensato a me nemmeno due secondi dopo il funerale. Ma in quei cinque minuti tra la telefonata e l'arrivo a casa, sono riuscito a pensare solo a tenere Rain al sicuro. Paradossale, visto che era lei quella con la pistola, che proteggeva me.

Comincio a capire che mi protegge da ben prima della scorsa notte.

«Se fosse stato armato, gli avrei sparato». Nessuna esitazione.

Le credo. Qualcosa si è smosso tra noi dopo ieri sera. Penso abbia più a che fare con me che con lei. Ho passato ore a letto, cercando di rivedere ogni istante dal giorno in cui l'ho incontrata. Tutti i modi in cui mi ha ingannato per il caso.

Ma facendolo ho anche capito tutti i modi in cui mi ha aiutato. Questo pasticcio con Vlad sarebbe successo comunque. Se non ci fosse stata Rain, chissà dove sarei finito io…

Forse in quel SUV con Rust.

In un certo senso, mi ha salvato. Quindi no, non la odio.

Mi manca. È lì a trenta centimetri da me e mi manca tantissimo, cazzo.

Ha un lampo negli occhi. «Che c'è?».

Allungo una mano e le sfioro le nocche con le mie. «Grazie. So che lo fai per il caso, ma… adesso che succederà?».

Con un sospiro, si gira e si siede sul bordo del letto, dandomi le spalle. «Stanno esaminando i container in cerca di prove. Ma aspettiamo che Sinclair faccia la telefonata. Presto potrebbero avere abbastanza da ottenere un mandato d'arresto per Vlad per l'omicidio di Rust».

«Quindi quel coglione non bluffava quando mi ha detto che avevano qualcosa?».

Ride piano. «In realtà sì. Ma il tizio che hanno arrestato ieri per lo scambio di denaro con Miller è stato più che felice di offrire informazioni sull'assassinio di Rust. Sembra che sappia con esattezza in quale cassonetto Vlad abbia gettato la pistola».

Di nuovo pulsa quel dolore che si infiamma ogni volta che nominano Rust. «È stato più di una settimana fa. Li avranno svuotati tutti».

«Lo so. La polizia sta passando al vaglio la spazzatura mentre parliamo. Stanno anche analizzando alcuni video di sorveglianza», sospira, «non è ancora finita».

«E questo caso?»

«A volte ci vogliono mesi. A volte ci capita un colpo di fortuna», si ferma. «E a volte dobbiamo accontentarci di spaventare la gente senza che venga mai punita. Ci sono un sacco di macchine su quella nave e abbiamo raccolto un sacco di nomi. Ne ricaveremo qualche mandato d'arresto e metteremo più persone sotto sorveglianza, il che porterà ad altri arresti. È un processo lungo».

«Quindi… significa che resterai qui finché non sarà tutto finito?». *Cazzo*, tre giorni fa non riuscivo nemmeno a guardarla. Adesso non voglio che se ne vada.

«Il caso si trascinerà per mesi. Forse per anni. Ma per me…», un respiro profondo, «sì. La mia parte in pratica è conclusa».

Tornerà alla sua vita da poliziotto. Oppure no, se il modo in cui mi ha aiutato la mette nei guai. «Che ti succederà?»

«Ancora non lo so. Mi rispediscono a Washington, di sicuro. Poi… non lo so».

Niente più Rain.

Prendo fra le dita l'orlo della sua maglia, indugio sulla sua morbidezza, la figura snella di lei adesso mi sembra improvvisamente forte come mai prima d'ora. «Ce l'avevi addosso la notte sullo yacht questa».

Ha un profilo così bello quando sorride. «Te lo ricordi?»

«Ma certo». Con solo una leggera esitazione, infilo una mano sotto la maglia per accarezzarle la schiena, risalire con le dita lungo la spina dorsale, su su fino a scoprire che non porta niente sotto. Rabbrividisce, ma non mi ferma, non dice una parola quando giro sul davanti e lascio che il seno destro mi riempia la mano.

«Rain?».

Si gira a guardarmi, le labbra semi aperte, gli occhi accesi. «Sì?».

La porta d'ingresso si chiude con un tonfo e il suono di zampe sul legno duro annuncia il ritorno di Warner.

Sento un basso "merda" sfuggire dalle labbra di Rain che chiude gli occhi, la frustrazione così evidente che mi scappa una risata. Si alza, si scosta dal mio tocco. «Ci vediamo tra qualche ora, ok? Devo dormire», non riesce a togliermi gli occhi di dosso.

"Fanculo Warner". «Ok», so che non dovrei, ma il mio tempo con lei sta per scadere. Non posso trattenermi. Getto via il lenzuolo e mi alzo, guadagnandomi uno sguardo a occhi sgranati, e mi dirigo in bagno, sentendo per tutto il tempo i suoi occhi addosso.

«Guardi sempre tutto questo baseball?»

«Già».

Risposte monosillabiche. È tutto quel che ho ricavato da Warner nelle ultime ore, quando non risponde al telefono. A volte parlando se ne va all'altro capo dell'appartamento, ma senza lasciare quel cazzo di telecomando, quindi non posso cambiare canale.

Potrei tornarmene in camera mia e guardare la tv lì – e probabilmente è quel che vuole ottenere facendo lo stronzo a questa maniera – però mi sento in gabbia là dentro.

In più, a dire la verità, aspetto solo che si svegli Rain.

Con un sospiro, mi avvicino al frigorifero e apro una lattina di birra.

«Meglio per te che non sia la mia birra di importazione!», abbaia.

Me ne verso metà in gola prima di mostrargli la lattina. «Dici questa?».

Mi fulmina con gli occhi.

«Ne vuoi una?»

«Non posso. Potrei spararti per sbaglio se bevo», borbotta, gli occhi allo schermo.

«Oggi tutti parlano di spararmi». È incazzato. Mi chiedo se sia a causa mia o perché hanno perso Vlad. Comunque, visto che ha una pistola nella fondina appesa al fianco, probabilmente non dovrei irritarlo. «Quando pensi che si sveglierà Rain?»

«Vuoi dire Clara? In realtà mi sembra di avere sentito scorrere l'acqua nella doccia».

Mi acciglio. Io non ho sentito un cazzo.

«Sai che qualsiasi cosa ci fosse tra voi è finita, vero?», mi guarda con quegli occhi scuri, perspicaci, come se leggesse ogni mio pensiero, «è un bravo poliziotto e ha davanti a sé un brillante futuro, se nessuno la trascina a fondo».

«Sono certo che capirà ciò che vuole», bevo un altro sorso.

E spero in silenzio che ciò che vuole comprenda me.

«Vuole fare la differenza nel mondo. Non è tipo da giocare alla brava massaia. Non sarebbe felice».

«Di che parlate voi due?», ci giriamo entrambi in tempo per vedere Rain uscire dalla sua camera con quei leggings che sa che adoro, i capelli scuri e bagnati per la doccia. Gli occhi ancora sfiniti, ma più riposati di prima. E, con mio sollievo, senza pistola.

«Sinclair ti ha chiamato?», domanda Warner. Ha un tono eccitato.

Lei si acciglia leggermente. «Sì. L'ha fatto».

«Buone notizie, giusto?».

Respira a fondo e annuisce. Potrei sbagliarmi, ma non sembrano buone notizie.

«Che succede?», esclamo, «riguarda il caso?»

«Più o meno. Clara torna a casa e tu sei libero di andare. Il tuo amico russo adesso sa di certo dell'indagine, quindi non dovete più fingere la vostra storia d'amore».

Lo stomaco mi arriva sotto i tacchi. Finita? Così?

Rain prende un bel respiro. È di sollievo? Frustrazione? Prova un po' della tristezza che mi ha appena travolto? Stanley si avvicina trotterellando e le si arrampica su una gamba. Lei lo prende in braccio e lo stringe a sé. «Pronto a volare a casa nuova?»

Lui grugnisce in risposta.

«Qualcuno mi ha già prenotato il volo?», i suoi occhi sono fissi in quelli prominenti del cane.

«Domani alle dieci del mattino».

"Domani?".

«Ok», c'è una lunga pausa, «quindi sono *ufficialmente* fuori da questo caso e Luke è *ufficialmente* libero?»

«Già».

Respira a fondo. «Voglio che spengano le telecamere». Warner apre la bocca, ma lei lo interrompe: «Per favore, Warner. Occupatene tu».

Stringe i denti e sposta lo sguardo da Rain a me. Infine, annuisce. «Ti accompagno all'aeroporto domattina».

«Fantastico. Grazie, Warner».

Sulla strada verso la porta, si ferma a trenta centimetri da me. «Non voglio più vedere la tua faccia di cazzo, quindi resta fuori dai guai».

E con ciò, scompare.

«Allora...», Rain si infila una ciocca di capelli dietro l'orecchio, le dita tremano un po', «sei libero di tornare a casa quando vuoi». Si avvicina al bancone, stappa una bottiglia nuova di vino e si versa un bicchiere. La guardo in silenzio bere un lungo, lento sorso. Lento da uccidermi.

Che facciamo adesso?

Non voglio che se ne vada. So solo questo.

«Ti ricordi quando ho detto che non mi piaceva l'idea di guardare fuori dalla mia finestra e non vederti più?».

Fa cenno di sì con la testa.

Avanzo, le appoggio le mani sulle spalle, vedo le lacrime che le scivolano lungo le guance. «Domani mi fa paura».

«Anche a me». Si appoggia all'indietro, gira la testa per posarla sul mio petto, a occhi chiusi. Questa è la ragazza reale. E l'ho già vista in passato. Forse Rain non era vera, ma questa persona qui sì, e la conosco. La conosco sin dall'inizio.

«Posso mostrarti una cosa?».

I suoi occhi vitrei si aprono e mi fissano. «Ma certo».

La prendo per mano e la porto in camera mia.

Capitolo 64
Clara

Quando ho risposto alla telefonata di Sinclair, ho sentito lo stomaco annodarsi, avevo paura di quel che avrebbe preteso da me. La conversazione è stata breve e ha parlato solo lui, mi ha detto che la morte di Rust Markov ha posto considerevoli sfide a questo caso ma siamo comunque riusciti a ottenere risultati stupefacenti. Quella frase assomigliava a una dichiarazione formale per placare la politica interna. Poi ha annunciato che il mio ruolo nel caso era concluso e che sarei tornata a casa per riprendere il mio precedente impiego nella polizia metropolitana, ma che dovrei presentare di nuovo domanda per l'FBI.

Sembra che Sinclair abbia apprezzato la mia tenacia, la mia intelligenza e più di tutti la mia intraprendenza. Si assicurerà che il mio nome arrivi in cima alla lista.

Dovrei essere al settimo cielo. È tutto ciò che volevo. E avrebbe potuto – e a buon diritto dovuto – andare in modo completamente diverso e finire con me nella sorveglianza privata, a rincorrere borseggiatori di dodici anni nei grandi magazzini.

Eppure mentre lui parlava pensavo soltanto a Luke. A quando sono andata a dormire dopo la chiacchierata di mezzanotte pensando che forse c'era la possibilità di salvare qualcosa. Che se avessi comunque perso il lavoro, forse potevamo farla funzionare.

La mia carriera non è finita. Otterrò quello per cui ho faticato tanto.

Il che significa che non posso portare avanti una relazione

vera con il mio ex obiettivo. Non oltrepasserei i primi livelli delle indagini sugli aspiranti agenti senza scatenare un putiferio.

Quindi questo, proprio questo, è tutto ciò che avrò con Luke.

Chiude la porta con un calcio prima che i cani possano seguirci e poi non perde nemmeno un secondo, mi attira a sé in un lungo bacio da cui alla fine mi stacco io in cerca d'aria.

Siamo un groviglio di membra mentre i nostri vestiti cadono a terra, finché non ci separano più che la pelle e questa massa di emozioni che chissà come sono sopravvissute a una tempesta di quella portata.

«Aspetta un attimo». Mi lascia sdraiata sul letto per prendere qualcosa dalla sua borsa da viaggio. Do per scontato che sia un preservativo, quindi rimango perplessa quando il primo scintillio dei diamanti coglie la mia attenzione.

«So che non puoi tenerla», esordisce, in ginocchio sul letto, la forma nuda perfetta quasi travolgente quanto la collana che ha in mano, «ma per favore puoi indossarla solo per stanotte?». Me l'aggancia al collo e poi raddrizza tutti i lunghi pendenti, le dita che mi sfiorano i seni posizionando le gocce di diamante. «Quando l'ho vista, sapevo che sarebbe stata perfetta per te».

Rimango sdraiata lì, lascio che i suoi occhi mi percorrano, lascio che i miei occhi lo percorrano. Mi abbevero di lui per l'ultima volta.

Finché, semplicemente, tutto questo diventa troppo da sopportare.

Avvolgo le gambe ai suoi fianchi, so che coglierà il messaggio.

Vedo sobbalzare il pomo d'Adamo quando deglutisce a fatica. «Dio, sei così bella».

"Anche tu". Quella zazzera di capelli castani mossi che chissà come sembra perfetta anche se so che oggi non l'ha curata affatto. Quel profilo che ricordo sollevarsi la sera in cui gli ho rovesciato addosso un bicchiere. Sembra passata un'eternità. Quelle labbra piene quasi troppo belle per appartenere a un uomo.

Quegli occhi azzurri e sinceri che non mi hanno mai mentito.

Do un piccolo strattone ai suoi fianchi con le gambe, ma lui resiste. «Qualcosa non va?».

Batte più volte le palpebre, come per trattenere le lacrime. «Non tornerai mai più, vero?».

Digrigno i denti per reprimere le mie, di lacrime, e mi metto in ginocchio, fino a schiacciare il petto contro il suo e avvolgergli le braccia attorno al capo.

Stringendolo a me.

Sento il suo cuore che batte forte contro il mio petto. Mi chiedo se soffra quanto il mio. Tento le sue labbra con le mie. E poi eccolo che mi ruba l'aria dai polmoni con la bocca, consuma il mio corpo con un'emozione così palpabile che quasi mi soffoca.

L'assorbo tutta.

Mi crogiolo nella sensazione di stare con Luke un'ultima volta.

Niente rimorsi.

Niente bugie.

E dico a me stessa che non potrò mai dimenticarmi com'è.

Intrecciata al corpo di Luke, sto così comoda che non mi rendo subito conto degli ululati di Stanley e Licks. Solo quando sento il corpo di Luke irrigidirsi e so che è sveglio anche lui, capisco.

Pochi secondi dopo sono in piedi e sbircio oltre lo stipite; vedo i cani piantati di fronte alla porta di casa, ringhiano.

Luke è in piedi e si infila i pantaloni da ginnastica. Corro in camera e infilo il primo paio di pantaloni e la prima maglietta che trovo. E poi le dita si sbrigano ad aprire la cassaforte per prendere la pistola. Controllo il telefono in cerca di chiamate di Warner, mi chiedo se possa essere lui.

Nessuna chiamata persa.

Non è lui.

Si sente bussare.

Faccio il numero di Warner e lancio il telefono a Luke. «Digli che succede». In questo momento vorrei non aver chiesto di spegnere le videocamere. Mi avvicino in punta di piedi alla porta e tolgo la sicura alla pistola. Piano spingo da parte i cani con il piede e poi chiamo: «Chi è?»

«Consegna», una voce maschile, profonda. Non russa, ma comunque…

«Alle tre del mattino».

«È speciale».

«Speciale un cazzo. La polizia sta arrivando».

C'è una lunga pausa, tendo le orecchie aspettandomi di sentire armare il cane di una pistola. Quando parla di nuovo, è con minor sicurezza. «Mi hanno detto che doveva riceverla subito, o sarebbe stato troppo tardi».

«Troppo tardi per cosa?». *Maledizione.* Come faccio a ignorare quell'affermazione?

«Non lo so, signorina. È… un aiuto».

Per quanto ne so, questo tizio potrebbe avere un'arma puntata alla porta, in attesa di vedere un'ombra passare sullo spioncino. Agito più volte la mano e trattengo il fiato. Niente spari.

So qual è il protocollo in questi casi: aspettare rinforzi.

Più silenziosamente possibile, tolgo il catenaccio.

E poi spalanco la porta, la pistola puntata e carica.

Un uomo di mezza età con un cappellino da baseball che gli nasconde metà della faccia emette un verso di sorpresa e stringe al petto la sottile busta bianca come se in qualche modo potesse proteggerlo da un proiettile.

«Chi ti manda?», pretendo di sapere.

Deglutisce e, invece di rispondere, tende le braccia.

Sono divisa tra rifiutare la busta e prenderla. Poi vedo il piccolo emblema nell'angolo in alto a destra.

Un'orchidea nera.

Gliela strappo di mano. «Devi restare…».

Il fattorino si gira e scappa, lasciandomi senza altre opzioni che spararagli o lasciarlo andare.

«Sì… Una busta… Se n'è andato…», sta dicendo Luke a Warner. Mi accorgo che è alle mie spalle. A me dice: «Warner dice di non aprirla finché non arriva lui».

Strappo il sigillo ed estraggo strisce di carta.
«Digli che dovrà posticipare il mio volo».

«Pronta?», esclama Warner dalla berlina nera d'ordinanza con cui mi sta accompagnando all'aeroporto. Le mie cose – una valigia piena di vestiti accumulati sotto copertura che non potrebbero mai usare in un altro caso, e Stanley – sono già sul sedile di dietro.

«Sì, mi dai un secondo?»

«Abbiamo già posticipato il volo una volta…».

«E ricordami perché?».

Warner infila gli occhiali coprenti e mi sorride. «Perché sei una superstar, Bertelli», alza il finestrino, per dare a Luke e me un po' di privacy mentre ci salutiamo fuori dal mio palazzo.

Solo che non è più il *mio* palazzo.

Oggi torno a casa.

Luke abbassa su di me i suoi grandi occhi azzurri. «Davvero non sai chi ti ha spedito quella busta?».

Per chiunque altro, inclusi Sinclair e Warner, la risposta ufficiale di tutta la mattina è stata: "Non ne ho idea".

A Luke, sorrido. «Vuoi che ti menta o preferisci che non risponda?».

Non posso dire a nessuno che è Elmira ad avermi spedito istruzioni dettagliate su dove trovare i SUV neri rubati, diretti a Durban – sulla costa del Sud Africa – alle prime luci del mattino, e finanche il nome e il luogo in cui si trovava la nave nel porto di Seattle. Né che è stato il suo suggerimento che ci ha portati a mettere sotto sorveglianza la Gold Bond, così da vedere Vlad che entrava tranquillo poche ore dopo, esattamente alle nove del mattino, e ne usciva appena quindici minuti dopo con una sacca da viaggio piena di contanti. Né che è stata Elmira a dirci quale ufficiale portuale avrebbe ricevuto una telefonata da Jerry Rosenthal, per confermare che il carico era a bordo e che poteva dare i soldi a Vlad.

L'ufficiale portuale ha risposto con un tremante "sì", mentre Warner gli alitava sul collo. A quel punto, una flotta di ufficiali doganali frugava tra i container già da ore. Scoperti trentasei SUV neri. Ci vorrà tempo per confermare che sono tutti rubati.

Non posso dirlo a nessuno perché non so per quale motivo abbia sabotato l'accordo del marito.

Ci vorrà tempo per costruire un caso solido. Abbiamo già Jerry Rosenthal come intermediario per la Porsche rubata, quindi vedremo quanto vorrà collaborare. Il fatto che Vlad abbia estratto una pistola alla vista dei due poliziotti che lo avvicinavano fuori dalla Gold Bond aiuta. Ci ha dato la scusa che ci serviva per chiedergli come si fosse meritato tanto denaro contante. Con tutti i blocchi stradali e i vicoli ciechi che abbiamo affrontato in questo caso, è quasi un miracolo che Vlad sia stato tanto stupido.

Luke scuote la testa, poi però fa un sorrisetto.

«Allora? Adesso che farai?».

Sbircia verso l'alto, le palpebre assottigliate per difendersi dal sole, come se la risposta fosse lassù. «Non so. Immagino che cercherò di dare un senso alla vita».

«Quella è la mia scusa».

Si china e appoggia la fronte alla mia. «Non so cosa farò. Dove andrò. Ma tu mi mancherai tantissimo».

Il groppo che già avevo in gola si espande e mi fa venire le lacrime agli occhi. «Anche tu mi mancherai. E Rain».

Ma Clara deve andare avanti con la sua vita.

«Stanley!», sbraito, trascinandomi fuori dalla camera da letto per farmi una tazza di caffè, le pantofolone pelose che scivolano sul parquet consumato.

Si gira a guardarmi dal suo sgabello vicino al davanzale, poi riprende l'abbaiare incessante. Sbircio la finestra della casa accanto, perpendicolare a noi grazie alla forma a L del comprensorio. E ovviamente, lì seduto c'è il grasso gatto bianco che fulmina con gli occhi Stanley, per nulla divertito. Con il sole mattutino che invia i suoi raggi a riscaldargli la cuccia, so che non si muoverà di lì per ore. Il che significa che Stanley abbaierà per ore. Ho ricevuto un sacco di lamentele per rumori molesti da quando sono tornata da Portland.

«Meno male che ce ne andiamo presto, o ci sfratterebbero». Lo scaccio dal davanzale con un cuscino e poi finisco di preparare il caffè e crollo sul divano, osservando gli scatoloni.

Tra poche ore arriverà il camion dei traslochi per mettere la mia roba in un magazzino temporaneo.

Stanley salta sul divano e comincia a rasparmi con le zampe il petto. Lo so che deve uscire a correre. «Mi mancherai, amico. Farai il bravo con i miei genitori, vero? È solo per cinque mesi».

Grugnisce in risposta.

«Be', mi dispiace, ma è probabile che ti userebbero per il tiro al bersaglio», e comunque non credo accettino animali domestici all'Accademia dell'FBI.

Dopo sette mesi di colloqui e test e altri test e *altri* test, inizio il nuovo capitolo della mia vita. Sento che dovrei essere più eccitata. *Sono* eccitata. Solo che…

Prendo l'iPad e comincio a sfogliare le foto che ci ho caricato. La mia vita sulla West Coast. Il caso che mi ha insegnato così tanto su di me – i miei punti di forza, le mie debolezze – e sul buono che c'è nelle persone. Passo le dita sulla mia più grande debolezza, tracciando i contorni del bel viso di Luke Boone.

Quando sono tornata a Washington, mi sono ributtata a capofitto nel mio lavoro con la polizia locale, così da permettere alla mente di essere consumata, al dolore nel petto di affievolirsi. Eppure mi manca ancora terribilmente. Ancora penso a lui che passeggiava per il suo appartamento quando aprivo gli occhi all'alba. Ancora immagino il suo corpo perfetto correre sull'asfalto, con un bulldog bavoso che cerca di stargli dietro. Sorrido ancora quando penso al suo sorriso strafottente e alla sua sicurezza. Mi sono scoperta a registrare ore di stupidi reality, solo per prenderli in giro con Stanley. Ancora chiudo gli occhi di notte e immagino il profumo, il sapore e la sensazione di lui nel letto con me.

Ancora ho un tuffo al cuore quando penso a quanto male

avrebbe potuto finire la sua vita. Potrei arrestare cento sporchi criminali e non mi darebbe mai la stessa soddisfazione di salvare un Luke buono per davvero.

Qualche mese fa, lo stesso giorno in cui ho ricevuto l'offerta condizionata di impiego presso l'FBI, dopo un po' troppi bicchieri di vino ho fatto il suo numero. È fuori servizio.

Quella notte ho pianto fino ad addormentarmi.

Poi mi sono svegliata la mattina dopo e ho ricordato a me stessa che sto facendo qualcosa di importante. Qualcosa per me. E non posso gettarlo al vento per nessuno.

Squilla il telefono. Quasi non rispondo, immaginando che siano i miei genitori che chiedono per la sesta volta quando porto Stanley da loro. Sembra che gli sia piaciuto. Potrei avere difficoltà a farmelo restituire.

«Bertelli!», esplode una forte voce dall'accento bostoniano.

«Perché mi chiami così presto?»

«Non dormo mai. Lo sai. Allora, pronta per la scuola?»

«Sai, sei così eccitato per me che penso dovresti partire *tu*».

Ridacchia. «No, grazie. Sono qui solo per ridere di te. Spero che sopravviverai». Warner e io siamo rimasti in contatto dopo il caso così che potesse aggiornarmi sulle ultime novità, ma anche perché siamo diventati buoni amici. Molto più di quanto mi aspettassi.

«Allora, che c'è di nuovo?»

«Abbiamo incastrato un altro ricettatore di bassa lega del giro».

«Tutto qui?». Tra tutte le informazioni che abbiamo raccolto, la sorveglianza in più e il lavoro sotto copertura di Rix, pian piano stanno sfilacciando i ranghi, emettendo mandati d'arresto. Hanno visto una significativa diminuzione dei furti d'auto negli ultimi sei mesi, prova che abbiamo fatto la differenza.

Ma di solito le chiamate di Warner arrivano per svolte più grosse. Come mesi fa, quando hanno consegnato un mandato di perquisizione alla moglie di Vlad Bragin e lei a sua volta ha consegnato loro un paio di pantaloni e guanti neri di Vlad che, testati, hanno rivelato residui di polvere da sparo e sangue di

Rust. Quando le hanno chiesto perché fosse disposta a cooperare, lei ha detto che era perché aveva sposato uno stronzo. A volte non serve altro che una moglie inviperita.

Anche se non è una pistola fumante, è un altro pezzo del puzzle. Molti altri si sono incastrati al loro posto, incluse mappature del GPS sulla Suburban di Vlad che dimostrano dove fosse e quando, tipo nel luogo in cui è stato rinvenuto il corpo di Rust la notte dell'omicidio, come anche i video di sorveglianza di una videocamera stradale che lo inquadrano alla guida quella notte.

L'hanno quasi inchiodato per l'omicidio. Per quanto riguarda le macchine rubate, il gioielliere corrotto ha documentato e registrato molto più di quanto avrebbe probabilmente dovuto. Forse per il giorno in cui l'avessero pescato e gli fosse servita una buona scappatoia.

Warner trattiene una risata. «Veramente no, saputella. Hai guardato il telegiornale oggi?»

«No...?»

«Da' un'occhiata alla CNN. Notiziario internazionale», si zittisce e capisco che aspetta che mi sintonizzi.

Apro il browser dell'iPad e seguo le sue istruzioni. «Porca puttana!».

Leggo in fretta l'articolo di cronaca, con nel riquadro la foto del ricco affascinante, i miei occhi corrono subito alla cicatrice che gli divide in due il labbro e che ho già visto di persona. «Traffico di esseri umani?»

«Disgustoso. Sai quanti bambini hanno trovato su una di quelle navi?».

Anche se non ci sono molte informazioni, e io metto sempre in dubbio l'accuratezza di qualsiasi cosa legga prodotta da un reporter, secondo l'articolo sono sette anni che va avanti un'indagine complessa, con prove di traffico di esseri umani emerse da diversi Paesi. Aref Hamidi è stato arrestato e incriminato durante una visita in Cina.

«Questo creerà un enorme pasticcio internazionale. La Cina gli darà la pena di morte».

Che è proprio quel che si meriterebbe. Sembra quasi troppo bello per essere vero. Del tipo, forse è stato orchestrato ad arte. Altrimenti Aref sarebbe così stupido da farsi beccare?

Mi viene in mente una sola persona capace di coordinare un'umiliazione del genere.

«Addolcisce un po' il fatto che quello stronzo se la sia cavata nel nostro caso, eh? Cioè, sarebbe stato uno schiaffo sulla mano a paragone di quel che sta per capitargli».

«Davvero», mormoro, la mente sconvolta da un nugolo di assurde, improbabili speculazioni. «Vorrei che ci fossero più informazioni. Non puoi scoprire niente?»

«Tiro fuori la bacchetta magica…».

Alzo gli occhi al cielo. «Sul serio, Warner, non guadagniamo nessun ascendente sporcandoci le mani?»

«Guadagniamo. Che carina. Sai quanto me che da quel lato del mondo succedono merdate di cui l'FBI non saprà mai niente».

«La moglie è coinvolta?»

«Non vedo il suo nome da nessuna parte, e una cosa del genere l'avrebbero detta. Dopotutto, ha contatti con la famiglia reale iraniana. Spero che si sia conservata un po' di denaro, perché scommetto che confischeranno tutto». Un impero intero… perduto, solo e soltanto per avidità.

Pensieri sulla misteriosa Elmira Zamani sbiadiscono in sottofondo quando mi viene in mente qualcuno di più importante per me richiamato dalle parole di Warner. «A proposito di patrimoni confiscati…». Mi fermo, aspetto che riempia lui gli spazi vuoti. Sa di chi chiedo. Solo che è sempre stato riluttante a dirmi qualcosa di Luke.

«Hanno sdoganato tutto. Il ragazzino ha assunto dei bravi avvocati e, visto che non abbiamo altre prove del coinvolgimento di 24 a parte le voci di corridoio, non potevamo più trattenere i suoi beni».

Faccio un respiro profondo. Non so se ne sono contenta o no. Significa che adesso Luke ha un sacco di soldi a disposizione. Tutti soldi guadagnati attraverso procedimenti sporchi. E ha combattuto contro i federali per averli. Che significa? Sette mesi dopo, cos'ha in mente?

«Qualcos'altro di... interessante?».

Un lungo silenzio. «Sì», Warner esita, «Betty-Jo Billings ha ricevuto un assegno al portatore da un donatore anonimo la scorsa settimana. Ha chiamato la polizia, perché erano un sacco di soldi e pensava fosse una frode».

«Quanti soldi?»

«Tipo, se vendessi un appartamento da un milione di dollari e la tua Porsche 911... tanti così».

Il mio cuore manca qualche battito. «Lui...».

«Ha affittato una casetta in centro. Rimane in officina da mattina a sera. Torna a casa, corre con il cane. Passa un sacco di tempo ai giardini giapponesi. All'inizio pensavo che si stesse invischiando in qualcos'altro, ma va solo lì a sedersi su una panchina. Da solo».

«Lo pedinate ancora?», "Dio, ti prego, dimmi che non lo sospettano di qualcos'altro", «ti ha detto Sinclair di farlo?»

«No. Non è ufficiale».

Deglutisco. «Allora perché?».

Warner sospira. «Perché ti conosco troppo bene».

Sorrido. «Grazie, Warner».

Molto dopo avere riattaccato, fisso la foto di Aref sull'iPad, rileggo l'articolo più volte, digito su Google il nome di Elmira alla ricerca di altre notizie su di lei e trovo solo post mondani e foto della bellissima moglie dell'erede della Hamidi Enterprises.

L'istinto mi dice che Elmira sospettava chi fossi davvero – il numero con la macchina di Luke deve essere stata la sua maniera di smascherarmi. I come e perché per me sono ancora un mistero.

Ma adesso... Mi acciglio, guardo il suo viso, ricordo la sua bellezza senza età, le maniere tranquille, lo sguardo smaliziato. Sapeva esattamente cosa dire, cosa fare...

Dicono sempre che un bravo agente sotto copertura può riconoscerne un altro.

Mi piacerebbe dire che la rintraccerò un giorno e le chiederò chi sia per davvero, ma ho la sensazione che la mia strada non si intreccerà mai più con quella di Elmira – o qualunque sia il suo nome.

Quindi dovrò invece ringraziarla in silenzio. È piuttosto facile; tutto quel che devo fare è pensare a Luke Boone.

Epilogo

Luke

Le pareti dell'ufficio risuonano quando qualcuno – probabilmente Tabbs – testa una marmitta rotta mandando su di giri il motore nel deposito macchine.

«Cazzo», mugugno, mi fischiano le orecchie. Diventerò sordo prima dei quarant'anni se dovrò sentirlo tutti i giorni. Alzo gli occhi all'orologio con un sospiro. Già le cinque. Oggi volevo andarmene presto e portare Licks a fare una corsa sulla mia pista solita. È molto più bella alla luce del sole, soprattutto adesso, quando i ciliegi giapponesi sono tutti in fiore.

Ma il giorno si è trasformato in crepuscolo mentre sgobbavo. L'officina è un sacco di lavoro da gestire per un uomo solo – soprattutto quando quell'uomo non si è mai visto a trascorrere sei giorni a settimana in un ufficio minuscolo, con marmitte rotte nelle orecchie e l'odore di olio motore. Ma penso che adesso le cose filino più lisce che ai tempi di Miller.

Il fatto che sia "scomparso" con moglie e figlie, è stata la soluzione migliore. Non sarei mai riuscito a tenerlo a lavorare qui, però mi sarei sentito in colpa a licenziarlo, per via della sua famiglia. E perché, tra tutti noi, era l'unico ad avere davvero un motivo che giustificasse il suo coinvolgimento in quel mondo. Un mondo che sembra allontanarsi sempre di più.

Prendo il giornale per leggere l'annuncio che ho messo per un direttore part time. Sono passati quattro giorni e, anche se si sono proposti in molti, nessuno è quello che cerco. Immagino che sia io il pignolo. Ho persino provato a convincere Jesse a venire a lavorare per me. Mi ha riso in faccia.

Un improvviso e fortissimo ruggito di dolore mi fa correre verso gli alloggiamenti delle macchine, sperando che la mia cazzo di assicurazione di datore di lavoro abbia i pagamenti in regola.

«Figlio di puttana. Mi ha morso!», sbraita Tabbs, «porta quel meticcio orrendo fuori di qui!».

Giro l'angolo appena in tempo per vedere un cagnolino fronteggiare Tabbs come un toro, le orecchie gigantesche che girano avanti e indietro come parabole.

Mi si ferma il cuore. Se Stanley è qui…

«Giuro, non morde mai», Rain è sulla porta d'ingresso, la giacca corta di pelle nera con la zip tirata su fino al mento contro il fresco della sera.

Ha i capelli un po' più corti dell'ultima volta che l'ho vista, un anno fa, ma a parte questo è sempre uguale.

Bellissima.

E con un gran sorriso.

Non perdo un solo istante. Mi avvicino a rapidi passi e la prendo tra le braccia. Viene senza riserve, le sue mani mi circondano la vita. Profuma di rose, proprio come mi ricordavo. «Che ci fai qui?».

Indica dietro le proprie spalle con il pollice. «Ho problemi alla frizione. Ho pensato di portarla qui».

«Giusto», rido e sto al gioco, un braccio attorno alle sue spalle, «vediamo questa macchina».

«Più che una macchina è una jeep».

«Sì, lo vedo», mormoro ammirato, e giro intorno a quella bellezza nero opaco, «solido avantreno a grata, kit di sollevamento di dieci centimetri… cosa sono questi, trentotto?», di sicuro pneumatici fuoristrada.

«Vuoi che vi lasci un po' soli?».

Rido. Passo sul davanti e noto la targa dell'Oregon. «L'hai affittata?»

«No».

Mi acciglio. «Preferirei credere che tu non sia così sciocca da rubare».

«Spiritoso», una pausa. «L'ho comprata».

Il mio cuore accelera. «Significa che…».

Forse vede l'eccitazione nei miei occhi, perché si apre in un sorriso. «Portland era la mia prima scelta come base d'assegnazione e Sinclair ha tirato qualche filo per farla diventare realtà».

Così tanti pensieri ed emozioni mi attraversano a tutta velocità che me ne sto lì a bocca aperta, incapace di parlare. La fisso e basta.

«Allora… esci con qualcuno?», si stringe nelle spalle mentre lo dice, offrendomi un rarissimo e breve scorcio di com'è Rain agitata, «cioè… che fai stasera?».

Non posso evitare di osservarla da capo a piedi – è ancora più in forma di prima. Cavoli quanto è passato. Da quando è andata via sono uscito un paio di volte con una donna, ma nessuna è mai arrivata a catturare il mio interesse. E non sapevo mai come parlare di me, come aprirmi a qualcuno.

«Pensavo che non potesse succedere. Cioè…», sono agitato anch'io. Ed eccitato. O pietrificato al pensiero che venga qui a salutare solo perché è in città.

Ma, ripensandoci, perché chiedere di essere assegnata qui?

«Com'è possibile?».

Allunga una mano verso la mia con un cenno. La prendo e poi la stringo a me, facendola trasalire un po'. Passa le nocche sulla barba leggera della mia mascella. «Sembri diverso».

«Sì…», guardo i miei jeans scuri e la maglia. Ho tenuto il Rolex, ma solo perché è una delle poche cose, a parte l'officina, che mi restano di Rust, «vivo una vita più semplice».

«Mi piace», mi passa il palmo sul petto e sullo stomaco. Da quando se n'è andata la mia routine d'allenamenti serale è diventata ancora più ossessiva.

«Davvero… com'è possibile? Pensavo che non potessi avere rapporti con uno come me».

«Uno con il cuore d'oro? Uno che ha pagato un prezzo per i suoi errori?», diventa seria, «so cosa hai fatto per la famiglia Billings».

Abbasso la testa, le guance in fiamme. «Come l'hai scoperto?»

«Sono un'agente dell'FBI. Non puoi nascondermi niente. Ricordatelo», mi fa l'occhiolino, mi prende per mano e camminando a ritroso mi porta dal lato passeggero. «Ehi Tabbs! Puoi chiudere tu?», grida.

«Ma certo, lady boss!».

Salgo dal lato passeggero, con Stanley in braccio. «Quindi devo lasciare la mia macchina qui fino a domani?», chiedo, speranzoso.

Lancia un'occhiata alla Porsche 911 argentata del '74 che mi sono fatto sistemare a pagamento da Jesse. In realtà l'adoro più dell'ultima. Probabilmente perché sento di essermela guadagnata. «Posso accompagnarti quando vado in ufficio».

«Allora...». Copro la sua mano e intreccio le dita alle sue mentre cambia marcia. Vorrei dire, chiedere, così tante cose. Che ha fatto da un anno a questa parte? Che cosa sta cercando? «Che c'è di nuovo?»

«Molte cose. Ma ti dirò cosa non è nuovo», diventa seria, causandomi un attimo di panico alle viscere, «il fatto che continui a non schermare le finestre di notte».

Sogghigno. «Mi hai osservato?»

«Un po' difficile non farlo», le passa un lampo di eccitazione negli occhi, «aspetta di vedere dove abito».

Ringraziamenti

Entrare nella testa di un ufficiale di polizia sotto copertura è dura quando tu non lo sei. Anche raccontare una storia che tenga in equilibrio l'eccitazione della fantasia e le realtà legali è difficile. Fortunatamente, ho ricevuto un sacco di aiuto da un vero infiltrato. Spero che Clara abbia reso giustizia alla professione e a questo mondo. Però, per favore, tenete a mente che *è* un'opera di fantasia. Come tale, bisogna prendersi alcune libertà per mantenere in moto la trama e conservare l'interesse dei lettori. Personaggi come Sinclair e Clara – e le loro scelte – sono pura finzione. *Non* sono basati su quel che *succede* o che *è successo*. Sono basati su quel che *potrebbe* succedere. Perché accadono cose pazzesche ogni giorno.

Per prima cosa voglio ringraziare i miei lettori e i blogger che mi hanno accompagnato in questo viaggio. Sapete chi siete – voi che afferrate i miei libri appena escono, chiacchierate con me sui social media, condividete le mie storie con amici, parenti e le vostre comunità di lettori. Tutti voi aiutate a rendere il mio sogno possibile.

A Sven Halle, per avermi permesso di interrompere la tua cena e di farti domande sui viaggi via nave lungo la West Coast.

A Heather Self, sempre pronta a leggere le mie bozze in qualsiasi stato siano e darmi input validi.

Al mio agente pubblicitario, KP, perché sopporta di non sentirmi per settimane di fila a causa di una scadenza e poi subire domande a raffica a qualsiasi ora del giorno e della notte attraverso qualsiasi mezzo di comunicazione disponibile.

Alla mia agente, Stacey Donaghy, per essere rimasta seduta con me da Pickle Barrel per ore a condividere opinioni su questa storia complicata. Per la volontà di scambiarsi opinioni per ore. E per avermi lasciata con la faccia dolorante dal gran ridere.

Alla mia editor, Sarah Cantin, per avermi lasciato mano libera con questa storia complicata e avere tollerato le molte, molte, *molte* revisioni che l'hanno accompagnata.

Alla mia editrice, Judith Curr, e alla squadra di Atria Books: Ben Lee, Ariele Fredman, Tory Lowy, Kimberly Goldstein, e Alysha Bullock, perché continuano a impacchettare le mie storie a meraviglia. La copertina di questa è davvero perfetta.

A P., per avere sofferto durante tutte quelle bottiglie di vino e cene per discutere la trama. So che è stata durissima. Ok, forse più di settecento messaggi sono stati un po' troppo, ma sei stato un amico, hai risposto a tutti fino alla fine senza mai chiedere perché volessi sapere cose tanto assurde.

A Lia e Sadie, per avermi chiesto quasi tutti i giorni perché scrivo libri. A volte – quando le parole non vengono spontanee e la trama non funziona e tutto quello che voglio è guardare cinque episodi di fila di *The Walking Dead* – rispondere a quella domanda è ciò che mi tiene in piedi.

A Paul, per la pazienza con le scadenze infinite. E perché non prende più a pugni i miei amici autori.

Indice

Anagramma

Ultimi volumi pubblicati

Karen Swan, *Quell'estate da Tiffany*
Ali McNamara, *Colazione a Notting Hill*
Giulia Ross, *Ho scelto te*
Elisa Gentile, *Ti amo perché sei bugiardo*
Jodi Ellen Malpas, *Tutte le volte che vuoi*
Scott Kylie, *È stato solo un gioco*
Jay Crownover, *Oltre l'amore*
Valeria Luzi, *Mi manchi troppo per dimenticarmi*
Karen Swan, *Natale sotto la neve*
Trisha Ashley, *12 giorni a Natale*
Emma Chase, *Niente regole*
Abigail Barnette, *The Girl*
Abigail Barnette, *The Wedding*
Abigail Barnette, *The Ex*
Abigail Barnette, *The Baby*
Jillian Dodd, *That Boy*
Jillian Dodd, *That Girl*
Jillian Dodd, *That Baby*
Megan Maxwell, *Sorprendimi*
Lauren Rowe, *Insieme per gioco*
Lauren Rowe, *Insieme per passione*
Lauren Rowe, *Insieme per amore*
L.A. Casey, *Love. Un nuovo destino*
Brittainy C. Cherry, *L'amore arriva sempre al momento sbagliato*
Andrea Portes, *La ragazza dell'ultimo banco*
Jay Crownover, *Oltre il destino*
Dinah Jefferies, *Il profumo delle foglie di tè*

Patrisha Mar, *Ti ho incontrato quasi per caso*
Kirsty Moseley, *Con te toccherò il cielo con un dito*
Angela Iezzi, *Gli effetti speciali dell'amore*
Olivia Dade, *Il ragazzo del libro accanto*
Staci Hart, *Un meraviglioso amore impossibile*
Adelia Marino, *Ogni giorno per sempre*
Sylvia Kant, *Prova ad amarmi ancora*
Massimo Incerpi, *La storia d'amore più bella del mondo*
Jay Crownover, *Oltre le leggi dell'attrazione*
Ali McNamara, *Il piccolo negozio di fiori in riva al mare*
Ali Novak, *Uno splendido errore*
Lisa Owens, *Giovane carina molla tutto e cambia vita*
Anna Premoli, *L'importanza di chiamarti amore*
Samantha Towle, *The Bad Boy*
Meredith Wild, *Senza difese*
Meredith Wild, *Senza colpa*
Meredith Wild, *Senza pentimento*
Meredith Wild, *Senza controllo*
Pepper Winters, *Io ti pretendo*
Eve Makis, *La scatola delle lettere perdute*
Jen McLaughlin, *Mi manchi tu*
Sara Shepard, *Giovani, carine e bugiarde. Spietate*
Kristen Proby, *Chiaramente mi innamoro*
M. Leighton, *Niente è impossibile*
Alessandra Angelini, *Non dirgli che ti manca*
Carole Matthews, *Christmas Party*
Indigo Bloome, *Match Point*
Portia Da Costa, *Il maestro del gioco*
Miranda Dickinson, *La piccola libreria di New York*
Penelope Douglas, *Odiami quanto io ti amo*
Elisa Gentile, *Mi manchi, ti voglio, ti perdono*
Kody Keplinger, *TVB. Ti Voglio Bene*
Lucrezia Scali, *La distanza tra me e te*
Anna Premoli, *È solo una storia d'amore*
Cecile Bertod, *Ti amo ma non posso*
Karen Swan, *Natale a Notting Hill*
Cinzia Giorgio, *La collezionista di libri proibiti*

Claire Contreras, *Life is love*
Livia Ottomani, *Il condominio degli amori segreti*
Laurie Elizabeth Flynn, *First. La mia prima volta*
L.A. Casey, *Love. Fidati di me*
Monica Murphy, *La sottile linea dell'amore*
Jessica Sorensen, *Io e te = amore*
Elizabeth Craft - Shea Olsen, F*lower*
Meredith Wild, *Senza rimpianto*
Elle Kennedy, *Il contratto*
Robin York, *Non dimenticarmi mai*
Amy Harmon, *Hai cambiato la mia vita*
Brittainy C. Cherry, *Ti amo per caso*
Jessica Clare, *Ho scelto di amarti*
Jessica Sorensen, *Con te sarà magia*
Lauren Rowe, *Insieme per sempre*
Lauren Rowe, *Un incontro all'improvviso*
Lauren Rowe, *Un bacio all'improvviso*
Karina Halle, *Dream. Patto d'amore*
Jay Crownover, *Bad Love*
Laura Gay, *Mille notti di te e di me*
Pepper Winters, *Nessuna scelta*
Jan Moran, *Il giardino segreto di Parigi*
Samantha Towle, *The Wild Boy*
K.A. Linde, *Sette giorni di te*
Cecile Bertod, *Dopo di te nessuno mai*
Jodi Ellen Malpas, *The Protector*
Molly McAdams, *La rivincita siamo noi*
Gail McHugh, *Innamorata di uno sconosciuto*
Daniela Volonté, *La meraviglia di essere simili*
Nicole Williams, *Il nostro dolcissimo segreto*
Kylie Scott, *Doppio gioco*
Morgane Bicail, *Phoneplay*
Felicia Kingsley, *Matrimonio di convenienza*
Patrisha Mar, *Apri i tuoi occhi*
Morgan Matson, *Un amore inaspettato*
Kristen Ashley, *Non dirmi di andare via*
Siobhan Vivian, *Noi, gli unici al mondo*

Claire Contreras, *Love for Love*
Emily Henry, *Tutto l'amore che mi manca*
Tania Paxia, *Le strane logiche dell'amore*
Cassandra Rocca, *Tutta colpa di quel bacio*
Elisabetta Lugli, *La libreria degli amori impossibili*
Emma Chase, *Amore reale*
Megan Maxwell, *Basta chiedere*
Anna Premoli, *Un imprevisto chiamato amore*
Milly Johnson, *Un'indimenticabile storia d'amore*
Elle Kennedy, *Lo sbaglio*
Staci Hart, *Un perfetto amore sbagliato*
Kasie West, *P.S. I like you*
Karen Swan, *Il segreto di Parigi*
Carole Matthews, *La piccola casa in riva al mare*
Lindsey Summers, *Destiny. Un amore in gioco*
Robin C., *È solo colpa tua*
Penelope Ward – Vi Keeland, *Bastardo fino in fondo*
Leylah Attar, *Senza nessun segreto*
Helen Pollard, *La piccola casa dei ricordi perduti*
Helen Pollard, *Ritorno alla casa dei ricordi*
Tania Paxia, *Ti amo già da un po'*
Lauren Layne, *Grazie per avermi spezzato il cuore*
Brittainy C. Cherry, *Infinite volte*
Elle Kennedy, *Il tradimento*
Samantha Towle, *Loverboy*
Sarah Dessen, *Adesso e per sempre*
Meredith Russo, *Volevo essere la tua ragazza*
Ellen Berry, *Una piccola libreria molto speciale*
Penelope Douglas, *Insieme siamo perfetti*
Penelope Douglas, *Il mio sbaglio più grande*
Claire Contreras, *Love for Love*
Stefania Serafini, *Il karma dell'amore inaspettato*
Michelle Gable, *Il libro dell'estate*
Jen McLaughlin, *Non vivo più senza te*
Pepper Winters, *Amami adesso*
Eric De Kermel, *La libreria di piazza delle Erbe*

Gli Insuperabili

Ultimi volumi pubblicati

M. R. C. Kasasian, *La maledizione di casa Foskett*
Jodi Ellen Malpas, *This Man Trilogy. La punizione*
Simon Scarrow, *Il gladiatore*
Daniela Volonté, *L'amore è uno sbaglio straordinario*
Donna Woolfolk Cross, *La papessa*
Bosco Federica, *Cercasi amore disperatamente*
Hoag Tami, *Indizio n. 1*
Jackson Douglas, *L'eroe di Roma*
Khoury Raimond, *L'eredità dei Templari*
Jodi Ellen Malpas, *This Man Trilogy. Il perdono*
Trisha Ashley, 12 *giorni a Natale*
Federica Bosco, *S.O.S. amore*
Francesco Caringella, *10 minuti per uccidere*
Benjamin Monferat, *Lo strano mistero dell'Orient Express*
Giulia Ross, *Ho scelto te*
Roberto Genovesi, *Il templare nero*
Rebecca Donovan, *Una ragione per amare. Il nostro segreto universo Trilogy*
Ben Kane, *Le aquile della guerra*
Anna Premoli, *Tutti i difetti che amo di te*
Fabrizio Santi, *Il quadro maledetto*
Victory Storm, *Ogni tuo desiderio è un ordine, bastardo*
G. L. Barone, *I manoscritti perduti degli illuminati*
Viviana Leo, *Questo piccolo grande errore*
Franco Matteucci, *Lo strano caso dell'orso ucciso nel bosco*
Kirsty Moseley, *Il ragazzo che entrò dalla finestra e si infilò nel mio letto*
Fabio Delizzos, *La setta degli alchimisti. Il segreto dell'immortalità*

Fabio Delizzos, *La stanza segreta del papa*
Cecile Bertod, *Nessuno tranne te*
Rebecca Donovan, *Una ragione per restare. Il nostro segreto universo Trilogy*
Carrie Elks, *Abbi cura di me*
Sylvia Kant, *Prova ad amarmi*
Roberto Masello, *La profezia di Einstein*
Eric Rickstad, *Le ragazze silenziose*
A.G. Howard, *Tra le braccia di Morfeo*
Jay Crownover, *Oltre le regole*
Agustín B. Palatchi, *Il patto segreto dei Medici*
Alessandra Carnevali, *Uno strano caso per il commissario Calligaris*
Emily Holleman, *Il segreto di Cleopatra*
Scarlett Thomas, *Il messaggio segreto delle foglie*
David Kirk, *L'onore del samurai*
Rebecca Donovan, *Una ragione per vivere*
K.A.Tucker, *Dieci piccoli respiri*
Karen Viggers, *Il profumo del mare in tempesta*
Daniela Volonté, *Non chiamarmi di lunedì*
A.J. Banner, *Un vicino di casa quasi perfetto*
Julie Plec, *The Originals. Fratelli di sangue*
Jay Crownover, *Oltre noi l'infinito*
Cassandra Rocca, *Ho voglia di innamorarmi*
Jodi Ellen Malpas, *Ancora una volta*
Patrisha Mar, *Ti ho incontrato quasi per caso*
Angela Iezzi, *Gli effetti speciali dell'amore*
Janet MacLeod Trotter, *La figlia del mercante di tè*
Renée Ahdieh, *La moglie del califfo*
Mel Sherratt, *La verità sul caso Ryder*
Fabio Sorrentino, *Il segreto dell'Anticristo*
Charlotte Betts, *Il giardino delle spezie segrete*
Amanda Prowse, *La figlia perfetta*
Staci Hart, *Un meraviglioso amore impossibile*
Anna Premoli, *Un giorno perfetto per innamorarsi*
Roberto Genovesi, *La legione occulta dell'impero romano*
Marcello Simoni, *L'abbazia dei cento delitti*
Stuart MacBride, *Scomparso*
Janet MacLeod Trotter, *La promessa sposa del mercante di tè*

Abigail Barnette, *The Boss*
Ayse Kulin, *L'ultimo treno per Istanbul*
Roberto Genovesi, *Il comandante della legione occulta*
M. R. C. Kasasian, *Il mistero di Villa Saturn*
Martin Rua, *I nove custodi del sepolcro perduto*
Bianca Marconero, *L'ultima notte al mondo - Ed ero contentissimo*
L.A. Casey, *Love. Un nuovo destino*
A.G. Howard, *Il segreto della regina rossa*
Jan Moran, *La casa dei profumi dimenticati*
Jay Crownover, *Oltre l'amore*
Claire Contreras, *Love is Life*
Roberto Genovesi, *Il ritorno della legione occulta*
Adam Brookes, *Il codice segreto di Pechino*
Jessica Clare, *Scommessa indecente*
Jessica Sorensen, *Con te sarà un disastro*
Traci Chee, *La lettrice*
Emma Chase, *Niente regole*
Mary Kubica, *Una brava ragazza*
Letizia Triches, *I delitti della laguna*
Samantha Towle, *Nonostante tutto, ti amo ancora*
Molly McAdams, *La mia fantastica scelta sbagliata*
K.A.Tucker, *Una piccola bugia*
Amy Harmon, *Infinito + 1*
L.A.Casey , *Love. Un incredibile incontro*
Jessica Sorensen, *L'amore verrà*
Roberto Fabbri, *Sotto il nome di Roma*
Giulio Castelli, *Il diario segreto di Marco Aurelio*
Joseph Kanon, *Omicidio a Berlino*
C.M. Palov, *Il codice nascosto dei templari*
Kylie Scott, *È stato solo un gioco*
Penelope Douglas, *La mia meravigliosa rivincita*
Adelia Marino, *Ogni giorno per sempre*
Roberto Genovesi, *Il generale dei dannati. La legione maledetta*
Emily Bleeker, *L'isola dei silenzi*
Ann Cleeves, *La maledizione del corvo nero*
Anthony Riches, *L'impero. La spada e l'onore*
K.A. Tucker, *Quattro secondi per perderti*
Amy Engel, *Forever*
Mark Lawrence, *Il principe delle tenebre*

K. A. Tucker

Prima di incontrarti - Dieci piccoli respiri Una piccola bugia - Quattro secondi per perderti - Cinque ragioni per odiarti

Volume rilegato, 1184 pagine, € 12,90

In *Prima di incontrarti* il rientro dopo una festa si trasforma in tragedia. Muoiono sei persone e da un momento all'altro la vita di Cole Reynolds, uno dei superstiti, cambia irreversibilmente… Kacey Clearly, protagonista di *Dieci piccoli respiri*, aveva solo vent'anni quando la sua vita è andata in pezzi. Ora ha finalmente trovato la forza di fuggire a Miami. Qui incontra l'affascinante e misterioso Trent Emerson, deciso a far breccia nel suo cuore…

In *Una piccola bugia* conosciamo Livie: è entrata a Princeton per studiare Medicina. Ciò a cui non è invece preparata è la passione per due ragazzi così diversi tra loro: Ashton, l'arrogante e attraente capitano della squadra di canottaggio, e Connor, il prototipo del bravo ragazzo. Chi dei due sarà meglio per lei?

NEWTON COMPTON EDITORI

K.A. Tucker

99 giorni

Volume rilegato, 384 pagine, € 9,90

Abbandonata nella campagna dell'Oregon, dove la credono morta, una giovane donna sfida ogni previsione e sopravvive, ma quando si sveglia non ha alcuna idea di chi sia, o di cosa le sia successo. La donna si dà il nome di Acqua, per un piccolo tatuaggio che scopre sul suo corpo, il solo indizio di un passato che non ricorda. Accolta da Ginny Fitzgerald, una signora irascibile ma gentile che vive in una fattoria, Acqua comincia lentamente a ricostruire la propria vita. Ma mentre cerca di rimetterne insieme i frammenti, altre domande si fanno strada nella sua mente: chi è il vicino di casa che in silenzio lavora sotto il cofano della sua Barracuda?

NEWTON COMPTON EDITORI